Alle Rechte, einschließlich das des vollständigen oder
auszugsweisen Nachdrucks in jeglicher Form, sind vorbehalten.

Der Preis dieses Bandes versteht sich einschließlich
der gesetzlichen Mehrwertsteuer.

Umwelthinweis:
Dieses Buch wurde auf chlor- und säurefreiem Papier gedruckt.

Das Grauen

Bereits beim ersten Mord hat FBI-Profilerin Maggie O'Dell einen entsetzlichen Verdacht, der sich bestätigt: Der Serienkiller Albert Stucky, aus dem Gewahrsam geflohen, tötet wieder. Die grausame Spur von gefolterten und ermordeten Frauen kommt immer näher – alle Opfer waren Maggie schon ein Mal begegnet. Als sie zusammen mit Agent R.J. Tully endlich mit dem Fall betraut wird, beginnt ein Wettkampf mit der Zeit, in dem Stucky ihnen stets einen blutigen Schritt voraus ist. Immer deutlicher tritt zutage, dass Stucky ein ganz bestimmtes Ziel verfolgt: Er will sehen, wie Maggie im Kampf gegen das Grauen zerbricht ...

Die Handlung und Figuren dieses Romans sind frei erfunden.
Ähnlichkeiten mit lebenden oder verstorbenen Personen
sind nicht beabsichtigt und wären rein zufällig.

Alex Kava

Das Grauen
Roman

Aus dem Amerikanischen von
Margret Krätzig

MIRA® TASCHENBUCH
Band 25024
1. Auflage: November 2002

MIRA® TASCHENBÜCHER
erscheinen in der Cora Verlag GmbH & Co. KG,
Axel-Springer-Platz 1, 20350 Hamburg
Deutsche Erstveröffentlichung

Titel der nordamerikanischen Originalausgabe:
Split Second
Copyright © 2001 by S. M. Kava
erschienen bei: Mira Books, Toronto
Published by arrangement with
Harlequin Enterprises II B.V., Amsterdam

Konzeption/Reihengestaltung: fredeboldpartner.network, Köln
Umschlaggestaltung: pecher und soiron, Köln
Titelabbildung und Autorenfoto: © by Harlequin Enterprise S.A., Schweiz
Satz: Berger Grafikpartner, Köln
Druck und Bindearbeiten: Elsnerdruck, Berlin
Printed in Germany
ISBN 3-89941-032-7

www.mira-taschenbuch.de

PROLOG

Zentralgefängnis North Dade County,
Miami, Florida,
Halloween, Freitag, 31. Oktober

Del Macomb wischte sich mit dem Hemdsärmel den Schweiß von der Stirn. Der steife Baumwollstoff seiner Uniform klebte ihm am Rücken. Wie konnte es im Oktober nur so feuchtheiß sein?

Er war nördlich von Hope, Minnesota, aufgewachsen. Dort bildete sich bereits Eis an den Ufern des Silver Lake, und sein Daddy sah beim Schreiben seiner Predigten die letzten Schneegänse über sich hinwegziehen. Del schob sich die feuchten Strähnen aus der Stirn. Der Gedanke an Daddy erinnerte ihn daran, dass er sich die Haare schneiden lassen musste. Verrückt, an so was zu denken. Und noch verrückter, dass Gedanken an zu Hause immer noch mit Heimweh verbunden waren.

„Also, wer ist das verdammte Arschloch, für das wir heute Kindermädchen spielen?"

Die Bemerkung seines Partners schreckte Del auf. Benny Zeeks' Ausdrucksweise ließ ihn zusammenzucken, und er blickte zu dem Exmarine mit der Tonnenbrust hinüber, um zu sehen, ob der es bemerkt hatte. Er war nicht scharf auf eine weitere Lektion von Benny, was nicht bedeutete, dass er nicht noch viel von ihm lernen musste.

„Die Jungs sagten, er heißt Stucky." Del fragte sich, ob Benny ihn gehört hatte, denn er wirkte abwesend.

Im Bezirksgefängnis von North Dade war Benny Zeeks so etwas wie eine Legende. Nicht nur, weil er ein Veteran mit fünfundzwanzig Dienstjahren war, sondern weil er den größten Teil dieser Zeit im Todestrakt gearbeitet hatte und sogar im X-Flügel, dem für Einzelhaft. Del hatte die Narben am Körper seines Partners gesehen, die er sich bei Rangeleien mit Häftlingen zugezogen hatte, die sich weigerten, in die sargähnlichen Isolationszellen zu gehen.

Er sah Benny die Hemdsärmel über die Unterarme hinaufschieben, ohne sie zu falten oder zu rollen, dabei kam eine der legendären Narben zum Vorschein. Sie zerteilte eine auftätowierte polynesische Tänzerin, die jetzt eine zackige rote Linie über dem Bauch hatte. Trotzdem konnte Benny die Figur noch tanzen lassen, indem er die Muskeln anspannte und ihren Unterkörper langsam, erotisch schwingen ließ, während der Oberkörper abgetrennt starr blieb. Die Tätowierung faszinierte Del, da sie ihn zugleich anzog und abstieß.

Sein Partner stieg auf der Beifahrerseite des gepanzerten Überführungsfahrzeugs ein und konzentrierte sich darauf, die schmalen Stufen zur Kabine hinaufzuklettern. Heute Morgen bewegte er sich langsamer als sonst. Del wusste sofort, dass sein Partner wieder einen Kater hatte, tat, als bemerke er es nicht, stieg auf der Fahrerseite ein und schnallte sich an.

„Wer, hast du gesagt, ist dieses Arschloch?" fragte Benny und schraubte mit fleischigen Fingern den Deckel der Thermoskanne auf, begierig, an seinen Kaffee zu gelangen. Del hätte ihn gern darauf hingewiesen, dass Koffein sein Problem noch verschlimmerte, doch nach vier Wochen im Job wusste er es besser, als Benny Zeeks irgendetwas sagen zu wollen.

„Wir übernehmen heute die Tour von Brice und Webber."

„Warum, zum Teufel?"

„Webber hat die Grippe, und Brice hat sich gestern Abend die Hand gebrochen."

„Wie, zum Geier, bricht man sich die Hand?"

„Wie weiß ich nicht. Ich habe nur gehört, dass sie gebrochen ist. Ich dachte, dir missfällt die Monotonie unserer üblichen Route und der dichte Verkehr bis zum Gericht."

„Ja, okay, ich hoffe nur, die Tour bringt nicht mehr Schreibkram mit sich." Benny rückte sich in Erwartung der befürchteten Änderung ihrer Routine unruhig zurecht. „Wenn das die Tour von Brice und Webber ist, heißt das, unser Arschloch muss rauf nach Glades, richtig? Die wollen ihn bis zu seiner beschissenen Verhandlung richtig fest wegsperren. Das heißt, er ist ein dicker Fisch, den sie nicht in unserem klapperigen Gefängnis lassen können."

„Hector sagte, der Typ heißt Albert Stucky. Er meint, er ist gar nicht so übel, ziemlich intelligent und freundlich. Hector sagt, er hat sogar anerkannt, dass Jesus Christus sein Retter ist."

Del spürte, dass Benny ihn mit finsterer Miene ansah. Er drehte den Schlüssel in der Zündung, ließ den Lieferwagen vibrierend anspringen und kurz anrollen, während er sich innerlich vor Bennys Sarkasmus wappnete. Als er die Klimaanlage aufdrehte, wehte ihnen ein Schwall heißer Luft entgegen. Benny griff hinauf und schaltete sie wieder aus.

„Lass dem Motor noch ein bisschen Zeit. Diese scheißheiße Luft im Gesicht fehlt uns gerade noch."

Del spürte verlegene Röte auf den Wangen. Ob er jemals etwas tun konnte, das sein Partner anerkannte? Er schluckte seine Verärgerung, holte das Fahrtenbuch heraus und notierte Kilometerstand und Tankanzeige. Die Routinehandlung beruhigte ihn.

„Warte mal", sagte Benny, „Albert Stucky? Ich habe im *Miami Herald* von dem Typ gelesen. Die Fiebies gaben ihm den Spitznamen ‚der Sammler'."

„Fiebies?"

„Ja, FBI. Meine Fresse, Kleiner, kennst du dich denn gar nicht aus?"

Diesmal spürte Del seine Ohren rot werden. Er wandte den Kopf ab und tat, als blicke er in den Rückspiegel.

„Dieser Stucky", fuhr Benny fort, „hat drei oder vier Frauen aufgeschlitzt und abgeschlachtet, und nicht nur hier in Florida. Wenn er der ist, den ich meine, ist er ein verdammter Scheißkerl von einem Killer. Wenn der zu Jesus Christus gefunden hat, dann nur, weil er auf Milde hofft, damit sein Arsch nicht auf dem elektrischen Stuhl gegrillt wird."

„Menschen können sich ändern. Glaubst du denn nicht daran?" Del warf Benny einen Seitenblick zu. Dessen Stirn war mit Schweißperlen bedeckt, und er starrte Del aus blutunterlaufenen Augen an.

„Scheiße, Kleiner. Jede Wette, du glaubst auch noch an den Weihnachtsmann." Benny schüttelte den Kopf. „Die schicken den Typen doch nicht bis zur Verhandlung ins Hochsicherheitsgefängnis, weil sie glauben, dass er zu seinem dämlichen Jesus gefunden hat."

Benny wandte sich ab, sah aus dem Fenster und trank Kaffee. So merkte er nicht, dass Del erneut zusammengezuckt war. Bei so ketzerischen Reden war das ein Reflex für ihn wie das Kratzen eines Mückenstichs. Kein Wunder nach zweiundzwanzig Jahren mit einem Prediger als Daddy.

Del schob das Fahrtenbuch in die Seitentasche, legte den Gang ein und fuhr los. Im Seitenspiegel sah er das Gefängnisgebäude aus Beton. Die Sonne knallte in den Hof, wo mehrere Gefangene zusammenstanden, gegenseitig Zigaretten schnorrten und die Morgenhitze ertrugen. Wie sollten sie den Hofgang genießen, wenn es nicht den Hauch von Schatten gab? Er fügte diesen Punkt seiner geistigen Liste über unfaire Behandlung hinzu. In Minnesota hatte er zu den Aktivisten für Gefängnisreformen gehört. In letzter Zeit hatte er zu viel mit seinem Umzug und dem Eingewöhnen in ein neues Leben zu tun gehabt, um weiter mitzuwirken. Doch er machte eine Liste für die Zeit, wenn er es wieder konnte. Er wollte die Punkte Stück für Stück abarbeiten bis zu dem Vorhaben, den Isolationstrakt aufzulösen.

Als sie sich dem letzten Kontrollpunkt näherten, blickte er in den Rückspiegel und erschrak, da ihr Gefangener seinen Blick erwiderte. Mehr als stechende schwarze Augen, die ihn direkt durch den dick verglasten Schlitz ansahen, konnte er jedoch nicht ausmachen.

Trotzdem entdeckte Del etwas Beängstigendes in diesem Blick. Denselben Ausdruck hatte er vor vielen Jahren auf einer Reise mit seinem Vater erlebt. Sie hatten einen Verurteilten besucht, den sein Vater auf einem Treffen der Gefängnisgesellschaft kennen gelernt hatte. Während ihres Besuches hatte der Gefangene unvorstellbare Grausamkeiten gebeichtet, die er seiner Familie vor deren Ermordung angetan hatte – Ehefrau, fünf Kinder und sogar dem Hund.

Für Del war das ein traumatisches Erlebnis gewesen. Vor allem, mit welch bösartigem Vergnügen der Gefangene alle Einzelheiten berichtet und ihre Wirkung auf den Zehnjährigen beobachtet hatte. Genau diesen Ausdruck erkannte Del im Blick ihres Gefangenen wieder. Zum ersten Mal seit zwölf Jahren hatte er das Gefühl, dem schieren Bösen ins Auge zu schauen.

Er zwang sich, den Blick abzuwenden, und widerstand der Versuchung, erneut hinzusehen.

Nach dem letzten Kontrollpunkt fuhren sie auf den Highway. Sobald sie auf der Straße waren, entspannte Del sich. Er fuhr gerne, dabei konnte er nachdenken. Doch als er Benny mit einem Seitenblick streifte, schrak der aufgeregt aus seinen Gedanken hoch.

„Wohin zum Teufel fährst du? Die I-95 ist in der anderen Richtung."

„Ich dachte, wir nehmen eine Abkürzung. Highway 45 hat weniger Verkehr, und es ist auch eine schönere Strecke."

„Schön ist mir scheißegal!"

„Wir gewinnen etwa 30 Minuten. Wir liefern unseren Gefangenen ab, und haben eine halbe Stunde zusätzlich zum Lunch."

Er wusste, dass sein Partner nichts gegen zusätzliche Mittagszeit hatte. Insgeheim hatte er gehofft, Benny damit zu imponieren, und spekulierte richtig. Benny lehnte sich in seinem Sitz zurück und schenkte sich einen Becher Kaffee ein. Del langte hinauf und drückte den Knopf der Klimaanlage. Diesmal strömte kühle Luft in die Kabine, und Benny belohnte ihn mit einem seltenen Lächeln. Endlich hatte er doch etwas richtig gemacht. Del lehnte sich entspannt zurück.

Sie hatten den Verkehr von Miami hinter sich gelassen und waren etwa eine halbe Stunde gefahren, als ein Poltern den hinteren Teil des Wagens erzittern ließ. Zuerst dachte Del, sie hätten einen Auspufftopf verloren, doch das Poltern hielt an. Es kam aus dem Wageninnern, nicht von unten.

Benny schlug mit der Faust gegen die Stahlabtrennung hinter sich. „Ruhe dahinten, verdammt!"

Er drehte sich um, um durch das schmale Glasrechteck zu sehen, das die Kabine vom Laderaum trennte. „Ich kann überhaupt nichts erkennen."

Das Geräusch wurde lauter und ließ ihre Sitze vibrieren. Für Del klang es, als würden die Metallseiten des Wagens mit einem Baseballschläger bearbeitet. Lächerlich. Ausgeschlossen, dass der Gefangene etwas besaß, das auch nur entfernt einem Baseballschläger glich. Jeder Schlag ließ Benny zusammenfahren, so dass er sich die Schläfen hielt. Del blickte ihn an und sah bei jedem Faustschlag, den Benny gegen die Abtrennung machte, die polynesische Tänzerin auf seinem Arm ihre Hüften schwingen.

„He, hör auf damit!" schrie Del und fügte dem Lärm von hinten, der ihm allmählich Kopfschmerzen bereitete, auch noch die Lautstärke der eigenen Stimme hinzu.

Offensichtlich war der Gefangene nicht ganz gefesselt und rammte sich mit dem Körper gegen die Wände des Wagens. Abgesehen davon, dass der Krach sie verrückt machte, konnte der Gefangene sich ernsthaft verletzen. Del wollte nicht dafür verantwortlich gemacht werden, wenn sie einen blutenden Mann ablieferten. Er ging vom Gas, lenkte den Wagen auf den Seitenstreifen des zweispurigen Highways und hielt an.

„Was zum Teufel machst du da?" wollte Benny wissen.

„Wir können das nicht für den Rest der Fahrt dulden. Die Jungs haben ihn offenbar nicht eng genug gefesselt."

„Warum sollten sie auch? Er hat doch Jesus gefunden."

Del schüttelte nur den Kopf. Während er ausstieg, überlegte er, was er mit einem Gefangenen machen sollte, der einen Arm oder ein Bein aus den Lederfesseln befreit hatte.

„Immer langsam, Kleiner!" schrie Benny hinter ihm her und kletterte aus der Beifahrerseite. „Ich kümmere mich um den Kerl."

Benny brauchte einen Moment, um um den Wagen herumzugehen. Als er auf Del zukam, bemerkte der seinen schwankenden Gang.

„Du bist immer noch betrunken!"

„Einen Scheiß bin ich!"

Del griff in die Kabine, holte die Thermoskanne heraus und riss sie weg, als Benny danach greifen wollte. Er drehte die Kappe ab und roch sofort den Alkohol im Kaffee.

„Du Scheißkerl!" Die Wortwahl erstaunte Del mindestens so sehr wie Benny. Anstatt sich zu entschuldigen, warf er die Kanne jedoch fort und sah sie an einem nahen Zaunpfosten zerschellen.

„Scheiße! Das war meine einzige Thermoskanne, Kleiner."

Benny sah aus, als wolle er in den überwucherten Graben steigen, um die Einzelteile aufzusammeln. Doch dann wandte er sich ab und stapfte auf die Rückseite des Transporters zu. „Sorgen wir dafür, dass dieser Arsch Ruhe gibt."

Das Schlagen ging weiter, lauter sogar, und der Transporter schwankte.

„Glaubst du dich dem gewachsen?" fragte Del voller Zorn. Da er sich von Benny verraten fühlte, leistete er sich Sarkasmus.

„Ja, zum Teufel! Ich habe schon solche Ärsche zur Räson gebracht, als du noch an Mamas Brust genuckelt hast." Benny griff nach seiner Dienstwaffe und fummelte am Verschluss des Holsters herum, ehe er die Waffe freibekam.

Del fragte sich, wie viel Alkohol Benny Zeeks im Blut hatte. Ob er noch sicher zielen konnte? War die Waffe überhaupt geladen? Bisher hatten Brice und Webber die ganz harten Kriminellen nach Glades oder Charlotte transportiert, während er und Benny die kleinen Diebe und Wirtschaftskriminellen in die andere Richtung zum Gericht von Miami eskortiert hatten. Del löste den Riemen an seinem Holster. Ihm zitterte die Hand, der Knauf seiner Waffe fühlte sich klobig und fremd an.

Sobald er die Riegel an den Schlössern der schweren hinteren Türen zurückschob, hörte das Schlagen auf. Del sah Benny an, der mit gezogener Waffe neben ihm stand, und bemerkte sofort das leichte Zittern seiner Hand. Ihm wurde flau im Magen. Sein Rücken war so schweißnass wie seine Stirn. Schweißränder unter den Armen verunzierten die einst makellose Uniform. Sein Herz schlug so heftig gegen den Brustkasten, dass er sich fragte, ob Benny es in der plötzlichen Stille hörte.

Tief durchatmend, packte er den Türgriff fester, schwang die Tür auf, sprang zur Seite und gestattete Benny einen ungehinderten Blick ins dunkle Innere. Benny stand breitbeinig da, Arme vorgestreckt, die Waffe mit beiden Händen haltend, den Kopf leicht geneigt, jederzeit schussbereit.

Nichts geschah. Die Tür schlug ein paar Mal gegen die Seitenwand des Transporters. Das Geräusch von Metall auf Metall klang wegen der Stille auf dem leeren Highway besonders laut. Die Augen leicht zusammengekniffen, starrten Del und Benny ins Dunkel, um die Eckbank zu erkennen, auf der gewöhnlich die Gefangenen saßen, an dicken, aus Wänden und Dach ragenden Riemen gefesselt.

„Ach, du Schande!" Del sah die Lederriemen durchschnitten von der Wand des Transporters baumeln.

„Was, zum Geier ...?" murmelte Benny, als er sich langsam dem offenen Transporter näherte.

Ohne Vorwarnung flog eine große dunkle Gestalt auf Benny zu und stieß ihn samt Waffe zu Boden. Albert Stucky schlug ihm die Zähne ins Ohrläppchen wie ein tollwütiger Hund. Bennys Schrei paralysierte Del. Aufgelöst stand er da. Seine Gliedmaßen gehorchten ihm nicht. Sein Herz hämmerte, er konnte nicht atmen und nicht denken. Als er endlich den Dienstrevolver gezogen hatte, war Stucky schon wieder auf den Beinen und warf sich auf ihn. Im Kollidieren stieß er ihm etwas Scharfes, Glattes, Hartes in den Magen.

Schmerz explodierte in Dels Körper. Seine Hände erschlafften, die Waffe glitt ihm aus der Hand.

Er zwang sich, Albert Stucky anzusehen, und das Böse starrte zurück, kalt, schwarz, wie ein eigenständiges Wesen. Als er hinabschaute, sah er die große Hand immer noch den Dolch halten. Er blickte auf und sah Stucky lächelnd den Dolch tiefer rammen.

Del sank auf die Knie. Sein Blick verschwamm, als das Bild des großen Fremden sich in Einzelteile auflöste. Er sah den Transporter und einen ausgestreckten Benny. Alles begann sich zu drehen und zu verschwimmen. Dann stürzte er hart zu Boden. Sein schweißnasser Rücken zischte beim Kontakt mit dem heißen Beton, der jedoch nicht so brannte wie seine Eingeweide. Ein Feuer breitete sich vom Magen ausgehend im Körper aus und erfasste jedes Organ. Auf dem Rücken liegend sah Del die Wolken über sich hinwegziehen, strahlendes Weiß vor tiefem Blau. Die Morgensonne blendete, und doch war alles so schön. Warum hatte er nicht früher bemerkt, wie schön der Himmel war?

Hinter ihm zerriss ein einzelner Schuss die Stille. Del gelang ein schwaches Lächeln. Endlich. Er konnte ihn nicht sehen, doch der gute alte Benny, die Legende, hatte es wieder geschafft. Der Alkohol hatte ihn nur ein bisschen langsam gemacht.

Del richtete sich leicht auf, um den Schaden an seinem Magen zu begutachten. Verblüfft blickte er auf eine blutverschmierte Jesusstatue. Der Dolch, der seine Eingeweide auf den verwaisten Highway tröpfeln ließ, war ein Kruzifix aus Mahagoni. Plötzlich spürte er keinen Schmerz mehr. Das musste ein gutes Zeichen sein, oder? Vielleicht wurde alles wieder gut.

„He, Benny!" rief er und legte den Kopf auf den Boden. Er konnte seinen Partner immer noch nicht sehen. „Mein Daddy wird das in seiner Predigt verwenden, wenn ich ihm erzähle, dass ich mit einem Kruzifix erdolcht wurde."

Ein langer dunkler Schatten schob sich vor den Himmel.

Wieder blickte Del in diese leeren schwarzen Augen. Albert Stucky stand über ihm, groß, schlank, aufrecht, ein muskulöser Mann mit scharfen Zügen. Er erinnerte Del an einen Raubvogel, der mit angelegten Flügeln da hockt, den Kopf leicht zur Seite geneigt, abwartet, dass sein Opfer aufhört zu strampeln und sich in das Unvermeidliche ergibt. Plötzlich lächelte Stucky, als gefalle ihm, was er sah. Er hob Bennys Dienstwaffe und zielte auf Dels Kopf.

„Du wirst deinem Daddy gar nichts erzählen", versprach er mit tiefer, ruhiger Stimme, „eher dem heiligen Petrus." Metall krachte in Dels Schädel. Ein greller Blitz wirbelte in einem Ozean aus Blau, Gelb, Weiß und schließlich ... Schwarz.

1. KAPITEL

Nordost Virginia,
(an der Grenze zu Washington, D.C.)
fünf Monate später – Freitag, 27. März

Maggie O'Dell wand und drehte sich, um bequemer zu liegen. Ihre Haut war schweißnass, und die Rippen taten ihr weh. Die stickige, abgestandene Luft im Zimmer machte das Atmen schwer. Sie ertastete im Dunkeln die Messingstehlampe, betätigte den Schalter – und nichts geschah. Verdammt! Sie hasste es, in Dunkelheit aufzuwachen, und sorgte in der Regel für eine Lichtquelle.

Ihre Augen gewöhnten sich nur langsam an das Dunkel. Blinzelnd suchte sie zwischen und hinter den Kartons, die sie den ganzen Tag gepackt hatte. Offenbar hatte Greg sich nicht die Mühe gemacht, nach Hause zu kommen. Seine geräuschvolle Heimkehr wäre ihr nicht entgangen. Gut, dass er nicht da war. Seine Temperamentsausbrüche würden nur die Möbelpacker verprellen.

Sie versuchte sich aus dem Liegesessel zu erheben und hielt inne, als ein scharfer Schmerz über ihren Bauch schoss. Sie griff danach, als könnte sie den Schmerz fangen und an seiner Ausbreitung hindern. Etwas Warmes, Klebriges durchfeuchtete ihr T-Shirt. Allmächtiger, was war denn nun los? Vorsichtig zog sie den Shirtsaum hoch und erkannte es trotz Dunkelheit. Sie fröstelte, und ihr wurde übel. Ein Schnitt verlief von unterhalb der linken

Brust quer über den Bauch. Das Blut daraus durchnässte ihr T-Shirt und tropfte auf den Stoff des Liegesessels.

Maggie sprang auf, bedeckte die Wunde und presste das Shirt darauf, um die Blutung zu stoppen. Sie musste den Notarzt rufen. Wo, zum Kuckuck, war das Telefon? Wie hatte das geschehen können? Die Narbe war über acht Monate alt, und doch blutete sie so heftig wie am Tag, als Albert Stucky sie ihr beigebracht hatte.

Auf ihrer Suche stieß sie Kisten um. Deckel sprangen auf und verteilten Tatortfotos, Toilettenartikel, Zeitungsausschnitte, Unterwäsche, Socken und andere Utensilien über dem Boden. Alles, was sie so sorgfältig verpackt hatte, flog, rollte, schlitterte und krachte plötzlich zu Boden.

Dann hörte sie ein Wimmern.

Sie verharrte und hielt lauschend den Atem an. Ihr Puls schlug bereits zu heftig. Ruhig. Sie musste Ruhe bewahren. Langsam drehte sie sich um und lauschte erneut mit leicht geneigtem Kopf. Ihr suchender Blick schweifte über Schreibtisch, Kaffeetisch und Regal. Lieber Gott, wo hatte sie bloß ihre Waffe gelassen?

Schließlich entdeckte sie das Holster am Fuß des Sessels. Natürlich hatte sie es bei sich behalten, als sie sich schlafen legte.

Das Wimmern wurde lauter, ein hohes Weinen, wie von einem verwundeten Tier. Oder war das ein Trick? Maggie bewegte sich wieder auf den Sessel zu, der Blick schweifte wachsam umher. Jetzt nahm sie auch noch einen üblen Geruch wahr. Das Holster in der Hand, schlich sie auf Zehenspitzen zur Küche. Je näher sie kam, desto deutlicher wurde der Geruch. Es roch nach Blut. Der Gestank stach ihr in Nase und Lungen.

Leicht geduckt schlich sie durch die Tür. Obwohl vom Geruch gewarnt, japste sie vor Schreck. Eine Wand der mondhellen Küche war mit Blut bespritzt, und eine Blutlache schwamm auf den Keramikfliesen. Überall Blut auf den Arbeitsflächen, und es tropfte von den Geräten. Am Ende des Raumes stand Albert Stucky. Eine große, schlanke Gestalt, die sich über eine wimmernde kniende Frau beugte.

Maggie spürte ein Kribbeln im Genick. Wie, um alles in der Welt, war er in ihre Wohnung gekommen? Dennoch war sie nicht überrascht, ihn zu sehen. Hatte sie nicht sogar mit ihm gerechnet, ja, ihn geradezu erwartet?

Stucky riss den Kopf der Frau an den Haaren zurück und hielt ihr ein Messer an die Kehle. Maggie unterdrückte ein weiteres Japsen. Er hatte sie noch nicht bemerkt, und sie presste sich im Dunkeln an die Wand.

Langsam, nur die Ruhe! wiederholte sie im Geiste wie ein Mantra. Sie hatte sich auf diesen Augenblick vorbereitet, hatte sich seit Monaten davor gefürchtet und davon geträumt. Jetzt war nicht der Moment, vor Angst und Panik die Nerven zu verlieren. Sie lehnte sich gegen die Wand, um sicheren Stand zu haben, obwohl ihr Rücken schmerzte und die Knie zitterten. Aus diesem Winkel hatte sie eine gute Schussposition. Sie wusste, dass sie nur einen Schuss haben würde, mehr brauchte sie auch nicht.

Maggie versuchte die Waffe aus dem Holster zu ziehen. Es war leer! Wie konnte das sein? Sie fuhr herum und blickte suchend über den Boden. War sie heruntergefallen? Warum hatte sie es nicht bemerkt?

Plötzlich merkte sie, dass ihre Schreckreaktion sie verraten hatte. Als sie aufblickte, streckte die Frau flehentlich die Arme nach ihr aus. Doch Maggie sah an ihr vorbei, in die Augen von Albert Stucky. Der lächelte. Und in einer blitzartigen Bewegung schnitt er der Frau die Kehle durch.

„Nein!"

Maggie erwachte mit einem heftigen Schrecken und fiel fast aus dem Liegesessel. Sie tastete über den Boden, ihr Puls raste.

Schweißgebadet fand sie das Holster, riss die Waffe heraus, sprang auf und schwang sie mit beiden Händen haltend hin und her, bereit, die gestapelten Kartons mit Kugeln zu durchsieben. Morgenlicht drang gerade erst in den Raum, reichte jedoch aus, ihr zu zeigen, dass sie allein war.

Sie ließ sich in den Sessel fallen. Die Waffe noch in der Hand, wischte sie sich den Schweiß von der Stirn und rieb sich zitternd den Schlaf aus den Augen. Immer noch nicht ganz überzeugt, dass sie nur geträumt hatte, zog sie den Saum ihres T-Shirts hoch, beugte sich vor und suchte den blutigen Schnitt auf dem Bauch. Ja, die Narbe war da, eine leichte Erhebung der Haut, aber nein, sie blutete nicht. Sie lehnte sich im Sessel zurück und fuhr sich mit einer Hand durch das wirre kurze Haar. Großer Gott! Wie lange musste sie noch mit diesen Albträumen leben?

Über acht Monate waren vergangen, seit Albert Stucky sie in einem leeren Lagerhaus in Miami in einen Hinterhalt gelockt hatte. Davor hatte sie ihn zwei Jahre lang verfolgt, seine Tatmuster und abartigen Verhaltensweisen studiert, Autopsien an den Leichen vorgenommen, die er hinterließ, und die bizarren Botschaften des Spiels entschlüsselt, das er mit ihr trieb. An jenem heißen Augustabend hatte er sie erwischt. Er hatte sie in die Falle gelockt und zusehen lassen. Töten wollte er sie nicht, sie musste nur zusehen.

Maggie schüttelte leicht den Kopf, um die Bilder der Erinnerung nicht aufkommen zu lassen. Was ihr gelang, solange sie wach war. Sie hatten Albert Stucky in jener blutigen Nacht im August geschnappt, und an Halloween war er aus der Haft entwischt. Ihr Boss, der stellvertretende FBI-Direktor Kyle Cunningham, hatte sie sofort aus dem Außendienst abgezogen. Sie gehörte zu den besten Profilern des FBI, und doch hatte Cunningham sie hinter den Schreibtisch verbannt. Er hatte sie ins Exil geschickt, um Vorträge bei Fortbildungsveranstaltungen von Polizei und Justiz zu halten.

Als sei Langeweile ein Schutz vor diesem Verrückten. Ihr kam das Ganze eher wie eine Bestrafung vor, die sie nicht verdiente.

Maggie stand auf und ärgerte sich über ihre wackeligen Knie. Sie schlängelte sich durch das Kartonlabyrinth zum Schrank in der Ecke. Die Schreibtischuhr verriet, dass noch zwei Stunden Zeit blieben, bis die Möbelpacker kamen. Sie legte die Waffe beiseite, suchte im Schrank und förderte eine Flasche Scotch zu Tage. Sie schenkte sich ein Glas ein und bemerkte, dass ihre Hände ruhiger wurden und ihr Herzschlag fast wieder normal war.

Genau in dem Moment hörte sie ein Geräusch aus der Küche. Grundgütiger! Sie presste die Fingernägel in den Arm, spürte den Schmerz und fand keinen Trost in der Bestätigung, dass sie diesmal nicht träumte. Die Waffe in der Hand, versuchte sie ihren Puls zu beruhigen, der bereits wieder raste. Sie schlich an der Wand entlang zur Küche, lauschte und schnupperte. Das Greinen hörte auf, als sie die Tür erreichte.

Die Waffe mit beiden Händen vor der Brust, Finger am Anzug, machte sie sich bereit. Diesmal war sie vorbereitet. Sie atmete tief durch, schwang die Küchentür auf – und zielte direkt auf den Rücken von Greg. Der fuhr herum und ließ die soeben geöffnete Dose Kaffee fallen.

„Verdammt, Maggie!" Er trug nur seidene Boxershorts. Sein gewöhnlich gut frisiertes blondes Haar stand in die Luft. Er sah aus wie gerade aus dem Bett gesprungen.

„Entschuldige." Sie gab sich Mühe, ihre kurzfristige Panik nicht in der Stimme anklingen zu lassen. „Ich habe dich letzte Nacht nicht heimkommen hören." Sie steckte die 38er Smith & Wesson so lässig in den hinteren Jeansbund, als gehöre das zu ihrem morgendlichen Ritual.

„Ich wollte dich nicht aufwecken", presste er verärgert hervor und beseitigte bereits mit Handfeger und Kehrblech die Bescherung. Vorsichtig hob er die umgekippte Kaffeedose auf, um so viel Gourmetkaffee wie möglich zu retten. „Eines Tages, Maggie, wirst du mich versehentlich erschießen." Er hielt inne und sah zu ihr auf. „Aber vielleicht ist das dann kein Versehen."

Seinen Sarkasmus ignorierend, ging sie an ihm vorbei, spritzte sich am Spülbecken kaltes Wasser in Gesicht und Nacken und hoffte, Greg bemerkte ihre zitternden Hände nicht. Aber eigentlich brauchte sie sich da keine Sorgen zu machen. Greg sah nur, was er sehen wollte.

„Tut mir Leid", wiederholte sie mit dem Rücken zu ihm. „Das wäre nie passiert, wenn wir eine Alarmanlage hätten."

„Die wir gar nicht brauchten, wenn du deinen Job aufgeben würdest."

Sie war dieses ewige Streitthema endgültig leid. Mit einem Wischtuch fegte sie das Kaffeemehl von der Arbeitsplatte. „Ich habe dich auch nie gebeten, dass du deinen Beruf als Anwalt an den Nagel hängen sollst, Greg."

„Das ist nicht dasselbe."

„Mein Beruf als FBI-Agentin bedeutet mir ebenso viel wie dir deiner."

„Mein Beruf bringt es nicht mit sich, dass ich aufgeschlitzt und fast umgebracht werde. Er veranlasst mich auch nicht, bewaffnet durch meine eigene Wohnung zu schleichen und fast meinen Partner zu erschießen." Mit heftigen Bewegungen verstaute er Handfeger und Kehrblech im Besenschrank.

„Na ja, ab heute ist das dann wohl kein Thema mehr", sagte sie ruhig.

Er hielt inne, sah sie an, und seine grauen Augen wirkten einen Moment traurig, fast reuig. Dann wandte er den Blick ab und nahm das Wischtuch, das Maggie beiseite gelegt hatte. In langsamen, bewussten Bewegungen wischte er die Arbeitsplatte nach, als genüge sie selbst bei dieser kleinen Aufgabe nicht seinen Ansprüchen.

„Also, wann kommen die Jungs von United?" fragte er, als planten sie einen gemeinsamen Umzug.

Sie sah auf die Wanduhr. „Um acht. Aber ich habe nicht United beauftragt."

„Maggie, bei Umzugsfirmen muss man vorsichtig sein. Die ziehen dir das letzte Hemd aus. Du solltest wissen ..." Er verstummte, als fiele ihm gerade ein, dass es ihn nichts mehr anging. „Wie du willst." Er begann die Kaffeemaschine zu füllen und löffelte das Mehl präzise abgemessen ein. Dabei presste er die Lippen zusammen, um die Schelte zurückzuhalten, die ihm auf der Zunge lag.

Maggie beobachtete ihn und prophezeite genau, was als Nächstes kam. Er würde den Behälter exakt bis zum Strich für drei Tassen füllen und sich hinabbeugen, um in Augenhöhe zu prüfen, ob die Linie auch genau getroffen war. Sie erkannte die übliche Routine und fragte sich, an welchem Punkt sie sich entfremdet hatten. Nach zehnjähriger Ehe gönnten sie einander nicht einmal mehr die Höflichkeit der Freundschaft. Stattdessen schien jede Unterhaltung zähneknirschend hervorgepresst zu werden.

Maggie wandte sich ab und ging in den leeren Raum zurück. Sie wartete und hoffte, dass Greg ihr nicht folgte. Nicht diesmal. Sie würde den Tag nicht überstehen, wenn er weiterhin schimpfte und schmollte oder schlimmer noch, darauf verfiel, ihr eine Liebeserklärung zu machen. Die wirkte bei ihr wie Messerstiche, besonders mit dem Nachsatz: „Und wenn du mich lieben würdest, würdest du deinen Job aufgeben."

Sie kehrte zum Barschrank zurück, wo sie das Scotchglas abgestellt hatte. Die Sonne war kaum aufgegangen, und schon brauchte sie ihre tägliche Dosis an flüssigem Mutmacher. Ihre Mutter wäre stolz auf sie. Endlich haben wir doch noch etwas gemeinsam, dachte sie ironisch.

Sie trank und sah sich um. Wie konnte dieser Stapel Kartons die Summe ihres Lebens darstellen? Sie fuhr sich mit einer Hand über das Gesicht und spürte die Erschöpfung wie einen ständigen Begleiter. Wie lange war es her, dass sie eine Nacht durchgeschlafen hatte? Wann hatte sie sich das letzte Mal sicher gefühlt? Sie hatte es satt, sich zu fühlen, als treibe sie unaufhaltsam auf den Absturz zu.

Cunningham machte sich etwas vor, wenn er glaubte, sie beschützen zu können. Gegen ihre Albträume konnte er nichts tun, und gleichgültig, wohin er sie schickte, sie war nie außerhalb von Stuckys Reichweite. Sie wusste, dass Stucky sie irgendwann fand, auch wenn seit seiner Flucht bereits fünf Monate vergangen waren, ohne ein Zeichen von ihm. Vielleicht dauerte es noch einige Monate, aber er kam.

2. KAPITEL

Tess McGowan wünschte, andere Schuhe angezogen zu haben. Diese drückten, und die Absätze waren zu hoch. Während sie den gewundenen Plattenweg entlangging und so tat, als beachte sie die Blicke der Männer nicht, konzentrierte sie sich mit jeder Faser darauf, nicht zu stürzen. Als sie in ihrem schwarzen Miata vorgefahren war, hatten die Möbelpacker aufgehört, den LKW auszuladen. Sofaenden verharrten auf halber Höhe, Handkarren blieben halb gekippt, und Kisten wurden ignoriert, während die schwitzenden Männer in blauen Uniformen innehielten, um sie zu beobachten.

Sie hasste diese Aufmerksamkeit und wappnete sich innerlich vor einem anerkennenden Pfiff. Die andächtige Stille in diesem gepflegten Viertel hätte einen solchen Pfiff besonders obszön wirken lassen.

Das Ganze war lächerlich. Ihre Seidenbluse klebte an ihr, und ihr Haar war verschwitzt. Sie war keine umwerfende Schönheit. Bestenfalls hatte sie eine passable Figur, für die sie sich regelmäßig im Sportstudio quälte und ihre Gier nach Cheeseburgern bremste. Sie war alles andere als eine „Playboy-Schöne". Warum also kam sie sich plötzlich vor wie nackt, obwohl sie einen konservativen Hosenanzug trug?

Das war nicht die Schuld der Männer. Nicht mal deren Blicke störten sie so sehr, als vielmehr der eigene Reflex, sich ihnen zu präsentieren. Diese ärgerliche Angewohnheit hatte sie aus ihrer schillernden Vergangenheit übernommen. Sie schien an ihr zu haften wie Zigarettenrauch und Whiskeygestank. Die Erinnerung an Hits von Elvis aus der Musicbox in der Ecke, gefolgt von billigen Hotelzimmern, war noch sehr lebendig. Aber das war lange her, zu lange, um ihr jetzt noch zu schaden. Schließlich war sie dabei, eine erfolgreiche Geschäftsfrau zu werden.

Warum hatte die Vergangenheit noch einen solchen Einfluss auf ihr Leben? Wieso konnten ein paar indiskrete Blicke von Männern, die sie nicht mal kannte, sie aus der Fassung bringen, dass sie um ihr hart erarbeitetes Ansehen fürchtete? Ganz einfach, weil die Blicke ihr das Gefühl vermittelten, eine Betrügerin zu sein, die sich als jemand ausgab, der sie nicht war. Als sie die Eingangstür erreichte, hätte sie sich am liebsten umgedreht und wäre weggerannt. Stattdessen atmete sie tief durch und klopfte an die schwere, angelehnte Eichentür.

„Kommen Sie herein", forderte eine Frau sie auf. Tess fand Maggie O'Dell an der blinkenden Schalttafel der neu installierten Alarmanlage.

„Oh hallo, Miss McGowan. Müssen wir noch einige Papiere

unterschreiben?" Maggie warf Tess beim Kodieren der Schalttafel nur einen kurzen Blick zu.

„Bitte nennen Sie mich einfach Tess." Sie wartete zögernd ab, ob Maggie ihr dasselbe Angebot der vertraulichen Anrede machte, war jedoch nicht erstaunt, als es ausblieb. Maggie O'Dell war keineswegs unhöflich, vielmehr schätzte sie eine gewisse Distanz. Tess verstand und respektierte das. „Nein, es gibt nichts zu unterschreiben. Ich wusste nur vom großen Umzug heute und wollte mich vergewissern, dass alles in Ordnung ist."

„Sehen Sie sich um, ich bin gleich fertig mit Programmieren."

Tess schlenderte vom Flur ins Wohnzimmer. Die Nachmittagssonne schien herein, und alle Fenster waren geöffnet, damit die aufgeheizte Luft durch eine kühle Brise ersetzt wurde. Tess wischte sich die unangenehm feuchte Stirn und beobachtete aus den Augenwinkeln ihre Kundin.

Maggie O'Dell war tatsächlich eine Frau, die bewundernde männliche Blicke verdiente. Tess wusste, dass sie etwa in ihrem Alter war, irgendwo Anfang dreißig. Aber ohne den sonst üblichen eleganten Anzug wäre sie auch als Studentin durchgegangen. In einem abgewetzten T-Shirt der University of Virginia und einer fadenscheinigen Jeans kam ihre athletische Figur gut zur Geltung. Sie besaß eine natürliche Schönheit, die man nicht künstlich erzeugen konnte. Die Haut war glatt und zart, und ihr kurzes schwarzes Haar glänzte, obwohl es völlig zerzaust war. Sie hatte ausdrucksvolle braune Augen und hohe Wangenknochen, um die Tess sie beneidete.

Tess wusste instinktiv, dass die Männer draußen es nicht wagen würden, Maggie mit derselben Ungeniertheit zu mustern, wie sie das bei ihr getan hatten, obwohl sie es vermutlich gerne wollten.

Diese Frau hatte etwas. Tess hatte es schon bei der ersten Begegnung bemerkt, ohne es genau beschreiben zu können. Vielleicht lag es an der aufrechten Körperhaltung oder dem gelegentlichen Ignorieren ihrer Umgebung. Ihr schien die Wirkung, die sie auf Menschen hatte, völlig gleichgültig zu sein. Eine Haltung, die Respekt erzeugte, nein verlangte. Trotz Designerkleidung und teurem Auto würde Tess diese überlegene Haltung nie besitzen. Bei aller Verschiedenheit hatte sie sich Maggie O'Dell sofort verbunden gefühlt, denn sie schienen beide sehr allein zu sein.

„Entschuldigung", sagte Maggie, als sie sich zu Tess ans Gartenfenster gesellte. „Ich bleibe heute Nacht hier und wollte sicher sein, dass die Alarmanlage funktioniert."

„Natürlich." Tess nickte lächelnd.

Maggie war bei allen angebotenen Häusern mehr an den Alarmanlagen als an der Wohnfläche oder dem Kaufpreis interessiert gewesen. Anfänglich hatte sie das dem Beruf ihrer Kundin zugeschrieben. Natürlich würden FBI-Agenten den Sicherheitseinrichtungen mehr Aufmerksamkeit widmen als normale Käufer. Doch dann war ihr eine vertraute Verletzlichkeit an Maggie aufgefallen, und sie hatte sich unwillkürlich gefragt, wovor die unabhängige, selbstsicher wirkende Agentin sich abzuschotten versuchte. Selbst als sie jetzt so nebeneinander standen, blickte Maggie O'Dell in den Garten, als suche sie einen unerwarteten Eindringling. Das war nicht der stolze Blick einer Hausbesitzerin auf ihren neuen Garten.

Tess sah sich im Raum um. Viele gestapelte Kisten, aber kaum Mobiliar. Vielleicht hatten die Möbelpacker erst damit angefangen, die schweren Sachen hereinzutragen. Sie fragte sich, wie viel Maggie aus der Eigentumswohnung, die sie mit ihrem Mann bewohnt hatte, mitnehmen konnte? Sie wusste, dass eine schwierige Scheidung lief – allerdings nicht von ihrer Kundin.

Ihre Kenntnisse über Maggie O'Dell hatte sie von einer gemeinsamen Freundin, Maggies Anwältin Teresa Ramairez. Teresa hatte sie Maggie als Maklerin empfohlen, und durch sie wusste sie auch von Maggies verbittertem Exmann, dem Anwalt. Von Maggie selbst wusste sie nur das, was für die geschäftliche Transaktion nötig war. Sie fragte sich ob Maggies Distanziertheit eine Berufskrankheit war, die sich aufs Privatleben auswirkte.

Die Distanz störte sie jedoch nicht. Gewöhnlich erlebte sie das genaue Gegenteil mit Kunden. Man vertraute sich ihr an wie einem Beichtvater. Die Arbeit einer Immobilienmaklerin hatte auch ein wenig von der einer Bardame. Vielleicht war ihre schillernde Vergangenheit gar keine schlechte Vorbereitung gewesen. Dass Maggie O'Dell ihr nicht das Herz ausschüttete, ging völlig in Ordnung. Sie nahm das nicht persönlich und konnte es gut nachvollziehen. Schließlich hielt sie es in ihrem Leben mit ihren Geheimnissen nicht anders. Je weniger man über sie wusste, desto besser.

„Haben Sie schon Ihre neuen Nachbarn kennen gelernt?"

„Noch nicht." Maggie betrachtete die Reihe riesiger Pinien, die das Grundstück wie die Mauer eines Forts säumten. „Nur die, der wir beide letzte Woche begegnet sind."

„Ach ja, Rachel. Ich kann mich nicht an ihren Nachnamen erinnern, obwohl ich sonst ein gutes Namensgedächtnis habe."

„Endicott", half Maggie ihr mühelos aus.

„Sie schien sehr nett zu sein", fügte Tess hinzu. Nach der kurzen Begegnung hatte sie sich allerdings gefragt, wie Spezialagentin Maggie O'Dell in dieser Nachbarschaft aus Ärzten, Kongressabgeordneten und Gelehrten mit ihren nicht berufstätigen, aber sehr statusbewussten Ehefrauen zurechtkam. Sie erinnerte sich an Rachel Endicott mit ihrem reinweißen Labrador beim Joggen in einem Designeranzug, teuren Laufschuhen, tadellos frisiert und keine Schweißperle auf der Stirn. Im Gegensatz dazu stand Agentin O'Dell hier in einem ausgeleierten T-Shirt, abgetragenen Jeans und einem Paar grauer Nikes, die schon vor einiger Zeit in den Müll gehört hätten.

Stöhnend kamen zwei Männer mit einem riesigen Schreibtisch mit Rolladenfächern durch die Haustür. Sofort richtete sich Maggies Aufmerksamkeit auf den Schreibtisch, der unglaublich schwer aussah und wahrscheinlich eine Antiquität war.

„Wo soll der hin, Ma'am?"

„Dort drüben, an die Wand."

„Inne Mitte?"

„Ja, bitte."

Maggie verfolgte das Unternehmen, bis das Stück sicher abgestellt war.

„So gut?"

„Perfekt."

Beide Männer wirkten erfreut, der Ältere lächelte. Der Große, Schlanke vermied es, die Frauen anzusehen. Er ging leicht gebeugt, nicht vor Schmerzen, eher so, als schäme er sich seiner Größe. Sie lösten die Plastikbänder und -schließen von den vielen Fächern des Schreibtisches. Der große Mann prüfte die Schübe, stutzte plötzlich und riss die Hand zurück, als sei er gebissen worden.

„Ma'am ... wussten Sie, dass Sie das da drin haben?"

Sie ging zu ihm, sah in die Schublade und nahm eine schwarze Pistole heraus, die in einer Art Holster steckte.

„Tut mir Leid, die hier habe ich ganz vergessen."

Die hier? Tess fragte sich, wie viele Waffen ihre Kundin besaß. Vielleicht war ihr Sicherheitsbedürfnis doch ein wenig übertrieben, selbst für eine FBI-Agentin.

„Wir sind gleich fertig", sagte ihr der ältere Mann und folgte seinem Kollegen hinaus, als sei nichts Ungewöhnliches dabei, eine geladene Waffe zu finden.

„Haben Sie jemand, der Ihnen beim Auspacken hilft?" Tess

versuchte ihre Abneigung gegen Waffen zu verbergen. Nein, es war mehr als Abneigung, es war echte Angst.

„Ich habe ja nicht viel."

Tess sah sich um, und merkte leicht verlegen, dass Maggie sie beobachtete. Sie fühlte sich ertappt, denn genau das hatte sie gedacht: Maggie hat wirklich nicht viel. Wie wollte sie dieses zweistöckige Haus im Tudorstil möblieren?"

„Es ist nur ... ich erinnerte mich, dass Sie erwähnten, Ihre Mutter lebt in Richmond", versuchte Tess zu erklären.

„Ja, das stimmt", bestätigte Maggie in einem Tonfall, der Tess verriet, dass es zu diesem Thema keine weiteren Auskünfte gab.

„Nun, dann überlasse ich Sie Ihrer Arbeit." Tess fühlte sich plötzlich befangen und hatte es eilig zu gehen. „Ich muss noch einigen Papierkram erledigen."

Sie streckte ihr die Hand hin, und Maggie nahm sie höflich und mit erstaunlich festem Griff. Die Frau verströmte eindeutig Stärke und Selbstsicherheit. Aber wenn Tess sich nicht sehr täuschte, dann entsprang Maggies Wunsch nach Sicherheit einer tief sitzenden Furcht. Auf Grund der eigenen jahrelangen Erfahrung mit Verletzbarkeit und Angst hatte sie ein Gespür dafür.

„Falls Sie etwas brauchen, was auch immer, zögern Sie nicht, mich anzurufen. Okay?"

„Danke, Tess, das werde ich."

Doch Tess wusste, sie würde es nicht tun.

Als sie aus der Einfahrt zurücksetzte, fragte sie sich, ob Spezialagentin Maggie O'Dell nur vorsichtig oder schon paranoid war, nur sorgfältig oder bereits besessen.

An der Ecke der Kreuzung bemerkte sie einen am Straßenrand geparkten Van. Sonderbar in dieser Gegend, wo die Häuser weit von der Straße zurücklagen und die Zufahrten so lang waren, dass mehrere geparkte Wagen Platz hatten.

Hinter dem Steuer saß ein Mann in Uniform mit dunkler Sonnenbrille, in eine Zeitung vertieft. Tess' erster Gedanke war, wie eigenartig, beim Lesen der Zeitung eine Sonnenbrille zu tragen, zumal die Sonne in seinem Rücken sank. Im Vorbeifahren bemerkte sie das Firmenlogo auf der Seite des Van: „Northeastern Bell Telephone". Sie wurde sofort argwöhnisch. Warum war der Typ so weit weg vom Standort seiner Firma? Plötzlich musste sie lachen. Vielleicht war die Paranoia ihrer Klientin ansteckend.

Kopfschüttelnd bog sie auf den Highway ab, ließ das stille Viertel hinter sich und fuhr in ihr Büro. Beim Gedanken an die stattlichen Häuser hinter riesigen Eichen und ganzen Armeen von Pinien hoffte sie, dass Maggie O'Dell sich endlich sicher fühlte.

3. KAPITEL

Maggie jonglierte die Kisten auf dem Arm. Wie üblich hatte sie eine mehr genommen, als sie sollte. An der Tür tastete sie nach dem Knauf, den sie nicht sehen konnte, ohne jedoch etwas abzustellen. Warum in aller Welt besaß sie so viele CDs und Bücher, wenn sie gar nicht die Zeit hatte, Musik zu hören oder zu lesen?

Die Möbelpacker waren nach einer gründlichen Suche nach einem fehlenden – oder wie sie sagten verlegten – Karton abgefahren. Dass der Karton noch bei Greg sein könnte, missfiel ihr. Noch mehr missfiel ihr, dass sie Greg deshalb anrufen und bitten musste, danach zu suchen. Er würde sie erinnern, dass sie auf ihn hören und die Firma United hätte beauftragen sollen. Wie sie Greg kannte, würde er den Karton, sollte er noch bei ihm sein, aus Zorn und Neugier öffnen. Sie stellte sich vor, wie er die Packstreifen abriss, als hätte er einen verborgenen Schatz entdeckt, was es für ihn ja auch war. Denn natürlich enthielt der fehlende Karton ausgerechnet die Dinge, die sie nicht gern von anderen durchwühlen ließ: ihr persönliches Tagebuch, Terminkalender und Erinnerungsstücke aus der Kindheit.

Sie hatte im Kofferraum ihres Wagens bei den wenigen Kisten gesucht, die sie selbst transportiert hatte. Das hier waren die Letzten. Vielleicht hatten die Möbelpacker den Karton wirklich nur verlegt. Sie hoffte es und versuchte sich keine Gedanken darüber zu machen. Es war zu ermüdend, vierundzwanzig Stunden am Tag auf der Hut zu sein und sich ständig über die Schulter zu sehen.

Sie stellte die Kartons auf dem Handlauf des Treppengeländers ab, stützte einen mit der Hüfte und rieb sich mit der freien Hand den verspannten Nacken. Zugleich schaute sie sich um. Herrgott, warum konnte sie sich nicht einfach entspannen und ihre erste Nacht im neuen Haus genießen? Warum konnte sie sich nicht auf einfache, dumme Alltäglichkeiten konzentrieren wie ihren unerwarteten Hunger?

Beim Gedanken an Pizza als Belohnung lief ihr wie auf Kommando das Wasser im Munde zusammen. Sie hatte schon lange keinen Appetit mehr gehabt. Dieser plötzliche Heißhunger war neu und musste genossen werden. Sie würde sich mit einer Salami-Peperoni-Käse-Pizza voll stopfen. Allerdings erst, nachdem sie mehrere Liter Wasser getrunken hatte.

Das T-Shirt klebte ihr am Leib. Ehe sie Pizza bestellte, würde sie schnell eine erfrischende Dusche nehmen. Miss McGowan – Tess – hatte versprochen, alle Formalitäten mit dem Wasser- und Elektrizitätswerk für sie zu erledigen. Sie hatte es nicht mehr überprüft, hoffentlich war alles in Ordnung. Sie verließ sich nur ungern auf andere, was in letzter Zeit aber unumgänglich gewesen war. Angefangen bei Möbelpackern über Immobilienmakler bis zu Anwälten und Bankiers hatte sie Hilfe in Anspruch nehmen müssen. Hoffentlich war das Wasser wirklich angestellt. Bisher hatte Tess jedoch alle Versprechen eingehalten. Es bestand fairerweise kein Grund, jetzt an ihr zu zweifeln. Tess hatte sich überhaupt sehr angestrengt, diesen eiligen Kauf glatt über die Bühne zu bringen.

Maggie rückte die Kisten auf die andere Hüfte und fand den Türknauf. Sie zog die Tür auf, manövrierte sich vorsichtig hindurch, doch trotzdem fielen ihr einige CDs und Bücher auf die Eingangsstufen. Sie blickte hinab und sah Frank Sinatra sie durch die zerbrochene Plastikhülle anlächeln. Greg hatte ihr die CD vor etlichen Jahren zum Geburtstag geschenkt, obwohl er wusste, dass sie Sinatra hasste. Dieses Geschenk war irgendwie symptomatisch für ihre gesamte Ehe gewesen. Die Erinnerung an den verbalen morgendlichen Schlagabtausch war noch ärgerlich frisch. Glücklicherweise war Greg früh zur Arbeit gefahren und hatte etwas von vielen Baustellen auf der Interstate gebrummelt.

Heute Abend würde er triumphieren, wenn er ihre Sachen in dem fehlenden Karton durchsehen konnte. Er würde das als sein Recht betrachten, zumal sie rein juristisch immer noch seine Frau war. Und mit ihm zu argumentieren, wenn er den Anwalt herauskehrte, hatte sie längst aufgegeben.

Der neue Lack ihres Parkettbodens glänzte im Nachmittagssonnenschein. Sie hatte im ganzen Haus nicht einen einzigen Teppich. Durch einen weichen Bodenbelag wurden Schritte zu leicht gedämpft.

Die Fensterwand hatte den Ausschlag gegeben für den Hauskauf, obwohl sie vom Sicherheitsstandpunkt betrachtet ein Albtraum war. Okay, also nicht mal FBI-Agenten handelten immer rational. Jedes der Sprossenfenster steckte jedoch in einem schmalen Rahmen, durch den sich nicht mal Houdini gequetscht hätte. Die Schlafzimmerfenster waren etwas anderes. Aber um die erste Etage zu erreichen, brauchte man eine lange Leiter, und außerdem hätten äußere und innere Alarmanlage Fort Knox zur Ehre gereicht.

Vom Wohnraum gelangte man in einen Wintergarten mit noch mehr Fenstern, die von der Decke bis fast auf den Boden reichten. Obwohl sie ebenfalls schmal waren, nahmen sie drei der vier Wände ein. Der Sonnenraum erstreckte sich in einen üppig grünen Garten hinein, auf den man von hier einen wunderbaren Blick hatte. Es war ein farbenfrohes, mit Bäumen bepflanztes Märchenland, voller Apfel- und Kirschblüten, kräftigen Hartriegelbüschen und einem Teppich aus Tulpen, Narzissen und Krokussen. Von so einem Garten hatte sie geträumt, seit sie zwölf war.

Doch damals, als sie mit ihrer Mutter nach Richmond gezogen war, konnten sie sich nur ein kleines, stickiges Apartment in der zweiten Etage leisten, das nach abgestandener Luft, Zigarettenrauch und den Körperausdünstungen fremder Männer stank, die ihre Mutter über Nacht mitbrachte. Dieses Haus hier erinnerte sie an ihre wirkliche Kindheit, an das Haus in Wisconsin, in dem sie vor dem Tod ihres Vaters gelebt hatten, ehe sie vorzeitig erwachsen und Betreuerin ihrer Mutter werden musste. Jahrelang hatte sie sich nach einem Haus wie diesem gesehnt, nach viel frischer Luft, viel Platz und am wichtigsten – ausreichend Abgeschiedenheit.

Der Garten fiel in leichter Hanglage bis zu einem dichten Gehölz ab, das eine Steilkante säumte. Darunter plätscherte über Felsen ein kleiner Fluss. Sie konnte den Fluss vom Haus aus nicht sehen, hatte ihn jedoch gründlich inspiziert. Er gab ihr ein Gefühl der Sicherheit. Wie ein Wassergraben bildete er eine natürliche Barriere, was durch eine Reihe Schulter an Schulter aufrecht wachsender Pinien noch betont wurde, die dastanden wie Wachsoldaten.

Derselbe Fluss war für die vorherigen Hausbesitzer mit ihren zwei kleinen Kindern zum Problem geworden. Zäune jeder Art verstießen gegen die Bauvorschriften der Gegend. Tess McGowan hatte ihr erzählt, dass den Vorbesitzern die Gefahr für zwei abenteuerlustige Kleinkinder klar geworden war, die man unmöglich davon abhalten konnte, zum Fluss zu laufen. Deren Problem wurde ihre Rettung. Das Haus war ein Schnäppchen gewesen, und sie hatte impulsiv zugegriffen. Andernfalls hätte sie sich ein Haus in dieser Gegend, wo ihr kleiner roter Toyota Corolla gegen all die Mercedes- und BMW-Limousinen abstach, nicht leisten können.

Überhaupt war der Hauskauf nur durch das Geld aus dem Treuhandfonds ihres Vaters möglich geworden. Dank Stipendien, Zuschüssen, Patenschaften und eigener Nebenjobs hatte sie es während des Studiums nicht gebraucht. Greg hatte es nach ihrer Heirat kategorisch abgelehnt, das Geld anzutasten. Sie hatte es verwenden wollen, um ihnen ein bescheidenes Haus zu kaufen. Greg weigerte sich jedoch, das – wie er es nannte – Blutgeld ihres Vaters anzurühren.

Der Treuhandfonds war von Feuerwehrleuten, Kollegen ihres Vaters, und der Stadt Green Bay als Dank für seinen Heldenmut und wahrscheinlich, um die eigenen Schuldgefühle zu mildern, eingerichtet worden. Vielleicht hatte sie sich auch deshalb immer gescheut, es anzutasten. Bis sie die Scheidung einreichte, hatte sie nicht mehr an den Fonds gedacht. Dann riet ihr die Anwältin dringend dazu, das Geld in etwas zu investieren, das nicht leicht zu teilen war.

Maggie erinnerte sich, wie sie über den Vorschlag von Teresa Ramairez gelacht hatte. Er war ihr lächerlich erschienen, da Greg das Geld nie wollte. Dass es nicht lächerlich war, merkte sie, als das Treuhandkonto auf der Vermögensliste auftauchte, die Greg ihr vor einigen Wochen hingeschoben hatte. Was für ihn jahrelang das Blutgeld ihres Vaters gewesen war, nannte er nun Gemeinschaftsvermögen. Am nächsten Tag hatte sie Teresa Ramairez gebeten, ihr einen Immobilienmakler zu nennen.

Maggie stellte die Kartons zu denen, die sich bereits in der Ecke stapelten. Sie überprüfte noch einmal die Aufkleber und hoffte, der fehlende Karton würde auf wundersame Weise auftauchen. Hände auf den Hüften, drehte sie sich langsam um und bewunderte die geräumigen Zimmer, die vorerst nur in Pappkartonbraun dekoriert waren. Sie hatte nur wenige Möbel mitgebracht, aber immerhin mehr, als sie geglaubt hatte, Gregs Anwaltsklauen entreißen zu können. Glich es finanziellem Selbstmord, sich von einem Anwalt scheiden zu lassen? Greg hatte fast zehn Jahre lang ihre finanziellen und rechtlichen Angelegenheiten geregelt. Als Teresa Ramairez ihr Dokumente und Computerausdrucke über Finanzpläne gezeigt hatte, war sie über einige Konten nicht mal informiert gewesen.

Sie hatte Greg vor ihrem Collegeabschluss geheiratet. Jedes Gerät, jedes Stück Wäsche, alles, was sie besaßen, war gemeinsam angeschafft worden. Als sie aus ihrem kleinen Apartment in Richmond in die teure Eigentumswohnung in Crest Ridge gezogen waren, hatten sie neue zusammenpassende Möbel angeschafft. Es schien nicht in Ordnung, Zusammengehörendes zu trennen. Der Gedanke ließ sie schmunzeln. Seltsam, dass sie Skrupel hatte, Möbel zu trennen, aber keine, eine zehnjährige Ehe aufzugeben.

Immerhin hatte sie die Stücke mitgenommen, die ihr wichtig waren. Der antike Schreibtisch ihres Vaters hatte den Transport ohne Kratzer überstanden. Sie tätschelte die Lehne ihres bequemen La-Z-Boy-Liegesessels. Zusammen mit der Messingleselampe war er auf den Boden ihrer Eigentumswohnung verbannt gewesen, weil Greg fand, beides passte nicht zu Ledersofa und -sesseln im Wohnraum, in dem ihres Wissens nie viel Wohnen stattgefunden hatte.

Sie erinnerte sich, dass sie die Garnitur nach dem Kauf mit einem leidenschaftlichen Abend hatte einweihen wollen. Anstatt auf ihre erotischen Annäherungen einzugehen, war Greg über ihr Ansinnen entsetzt und verärgert gewesen.

„Hast du eine Ahnung, wie schnell es Flecken auf Leder gibt?" hatte er geschimpft, als sei sie ein tollpatschiger Teenager, der Cola verschüttet, und nicht eine erwachsene Frau, die ihren Ehemann zum Sex verführen will.

Es war ihr leicht gefallen, alles zurückzulassen, das mit der Erinnerung an ihre zerbrechende Ehe verknüpft war. Sie zog einen kleinen Matchbeutel aus dem Stapel in der Ecke und stellte ihn neben ihren Laptop auf den Schreibtisch. Da sie vorhin zum Lüften alle Fenster aufgerissen hatte, um die warme, abgestandene Luft zu vertreiben, wehte jetzt mit sinkender Sonne eine feuchtkühle Brise herein.

Sie öffnete den Reißverschluss des Beutels und holte vorsichtig ihr Holster mit der 38er Smith & Wesson heraus. Wie die Waffe in ihrer Hand lag, gefiel ihr, vertraut, wie die Berührung eines alten Freundes. Während andere Agenten auf kraftvollere automatische Waffen aufgerüstet hatten, hielt sie sich lieber an die, mit der sie Schießen gelernt hatte.

Viele Male hatte sie sich auf sie verlassen müssen, und obwohl sie nur sechs Runden schoss anstatt der sechzehn einer Automatik, konnte sie sicher sein, dass diese sechs auch funktionierten. Als Neuling beim FBI hatte sie mit ansehen müssen, wie ein Agent hilflos mit einer klemmenden Glock 9mm und halb vollem Magazin niedergestreckt wurde.

Sie holte das Lederetui mit ihrem FBI-Abzeichen aus dem Beutel und legte es fast ehrfürchtig neben die Smith & Wesson und die 9mm Sig-Sauer, die sie vorhin in der Schublade gefunden hatten. Der Matchbeutel enthielt auch in einem kleinen schwarzen Koffer ihr forensisches Besteck. Eine Sammlung von Utensilien, die sie seit Jahren überallhin begleiteten.

Ihr forensisches Besteck ließ sie im Beutel, schloss ihn und schob ihn unter den Schreibtisch. Mit Waffe und Abzeichen fühlte sie sich vollständig und sicher. Beides symbolisierte sie mehr und gab ihr eher ein Heimatgefühl als alle Besitztümer, die sie während der letzten Jahre mit Greg angesammelt hatte. Was ihr viel bedeutete, war ironischerweise zugleich Grund für die Trennung von Greg. Er hatte eine klare Entscheidung zwischen ihm und dem FBI von ihr verlangt und dabei offenbar gründlich unterschätzt, wie wichtig ihr der Beruf war.

Sie fuhr mit der Fingerspitze über das Lederetui und erforschte sich, ob sie ihren Schritt bedauerte. Nein. Die bevorstehende Scheidung stimmte sie traurig, aber sie bedauerte sie nicht. Sie und Greg waren Fremde geworden. Das hätte ihr bereits vor einem Jahr auffallen müssen, als sie im Einsatz den Ehering verlor und nicht den Wunsch verspürte, ihn zu ersetzen.

Maggie wischte sich mit einer Hand die schweißnassen Haare aus Stirn und Nacken, was sie erinnerte, dass sie duschen musste. Die Vorderseite ihres T-Shirts war feucht und schmutzig, und auf ihren Armen lag Staub. Sie wischte daran herum und merkte, dass es ein blauer Fleck war.

Als sie wenig später nach ihrem neu installierten Telefon suchte, bemerkte sie einen Polizeiwagen mit Warnlicht.

Sie entdeckte das Telefon unter einem Stapel Papieren, wählte die Nummer auswendig und wartete. Sie wusste, dass es fünf oder sechs Mal klingeln würde.

„Dr. Patterson."

„Gwen, hier ist Maggie."

„Hallo, wie geht's dir? Bist du eingezogen?"

„Sagen wir, meine Sachen sind eingezogen." Sie sah den Wagen des Gerichtsmediziners von Stafford County vorbeifahren, ging ans Fenster und registrierte, dass der Van nach links abbog. „Ich weiß, du bist überlastet, Gwen, aber könntest du vielleicht die Sache überprüfen, von der wir letzte Woche gesprochen haben?"

„Maggie, ich wünschte wirklich, du würdest diese Stucky-Sache ruhen lassen."

„Gwen, wenn du keine Zeit hast, musst du es nur sagen!" giftete sie und bedauerte es sofort. Sie hatte es einfach satt, dass jeder sie beschützen wollte.

„Du weißt, dass ich es nicht so gemeint habe, Maggie. Warum machst du es allen immer so verdammt schwer, sich um dich zu kümmern?"

Sie reagierte nicht. Gwen hatte natürlich Recht. Plötzlich hörte sie in der Ferne eine Feuerwehrsirene, und ihr Magen zog sich zusammen. Was geschah da um die nächste Ecke? Beim Gedanken an ein mögliches Feuer wurden ihr die Knie weich. Sie schnupperte die Luft, die durch das Fenster hereinkam, konnte aber keinen Rauch bemerken. Gott sei Dank. Wenn es tatsächlich brennen würde, wäre sie wahrscheinlich wie gelähmt. Der Gedanke allein stürzte sie in Panik und weckte Erinnerungen an den Feuertod ihres Vaters.

„Wie wär's, wenn ich heute Abend zu dir komme?"

Gwens Stimme schreckte Maggie auf. Sie hatte vergessen, dass sie noch telefonierte.

„Hier herrscht das Chaos, ich habe noch nicht mal mit dem Auspacken angefangen."

„Das macht mir nichts, wenn es dir nichts ausmacht. Ich könnte Pizza und Bier mitbringen. Wir veranstalten ein Picknick auf dem Fußboden. Komm schon, das macht Spaß. Eine Party zur Hauseinweihung und um deine neue Freiheit zu feiern."

Das Sirenengeheul entfernte sich, und Maggie erkannte, dass die Feuerwehr nicht auf dem Weg in ihr Viertel war. Erleichtert seufzend entspannte sie sich.

„Das Bier kannst du gerne mitbringen, aber die Pizza lasse ich hierher liefern."

„Aber denk dran, keine Salami auf meiner Seite. Ein paar von uns müssen auf ihre Linie achten. Wir sehen uns gegen sieben."

„Prima, passt mir gut." Doch Maggie war bereits abgelenkt, da ein weiteres Polizeifahrzeug vorbeifuhr. Sie legte auf und nahm, ohne weiter nachzudenken, ihr FBI-Abzeichen. Eilig schaltete sie die Alarmanlage ein, steckte den Revolver in den rückwärtigen Hosenbund und ging zur Haustür. So viel zum Thema Abgeschiedenheit.

4. KAPITEL

Maggie eilte an drei neuen Nachbarn vorbei, die höflich auf der Straße stehen blieben, in sicherer Entfernung von dem Haus, das von zwei Polizeilimousinen flankiert wurde. Der Van des Leichenbeschauers stand in der Zufahrt. Sie ignorierte einen Polizeibeamten, der sich auf Händen und Knien bemühte, eine Rolle Absperrband aus einem Rosenbusch zu klauben. Anstatt es einfach zu zerreißen und von neuem mit der Absperrung zu beginnen, nahm er es mit den Dornen auf und riss die Hand immer wieder gestochen zurück.

„He!" rief er, als er endlich bemerkte, dass Maggie auf die Haustür zuging. „Sie dürfen da nicht rein!"

Da sie ihre Schritte nicht verlangsamte, sprang er auf und ließ die Rolle Absperrband fallen, die den abschüssigen Rasen hinunterkullerte. Einen Moment sah es so aus, als wolle er dem Band nachlaufen, anstatt Maggie. Sie musste fast lachen, blieb jedoch ernst und hielt ihr Abzeichen hoch.

„Ich bin vom FBI."

„Na klar. Und das ist jetzt Mode beim FBI, was?" Er riss ihr das Lederetui aus der Hand, nicht ohne einen nachdrücklichen Blick über ihren Körper wandern zu lassen.

Maggie straffte sich instinktiv und verschränkte die Arme vor dem verschwitzten T-Shirt. Für gewöhnlich achtete sie sehr auf ihr Erscheinungsbild. Sie war immer ein wenig schüchtern gewesen. Zumal sie mit ihren 53 Kilo bei nur mittlerer Größe im Sinne des FBI nicht gerade als Respekt einflößende Erscheinung galt. Dazu wurde sie erst im blauen Hosenanzug und mit kühl distanzierter Haltung. In T-Shirt und abgewetzter Jeans jedoch nicht.

„Heiliger Strohsack, Sie sind ja wirklich vom FBI."

Ein wenig verlegen reichte er ihr rasch den Ausweis zurück.

„Ich wusste nicht, dass das FBI in dieser Sache ermittelt."

Tat es wahrscheinlich auch nicht. Sie behielt für sich, dass sie in der Nachbarschaft lebte, und fragte stattdessen: „Wer ist der leitende Ermittler?"

„Wie bitte?"

Sie wies zum Haus. „Wer leitet die Untersuchung?"

„Oh, das ist Detective Manx."

Auf dem Weg zum Eingang spürte sie seinen Blick im Rücken. Ehe sie die Haustür hinter sich schloss, eilte der Beamte jedoch dem entlaufenen Absperrband nach, das sich über den größten Teil des vorderen Rasens verteilt hatte.

Niemand befand sich in der Nähe der Tür. Es war überhaupt niemand da. Das Foyer war fast so groß wie ihr neues Wohnzimmer. Sie ließ sich Zeit, schaute in jeden Raum, trat vorsichtig auf und berührte nichts. Das Haus war makellos sauber, nirgends ein Staubkorn, bis sie in die Küche kam. Auf dem Schneideblock der Kochinsel entdeckte sie alle Zutaten für ein Sandwich, allerdings vertrocknet und verschrumpelt. Ein welker Salatkopf lag auf dem Schneidebrett neben Tomatenkernen und Paprikastücken. Das Einwickelpapier mehrerer Schokoriegel, ein paar Getränkedosen und ein offenes Mayonnaiseglas warteten darauf, weggeräumt zu werden. Mitten auf dem Tisch lag ein Sandwich, dessen üppiger

Belag sich über das Vollkornbrot wölbte, nur einmal angebissen. Maggies Blick wanderte durch die übrige Küche. Glänzende Arbeitsflächen und -geräte und ein blitzsauberer Fußboden, auf dem drei weitere Einwickelpapiere von Schokoriegeln lagen. Der Verursacher dieser Unordnung lebte eindeutig nicht hier.

Sie hörte jetzt Stimmen, gedämpft und von oben kommend. Während sie die Treppe hinaufstieg, vermied sie es, das Eichegeländer anzufassen, bezweifelte allerdings, dass die Detectives ebenso sorgfältig gewesen waren. Auf einer Stufe entdeckte sie einen Lehmklumpen, eventuell vom Schuh eines Beamten. Er glitzerte jedoch ungewöhnlich. Sie widerstand der Versuchung, ihn aufzuheben. Leider hatte sie nicht immer Beutel zum Sichern von Beweismitteln dabei. Obwohl es schon vorgekommen war, dass sie plötzlich einen in der Jackentasche entdeckte. Heutzutage fand sie ihre Beweise vornehmlich in Büchern, warum also Beweismittel klauen.

Sie ging den langen, mit Teppich ausgelegten Flur entlang auf die Stimmen zu. An der Tür zum Hauptschlafzimmer begrüßte sie eine Blutlache, mit einem Schuhabdruck auf einer Seite, während die andere in einen teuren persischen Läufer sickerte. Maggie entdeckte ein Muster von Blutspritzern an der Eichentür. Seltsamerweise reichten sie nur bis etwa in Kniehöhe.

Nachdenklich blieb sie vor dem Raum stehen, als ein Detective in hellblauem Sportsakko und zerknitterter Baumwollhose sie anbrüllte:

„He, Lady! Wie zum Teufel sind Sie hier reingekommen?"

Zwei weitere Männer in entgegengesetzten Ecken des Zimmers unterbrachen ihre Arbeit und starrten sie an.

„Mein Name ist Maggie O'Dell. Ich arbeite für das FBI." Sie hielt ihm den offenen Ausweis hin, doch ihr Blick wanderte prüfend umher.

„FBI?"

Die Männer tauschten Blicke, während Maggie sorgfältig über die Blutpfütze stieg und in den Raum kam. Noch mehr Blut sprenkelte die weiße Daunendecke auf dem Baldachinbett. Trotz des Blutes war die Bettdecke glatt ausgebreitet ohne Eindellungen. Der Kampf hatte offenbar nicht im Bett stattgefunden.

„Was interessiert das FBI an dieser Geschichte?" wollte der Mann im hellen Sportsakko wissen.

Er fuhr sich mit einer Hand über den Kopf, und Maggie fragte sich, ob der Bürstenschnitt erst kürzlich gemacht worden war. Sein Blick aus dunklen Augen glitt an ihr hinab, und wieder wurde ihr der unpassende Aufzug bewusst. Sie sah zu den beiden Männern hinüber. Einer in Uniform, der andere, ein älterer Herr, vermutlich der Leichenbeschauer, trug einen gut gebügelten Anzug und eine Seidenkrawatte, die von einer teuren goldenen Nadel gehalten wurde.

„Sind Sie Detective Manx?" fragte sie den Bürstenschnitt. Er hob ruckartig den Blick und wirkte nicht nur erstaunt, sondern auch alarmiert, dass sie seinen Namen kannte. War das Sorge, seine Vorgesetzten könnten ihn überprüfen lassen? Er wirkte noch jung. Maggie schätzte ihn etwa in ihrem Alter, also Anfang dreißig. Vielleicht leitete er heute zum ersten Mal eine Mordermittlung.

„Ja, ich bin Manx. Wer zum Teufel hat Sie gerufen?"

Es war Zeit zu beichten.

„Ich lebe in der Nachbarschaft. Ich dachte, ich könnte vielleicht helfen."

„Großer Gott!" Er wischte sich mit der Hand übers Gesicht und sah die beiden Männer an. Die beobachteten die beiden, als wohnten sie einem Duell bei. „Nur weil Sie ein verdammtes Abzeichen haben, glauben Sie, Sie dürfen hier reinplatzen?"

„Ich bin Kriminalpsychologin und Profiler. Ich bin es gewöhnt, Tatorte zu untersuchen. Ich dachte, ich könnte ..."

„Nun, wir brauchen keine Hilfe. Ich habe alles unter Kontrolle."

„He, Detective." Der Beamte mit dem gelben Absperrband kam von draußen herein, und alle sahen, wie er genau in die Blutlache tappte. Er riss den Fuß hoch, trat ungelenk in den Flur zurück und hielt die tropfende Schuhspitze erhoben.

„Mein Gott, ich kann nicht glauben, dass mir das schon wieder passiert ist", murrte er.

Maggie erkannte, dass der Eindringling sorgfältiger gewesen war als die Polizei. Der Schuhabdruck in der Blutlache war somit wertlos. Als sie Manx ansah, wich er ihrem Blick aus. Er schüttelte den Kopf und tarnte seine Verlegenheit als Verachtung für den jungen Beamten.

„Was ist, Officer Kramer?"

Kramer suchte verzweifelt eine Stelle, wo er seinen Fuß absetzen konnte. Mit einem um Verzeihung bittenden Blick wischte er sich schließlich den Schuh am Flurteppich ab. Manx vermied es, Maggie anzusehen. Stattdessen schob er die großen Hände tief in die Sakkotaschen, als müsste er sie daran hindern, den jungen Beamten zu würgen.

„Was, zum Kuckuck, wollen Sie, Kramer?"

„Es ist nur ... da draußen vor dem Haus stehen ein paar neugierige Nachbarn. Ich wollte nur wissen, ob ich sie vielleicht schon mal befragen soll. Ob sie was gesehen haben und so."

„Notieren Sie Namen und Adressen. Wir reden später mit ihnen."

„Ja, Sir." Der Officer schien erleichtert, sich von dem von ihm verursachten neuen Fleck entfernen zu können.

Maggie wartete. Die beiden Männer starrten Manx an.

„Nun, O'Donnell, was halten Sie von dieser Sauerei?"

„O'Dell."

„Wie bitte?"

„Mein Name ist O'Dell", korrigierte sie und wartete nicht auf eine zweite Einladung. „Ist die Leiche im Bad?"

„Es gibt ein Whirlpool-Bad mit noch mehr Blut, aber keine Leiche. Dieses unbedeutende Detail fehlt uns offenbar."

„Das Blut scheint auf diesen Raum und das Bad beschränkt zu sein", sagte der Gerichtsmediziner. Maggie bemerkte, dass er als Einziger Latexhandschuhe trug.

„Wenn jemand verletzt hinausgelaufen wäre, hätten wir Tropfen und Spritzer finden müssen. Aber das Haus ist so picobello sauber, dass man vom Boden essen könnte." Manx wischte sich wieder über das Stoppelhaar.

„Die Küche ist nicht so sauber", widersprach Maggie.

Er runzelte die Stirn. „Wie lange schleichen Sie schon hier rum, verdammt?"

Sie überhörte das, kniete nieder und besah sich das Blut am Boden genauer. Das meiste war geronnen, einiges trocken. Vermutlich war es seit dem Morgen hier.

„Vielleicht hatte sie keine Zeit, nach dem Lunch sauber zu machen", fuhr Manx fort, ohne auf ihre Antwort zu warten.

„Woher wollen Sie wissen, dass das Opfer eine Frau ist?"

„Eine Nachbarin rief uns an, da die Dame des Hauses nicht ans Telefon ging. Die beiden Frauen wollten zusammen einkaufen fahren. Sie sah den Wagen in der Garage, aber niemand öffnete die Tür. Ich denke, der Typ, wer immer er war, hat sie beim Lunch gestört."

„Wieso glauben Sie, sie habe das Sandwich gemacht?"

Alle drei stutzten, tauschten Blicke und sahen sich an wie Diplomaten, die voneinander Informationen erwarten.

„Was, zum Henker, erzählen Sie da, O'Donnell?"

„Mein Name ist O'Dell, Detective Manx." Diesmal ließ sie

sich ihre Gereiztheit anmerken. Seine offenkundige Missachtung ihres Namens war eine kleine, aber vertraute und ärgerliche Stichelei, um sie zu diskreditieren. „Das Haus des Opfers ist tadellos in Schuss. Sie hätte nicht eine solche Unordnung hinterlassen oder sich zum Essen hingesetzt, ohne vorher aufzuräumen."

„Vielleicht wurde sie gestört."

„Vielleicht. Aber es gibt keine Anzeichen eines Kampfes in der Küche. Und die Alarmanlage war ausgeschaltet, richtig?"

Manx wirkte verärgert, dass sie korrekt geraten hatte. „Ja, sie war ausgeschaltet. Demnach handelt es sich vielleicht um jemand, den sie kannte."

„Das ist möglich." Maggie stand auf und sah sich im Raum um. „Falls er sie gestört oder überrascht hat, dann erst hier oben. Vielleicht hat sie ihn erwartet oder eingeladen, mit hinaufzukommen. Wahrscheinlich gibt es deshalb keine Kampfspuren bis zum Schlafzimmer. Vielleicht hatte sie es sich anders überlegt und wollte ihr Vorhaben nicht mehr ausführen. Dieses Spritzmuster hier an der Tür ist eigenartig." Sie deutete darauf, ohne es zu berühren. „Es ist so weit unten, dass einer von beiden auf dem Boden gewesen sein muss, als die Wunde zugefügt wurde."

Sie ging zum Fenster und spürte, dass die Blicke der Männer ihr folgten. Durch Spitzengardinen sah sie einen Garten, der ihrem glich, groß, abgeschieden, mit blühendem Hartriegel und hohen Pinien. Keines der Nachbarhäuser war sichtbar. Alle verbargen sich hinter Blättern und Bäumen. Niemand konnte einen Eindringling sehen, der kam und ging. Aber wie schaffte er es über Fluss und Steilufer hier herauf? Hatte sie die Wirksamkeit dieser natürlichen Barriere überschätzt?

„Da ist nicht allzu viel Blut", fuhr sie fort, „es sei denn, im Bad ist noch mehr. Vielleicht gibt es keine Leiche, weil das Opfer noch selbst fortgehen konnte."

Sie hörte Manx schnauben. „Sie glauben, die hatten einen netten kleinen Lunch, dann vermöbelt er sie nach allen Regeln der Kunst, weil sie nicht mehr mit ihm vögeln will, und dann geht sie freiwillig mit dem Kerl weg? Und die ganze gottverdammte Nachbarschaft hat zwischenzeitlich nichts gemerkt?" Manx lachte.

Maggie ignorierte seinen Sarkasmus. „Ich habe nicht gesagt, dass sie freiwillig mitgegangen ist. Außerdem ist dieses Blut viel zu geronnen und trocken, als dass die Sache erst gegen Mittag passiert sein könnte. Ich vermute, es passierte am frühen Morgen." Sie sah Bestätigung suchend zum Gerichtsmediziner.

„Damit hat sie Recht." Er nickte.

„Ich glaube nicht, dass sie zusammen Lunch hatten. Er hat sich das Sandwich wahrscheinlich für sich selbst gemacht. Sie sollten es als Beweismittel eintüten. Falls Sie keinen Zahnabdruck bekommen, dann vielleicht Speichelreste für eine DNS-Analyse."

Als sie sich wieder umdrehte, sah Manx sie an. Seine Frustration hatte sich in Verwunderung verwandelt, und die Falten um seine Augen traten deutlicher hervor. Offenbar war er älter als anfänglich geschätzt. Kleidung und Haarschnitt waren demnach eher Ausdruck einer Midlife-Crisis als Modetorheit. Sie sah ihm die Verblüffung an. Solche Reaktionen erntete sie häufiger nach ihren impulsiven direkten Tatortanalysen. Gelegentlich war sie sich unter solchen Blicken wie eine billige Wahrsagerin vorgekommen. Die Skepsis ihrer Zuhörer war jedoch meist mit genügend Erstaunen und Respekt verbunden gewesen, um diesen Eindruck zu mildern.

„Haben Sie was dagegen, wenn ich mir das Bad ansehe?" fragte sie.

„Nur zu." Manx winkte sie kopfschüttelnd durch.

Ehe Maggie zur Badezimmertür kam, blieb sie stehen. Auf dem Sekretär stand ein Foto. Sie erkannte die lächelnde hübsche blonde Frau, die einen Arm um einen dunkelhaarigen Mann und den anderen um einen hechelnden weißen Labrador gelegt hatte. Dieser Frau war sie mit Tess McGowan begegnet, als sie sich ihr neues Haus angesehen hatte.

„Was ist?" fragte Manx hinter ihr.

„Ich bin dieser Frau schon begegnet. Letzte Woche. Sie war joggen. Sie heißt Rachel Endicott."

In dem Moment sah sie im Kommodenspiegel noch mehr Blut. Es war an den Rüschenrand des Bettüberwurfs geschmiert. Maggie drehte sich zögernd um. War es möglich, dass das blutende Opfer unter dem Bett lag?

5. KAPITEL

Den Blick auf die blutige Rüsche gerichtet, ging Maggie zum Bett.

„Genauer gesagt, joggte sie nicht, sie ging", fügte sie erläuternd hinzu, ohne sich ihre Aufregung anmerken zu lassen. „Sie hatte einen weißen Labrador dabei."

„Wir haben keinen Scheißköter gefunden", sagte Manx. „Es sei denn, er ist draußen im Garten oder in der Garage."

Maggie kniete sich vorsichtig hin. In den Ritzen des Parketts war ebenfalls Blut. Hier hatte sich der Täter offenbar die Zeit genommen, aufzuwischen. Warum hätte er das tun sollen, es sei denn, das Blut gehörte ihm.

Es wurde still im Raum, als auch die Männer endlich das Blut an der Rüsche bemerkten. Sie spürte, dass sie abwartend hinter ihr standen. Sogar Manx verhielt sich still, obwohl sie aus den Augenwinkeln bemerkte, dass er ungeduldig mit einer Schuhspitze wippte.

Sie hob die Rüsche an, ohne den blutigen Bereich zu berühren. Ehe sie unters Bett sehen konnte, ließ ein tiefes Knurren sie die Hand zurückziehen.

„Scheiße!" schimpfte Manx und sprang so heftig zurück, dass er einen Nachttisch gegen die Wand schob.

Maggie sah das Glänzen von Metall in seiner Hand und erkannte, dass er seinen Dienstrevolver gezogen hatte.

„Gehen Sie aus dem Weg!" Er war neben ihr, schob sie an der Schulter beiseite und stieß sie fast um.

Sie packte seinen Arm, als er rücksichtslos zielte, um auf alles zu schießen, was sich unter dem Bett bewegte, obwohl er nichts erkennen konnte.

„Was, zum Teufel, haben Sie vor?" schrie sie ihn an.

„Was, zum Henker, glauben Sie wohl?"

„Beruhigen Sie sich, Detective." Der Gerichtsmediziner zog ihn sacht am anderen Arm zurück.

„Dieser Hund ist vielleicht Ihr einziger Zeuge", sagte Maggie und kniete sich in sicherem Abstand wieder hin.

„Na klar, als ob uns der Köter sagen könnte, was passiert ist."

„Sie hat Recht." Die Stimme des Gerichtsmediziners war erstaunlich ruhig. „Hunde können uns eine Menge sagen. Schauen wir mal, ob wir den da bändigen können." Er sah Maggie an, als warte er auf ihre Anweisungen.

„Wahrscheinlich ist er verletzt", sagte sie.

„Und er steht unter Schock", fügte der Gerichtsmediziner hinzu.

Sie sah sich um. Was wusste sie schon von Hunden, geschweige denn, wie man sie bändigte.

„Sehen Sie im Schrank nach und nehmen sie sich ein paar Jacken. Etwas Dickes. Vorzugsweise Wolle. Etwas Getragenes, das nicht gewaschen wurde. Vielleicht liegen ein paar Sachen auf dem Boden." Sie fand einen Tennisschläger an der Wand, durchsuchte Kommodenschubladen und entdeckte an der Rückseite einer Schranktür einen Krawattenhalter. Sie nahm eine gestreifte Seidenkrawatte, verknotete ein Ende am Griff des Schlägers und machte mit dem anderen eine Schlinge.

Der Gerichtsmediziner kehrte mit einigen Jacken zurück. „Officer Hillguard", sprach er den Uniformierten an. „Schauen Sie, ob Sie ein paar Decken finden. Detective Manx, stellen Sie sich ans Ende des Bettes. Sie heben den Bettüberwurf, wenn wir so weit sind."

Maggie bemerkte, dass Manx' Ungeduld sich nicht auf den Doktor übertrug. Manx schien den älteren Mann sogar als Autoritätsperson zu akzeptieren und postierte sich bereitwillig am Ende des Bettes.

Der Mediziner reichte Maggie eine Jacke aus teurem Wolltweed. Sie schnupperte am Ärmel. Ausgezeichnet. Ein schwacher Parfumduft haftete ihm noch an. Sie zog die Jacke über und zupfte den Ärmel so weit herunter, dass sie die Faust darin verbergen konnte. Den Tennisschläger in der Hand, kniete sie etwa zwei Fuß vom Bett entfernt. Der Doktor hockte sich neben sie, während Officer Hillguard eine Steppdecke und zwei normale Decken neben ihnen auf den Boden legte.

„Sind wir so weit?" Der Gerichtsmediziner sah alle der Reihe nach an. „Okay, Detective Manx, heben Sie den Bettüberwurf, aber langsam."

Diesmal war der Hund vorbereitet, mit wildem Blick und gefletschten Zähnen knurrte er tief und böse. Doch er griff nicht an. Er konnte nicht. Unter der blutigen Masse, die einst weißes Fell gewesen war, entdeckte Maggie die Hauptwunde, einen Schnitt oberhalb der Schulter, der um Haaresbreite die Kehle verfehlt hatte. Das verklebte Fell musste die Blutung vorübergehend gestoppt haben.

„Alles okay, Junge", beruhigte sie den Hund mit leiser Stimme. „Wir werden dir helfen. Entspann dich."

Sie rückte näher und streckte den Ärmel aus, der ihre Hand bedeckte. Der Hund schnappte danach. Sie wich zurück und verlor fast das Gleichgewicht.

„Du meine Güte!" raunte sie. Hatte sie den Verstand verloren? Sie versuchte, nicht an ihre Abneigung gegen Spritzen zu denken, fragte sich aber trotzdem, ob die Behandlung gegen Tollwut immer noch sechs Injektionen erforderte.

Sie fand ihr Gleichgewicht wieder, konzentrierte sich und versuchte es diesmal langsamer. Der Hund schnüffelte an dem herabhängenden Ärmel und erkannte möglicherweise den Geruch der Besitzerin. Das Knurren verwandelte sich in ein Winseln und Wimmern.

„Ist schon okay", versicherte Maggie mit besänftigender Stimme, nicht sicher, ob sie sich oder den Hund überzeugen wollte. Sie rückte langsam näher, den Tennisschläger in der anderen Hand. Die Krawattenschlinge näherte sich dem Hund, während er winselnd zusah. Sie ließ den Hund an der Krawatte schnuppern, schob ihm die Schlinge vorsichtig über die Schnauze und zog langsam an. Der Hund widersetzte sich nicht.

„Wie sollen wir ihn darunter hervorziehen?" Officer Hillguard kniete jetzt neben ihr.

„Wir falten eine der Decken auf und legen sie neben ihn." Sobald sich die Hand des Officers dem Hund näherte, knurrte der, versuchte zu schnappen und wehrte sich gegen den provisorischen Maulkorb. Schließlich versuchte er, den Officer anzuspringen. Maggie nutzte die Gelegenheit, dem Hund von hinten ins Halsband zu greifen. Sie zog ihn vor auf die Decke und hielt zugleich mit dem Tennisschläger den Maulkorb fest angezogen. Der Hund winselte, und sie machte sich sofort Sorgen, seine Wunde geöffnet zu haben.

„Heilige Scheiße!" hörte sie Detective Manx sagen, doch er ließ seine Waffe im Holster stecken.

„Wir haben ihn." Der Gerichtsmediziner stand auf und winkte Officer Hillguard an seine Seite. Die beiden Männer zogen an den Ecken der Decke und holten den Hund so unter dem Bett hervor. „Wir können ihn in meinem Van zu Rileys Klinik bringen."

Maggie setzte sich auf ihre Hacken und merkte erst jetzt, dass sie durchgeschwitzt war.

„Scheiße." Manx war wieder in Kampfstimmung. „Das ganze Blut an der Tür und in der Badewanne stammt wahrscheinlich von dem blöden Köter, und wir haben nichts."

„Darauf würde ich nicht wetten", widersprach sie. „Hier ist eine Gewalttat geschehen, und die Besitzerin des Hundes hat vielleicht den größten Teil abbekommen." Sie beobachtete, wie der Doktor und der Officer den zitternden Hund sicher in die Decke gewickelt trugen, und war froh, dass beide zu beschäftigt waren, zu merken, wie schwer es ihr fiel, aufrecht zu stehen.

„Ich vermute, der Bursche da ...", sie deutete auf das verletzte Tier, „hat versucht, in das Geschehen einzugreifen. Vielleicht hat er ein paar Mal kräftig zubeißen können. Möglicherweise stammt einiges Blut, besonders hier am Bett vom Täter. Ihre Leute aus der forensischen Abteilung sollten eine Blutprobe nehmen können, obwohl es aufgewischt wurde."

„Sie glauben, Sie können mir gestatten, meine eigene Untersuchung zu führen?" Manx warf ihr einen verächtlichen Blick zu.

Maggie wischte sich die Haare aus der Stirn. Herrgott, konnte dieser Typ sie nicht in Ruhe lassen? Da bemerkte sie, dass sie Blut an den Händen und jetzt auch auf der Stirn und in den Haaren hatte. Als sie zum Gerichtsmediziner sah, schüttelte der den Kopf über Manx und warf ihm einen warnenden Blick zu, als habe auch er genug von dessen Arroganz.

„Ja, natürlich, die Untersuchung gehört ganz Ihnen", sagte Maggie schließlich und nahm eine Ecke der Decke, um den Männern beim Transport des eingepackten Hundes zu helfen. „Zweifellos wird die Nachbarschaft heute besonders ruhig schlafen, weil Sie den Fall bearbeiten."

Manx war erstaunt über ihren Sarkasmus und lief rot an, als er merkte, dass die beiden anderen Männer ihn nicht unterstützten. Maggie sah den Gerichtsmediziner lächeln, drehte sich aber nicht um, um sich zu vergewissern, ob Manx es auch sah.

„Halten Sie Ihr FBI-Abzeichen und Ihren hübschen kleinen Hintern nur aus meiner Untersuchung heraus", drohte er ihrem Rücken, um das letzte Wort zu haben. „Haben Sie mich verstanden, O'Donnell?"

Sie machte sich nicht die Mühe, dem undankbaren Mistkerl zu antworten. Ohne sie hätte er den Hund nicht mal entdeckt. Sie würde ihm zutrauen, dass er auf die Blutproben verzichtete, nur weil der Vorschlag von ihr gekommen war.

Eine Ecke der Decke haltend, ging sie mit Officer Hillguard und dem Doktor davon. Am oberen Treppenabsatz drehte sie sich zu Manx um, der in der Schlafzimmertür stehen geblieben war.

„Ach, Detective Manx", rief sie, „nur noch eine Sache. Sie sollten diesen Lehmklumpen auf den Stufen untersuchen lassen. Es sei denn, Sie haben ihn selbst mit hereingeschleppt und Ihren Tatort kontaminiert."

Instinktiv hob Manx den rechten Fuß und kontrollierte die Sohle, ehe er sich seiner defensiven Reaktion bewusst wurde. Der Doktor lachte laut auf. Officer Hillguard wusste es besser und begnügte sich mit einem Lächeln. Manx lief wieder rot an. Maggie wandte sich einfach ab und konzentrierte sich darauf, ihren Patienten ruhig und sicher die Treppe hinunterzutransportieren.

6. KAPITEL

Tess McGowan stopfte eine Kopie des Vertragsabschlusses in ihre lederne Aktentasche, ohne die abgewetzte Oberfläche und den gebrochenen Griff zu beachten. Noch einige Verkäufe, und sie konnte sich vielleicht eine neue Aktentasche leisten, anstatt dieser aus zweiter Hand, die sie in einem Secondhandladen erstanden hatte.

Sie machte eine Notiz auf ihrem Block. „Joyce und Bill Saunders: Kekse mit Schokostücken." Die Kinder der Saunders' würden sich riesig freuen, und Joyce war schokoladensüchtig. Dann schrieb sie: „Maggie O'Dell, ein Blumenbouquet." Und strich es sofort wieder durch. Nein, das war zu simpel. Ihre Dankeschön-Geschenke sollten zu ihren Kunden passen. Das war ihr Markenzeichen geworden, das sich durch Mundpropaganda auszahlte. Was würde O'Dell mögen? Selbst FBI-Agentinnen mochten Blumen, und Maggie O'Dell war von ihrem großen Garten begeistert gewesen. Trotzdem schien ein Bouquet nicht das Richtige zu sein. Nein, das Richtige für Maggie O'Dell wäre vermutlich ein Killer-Dobermann. Lächelnd notierte Tess stattdessen „eine Topfazalee".

Zufrieden schaltete sie den Computer aus und zog ihre Jacke über. Die anderen Büros waren schon seit Stunden leer. Sie war die einzige Verrückte, die noch so spät arbeitete. Aber das machte nichts. Daniel blieb bis acht oder neun im Büro, und ehe er an sie dachte, vergingen sowieso noch weitere Stunden. Aber sie wollte sich nicht über seine Unaufmerksamkeit beklagen. Wenn es anders wäre, wenn er sie ständig anriefe, sie in ihren Freiheiten beschränkte oder gar auf eine engere Bindung drängte, würde sie weglaufen. Nein, sie mochte es so, wie es war, sicher und unkompliziert, mit sehr geringer emotionaler Investition. Es war die ideale Beziehung für eine Frau, die keine echte Bindung eingehen konnte.

Sie näherte sich dem Kopierraum und blieb stehen, als sie ein

Scharren hörte. Ihr Blick flog zur Eingangstür am Ende des Flures, um sich zu vergewissern, dass sie im Falle einer notwendigen Flucht ungehindert wegrennen konnte. Gegen die Wand gelehnt, blickte sie vorsichtig um die Ecke der Tür in den Raum, in dem der Kopierer summte.

„Mädchen, ich dachte, Sie wären schon vor Stunden nach Hause gegangen." Die Stimme erschreckte Tess, als Delores Heston sich hinter dem Kopierer aufrichtete und einen Stapel Papier in die Maschine legte. Sie sah Tess besorgt an. „Du liebe Güte, tut mir Leid, Tess. Ich wollte Sie nicht erschrecken. Alles okay?"

Tess spürte ihren angstvollen Pulsschlag und schämte sich ihrer Nervosität. Die Paranoia war eine Nachwirkung ihres früheren Lebens. An den Türrahmen gelehnt, lächelte sie Delores an und wartete, dass sich ihr Puls beruhigte.

„Mir geht es gut. Ich dachte, alle anderen wären schon fort. Was tun Sie noch hier? Wollten Sie nicht die Greeleys zum Dinner ausführen?"

Delores drückte einige Knöpfe, und die Maschine erwachte mit sanftem, fast beruhigendem Summen zum Leben. Die Hände auf die üppigen Hüften gestemmt, sah Delores sie an.

„Sie mussten den Termin verlegen, deshalb arbeite ich einige Unterlagen auf. Aber bitte sagen Sie es Verna nicht. Sie schreit mich sonst an, dass ich ihr wertvolles Baby durcheinander gebracht habe." Wie auf Kommando piepste die Maschine. „Heiliger Strohsack, was habe ich jetzt wieder falsch gemacht?"

Tess lachte. In Wahrheit gehörte Delores die Maschine, so wie jeder Sessel und jede Büroklammer hier. Seit der Gründung von Heston Immobilien vor zehn Jahren hatte sich Delores in Newburgh Heights und Umgebung einen guten Namen gemacht. Keine üble Leistung für eine in Armut aufgewachsene Farbige. Tess bewunderte ihre Mentorin, die um sechs am Abend nach einem arbeitsreichen Tag in ihrem maßgeschneiderten burgunderroten Kostüm immer noch tadellos aussah. Ihr seidiges schwarzes Haar war zu einem festen Knoten geschlungen, dem sich nicht eine Strähne entwand. Nur der Umstand, dass sie auf Strümpfen ging, wies darauf hin, dass sie eigentlich Feierabend hatte.

Tess hingegen sah, dass ihre Kleidung vom vielen Sitzen verknittert war. Ihr dichtes welliges Haar kräuselte sich von der Feuchtigkeit, und etliche Strähnen lösten sich aus der Spange, mit der sie es zusammenhielt. Wahrscheinlich war sie die einzige Frau auf der Welt, die ihr naturblondes Haar zu einem undefinierbaren Braun färbte, um respektabler zu wirken und erotische Annäherungsversuche zu unterbinden. Sogar die Brille, die sie an einer Designerkordel um den Hals trug, war Tarnung. Sie trug Kontaktlinsen. Aber wirkten junge, attraktive Frauen nicht immer intelligenter, wenn sie eine Brille trugen?

Die Maschine hörte endlich auf zu piepsen und begann Kopien auszuspucken. Delores wandte sich Tess zu und verdrehte die Augen. „Verna hat ganz Recht, mich nicht an dieses Ding zu lassen."

„Sieht aber so aus, als hätten Sie es unter Kontrolle."

„Also, Mädchen, was tun Sie noch so spät hier? Haben Sie an einem Freitagabend nicht einen hübschen jungen Mann zum Knuddeln?"

„Ich wollte nur die Unterlagen zum Verkauf des Saunders-Hauses noch fertig machen."

„Ja, richtig. Ich hatte vergessen, dass Sie den Verkauf diese Woche abgeschlossen haben. Ausgezeichnete Arbeit übrigens. Ich weiß, dass die Saunders' es besonders eilig hatten mit dem Verkauf. Mussten wir einen Verlust hinnehmen?"

„Eigentlich hat sich die Sache für alle gelohnt. Außerdem haben wir ihren gesetzten Termin unterboten. Zu unserer üblichen

Provision bekommen wir also auch noch den ausgesetzten Verkaufsbonus."

„Das höre ich gern. Es gibt keine bessere Werbung, als die Erwartungen des Kunden zu überbieten. Aber der Verkaufsbonus gehört ganz Ihnen, meine Liebe."

Tess war nicht sicher, ob sie ihre Chefin richtig verstanden hatte.

„Wie bitte?"

„Sie haben es gehört. Sie behalten den Verkaufsbonus für sich. Sie haben ihn verdient."

Tess wusste im Moment nicht, was sie sagen sollte. Der Bonus betrug fast zehntausend Dollar. Als sie noch hinter der Bar gestanden hatte, war das der Lohn eines halben Jahres gewesen. Ihre überraschte Miene erheiterte Delores.

„Mädchen, Sie müssten Ihr Gesicht sehen."

Tess wartete schwach lächelnd ab und traute sich vor Verlegenheit nicht zu fragen, ob ihre Chefin scherzte. Es wäre ein grausamer Scherz und leider nicht das erste Mal, dass man sich auf ihre Kosten amüsierte. Doch sie nahm es hin und erwartete Gemeinheit fast eher als Freundlichkeit.

Delores sah sie wieder besorgt an.

„Tess, das ist mein Ernst. Ich möchte, dass Sie den Verkaufsbonus behalten. Sie haben sich so abgestrampelt in den letzten zwei Wochen. Ich weiß, dass das Haus schön und eigentlich ein Schnäppchen war, aber der Verkauf hat viel Arbeit und lange Verhandlungen gekostet. In der gegenwärtigen Lage etwas so schnell und besonders in der Preisklasse an den Mann zu bringen, grenzt an ein Wunder."

„Nun ja, aber der Bonus, das ist eine Menge Geld. Sind Sie sicher, dass Sie ..."

„Absolut. Ich weiß genau, was ich tue, meine Liebe. Ich investiere in Sie, weil ich möchte, dass Sie bei mir bleiben. Es fehlte mir gerade noch, dass Sie sich selbstständig machen und meine Konkurrentin werden. Außerdem mache ich einen schönen Schnitt dabei. So, und jetzt gehen Sie heim und feiern mit Ihrem hübschen jungen Mann."

Auf dem Heimweg zweifelte Tess, ob eine Feier möglich war. Daniel war letzte Woche sehr zornig auf sie gewesen, weil sie sich geweigert hatte, bei ihm einzuziehen. Sie konnte es ihm nicht mal verübeln. Warum nur stieß sie jeden Mann zurück, sobald sie das Gefühl hatte, er kam ihr zu nahe?

Herrgott, sie war doch kein Kind mehr. In wenigen Wochen wurde sie fünfunddreißig. Sie war dabei, eine erfolgreiche und respektierte Geschäftsfrau zu werden. Warum bekam sie dann ihr Privatleben nicht in den Griff? War sie dazu verdammt, in jeder normalen Beziehung zu scheitern? Gleichgültig, was sie tat, ihre Vergangenheit schien sie wieder in die alten, bequemen, aber zerstörerischen Bahnen zu lenken.

Die letzten fünf Jahre waren ein ständiger Kampf gewesen, und nun machte sie endlich Fortschritte. Dieser letzte Verkauf hatte bewiesen, dass sie gut war in ihrem Job. Sie konnte ihren Lebensunterhalt verdienen, ohne zu betrügen. Sogar Daniel mit seinen fein geschnittenen Zügen, seiner Bildung und Kultiviertheit war eine Art Trophäe geworden. Er war intellektuell und ehrgeizig und vollkommen anders als die Männer, mit denen sie bisher zusammen gewesen war. Was machte es da schon, dass er ein wenig arrogant war oder sie nur wenig gemeinsam hatten? Er tat ihr gut. Bei dem Gedanken zuckte sie zusammen. Das klang, als sei Daniel Lebertran.

Tess ertappte sich dabei, dass sie ihren geleasten Miata auf dem Parkplatz hinter Louies Bar und Grill abstellte. Sie würde sich eine Flasche Wein kaufen. Dann würde sie Daniel anrufen, sich für letzte Woche entschuldigen und ihn zu einem späten Dinner einladen, um zu feiern. Bestimmt würde er sich über ihren Erfolg freuen. Angeblich mochte er ihre Unabhängigkeit und Entschlossenheit, und Daniel war geizig mit Komplimenten, sogar mit halbherzigen.

Sie lehnte sich im Ledersitz zurück und fragte sich, warum sie sich schon wieder bei ihm entschuldigen wollte. Egal. Hauptsache, sie legten den Streit bei und schauten nach vorn. Sie wurde langsam gut darin, Vergangenes hinter sich zu lassen. Aber wenn das stimmte, was tat sie dann hier hinter Louies Bar? Sheps Spirituosenladen lag nur drei Blocks entfernt an der Straße und genau auf ihrem Heimweg. Was in aller Welt wollte sie hier beweisen? Vor allem sich selbst?

Sie griff nach dem Schlüssel im Zündschloss und wollte den Wagen wieder anlassen, als die aufschwingende Hintertür sie erschreckte. Ein stämmiger Mann mittleren Alters kam heraus, mehrere Abfalltüten in den Händen, die Schürze schmutzig und der kahl werdende Schädel glänzend vor Schweiß. Eine Zigarette hing ihm aus dem Mundwinkel. Ohne sie herauszunehmen, hievte er die Tüten in den Abfallcontainer und wischte sich mit dem Hemdsärmel den Schweiß von der Stirn. Als er sich umwandte, um zurückzugehen, entdeckte er sie, und es war zu spät.

Er griff nach der Zigarette, machte einen letzten Zug und warf sie zu Boden. In breitbeinigem Gang, mit dem er die von ihm bewunderten Profiringer imitierte, schlenderte er auf ihren Wagen zu. Er hielt das für cool. In Wahrheit sah er nur wie ein bemitleidenswerter, übergewichtiger, fast kahler Mann mittleren Alters aus. Trotz allem fand sie ihn nett. Er war fast so etwas wie ein alter Freund.

„Tessy", sagte er. „Was zum Teufel tust du denn hier?"

Sie bemerkte, dass er lächeln wollte, doch er blieb ernst und rieb sich stattdessen sein Stoppelkinn.

„Hallo, Louie." Sie stieg aus.

„Verdammt schicker Schlitten, Tessy", schwärmte er und betrachtete den glänzenden schwarzen Miata.

Sie ließ ihn den Wagen begutachten und bewundern und verschwieg, dass es ein Firmenfahrzeug war und nicht ihr eigenes. Eines von Delores' Mottos lautete: Um Erfolg zu haben, musst du erst mal erfolgreich aussehen.

Schließlich musterte Louie ihr Designeroutfit, und sein anerkennender Pfiff ließ sie erröten. Sie hätte stolz sein sollen. Stattdessen vermittelte ihr seine Bewunderung zum zweiten Mal an diesem Tag das Gefühl, eine Betrügerin zu sein.

„Also, was machst du hier? Vergnügungstour durch die Slums?"

Ihre Wangen brannten. „Natürlich nicht", wehrte sie sich entrüstet.

„He, ich mach nur'n Jux, Tessy."

„Ich weiß." Sie lächelte und hoffte, überzeugend zu wirken. Sie wandte sich dem Wagen zu, um die Tür abzuschließen, obwohl die Fernbedienung das aus zehn Schritt Entfernung schaffte. „Ich muss nur eine Flasche Wein mitnehmen und dachte mir, ich gönne dir das Geschäft anstelle von Sheps."

„Ach wirklich?" Er sah sie mit hochgezogenen Brauen an, lächelte dann aber. „Nun, da bin ich dir dankbar. Aber du brauchst keine Entschuldigung, um uns zu besuchen, Tessy. Du weißt, du bist uns immer willkommen."

„Danke, Louie."

Plötzlich kam sie sich wieder wie die rast- und orientierungslose Bardame vor, die sie vor fünf Jahren gewesen war. Würde sie ihre Vergangenheit je abschütteln?

„Komm schon", sagte Louie und legte ihr einen muskulösen Arm um die Schultern.

Auf hohen Absätzen war Tess um einiges größer als er, so dass sich die Drachentätowierung auf seinem Arm strecken musste.

Die Mischung aus Körper- und Frittengeruch schlug ihr auf den Magen, allerdings nicht vor Ekel, sondern vor Heimweh. Dann dachte sie an Daniel. Er würde später den Zigarettenrauch und die fettigen Burger riechen. Damit wäre ihre Feier beendet.

„Ach, Louie, mir ist gerade eingefallen, dass ich etwas im Büro vergessen habe." Sie drehte sich um und schlüpfte unter seinem Arm hindurch.

„Und das kann nicht ein paar Minuten warten?"

„Nein, tut mir Leid. Mein Boss knüpft mich auf, wenn ich mich nicht gleich um die Sache kümmere." Sie öffnete die Tür mit der Fernbedienung und stieg ein, ehe Louie Gelegenheit zu weiteren Einwänden hatte. „Ich komme später vorbei", rief sie durch das halb offene Fenster und wusste genau, dass sie das nicht tun würde.

Sie legte den Gang ein, rollte langsam die schmale Gasse entlang und beobachtete Louie im Rückspiegel. Er wirkte eher verwirrt als sauer. Das war gut. Sie wollte nicht, dass Louie sauer auf sie war, und wunderte sich, dass es ihr so viel ausmachte.

Sie bog auf die Hauptstraße ein und trat das Gaspedal durch, sobald sie außer Sichtweite war. Dennoch dauerte es einige Meilen, ehe sie wieder ruhig atmen konnte und das Radio hörte, anstatt des eigenen Pulsschlags. Dann fiel ihr ein, dass sie an Sheps Spirituosenladen vorbeigefahren war. Egal. Sie hatte nicht mehr das Gefühl, eine Feier zu verdienen. Deshalb versuchte sie an ihren Erfolg zu denken und nicht an ihre Vergangenheit. Vor lauter Konzentration beachtete sie die dunkle Limousine nicht, die ihr folgte.

7. KAPITEL

Ehe Gwen oder die Pizza kam, schenkte Maggie sich einen zweiten Scotch ein. Sie hatte nicht mehr an die Flasche gedacht, bis sie ihr aus der Kiste entgegenstarrte – ein notwendiges Gegenmittel bei dem entsetzlichen Kisteninhalt. Die Kiste trug die Aufschrift #34666. Die Nummer war Albert Stuckys Akte zugeteilt worden. Vielleicht war es kein Zufall, dass seine Akte mit 666 endete.

Direktor Cunningham wäre außer sich, wenn er wüsste, dass sie sich Stuckys offizielle Akte kopiert hatte. Aber das hier waren ihre Unterlagen. Sie jagte Stucky schon lange. Sie hatte sich jeden Tatort, wo er gequält und Leichen zerstückelt hatte, angesehen und hatte nach Fasern, Haaren und fehlenden Organen gesucht, und nach irgendetwas, das ihr verraten hätte, wie sie ihn fangen konnte. Sie hatte ein Anrecht auf diese Akte und betrachtete sie als seltsame Dokumentation eines Teils ihres Lebens.

Nach ihrem ungeplanten Ausflug zum Tierarzt hatte sie erst einmal geduscht. Ihr UVA-T-Shirt weichte im Waschbecken ein, doch die Blutflecken gingen vielleicht nie wieder raus. Das T-Shirt war ausgeleiert und verblichen, aber komischerweise hing sie an ihm. Manche Leute sammelten Zeitungsausschnitte, sie sammelte T-Shirts.

Die Jahre an der Universität von Virginia waren gute Jahre gewesen. Damals hatte sie entdeckt, dass sie ein eigenes Leben besaß und nicht nur die Betreuerin ihrer Mutter war. Dort hatte sie auch Greg kennen gelernt. Sie sah auf die Uhr, dann auf ihr Handy, um sicherzugehen, dass es eingeschaltet war. Greg hatte ihren Anruf wegen des fehlenden Kartons immer noch nicht erwidert. Er ließ sie absichtlich warten, aber sie wollte sich nicht darüber ärgern. Nicht heute Abend. Sie war einfach zu erschöpft für Emotionen.

Die Türglocke läutete. Maggie sah wieder auf die Uhr. Wie üblich kam Gwen zehn Minuten zu spät. Sie zog ihr Hemd herunter, damit es die im Hosenbund steckende Smith & Wesson verbarg. Die Waffe war ihr in letzter Zeit ein so normales Accessoire geworden wie ihre Armbanduhr.

„Ich weiß, ich bin spät", sagte Gwen, noch ehe die Tür ganz offen war. „Der Verkehr war die Hölle. Freitagabend, und alle flüchten übers Wochenende aus der Stadt."

„Ich freue mich auch, dich zu sehen."

Sie legte Maggie lächelnd einen Arm um die Schultern. Einen Moment war Maggie erstaunt, wie zart und zerbrechlich sich die einige Jahre ältere Gwen anfühlte. Obwohl sie so zart wirkte, sah sie in ihr den Fels in der Brandung. Viele Male im Laufe ihrer Freundschaft hatte sie sich auf Gwen verlassen, auf ihre Stärke und Charakterfestigkeit gebaut und war ihrem Rat gefolgt. Gwen wich ein wenig zurück und betrachtete Maggie, eine Hand an ihrer Wange.

„Du siehst entsetzlich aus", urteilte sie mitfühlend.

„Herzlichen Dank."

Sie lächelte wieder und überreichte Maggie den Karton mit langhalsigen „Bud Light"-Flaschen, den sie mitgebracht hatte. Sie nahm ihn und nutzte die Gelegenheit, Gwens Blick auszuweichen. Sie hatten sich fast einen Monat nicht gesehen, obwohl sie regelmäßig telefonierten. Am Telefon konnte Gwen allerdings nicht sehen, welche Ängste sie in den letzten Wochen mit sich herumgeschleppt hatte.

„Die Pizza müsste jede Minute kommen", sagte Maggie und schaltete die Alarmanlage wieder ein.

„Ohne Salami auf meiner Hälfte."

„Dafür mehr Pilze."

„Ich danke dir." Ohne eine Aufforderung abzuwarten, sah

Gwen sich ungezwungen in den Räumen um. „Mein Gott, Maggie, das Haus ist ein Traum."

„Mein Innenarchitekt gefällt dir?"

„Hm. Ich möchte sagen, brauner Karton entspricht ganz deinem Stil, schlicht und unprätentiös. Darf ich mir die obere Etage ansehen?" fragte sie und war schon auf der Treppe.

„Kann ich dich aufhalten?" Maggie lachte. Wie schaffte es diese Frau nur, wo sie aufkreuzte, einen Schwall von Energie, Wärme und Freude mitzubringen?

Sie hatte Gwen während ihre Assistenzzeit in der forensischen Abteilung in Quantico kennen gelernt. Sie war ein junger, naiver Neuling gewesen, der Blut bisher nur aus Teströhrchen kannte und noch nie einen Schuss abgefeuert hatte, außer im Training auf dem Schießstand.

Gwen war als ortsansässige Psychologin vom stellvertretenden Direktor Cunningham als private Beraterin hinzugezogen worden, um bei den Täterprofilen einiger wichtiger Fälle zu helfen. Sie besaß damals schon eine erfolgreiche Praxis in Washington. Viele ihrer Patienten gehörten zur Elite der Stadt – gelangweilte Ehefrauen von Kongressabgeordneten, selbstmordgefährdete Generäle und sogar ein manisch-depressives Kabinettsmitglied aus dem Weißen Haus.

Vor allem Gwens Forschungen, ihre vielen Veröffentlichungen und ihre bemerkenswerte Einsicht in die Täterpsyche hatten Cunningham bewogen, sie zu bitten, als unabhängige Beraterin für das FBI zu arbeiten. Allerdings merkte Maggie schnell, dass Cunningham auch in anderer Hinsicht von Dr. Gwen Patterson angezogen war. Man hätte blind sein müssen, um nicht zu bemerken, dass die Chemie zwischen beiden stimmt. Allerdings wusste Maggie aus erster Hand, dass keiner von beiden seinen Gefühlen nachgegeben hatte oder es in Zukunft wollte.

„Wir respektieren unsere berufliche Beziehung", hatte Gwen ihr einmal erklärt und damit klar gemacht, dass sie über dieses Thema nicht reden mochte. Damals war ihre Aufgabe als Beraterin längst beendet gewesen. Maggie wusste jedoch, dass Gwens Haltung des „Hände weg" wohl eher mit Cunninghams kriselnder Ehe zu tun hatte als mit dem Versuch, professionell zu bleiben.

Maggie hatte an Gwen von Anfang an das Strahlende, der scharfe Verstand und der trockene Humor gefallen. Sie dachte nicht in Klischees und zögerte nicht, bei allem Respekt vor Autorität, wenn nötig, Regeln zu brechen. Maggie hatte erlebt, wie sie mit ihrer kultivierten, charmanten Art sowohl Diplomaten wie Kriminelle für sich eingenommen hatte. Obwohl Gwen fünfzehn Jahre älter war als sie, war sie sofort zur Freundin und Mentorin geworden.

Die Türglocke läutete wieder, und Maggie griff automatisch nach hinten zum Revolver, ehe sie die Bewegung stoppen konnte. Das Shirt über die Jeans ziehend, schaute sie durch das Seitenfenster, ehe sie die Alarmanlage ausschaltete. Zusätzlich überprüfte sie durch den Fischaugenspion in der Tür die Straße und öffnete.

„Große Pizza für O'Dell." Die junge Frau überreichte ihr den warmen Karton, dem ein Duft nach Käse und Salami entstieg. Sie strahlte, als hätte sie die Pizza selbst zubereitet. „Das macht bitte 18,59 Dollar."

Maggie gab ihr einen Zwanziger und einen Fünfer. „Behalten Sie das Wechselgeld."

„Oh, vielen Dank!"

Das Mädchen hüpfte fast die halbrunde Zufahrt hinunter, so dass der blonde Pferdeschwanz, der aus der blauen Baseballkappe heraussah, wippte. Maggie stellte die Pizza mitten im Wohnzimmer auf den Boden und kehrte zur Tür zurück, um die Alarmanlage wieder einzuschalten. Gwen kam eilig die Treppe herunter.

„Maggie, was ist passiert?" fragte sie und hielt das nasse, blutbesprenkelte T-Shirt hoch. „Was ist das? Hast du dich verletzt?"

„Ach das."

„Ja, ach das. Was war los?"

Maggie hielt rasch eine Hand unter das tropfende T-Shirt, nahm es ihr ab und trug es eilig wieder ins Waschbecken hinauf. Sie ließ das rot verfärbte Wasser ablaufen und gab frisches und neues Waschpulver dazu. Als sie im Spiegel aufsah, stand Gwen hinter ihr und beobachtete sie.

„Falls du verletzt bist, versuch dich bitte nicht selbst zu verarzten", mahnte Gwen freundlich, aber streng.

Maggie erwiderte ihren Blick im Spiegel und wusste, dass Gwen sich auf den Schnitt bezog, den Albert Stucky ihr zugefügt hatte. Nachdem der allgemeine Aufruhr in jener Nacht abgeklungen war, hatte sie sich davongeschlichen und diskret ihre Wunde versorgt. Wegen einer Infektion war sie jedoch einige Tage später in der Notaufnahme gelandet.

„Es ist nichts, Gwen. Der Hund meiner Nachbarin war verletzt. Ich habe geholfen, ihn zum Tierarzt zu bringen. Das ist Hundeblut, nicht meines."

„Du machst Witze." Es dauerte einen Moment, bis Gwens Miene sich erleichtert entspannte. „Mein Gott, Maggie, du musst deine Nase wirklich in alles stecken, was blutig ist, was?"

Maggie lächelte. „Ich erzähle dir später davon. Wir müssen jetzt essen, denn ich bin am Verhungern."

„Das ist neu."

Maggie wischte sich die Hände an einem Handtuch ab und ging voran hinunter.

„Weißt du", begann Gwen hinter ihr, „du musst ein bisschen Gewicht zulegen. Isst du überhaupt noch regelmäßig?"

„Ich hoffe, das wird keine Lektion über Ernährung."

Sie hörte Gwen seufzen, wusste aber, dass sie nicht auf dem Thema beharren würde. In der Küche holte Maggie aus einem Karton auf der Arbeitsplatte Pappteller und Servietten. Jede nahm sich eine Flasche Bier und kehrte damit in den Wohnraum zurück, wo sie sich auf den Boden setzten. Gwen hatte bereits ihre teuren schwarzen Lederpumps weggeschleudert und ihre Kostümjacke über die Sessellehne gehängt. Maggie griff nach einem Stück Pizza und bemerkte, dass Gwen den offenen Karton auf dem Schreibtisch entdeckt hatte.

„Stucky, nicht wahr?"

„Willst du mich bei Cunningham verpetzen?"

„Natürlich nicht. Du kennst mich besser. Aber es macht mir Sorge, wie besessen du von ihm bist."

„Ich bin nicht besessen."

„Wirklich nicht? Wie würdest du es denn bezeichnen?"

Maggie biss in ihre Pizza. Sie mochte nicht an Stucky denken, oder ihr Appetit war dahin. Andererseits war er einer der Gründe für Gwens Anwesenheit.

„Ich möchte nur, dass er gefangen wird", erklärte sie.

Gwen beobachtete sie und suchte nach verräterischen Anzeichen und Untertönen. Maggie verabscheute es, von ihrer Freundin analysiert zu werden, doch für Gwen war das ein schlichter Reflex.

„Und du allein kannst ihn fangen. Ist es das?"

„Ich kenne ihn am besten."

Gwen betrachtete sie noch einen Moment, während sie ihre Bierflasche öffnete. Sie trank einen Schluck und stellte die Flasche beiseite.

„Ich habe einiges nachgeprüft." Sie nahm sich ein Stück Pizza, und Maggie versuchte, ihre Neugier nicht zu zeigen. Sie hatte Gwen gebeten, durch ihre Verbindungen herauszufinden, wo der Fall Stucky hängen geblieben war. Seit Direktor Cunningham sie zur Unterrichtseinheit verbannt hatte, war er es ihr unmöglich, Informationen über den Fortgang der Untersuchung zu bekommen.

Gwen kaute ausgiebig und trank noch einen Schluck, während Maggie wartete. Sie fragte sich, ob Gwen Cunningham direkt angesprochen hatte. Nein, das wäre zu offensichtlich gewesen. Er wusste, dass sie eng befreundet waren.

„Und?" Sie hielt es nicht länger aus.

„Cunningham hat einen neuen Profiler eingestellt. Aber die Sondereinheit ist aufgelöst worden."

„Warum, zum Kuckuck, hat er das gemacht?"

„Weil er keine Anhaltspunkte hat, Maggie. Wie lange ist die Flucht her? Über fünf Monate. Es gibt seither keinen Hinweis auf Albert Stucky; es ist, als wäre er vom Erdboden verschluckt worden."

„Ich weiß. Ich habe fast wöchentlich bei VICAP nachgesehen. Auf Anregung des FBI registrierte das VICAP, das „Violent Criminal Apprehension Program", Gewaltverbrechen im ganzen Land und teilte sie anhand bestimmter Merkmale in Kategorien ein. Es war nichts vorgefallen, das auch nur ansatzweise zu Stuckys Vorgehensweise gepasst hätte. „Was ist mit Europa? Stucky hat genügend Geld gehortet, er könnte überall sein."

„Ich habe meine Quellen bei Interpol angezapft." Gwen trank noch einen Schluck. „Die haben nichts, was nach Stuckys Arbeit aussieht."

„Vielleicht hat er seinen Modus Operandi geändert."

„Vielleicht hat er ganz aufgehört, Maggie. Serienkiller tun das manchmal. Sie hören einfach auf. Niemand kann das erklären, aber es geschieht."

„Nicht Stucky."

„Glaubst du nicht, er hätte inzwischen Kontakt zu dir aufgenommen und versucht, sein krankhaftes Spiel wieder aufzunehmen? Schließlich warst du diejenige, die ihn ins Gefängnis gebracht hat. Er müsste in jedem Fall stinkwütend auf dich sein."

Maggie hatte den Verrückten letztlich identifiziert, den das FBI den „Sammler" getauft hatte. Ihr Persönlichkeitsprofil und die zufällige Entdeckung eines fast nicht erkennbaren Satzes von Fingerabdrücken – arrogant und sorglos am Tatort hinterlassen – führten dazu, dass der Sammler als Albert Stucky, Selfmade-Millionär aus Massachusetts, identifiziert wurde.

Wie die meisten Serienkiller schien Stucky erfreut über seine Entdeckung, genoss die Aufmerksamkeit und wollte Anerkennung. Als sich seine Besessenheit auf Maggie konzentrierte, erstaunte das keinen Experten, doch das dann folgende Spiel war ungewöhnlich. Stucky schickte ihr Hinweise, wo er zu finden sei, und die hatten eine sehr persönliche Note – entfernte Muttermale eines Opfers und einmal eine abgeschnittene Brustwarze in einem Umschlag.

Das war vor acht oder neun Monaten gewesen. Fast ein Jahr war vergangen, und Maggie hatte Mühe, sich daran zu erinnern, wie ihr Leben vor Stucky verlaufen war. Sie wusste nicht mehr, wie es war, ohne Albträume zu schlafen oder angstfrei zu leben. Bei dem Versuch, Stucky zu fangen, hatte sie fast ihr Leben verloren, und ehe sie sich wieder sicher fühlen konnte, war er ihnen entwischt.

Gwen langte hinüber, holte einen Stapel Tatortfotos aus dem Karton und legte sie aus, während sie ihr Stück Pizza aß. Sie gehörte zu den wenigen Menschen außerhalb des FBI, die sich Tatortfotos ansehen und gleichzeitig essen konnten. Ohne aufzusehen sagte sie: „Du musst dich von dieser Sache lösen, Maggie. Er macht dich fertig, obwohl er nicht mal in der Nähe ist."

Die Bilder auf den verteilten Fotos starrten Maggie entgegen, in Schwarzweiß nicht minder entsetzlich als in Farbe. Nahaufnahmen von durchtrennten Kehlen und abgebissenen Brustspitzen, verstümmelten Vaginas und einer Sammlung entfernter Organe. Vorhin hatte sie bemerkt, dass sie viele Berichte noch auswendig kannte. Schlimm.

Greg hatte ihr kürzlich vorgeworfen, dass sie mehr über Eintrittswunden und das Vorgehen von Tätern wusste als über die Ereignisse und Jubiläen ihres gemeinsamen Lebens. Sie hatte das nicht bestreiten können. Vielleicht verdiente sie keinen Ehemann oder eine Familie oder ein eigenes Leben. Wie konnte eine FBI-Agentin auch erwarten, dass ein Mann ihren Job verstand, geschweige denn diese ... Besessenheit. Wenn es das wirklich war. Hatte Gwen Recht?

Sie stellte die Pizza beiseite und merkte, dass ihre Hände leicht zitterten. Ein Blick zu Gwen bestätigte, dass es ihr aufgefallen war.

„Wann hast du das letzte Mal eine Nacht durchgeschlafen?" Gwen furchte besorgt die Stirn.

Maggie ignorierte die Frage und wich dem Blick aus den grünen Augen aus. „Nur weil uns noch kein Mord bekannt ist, heißt das nicht, dass er nicht wieder zu sammeln begonnen hat."

„Und wenn er das tut, wird Kyle wachsam sein." Gwen entschlüpfte selten der Vorname des stellvertretenden Direktors Cunningham. Nur in Situationen wie dieser, wenn sie sehr besorgt war. „Lass los, Maggie, oder er zerstört dich."

„Nein, tut er nicht. Ich bin hart im Nehmen, wie du weißt." Doch sie wich weiterhin ihrem Blick aus, damit Gwen die Lüge nicht erkannte.

„Aha, hart im Nehmen." Gwen setzte sich auf die Hacken. „Deshalb rennst du im eigenen Haus mit einer Waffe im Hosenbund herum."

Maggie zuckte zusammen, Gwen bemerkte es schmunzelnd. „Also, ich würde es nicht hart im Nehmen nennen, sondern schlicht dickköpfig."

8. KAPITEL

Er konnte sich nicht erinnern, dass die Mädchen vom Pizzaservice so süß gewesen waren, damals in seiner Jugend, als er selbst beim örtlichen Pizzalieferanten gearbeitet hatte. Er konnte sich nicht erinnern, dass es überhaupt Mädchen dort gegeben hatte.

Er sah sie den Bürgersteig entlangeilen, das lange blonde Haar hinter ihr her wehend. Sie trug einen süßen Pferdeschwanz, der hinten aus der blauen Kappe der Chicago Cubs herauswippte. War sie der Fan oder vielleicht ihr Freund? Zweifellos hatte sie einen.

Es war zu dunkel, um sich auf die Straßenbeleuchtung zu verlassen. Die Augen brannten ihm schon, und sein Blick war ein wenig verschwommen. Er setzte die Nachtgläser auf und stellte die Vergrößerung richtig ein. Ja, so war es gut.

Er sah sie auf die Armbanduhr schauen, während sie auf der Veranda wartete. Diesmal öffnete ein anderer Mann die Tür. Und natürlich starrte der blöde Arsch sie verblüfft an. Dann fischte er Geldnoten aus den Taschen seiner Jeans, die ihm unter dem Bierwanst hing. Er war ein Dreckschwein, schmutzig, mit Schweißflecken unter den Achseln seines T-Shirts und einem Wust Körperhaare, die ihm aus dem Halsausschnitt ragten. Und ja, ja, da war sie wieder die anzügliche Bemerkung, wie süß sie sei und womit er sie lieber bezahlen würde. Und wieder lächelte sie höflich, obwohl ihr das Blut in die Wangen stieg.

Er wünschte sich, dass sie diesen Idioten in die Eier trat. Vielleicht war das eine Lektion, die er sie lehren konnte. Wenn alles so ablief, wie er es sich vorstellte, dann würde er jede Menge Zeit mit ihr haben.

Sie eilte den langen gewundenen Gehweg zurück zu ihrem glänzenden kleinen Dodge Dart, und der schleimige Bastard, der ihr nur einen Dollar Trinkgeld gegeben hatte, stierte die ganze

Zeit auf ihren Hintern. Der Anblick allein war mehr als einen Dollar wert. Der knauserige Scheißkerl. Wie sollte sie denn das College schaffen, wenn sie immer nur einen Dollar Trinkgeld bekam?

Frauen waren eindeutig großzügiger, was die Trinkgelder bei Lieferdiensten anging. Vielleicht entsprang das einem seltsamen Schuldgefühl, weil sie die Mahlzeit nicht selbst zubereitet hatten. Wer weiß. Frauen waren komplizierte, faszinierende Wesen, und er würde das nicht ändern, selbst wenn er könnte.

Er ersetzte das Fernglas aus Gewohnheit durch die Sonnenbrille und weil ihm die entgegenkommenden Scheinwerfer in den Augen brannten.

Er wartete, bis der Dodge Dart an der Kreuzung war, dann wendete er und folgte ihm. Mit dieser Lieferung war sie fertig. Er erkannte den Rückweg zu Mama Mias Pizzadienst an der 59sten Ecke Archer Drive. Der gemütliche Laden lag an der Ecke der kleinen Einkaufspassage des Viertels. Ein „Pump-N-Go" belegte den anderen Eingang. Dazwischen gab es ein halbes Dutzend kleinerer Geschäfte, einschließlich Mr. Magoos Videos und Sheps Spirituosenladen.

Newburgh Heights war ein so freundliches Viertel, dass es ihm übel wurde. Hier gab es keine Herausforderungen. Auch die süße kleine Pizzalieferantin war keine. Aber darum ging es nicht. Es ging darum, sich zu zeigen.

Die Kleine parkte hinter dem Gebäude neben der Tür und sammelte den Stapel roter Isolierbehälter ein. In wenigen Minuten würde sie mit einer zweiten Lieferung herauskommen.

Auf dem Neonschild von Mama Mia stand auch eine Rufnummer. Er klappte sein Handy auf, wählte die Nummer und überflog einen Immobilienprospekt. Die Beschreibung pries ein Haus im Kolonialstil mit vier Schlafzimmern, Whirlpool-Bad und Lichtkuppel an. Wie romantisch, überlegte er, als ihm eine Frauenstimme ins Ohr plärrte:

„Mama Mias Pizzadienst!"

„Ich hätte gern zwei große Peperoni-Pizzas."

„Telefonnummer."

„555-4545", las er vom Prospekt ab.

„Name und Adresse."

„Heston", las er weiter, „5349 Archer Drive."

„Möchten Sie ein paar Brotstangen und Cola dazu?"

„Nein, nur die Pizza."

„Es dauert etwa zwanzig Minuten, Mr. Heston."

„Fein." Er ließ das Handy zuschnappen. Zwanzig Minuten waren reichlich Zeit. Er zog die schwarzen Lederhandschuhe an und wischte das Handy mit dem Hemdsärmel ab. Im Vorbeifahren warf er es in einen Abfallcontainer.

Er fuhr südlich den Archer Drive hinunter, dachte an Pizza, ein Bad im Mondschein und das hübsche Liefermädchen mit dem höflichen Lächeln und dem süßen Hintern.

9. KAPITEL

Ihr wollten die Augen zufallen. Ihre Schultern sanken vor Erschöpfung herab. Gwen war kurz vor Mitternacht gegangen. Doch Maggie konnte nicht schlafen. Sie hatte bereits alle Fensterriegel zweimal geprüft und ließ nur wenige Oberlichter geöffnet, um die wunderbar kühle Nachtluft hereinzulassen. Auch die Alarmanlage hatte sie nach Gwens Abfahrt mehrfach kontrolliert. Jetzt ging sie auf und ab, fürchtete sich vor der Nacht, hasste die Dunkelheit und schwor sich, morgen Vorhänge und Jalousien anzubringen.

Schließlich setzte sie sich im Schneidersitz auf den Boden, zwischen die Stapel mit den Unterlagen aus Stuckys Karton. Sie holte den Ordner mit Zeitungsausschnitten und Artikeln heraus, die sie sich heruntergeladen hatte. Vor fünf Monaten, gleich nach Stuckys Flucht, hatte sie damit begonnen, landesweit im Internet die Schlagzeilen der Zeitungen zu verfolgen.

Sie konnte immer noch nicht glauben, wie leicht Stucky denen entwischt war. Und ausgerechnet auf dem Weg in einen Hochsicherheitstrakt, eine einfache Fahrt, die nur einige Stunden hätte dauern sollen. Er tötete zwei Begleitbeamte, verschwand in den Everglades von Florida und wurde nie mehr gesehen.

Jeder andere hätte das wohl nicht überlebt und wäre zu einem kleinen Alligatorimbiss geworden. Aber wie sie Stucky kannte, tauchte der irgendwann im Westenanzug mit einer Aktentasche aus Krokoleder aus den Everglades auf. Ja, Albert Stucky war intelligent und gerissen genug, einem Alligator die Haut abzuschwatzen und ihn zur Belohnung aufzuschlitzen und an seine Artgenossen zu verfüttern.

Sie ging die letzten Artikel durch. Vergangene Woche hatte im *Philadelphia Journal* etwas über einen Frauentorso aus einem Fluss gestanden. Kopf und Füße entdeckte man in einem Abfallbehälter. Der Fall ähnelte Stuckys Vorgehensweise noch am meisten. Trotzdem hatte sie nicht das Gefühl, dass er dahinter steckte. Es war zu viel, das war Overkill. Stuckys Arbeitsweise, so unvorstellbar grausam sie auch war, beinhaltete nicht, dem Opfer durch Verstümmelung die Identität zu rauben. Nein, das vollführte er mit hinterhältigen psychologischen und mentalen Tricks. Auch das Entfernen von Organen war nicht etwa eine Aussage über das Opfer, sondern eine Fortsetzung seines Spiels.

Sie stellte sich vor, wie er lachend zuschaute, wenn ein harmloser Gast seine widerwärtige Hinterlassenschaft fand. Oft stellte er die entfernten Organe in einem unauffälligen Mitnahmebehälter auf einem leeren Cafétisch ab. Für ihn war das ein Spiel, ein morbides, abartiges Spiel.

Mehr Sorge als die verstümmelte Leiche bereiteten ihr Artikel über vermisste Frauen. Frauen wie ihre verschwundene Nachbarin Rachel Endicott. Intelligente, erfolgreiche Frauen, einige mit Familie, alle attraktiv, und ausnahmslos Menschen, die normalerweise nicht einfach verschwanden. Maggie fragte sich unwillkürlich, ob Stucky einige in seine Sammlung aufgenommen hatte. Zweifellos begann er von einem Versteck aus wieder aktiv zu werden. Er hatte genügend Geld und Möglichkeiten. Alles, was er brauchte, war Zeit.

Ihr war klar, dass Cunningham und seine aufgelöste Sondereinheit und jetzt auch sein neuer Profiler auf eine neue Leiche warteten. Falls aber irgendwann Leichen auftauchten, dann die der Frauen, die er rasch und nur zum Vergnügen umbrachte. Nein, wonach sie suchen sollten, waren die Frauen, die er sammelte. Die quälte er. Die endeten schließlich in entlegenen Gräbern tief in den Wäldern, nachdem er seine abartigen Spiele mit ihnen getrieben hatte. Spiele, die sich Tage und Wochen hinzogen. Er suchte sich nie junge, naive Frauen aus. Nein, Stucky liebte die Herausforderung. Er wählte sorgfältig intelligente, reife Frauen aus. Frauen, die kämpften, die nicht leicht brachen. Frauen, die er sowohl physisch wie psychisch quälen konnte.

Maggie rieb sich die Augen. Sie wollte noch einen Scotch. Die zwei, die sie vorhin getrunken hatte, dazu das Bier, machten sie leicht benommen und ließen ihren Blick verschwimmen. Obwohl Gwen Kaffee gekocht hatte, hatte sie ihn selbst nicht angerührt, weil sie ihn nicht mochte. Sie brauchte etwas, das sie auf Trab hielt, etwas wie Scotch, von dem sie genau wusste, dass er zum gefährlichen Hilfsmittel wurde.

Sie hob einen anderen Ordner hoch, und eine Notiz fiel heraus. Die Handschrift auf der Karte ließ sie frösteln. Sie hielt die Karte vorsichtig an einer Ecke hoch, als wäre sie vergiftet. Das hier war die erste von vielen Botschaften gewesen, die Stucky ihr geschrieben hatte. In sorgfältiger Handschrift stand da:

Es ist keine Herausforderung, ein Pferd ohne Kampfgeist zu brechen. Die Herausforderung besteht darin, Kampfgeist durch Angst zu ersetzen, rohe, animalische Angst, die einen spüren lässt, lebendig zu sein. Sind Sie bereit, sich lebendig zu fühlen, Margaret O'Dell?

Das war ihr erster Einblick in den Intellekt Albert Stuckys gewesen, der einen prominenten Arzt zum Vater gehabt hatte. Er hatte die besten Schulen besucht und alle Privilegien genossen, die für Geld zu haben waren. Allerdings wurde er aus Yale hinausgeworfen, weil er fast ein Wohnheim für Studentinnen abgebrannt hatte. Weitere Straftaten folgten: versuchte Vergewaltigung, Körperverletzung, kleinere Diebstähle. Alle Anklagen wurden jedoch entweder zurückgezogen oder aus Mangel an Beweisen fallen gelassen. Nach dem Unfalltod seines Vaters war Stucky verhört worden, da es sich um einen eigenartigen Segelunfall gehandelt hatte, obwohl sein Vater ein Segelexperte gewesen war.

Dann, vor sechs oder sieben Jahren, begann Stucky mit einem Geschäftspartner als einer der Ersten mit dem Aktienhandel im Internet. Stucky mauserte sich zum respektierten Geschäftsmann und Multimillionär.

Trotz intensiver Nachforschungen hatte Maggie nie herausgefunden, was Stucky zum Serienkiller gemacht hatte. Gewöhnlich ging der ersten Tat ein mit Stress behaftetes Erlebnis voraus, Tod, Zurückweisung, Missbrauch. Was die Initialzündung bei

Stucky gewesen war, wusste sie nicht. Vielleicht ließ sich das Böse einfach nicht zügeln, und das Böse in Stucky war besonders mächtig.

Die meisten Serienkiller töteten zum Vergnügen oder weil es ihnen eine Art Genugtuung verschaffte. Sie trafen die bewusste Entscheidung, es zu tun. Die Tat entsprang weniger einer Abartigkeit. Für Albert Stucky war das Töten nicht genug. Er zog sein Vergnügen daraus, seine Opfer psychisch zu brechen, degradierte sie zu schniefenden, flehenden Wracks und beherrschte sie körperlich, geistig, seelisch. Er genoss es, ihren Mut zu brechen. Dann belohnte er seine Opfer mit einem langsamen, qualvollen Tod. Ironischerweise waren die, die er sofort tötete und deren Körper er in Abfallbehältern entsorgte, nachdem er Organe als Geschenk entnommen hatte, die Glücklicheren.

Sie erschrak, als das Telefon läutete, und griff nach ihrer Smith & Wesson. Ein reiner Reflex. Es war spät, und nur wenige Leute kannten ihre neue Nummer. Sie hatte sich geweigert, sie dem Pizzadienst zu nennen. Und sogar Greg kannte nur ihre Handynummer. Vielleicht hatte Gwen etwas vergessen. Sie langte auf den Schreibtisch und holte den Apparat herunter.

„Ja?" meldete sie sich gespannt und fragte sich, wann sie aufgehört hatte, Hallo zu sagen.

„Agentin O'Dell?"

Sie erkannte den ruhigen Tonfall des stellvertretenden Direktors Cunningham. Doch ihre Anspannung ließ nicht nach.

„Ja, Sir."

„Ich konnte mich nicht erinnern, ob Sie bereits unter der neuen Nummer zu erreichen sind."

„Ich bin heute eingezogen."

Sie sah auf ihre Armbanduhr. Nach Mitternacht. Seit er sie vom Außendienst abgezogen und in die Unterrichtseinheit gesteckt hatte, sprachen sie oft miteinander. Hatte er vielleicht Informationen über Stucky? Hoffnungsvoll richtete sie sich auf.

„Ist etwas nicht in Ordnung?"

„Tut mir Leid, Agentin O'Dell. Ich merke gerade, wie spät es ist."

Offenbar saß er immer noch an seinem Schreibtisch in Quantico. Was machte es schon, dass Freitagabend war?

„Ist schon in Ordnung, Sir. Sie haben mich nicht geweckt."

„Ich nahm an, Sie würden morgen nach Kansas City abreisen, und ich wollte Sie nicht verpassen."

„Ich reise am Sonntag." Sie ließ sich ihre Neugier und Erwartung nicht anmerken. Falls er sie hier brauchte, würde Stewart sie bei der Konferenz vertreten können. „Muss ich meinen Terminplan ändern?"

„Nein, keineswegs. Ich wollte mich nur vergewissern. Allerdings bekam ich heute am frühen Abend einen Anruf, der mir Sorge bereitet."

Sie vermutete, dass ein ahnungsloser Passant in einem Abfallbehälter eine aufgeschlitzte Leiche gefunden hatte, und wartete auf die Einzelheiten.

„Ein Detective Manx von der Polizei in Newburgh Heights rief mich an."

Maggies hoffnungsvolle Erwartung verflüchtigte sich.

„Er erzählte mir, dass Sie sich in eine Tatortermittlung eingemischt haben. Stimmt das?"

Maggie wollte sich die Augen reiben und merkte erst jetzt, dass sie immer noch den Revolver in der Hand hielt. Sie legte ihn beiseite und lehnte sich, völlig erledigt, mit dem Rücken an den Schreibtisch. Zur Hölle mit diesem Mistkerl Manx!

„Agentin O'Dell, stimmt das?"

„Ich bin erst heute hier eingezogen. Als ich Polizeifahrzeuge am Ende der Straße bemerkte, dachte ich, ich könnte vielleicht helfen."

„Also sind Sie unaufgefordert in eine Tatortermittlung geplatzt."

„Ich bin nicht hereingeplatzt. Ich habe meine Hilfe angeboten."

„So hat Detective Manx es nicht beschrieben."

„Nein, vermutlich nicht."

„Ich möchte, dass Sie sich da raushalten, Agentin O'Dell."

„Aber ich konnte ..."

„Raushalten heißt, dass Sie Ihren Ausweis nicht benutzen, um Tatorte zu betreten. Auch nicht, wenn die in Ihrer Nachbarschaft liegen. Haben Sie mich verstanden?"

Sie fuhr sich mit einer Hand durch das zerzauste Haar. Was fiel diesem Manx ein? Wenn sie nicht gewesen wäre, hätte er nicht mal den Hund entdeckt.

„Agentin O'Dell, ist das klar?"

„Ja. Ja, das ist völlig klar", erwiderte sie und erwartete einen zusätzlichen Tadel wegen ihres sarkastischen Tons.

„Ich wünsche Ihnen eine sichere Reise", sagte er auf seine gewohnt abrupte Art und legte auf.

Sie warf das Telefon auf den Schreibtisch und begann die Akten durchzublättern. Da sie Verspannungen in Nacken, Rücken und Schultern spürte, stand sie auf und streckte sich. Sie war verärgert. Verdammter Manx! Verdammter Cunningham! Wie lange glaubte er sie dem Außendienst fern halten zu können? Wie lange wollte er sie dafür strafen, dass sie angreifbar war? Und wieso glaubte er, Stucky ohne ihre Hilfe fangen zu können?

Maggie stellte zum dritten Mal die Alarmanlage ein und prüfte die Kontrolllampe, obwohl ihr die mechanische Stimme jedes Mal mitteilte: „Die Alarmanlage wurde aktiviert." Sie verwünschte das

Brummen im Kopf, schenkte sich noch einen Scotch ein und redete sich ein, einer mehr würde die Anspannung sicher lösen.

Die verstreuten Akten ließ sie auf dem Boden des Wohnraumzimmers liegen. Es schien angemessen, dass ihr neues Heim mit einem Stapel Blut und Entsetzen eingeweiht wurde. Sie ging, den Revolver in der Hand, in den Wintergarten, holte sich eine Decke und legte sie um die Schultern. Nachdem bis auf die Schreibtischlampe alle Lichter gelöscht waren, kuschelte sie sich in ihren Liegesessel gegenüber der Fensterfront.

Sie wiegte sich leicht, nippte an ihrem Scotch und beobachtete, wie der Mond immer wieder hinter Wolken verschwand und Schattenspiele in ihrem neuen Garten veranstaltete. Den Revolver hielt sie unter der Decke verborgen. Trotz ihres zunehmend verschwommenen Sehvermögens würde sie bereit sein. Cunningham würde kaum verhindern können, dass Stucky zu ihr kam, aber sie würde ihn aufhalten. Diesmal würde Stucky sich sehr wundern.

10. KAPITEL

Reston, Virginia, Samstagabend,
28. März

R.J. Tully blätterte eine weitere Zehndollarnote hin und schob sie unter dem Kassenfenster durch. Seit wann kostete eine Kinokarte nicht mehr 8,50 Dollar? Er versuchte sich zu erinnern, wann er das letzte Mal an einem Samstagabend ins Kino gegangen war. Wann war er überhaupt das letzte Mal im Kino gewesen? Sicher hatte er Caroline während ihrer dreizehnjährigen Ehe mal ins Kino ausgeführt. Ehe sie ihren Mitarbeitern den Vorzug vor ihm gegeben hatte.

Er sah sich um und entdeckte Emma, die, mindestens drei Kinobesucher entfernt, hinter ihm her trödelte. Manchmal fragte er sich, wer dieses große, hübsche Wesen war, diese Vierzehnjährige mit dem seidigen blonden Haar und dem Körper, der allmählich Rundungen annahm, die sie keck mit engen Jeans und knappen Pullis betonte. Sie sah ihrer Mutter jeden Tag ähnlicher. Oh Gott, wie er die Zeit vermisste, als dasselbe Mädchen seine Hand gehalten und ihm in die Arme gesprungen war, um ihn überall hin zu begleiten. Das hatte sich völlig geändert, genau wie sein Verhältnis zu ihrer Mutter.

Er wartete beim Kartenentwerter auf sie und fragte sich, ob sie es aushielt, im Kino zwei Stunden neben ihm zu sitzen. Ihr Blick wanderte unruhig durch die volle Lobby. Er begriff enttäuscht, dass sie von ihren neuen Freunden nicht gesehen werden wollte, wie sie am Samstagabend mit ihrem Dad ins Kino ging. War er ihr wirklich derart peinlich? Er konnte sich nicht erinnern, bei seinen Eltern ähnlich empfunden zu haben. Kein Wunder, dass er so viel Zeit bei der Arbeit verbrachte. Serienkiller zu verstehen erschien ihm derzeit wesentlich einfacher als vierzehnjährige Mädchen.

„Wie wär's mit Popcorn?" bot er an.

„Popcorn hat tonnenweise Fett."

„Ich glaube kaum, dass du dir deshalb Sorgen machen musst, Spätzchen."

„Oh mein Gott, Dad!"

Er sah sich erschrocken um, weil er fürchtete, ihr auf die Zehen getreten zu haben, so gequält klang sie.

„Nenn mich nicht so!" flüsterte sie.

Er lächelte auf sie herab, was sie noch mehr in Verlegenheit brachte.

„Okay, also kein Popcorn für dich. Wie sieht's mit Cola aus?"

„Diät-Cola", korrigierte sie.

Erstaunlicherweise wartete sie neben ihm am Stand, doch ihr Blick schweifte immer wieder durch die Lobby. Seit fast zwei Monaten lebte Emma ganz bei ihm. Eigentlich sah er sie jetzt noch weniger als seinerzeit in Cleveland, wo er nur ein Wochenend-Dad gewesen war. Wenigstens hatten sie dort gemeinsam etwas unternommen, um die verlorene Zeit wettzumachen.

Seit sie nach Virginia gezogen waren, hatte er versucht, zumindest jeden Abend mit ihr zu essen. Diese Regel hatte allerdings er als Erster gebrochen. Sein neuer Job in Quantico war viel zeitaufwändiger als vermutet. Und es war eine große Umstellung für beide. Sie mussten sich nicht nur an ein neues Haus, einen neuen Job, eine neue Stadt und eine neue Schule gewöhnen. Emma musste auch noch damit klarkommen, ohne Mutter zu leben.

Er konnte immer noch nicht glauben, dass Caroline mit dem Arrangement einverstanden gewesen war.

Sobald sie es müde wurde, tagsüber die Geschäftsführerin zu spielen und nachts auszugehen, wollte sie ihre Tochter bestimmt wieder bei sich haben.

Er beobachtete Emmas rasches, nervöses Wegstreichen aufmüpfiger Haarsträhnen. Ihr Blick schweifte immer noch umher. War es ein Fehler gewesen, um das volle Sorgerecht zu kämpfen? Emma vermisste ihre Mutter, obwohl die weniger verfügbar gewesen war als er. Warum war es nur so schwer, Eltern zu sein?

Er hätte fast gebuttertes Popcorn verlangt, begnügte sich aber mit normalem in der Hoffnung, dass Emma vielleicht etwas stibitzte. „Und zwei Diät-Colas."

Er sah sie an, um zu prüfen, ob sie von ihrem Einfluss auf ihn beeindruckt war. Stattdessen wurde ihre helle Haut noch blasser, als sich ihr Unbehagen in Panik verwandelte.

„Oh mein Gott, da ist Josh Reynolds!"

Jetzt schmiegte sie sich so nah an ihn, dass er einen Schritt zurücktreten musste, um ihre Colas und das Popcorn zu nehmen.

„Oh Gott! Hoffentlich sieht er mich nicht!"

„Wer ist Josh Reynolds?"

„Bloß einer der coolsten Jungs in der Mittelstufe."

„Begrüßen wir ihn."

„Was? Oh Gott, vielleicht hat er mich nicht gesehen."

Sie drehte das Gesicht zu ihm, den Rücken zu dem dunkelhaarigen Jungen, der eindeutig auf sie zusteuerte. Und wieso auch nicht? Seine Tochter war umwerfend. Er fragte sich, ob Emma wirklich in Panik war oder Theater spielte. Er konnte es nicht erkennen. Da er Frauen nicht verstand, wie konnte er da hoffen, Mädchen in der Pubertät zu verstehen.

„Emma? Emma Tully?"

Tully beobachtete mit Erstaunen, wie seine Tochter aus der Panik, die sie noch vor Sekunden fest im Griff hatte, ein nervöses, aber strahlendes Lächeln hervorzauberte. Sie drehte sich um, als Josh sich gerade durch die Schlange quetschte.

„Hallo, Josh!"

Tully vergewisserte sich mit einem Blick, ob ein Double seine widerspenstige Tochter ersetzt hatte. Denn diese Mädchenstimme klang viel zu fröhlich.

„Welchen Film siehst du dir an?"

„*Ace of Hearts*", gestand sie zögerlich, obwohl es ihre Wahl gewesen war.

„Ich auch. Meine Mutter will ihn unbedingt sehen", setzte er viel zu schnell hinzu.

Tully hatte Mitgefühl mit dem Jungen, der seine Hände tief in die Taschen schob. Was Emma für cool hielt, erforderte offenbar Anstrengung. Bemerkte er als Einziger, wie nervös der Junge mit dem Fuß wippte? Da betretenes Schweigen eintrat und die beiden ihn ignorierten, meldete Tully sich zu Wort. „Hallo, Josh. Ich bin R.J. Tully, Emmas Vater."

„Hallo, Mr. Tully."

„Ich würde dir gern die Hand geben, aber meine Hände sind voll."

Aus den Augenwinkeln sah er Emma die Augen verdrehen. Wie konnte ihr die Bemerkung peinlich sein? Er war doch nur höflich. In dem Moment meldete sich sein Piepser. Josh erbot sich, die Colas abzunehmen, ehe Emma auch nur reagierte. Tully schaltete das Gerät ab, erntete aber noch einige ärgerliche Blicke. Emma lief entzückend rosa an. Er erkannte die Telefonnummer auf einen Blick. Ausgerechnet heute Abend!

„Ich muss telefonieren."

„Sind Sie Arzt oder so was, Mr. Tully?"

„Nein, Josh. Ich bin FBI-Agent."

„Sie machen Witze. Das ist cool!"

Das Gesicht des Jungen hellte sich auf, und Tully merkte, dass Emma es merkte. Anstatt sofort zu den Telefonzellen zu eilen, blieb er noch einen Moment. „Ich arbeite in Quantico. Ich bin das, was man einen Profiler nennt."

„Wow, das ist cool!" wiederholte Josh.

Ohne sie anzusehen, wusste Tully, dass Joshs Begeisterung Emmas Mienenspiel veränderte.

„Sie verfolgen Serienkiller, genau wie in Filmen?"

„Ich fürchte, in Filmen sieht das sehr viel glamouröser aus, als es ist."

„Mann oh Mann! Ich wette, Sie haben schon ziemlich ekliges Zeug gesehen, was?"

„Leider ja, das habe ich. Aber jetzt muss ich wirklich telefonieren. Josh, würde es dir etwas ausmachen, Emma ein Weilchen Gesellschaft zu leisten?"

„Natürlich nicht. Kein Problem, Mr. Tully."

Er sah Emma nicht mehr an, bis er am Telefon war. Seine kampflustige Tochter war das personifizierte freundliche Lächeln, und dieses Lächeln war auch noch echt. Während er die Nummer wählte, sah er die beiden Teenager lachend plaudern. Zum ersten Mal seit langer Zeit war er froh und glücklich, Emma bei sich zu haben. Für wenige Minuten hatte er fast vergessen, dass die Welt grausam und gewalttätig war. Dann hörte er die Stimme des stellvertretenden Direktors Cunningham.

„Hier ist Tully, Sir. Sie haben mich angewählt?"

„Könnte sein, dass wir eins von Stuckys Opfern haben."

Tully wurde es augenblicklich mulmig. Seit Monaten hatte er auf diesen Anruf gewartet und sich davor gefürchtet. „Wo, Sir?"

„Direkt vor unserer Haustür. Dreißig bis fünfundvierzig Minuten von hier entfernt. Können Sie mich in etwa einer Stunde abholen? Wir können zusammen an den Tatort fahren."

Ohne nachzufragen wusste Tully, dass Cunningham meinte, er solle ihn in Quantico abholen. Ging der Mann eigentlich nie nach Hause?

„Sicher. Ich bin da."

„Dann sehe ich Sie in einer Stunde."

Das war's. Nach Jahren hinter dem Schreibtisch in Cleveland, in denen er Täterprofile aus der Ferne erstellt hatte, bekam er jetzt die Chance, sich zu beweisen und zu den wirklichen Jägern zu stoßen. Warum war ihm dann so beklommen zu Mute?

Tully ging zurück zu seiner Tochter und ihrem Freund und erwartete, dass sie enttäuscht sein würde. „Tut mir Leid, Emma. Ich muss weg."

Ihr Lächeln schwand sofort, und ihr Blick wurde finster.

„Josh, hast du nicht gesagt, du wärst mit deiner Mom hier?"

„Ja, sie holt uns Popcorn." Er deutete auf eine attraktive Rothaarige in der Schlange. Als sie merkte, dass Josh auf sie wies, zuckte sie bedauernd lächelnd die Schultern, weil es so lange dauerte.

„Einverstanden, wenn ich Joshs Mom frage, ob Emma sich euch anschließen darf?" Tully wappnete sich vor Emmas Panik und Entsetzen.

„Na klar, das wäre cool", sagte Josh sofort erfreut.

„Klar, Dad", bestätigte auch Emma.

Tully fragte sich, ob sie wusste, wie cool sie zu wirken versuchte.

Als er sich Jennifer Reynolds vorstellte, schien sie erfreut, ihm helfen zu können. Er versprach, es wieder gutzumachen, indem er sie irgendwann zusammen zu einem anderen Film ausführte. Als er ihren Ehering bemerkte, hätte er sich für das Angebot treten mögen. Doch Jennifer Reynolds nahm es ohne Zögern und mit einem flirtenden Blick an, den nicht mal ein ungeübter und frisch gebackener Single wie er enträtseln musste.

Auf dem Weg zum Auto lächelte er, grüßte Passanten und klimperte mit den Wagenschlüsseln. Der Abend war noch warm, und der Mond versprach trotz gelegentlich durchziehender Wolken hell zu scheinen. Tully glitt hinters Steuer und prüfte sein Gesicht im Rückspiegel, als hätte er vergessen, wie es aussah, wenn er glücklich war. Wie ungewöhnlich, Glück und Vorfreude an einem Abend zu empfinden. Das war ihm seit Jahren nicht widerfahren. Obwohl seine Hochstimmung von kurzer Dauer sein musste, fuhr er mit dem Gefühl vom Kinoparkplatz, es mit allem und jedem aufnehmen zu können. Vielleicht sogar mit Albert Stucky.

11. KAPITEL

Tully folgte Cunnighams Anweisungen und bog an der Kreuzung ab. Sofort sah er Scheinwerfer in der kleinen Gasse hinter einer Ladenzeile. Polizeifahrzeuge blockierten die Straße. Tully hielt neben einem an und zeigte seinen Ausweis. Er gab sich cool und beherzigte damit eine Lektion von Emmas neuem Freund Josh. Tatsächlich hatte er ein hohles Gefühl im Bauch, und Schweiß rann ihm den Rücken hinab.

Er hatte genügend Tatorte gesehen, abgetrennte Gliedmaße, blutige Wände, verstümmelte Körper und die kranke, widerwärtige Signatur von Killern, angefangen bei langstieligen Rosen bis zu Verstümmelungen.

Doch all diese Dinge hatte er bis jetzt nur auf Fotos gesehen, in digital gescannten Bildern und Illustrationen, die ihm ins FBI-Büro nach Cleveland geschickt worden waren. Als einer der Experten für Täterprofile im Mittleren Westen hatte er sie aus den Beweisstücken erstellt, die Ermittlungsbeamte ihm zusandten. Seine Exaktheit hatte Cunningham bewogen, ihm eine Position in Quantico anzubieten. Ein Anruf, und Cunningham hatte ihm, ohne ihn persönlich zu kennen, die Möglichkeit geboten, im Außendienst zu arbeiten. Beginnend mit der Jagd nach dem berüchtigten geflohenen Verbrecher Albert Stucky.

Tully wusste, dass Cunningham gezwungen worden war, nach Monaten, in denen sich trotz finanziellem und zeitlichem Aufwand nicht der kleinste Hinweis auf Stucky ergeben hatte, die Sondereinheit aufzulösen. Er wusste auch, dass er sein Glück der Agentin verdankte, die er ersetzte, und die vorübergehend dazu abgestellt war, auf Tagungen Ermittlungsbeamte zu unterrichten. Er hatte nicht viel nachforschen müssen, um herauszufinden, dass diese Agentin Margaret O'Dell war, der er nie begegnet war, deren

Ruf er jedoch kannte. Sie war eine der jüngsten und eine der besten Profiler im Land.

Die inoffizielle Version lautete, O'Dell sei ausgebrannt und brauche eine Pause. Gerüchten zufolge hatte sie ihre professionelle Einstellung verloren, war rücksichtslos auf dem Kriegspfad, paranoid und besessen davon, Albert Stucky wieder einzufangen. Natürlich gab es auch Gerüchte, Direktor Cunningham habe sie aus der Schusslinie geholt, um sie vor Stucky zu schützen. Die beiden hatten sich vor etwa acht Monaten ein gefährliches Katz-und-Maus-Spiel geliefert, das letztlich zu Stuckys Festnahme führte, aber erst, nachdem er O'Dell gequält und fast umgebracht hatte. Er würde den Mann mit dem Spitznamen „Sammler" nun persönlich kennen lernen, wenn auch nur durch das Ergebnis seiner Arbeitsweise.

Tully fuhr mit dem Wagen so nah an die Absperrung wie nur möglich. Cunningham sprang heraus, ehe Tully den Hebel in Parkstellung gebracht hatte. Er vergaß fast, die Scheinwerfer auszuschalten. Als er den Schlüssel aus dem Zündschloss zog, merkte er, dass ihm die Hände schwitzten. Die Beine waren irgendwie steif, und während er sich beeilte, seinen Boss einzuholen, erinnerte ihn sein Knie an eine alte Verletzung. Tully war ein gutes Stück größer als Cunningham, und seine Schritte waren länger, trotzdem hatte er Mühe, mitzuhalten. Er schätzte, dass Cunningham etwa zehn Jahre älter war als er. Jedoch war er schlank und von athletischer Statur. Tully hatte ihn das Doppelte an Gewichten stemmen sehen, das die Akademie den Rekruten auflegte.

„Wo ist sie?" Cunningham verlor keine Zeit und wandte sich an den ersten Polizisten, der so aussah, als habe er die Leitung.

„Noch im Abfallcontainer. Wir haben außer dem Pizzakarton nichts angerührt."

Der Detective hatte einen Nacken wie ein Footballspieler, und die Nähte seines Sportsakkos spannten. Er behandelte den Fall wie eine ganz alltägliche Verkehrskontrolle. Tully fragte sich, aus welcher Großstadt er kam. Seine nüchterne Haltung hatte er zweifellos nicht in Newburgh Heights erworben. Er und der Direktor schienen sich zu kennen und verloren keine Zeit mit der Vorstellung.

„Wo ist der Pizzakarton?" wollte Cunningham wissen.

„Officer McClusky hat ihn dem Doc übergeben. Das Kind, das ihn fand, hat ihn fallen lassen, und der ganze Inhalt war verstreut."

Der Geruch von kalter Pizza und die Geräusche aus dem Polizeifunk verursachten Tully plötzlich Kopfschmerzen. Auf der Herfahrt hatte Adrenalin ihn in Gang gehalten. Die Realität des Tatortes überwältigte ihn. Er fuhr sich mit den Fingern durchs Haar. Okay, das konnte auch nicht viel schlimmer sein, als sich Fotos anzusehen. Er schaffte das, und er unterdrückte die aufsteigende Übelkeit, während er seinem Boss zum Abfallcontainer folgte, wo drei Uniformierte Wache standen. Selbst die Beamten hielten wegen des Gestanks gute zehn Fuß Abstand vom Behälter.

Das Erste, was Tully auffiel, war das lange blonde Haar der jungen Frau. Sofort dachte er an Emma. Er konnte gut über den Rand des Behälters hineinsehen, wartete jedoch, bis sein Boss sich eine Kiste herangezogen hatte und darauf gestiegen war. Cunninghams Gesicht blieb reglos.

Obwohl die Leiche mit Abfall bedeckt war, erkannte Tully, dass die Frau sehr jung gewesen war, nicht viel älter als Emma. Und sie war hübsch. An ihren nackten Brüsten klebten Salatblätter und Tomatenreste. Der übrige Körper war unter Abfall verborgen. Tully entdeckte ein Stück nackten Schenkel und schloss, dass sie außer der Baseballkappe nichts anhatte. Er sah die durchschnittene Kehle und eine offene Wunde im unteren Teil des Rückens. Das war jedoch alles. Keine abgetrennten Gliedmaße, keine blutigen Verstümmelungen. Er war nicht sicher, was er erwartet hatte.

„Sieht aus, als wäre sie ganz geblieben", stellte Cunningham fest, als lese er Tullys Gedanken. Er stieg von der Kiste herunter und fragte den Detective: „Was war in dem Karton?"

„Ich weiß nicht. Für mich sah es wie ein blutiger Klumpen aus. Der Doc kann es Ihnen vermutlich sagen. Er ist drüben im Van."

Er wies auf einen staubigen Wagen mit dem Stafford County Emblem auf der Seite. Die Türen waren offen, und auf dem Rücksitz saß ein distinguierter grauhaariger Mann im gut gebügelten grauen Anzug mit einer Kladde.

„Doc, diese Herren vom FBI müssen die Sonderlieferung sehen."

Der Detective wandte sich zum Gehen, als der Übertragungswagen einer Fernsehgesellschaft auf einen nahen Parkplatz fuhr. „Entschuldigen Sie mich, Gentlemen. Sieht ganz so aus, als wären Zoobesucher angekommen."

Cunningham stieg in den Van, und Tully folgte, obwohl es mit drei Personen sehr eng wurde. Oder habe ich als Einziger Atemprobleme? fragte sich Tully. Er roch bereits den Inhalt des Kartons auf dem Boden und setzte sich auf eine Bank, ehe ihm flau werden konnte.

„Hallo, Frank." Cunningham kannte den Gerichtsmediziner offenbar auch. „Das hier ist Spezialagent R.J. Tully. Agent Tully, Dr. Frank Holmes, stellvertretender Chefgerichtsmediziner von Stafford County."

„Ich weiß nicht, ob das Ihr Mann ist, Kyle, aber als Detective Rosen mich anrief, glaubte er, Sie könnten an dem Fall interessiert sein."

„Rosen arbeitete in Boston, als Stucky die Stadträtin Brenda Carson kidnappte."

„Ich erinnere mich. Wann war das? Vor zwei, drei Jahren?"

„Vor nicht ganz zwei."

„Gott sei Dank war ich damals im Urlaub. Angeln oben in Kanada." Der Doktor neigte den Kopf, als versuche er sich an ein Sportereignis zu erinnern. Tully fand die Gelassenheit, ja Lässigkeit aller Anwesenden enervierend und hoffte, dass niemand sein heftiges Herzklopfen hörte. Der Doktor fuhr fort: „Aber wenn ich mich recht entsinne, wurde Carsons Leiche in einem flachen Grab irgendwo in den Wäldern gefunden. Außerhalb von Richmond, nicht wahr? Jedenfalls nicht in einem Abfallbehälter."

„Dieser Typ ist kompliziert, Frank. Die, die er sammelt, finden wir nur selten. Frauen wie unsere Leiche hier, das sind die, die er nicht gebrauchen kann. Die tötet er nur zum Spaß, um zu zeigen, dass er da ist." Cunningham beugte sich vor, stützte die Ellbogen auf die Knie und verlagerte das Gewicht auf die Fußballen, als sei er jederzeit sprungbereit. Seine gesamte Körperhaltung verströmte Energie und Spontaneität. Und doch blieben Miene und Stimme ruhig, fast beruhigend.

Tully blickte auf den Pizzakarton am Boden. Der Duft nach Pizza und Peperoni wurde von einem stechenden Blutgeruch überlagert. Er bezweifelte, je wieder mit Genuss Pizza essen zu können.

„In diesem ruhigen kleinen Vorort passiert nie etwas", fuhr Dr. Holmes fort und trug weiter Daten in seine Formulare, die er auf die Kladde geklemmt hatte, ein. „Und dann zwei Tötungsdelikte an einem Tag."

„Zwei?" Cunningham schien mit der langsamen, bedächtigen Art des Doktors allmählich die Geduld zu verlieren. Auch er blickte auf den Pizzakarton, doch Tully wusste, dass er ihn nicht eher anrühren würde, bis Dr. Holmes ihn dazu aufforderte. Tully hatte früh gelernt, dass Cunningham trotz seiner Autorität seinen Mitarbeitern großen Respekt zollte und viel Wert auf Regeln, Korrektheit und Protokoll legte.

„Ich weiß von keinem anderen Tötungsdelikt, Frank", sagte er, als der Doktor zu lange brauchte, um mit einer Erklärung herauszurücken.

„Nun, ich bin noch nicht sicher, ob der andere Fall ein Tötungsdelikt ist." Dr. Holmes legte die Klemmkladde beiseite. „Wir hatten eine Agentin am Tatort. Vielleicht eine von Ihren Leuten?"

„Wie bitte?"

„Gestern Nachmittag. Nicht weit von hier, in einem schönen ruhigen Viertel von Newburgh Heights. Sie stellte sich als forensische Psychologin vor. Sie war gerade in die Nachbarschaft des Opfers gezogen. Sehr beeindruckende junge Frau."

Tully beobachtete Cunningham und sah, wie dessen Mienenspiel von ruhig nach aufgebracht wechselte.

„Ja, ich habe davon gehört. Ich hatte vergessen, dass sie jetzt in Newburgh Heights wohnt. Ich entschuldige mich, falls sie im Weg war."

„Eine Entschuldigung ist nicht nötig, Kyle. Im Gegenteil. Sie erwies sich als sehr hilfreich. Der arrogante Bastard, der den Tatort untersuchen sollte, hat vielleicht sogar ein paar Dinge gelernt."

Tully ertappte Cunningham dabei, wie ein Lächeln um seine Mundwinkel zuckte, bis er merkte, dass er beobachtet wurde. Dann wandte er sich ihm zu und erklärte: „Agentin O'Dell, Ihre Vorgängerin, hat gerade ein Haus in dieser Gegend gekauft."

„Agentin Margaret O'Dell?" Tully sah seinem Boss in die Augen und erkannte, dass der dieselbe Verbindung herstellte wie er. Beide sahen Dr. Holmes an, der sich den Pizzakarton heranzog. Für Tully war plötzlich unwichtig, was der Karton enthielt. Sie mussten sich das blutige Etwas nicht ansehen, um bestätigt zu bekommen, dass dies die Arbeit von Albert Stucky war. Und es war kein Zufall, dass er ausgerechnet in der Nähe von Margaret O'Dells neuem Zuhause wieder in Erscheinung trat.

12. KAPITEL

Erschöpfung kroch ihm in die Knochen und drohte ihn zu überwältigen, als er endlich die Sicherheit seines Zimmers erreichte. Mit knappen Bewegungen entledigte er sich seiner Kleidung und ließ den Stoff an seinem schlanken Körper hinabgleiten, obwohl er lieber gerissen und gezerrt hätte. Sein Körper widerte ihn an. Diesmal hatte es fast doppelt so lange gedauert, bis er gekommen war. Von allen verdammten Dingen, mit denen er sich herumschlagen musste, war dies das Ärgerlichste.

Hektisch durchsuchte er seinen Matchbeutel mit einer Hand und warf den Inhalt ungeduldig auf den Boden. Plötzlich verharrte er und ertastete den glatten Zylinder. Die Erleichterung schien seinen schweißnassen Körper abzukühlen.

Die Müdigkeit war ihm auch in die Finger gekrochen. Er brauchte drei Versuche, die Plastikkappe abzudrehen und die Nadel in die orangerote Gummispitze der Ampulle zu stechen. Er verabscheute es, sich nicht völlig unter Kontrolle zu haben. Zorn und Gereiztheit verstärkten nur sein Unbehagen. Er hielt die Hände so ruhig es ging und sah zu, wie die Nadel die Flüssigkeit aus der Ampulle sog.

Die Knie weich, Schweiß auf dem nackten Rücken, setzte er sich auf die Bettkante. Mit einer raschen Bewegung stach er die Nadel in den Schenkel und drückte die farblose Flüssigkeit in seinen Blutkreislauf. Er legte sich zurück, wartete und schloss die Augen, um nicht die roten Linien zu sehen, die in seinem Blickfeld tanzten. Im Geist konnte er die Adern pulsieren hören, plop, plop, plop. Der Gedanke machte ihn vielleicht verrückt, ehe er völlig erblindete.

Durch die geschlossenen Lider sah er Lichtblitze den schwach erhellten Raum beleuchten. Ein Donnergrollen ließ die Fensterscheiben erbeben. Dann begann es wieder zu regnen, sanft und leise, ein trommelndes Wiegenlied.

Ja, sein Körper verabscheute ihn. Er hatte ihn auf kräftig und schlank getrimmt, hatte Gewichte gehoben, die Muskeln an Trainingsmaschinen gestählt und anstrengende Sprints trainiert. Er aß nahrhafte Mahlzeiten mit vielen Proteinen und Vitaminen. Er hatte sich von allen Giften gereinigt, inklusive Koffein, Alkohol und Nikotin. Trotzdem versagte der Körper ihm den Dienst, schrie geradezu seine Beschränkungen heraus und erinnerte ihn an seine Unzulänglichkeiten.

Vor drei Monaten hatte er die ersten Anzeichen bemerkt. Die waren nur ärgerlich gewesen, ständiger Durst und dauernder Drang zu pinkeln. Wer weiß, wie lange diese Sache schon in ihm geschlummert und nur auf den richtigen Moment gewartet hatte, auszubrechen.

Natürlich würde es diese Abnormität sein, die ihm letztlich den Rest gab, ein Geschenk seiner gierigen Mutter, die er nicht mal gekannt hatte. Die Schlampe musste ihm natürlich etwas vererben, das ihn zerstörte.

Er setzte sich auf und ignorierte den leichten Schwindel und den verschwommenen Blick. Die Aussetzer kamen immer häufiger und waren schwerer vorherzusagen. Sosehr er auch eingeschränkt war, er würde sich dadurch nicht von seinem Spiel abhalten lassen.

Der Regen trommelte jetzt beharrlicher. Blitze zuckten in kurzer Folge und erzeugten bizarre Schatten im Raum. Staubige Gegenstände schienen lebendig zu werden, zuckenden Miniaturrobotern gleich. Der ganze verdammte Raum sprang und zuckte.

Er nahm die Lampe vom Nachttisch, schaltete sie ein und neutralisierte die Bewegungen durch gelbes Licht. Jetzt sah er den Inhalt seines Matchbeutels auf dem Boden. Socken, Rasierzeug, T-Shirts, verschiedene Messer, ein Skalpell und eine Glock 9mm lagen verstreut auf dem dicken Teppich. Er achtete nicht auf das vertraute Brummen im Kopf, suchte zwischen seinen Sachen und hielt inne, als er das rosa Höschen fand. Er rieb die weiche Seide gegen die Bartstoppeln seines Kinns und sog den Geruch ein, eine schöne Kombination aus Talkumpuder, Körperflüssigkeiten und Pizza.

Er entdeckte den zerknüllten Immobilienprospekt unter seinen Sachen, zog ihn hervor, faltete ihn auf und strich die Knicke glatt. Der enthielt das Farbfoto eines Hauses im Kolonialstil, eine detaillierte Beschreibung seiner Annehmlichkeiten und das glänzende blaue Logo von Heston Immobilien. Das Haus sah viel versprechend aus, und er hoffte, es entsprach den Erwartungen.

In der unteren Ecke des Prospektes war das kleine Foto einer attraktiven Frau, die versuchte, professionell auszusehen, trotz ... was war das nur in ihrem Blick? Eine gewisse Unsicherheit, als fühle sie sich unwohl in ihrer weißen Bluse und dem blauen Kostüm. Er fuhr mit dem Daumen über ihr Gesicht, verteilte Druckerschwärze und hinterließ einen blau-schwarzen Striemen. Schon besser. Ja er fühlte bereits ihre Verwundbarkeit. Aber vielleicht sah und spürte er es nur, weil er sie so lange beobachtet, studiert und geprüft hatte. Er fragte sich, was Tess McGowan so heftig zu verbergen suchte.

In langsamen, bedächtigen Schritten durchquerte er den Raum, Es wurmte ihn, dass seine Knie immer noch weich waren. Er befestigte den Prospekt an der Pinnwand. Dann holte er eine Kiste unter dem Tisch hervor, als hätten Tess und ihre eleganten Beine ihn an etwas erinnert. Leider waren die Möbelpacker heutzutage so unaufmerksam. Die machten einfach ihre Pausen und ließen die wertvollen Gegenstände in ihrer Obhut unbeaufsichtigt zurück. Lächelnd durchtrennte er das Klebeband und öffnete den Deckel des Kartons mit der Aufschrift „M. O'Dell."

Er nahm die vergilbten Zeitungsausschnitte heraus: *Feuer-*

wehrmann opfert Leben. Treuhandfonds für Helden eingerichtet.
Wie grässlich für sie, den Vater in einem höllischen Feuer zu verlieren.

„Träumst du von ihm, Maggie O'Dell?" flüsterte er. „Stellst du dir vor, wie die Flammen an seiner Haut züngeln?"

Vielleicht hatte er endlich die Achillesferse der mutigen, unerschütterlichen Agentin gefunden.

Er legte die Artikel beiseite. Darunter entdeckte er einen noch größeren Schatz, einen ledernen Terminkalender. Er blätterte auf die kommende Woche und war enttäuscht. Verärgert prüfte er die Eintragungen. Sie würde in Kansas City sein, bei einer Tagung von Ermittlungsbeamten. Er beruhigte sich und lächelte wieder. Vielleicht war es besser so. Und doch war es irgendwie schade, dass Agentin O'Dell sein Debüt in Newburgh Heights versäumte.

13. KAPITEL

Sonntag, 29. März

Maggie packte die letzten Kartons mit der Aufschrift „Küche" aus. Vorsichtig wusch und trocknete sie die Weingläser aus Kristall und stellte sie auf das obere Brett im Schrank. Es erstaunte sie immer noch, dass Greg ihr den Satz von acht Gläsern überlassen hatte. Er behauptete, sie seien ein Hochzeitsgeschenk von ihren Verwandten gewesen. Aber sie kannte niemand in der Verwandtschaft, der sich ein so teures Geschenk leisten konnte oder einen so eleganten Geschmack hatte. Ihre Mutter hatte ihnen einen Toaster geschenkt, praktisch, ohne jeden emotionalen Wert. Das war typischer für die O'Dells.

Die Weingläser erinnerten sie, dass sie ihre Mutter anrufen und ihr die neue Telefonnummer mitteilen musste. Sofort meldete sich der gewohnte Druck in der Brust. Natürlich bestand kein Anlass, ihr die neue Anschrift mitzuteilen. Ihre Mutter verließ Richmond nie und würde sie auch kaum besuchen kommen. Der bloße Gedanke, ihre Mutter könnte in ihr neues Heiligtum eindringen, entsetzte sie. Sogar das obligatorische wöchentliche Telefonat empfand sie als Störung des sonntäglichen Friedens. Sie konnte anrufen, ehe sie zum Flughafen fuhr. Fliegen verunsicherte sie auch nach Jahren noch zutiefst. Vielleicht konnte sie sich mit einem Anruf, der sie zweifellos zum Zähneknirschen brachte, von der Vorstellung ablenken, zehntausend Meter hoch ausgeliefert über dem Boden zu schweben.

Sie verharrte unschlüssig mit der Hand über den Zahlen. Woran lag es, dass diese Frau ihr immer noch das Gefühl vermittelte, eine unreife und ängstliche Zwölfjährige zu sein? Dabei war sie mit zwölf schon erwachsener gewesen, als ihre Mutter es je sein würde.

Das Telefon klingelte sechs, sieben Mal, und Maggie wollte schon auflegen, als eine leise, raue Stimme etwas Unverständliches in den Hörer brummte.

„Mom? Hier ist Maggie", sagte sie anstelle einer Begrüßung.

„Hallo, Maggiemaus. Ich wollte dich gerade anrufen."

Maggie verzog das Gesicht, als ihre Mutter sie mit dem Spitznamen anredete, den der Vater ihr gegeben hatte. Maggiemaus nannte die Mutter sie nur, wenn sie betrunken war. Am liebsten hätte sie einfach aufgehängt, doch ohne die neue Telefonnummer konnte ihre Mutter sie nicht erreichen. Andererseits erinnerte sie sich im nüchternen Zustand vielleicht gar nicht mehr an das Gespräch.

„Du hättest mich nicht erreicht. Ich bin umgezogen."

„Maggiemaus, sag bitte deinem Vater, dass er aufhören soll, mich anzurufen."

Maggie fühlte sich schwach und lehnte sich gegen den Küchentresen. „Wovon sprichst du, Mom?"

„Dein Vater ruft mich dauernd an, sagt irgendwelches Zeugs und legt einfach auf."

Der Tresen reichte nicht als Stütze, Maggie schaffte es zum Hocker und setzte sich. Plötzliche Übelkeit und ein Frösteln überraschten und ärgerten sie. Sie legte sich die flache Hand auf den Magen, um ihn zu beruhigen.

„Mom, Dad ist tot. Seit über zwanzig Jahren." Sie griff nach einem Küchentuch und fragte sich, ob ihre Mutter als Folge des Alkoholismus dement wurde.

„Das weiß ich doch, Süßes." Ihre Mutter kicherte.

Maggie konnte sich nicht erinnern, ihre Mutter jemals kichern gehört zu haben. War das nur ein kranker Jux? Sie wartete mit geschlossenen Augen und wusste nicht, wie sie diese Unterhaltung fortsetzen sollte.

„Reverend Everett sagt, das kommt daher, weil dein Vater mir immer noch was mitteilen will. Aber zum Teufel, er hängt immer auf. Oh, ich sollte nicht fluchen." Sie kicherte wieder.

„Mom, wer ist Reverend Everett?"

„Reverend Joseph Everett. Ich habe dir von ihm erzählt, Maggiemaus."

„Nein, du hast mir nichts von ihm erzählt."

„Sicher habe ich das. Oh, Emily und Steven sind da. Ich muss Schluss machen."

„Mom, warte. Mom ...!" Doch es war zu spät. Ihre Mutter hatte bereits aufgelegt.

Maggie fuhr sich mit einer Hand durchs Haar und widerstand dem Drang, daran zu reißen. Es war erst eine Woche her ... okay, vielleicht zwei, seit ihrem letzten Telefonat. Wieso klang sie plötzlich so verwirrt? Sie dachte daran, zurückzurufen, da sie ihr nicht mal die neue Telefonnummer gegeben hatte. Andererseits war ihre Mutter gar nicht fähig, sie zu behalten. Vielleicht konnten sich Emily und Steven oder Reverend Everett – wer immer diese Leute sein mochten – um sie kümmern. Sie war viel zu lange für die Mutter verantwortlich gewesen. Jetzt war mal jemand anders an der Reihe.

Dass ihre Mutter wieder trank, überraschte sie nicht und hatte sogar einen Vorteil. Wenn sie trank, beging sie keinen Selbstmordversuch. Dass sie allerdings glaubte, mit ihrem toten Dad zu reden, beunruhigte Maggie ziemlich. Und wieder schmerzte die Erinnerung, dass der einzige Mensch, der sie bedingungslos geliebt hatte, seit über zwanzig Jahren tot war.

Sie zog an ihrer Halskette und holte den Anhänger aus dem Shirtausschnitt. Ihr Vater hatte ihr das silberne Kreuz zur heiligen Kommunion geschenkt und behauptet, es bewahre sie vor dem Bösen. Sein eigenes identisches Kreuz hatte ihn nicht geschützt, als er in das brennende Gebäude gelaufen war.

Seither hatte sie genügend Grässliches gesehen, um zu wissen, dass auch ein Panzer aus Silberkreuzen sie nicht schützen könnte. Doch sie trug das Kreuz als Erinnerung an ihren mutigen Vater. Der Anhänger fühlte sich zwischen ihren Brüsten oft so hart und kalt an wie eine Messerklinge. Was sie erinnerte, dass die Trennlinie zwischen Gut und Böse nur sehr fein war.

In den letzten neun Jahren hatte sie viel über das Böse im Menschen gelernt und Zerstörungswut erlebt, die warme, atmende Menschen als seelenlose Hüllen zurückließ. Doch sie war ausgebildet, Gewalt und Zerstörung zu bekämpfen, das Böse zu beherrschen und auszumerzen. Dazu musste sie den Tätern folgen und sich in ihr Leben und Denken einfühlen. War es möglich, dass irgendwann unbemerkt etwas von der Denkweise der Täter auf sie übergegangen war? Empfand sie deshalb so viel Hass und Rachedurst verbunden mit einem Gefühl der Leere?

Es läutete. Ehe Maggie sich dessen bewusst war, hatte sie schon wieder ihre Smith & Wesson in der Hand. Sie stopfte den Revolver in den hinteren Jeansbund und zog das T-Shirt drüber, um ihn zu verbergen.

Die zarte Brünette vor der Tür war ihr nicht bekannt. Maggie ließ den Blick zur Straße und zum Bereich zwischen den Häusern schweifen und nahm die Schatten von Bäumen und Büschen in Augenschein, ehe sie die Alarmanlage ausschaltete. Was erwartete sie eigentlich? Glaubte sie wirklich, Albert Stucky folge ihr in ihr neues Haus?

„Ja?" fragte sie und öffnete die Tür nur so weit, dass ihr Körper im Türspalt stand.

„Hallo!" grüßte die junge Frau aufgesetzt fröhlich.

In dem eleganten schwarz-weißen Strickkostüm sah sie aus, als wolle sie ausgehen. Ihr dunkles schulterlanges Haar wagte nicht, sich im Wind zu bewegen. Das Make-up überspielte schmale Lippen und Lachfalten. Diamantkette, Ohrstecker und Ehering waren dezent und geschmackvoll, dennoch erkannte Maggie ihren Wert. Okay, die Frau wollte offenbar nichts verkaufen. Maggie wartete und sah, dass die Unbekannte an ihr vorbei ins Haus zu schauen versuchte.

„Ich bin Susan Lyndell von nebenan." Sie deutete auf das Fachwerkhaus, von dem Maggie nur ein Stück Dach sehen konnte.

„Hallo, Miss Lyndell."

„Bitte, nennen Sie mich Susan."

„Ich bin Maggie O'Dell."

Maggie öffnete die Tür ein wenig mehr und gab Susan die Hand, blieb jedoch in der Tür stehen. Hoffentlich erwartete die Frau keine Einladung, näher zu treten. Maggie sah ihre neue Nachbarin zum eigenen Haus und wieder zur Straße blicken. Ein nervöser Blick, als fürchte sie, entdeckt zu werden.

„Ich habe Sie am Freitag gesehen", erklärte sie voller Unbehagen.

Offenbar war sie nicht gekommen, eine neue Nachbarin willkommen zu heißen, sondern hatte etwas auf dem Herzen.

„Ja, ich bin Freitag eingezogen."

„Ich habe Sie eigentlich nicht einziehen sehen", korrigierte sie sofort. „Ich meinte, bei Rachel. Ich habe Sie in Rachel Endicotts Haus gesehen." Die Frau kam näher, sprach mit leiser, ruhiger Stimme und nestelte nervös am Jackensaum herum.

„Ach so."

„Ich bin eine Freundin von Rachel. Ich weiß, dass die Polizei ..." Sie hielt inne und sah sich wieder in beide Richtungen um. „Ich weiß, alle denken, Rachel sei einfach abgehauen, aber ich glaube nicht, dass sie so etwas tun würde."

„Haben Sie das Detective Manx gesagt?"

„Detective Manx?"

„Er leitet die Untersuchung, Miss Lyndell. Ich war nur dort, um als besorgte Nachbarin meine Hilfe anzubieten."

„Aber Sie sind doch beim FBI, richtig? Ich meine das von jemand gehört zu haben."

„Ja, aber ich war nicht in offizieller Funktion dort. Wenn Sie Informationen haben, schlage ich vor, Sie gehen zu Detective Manx."

Es fehlte gerade noch, dass sie Manx ein zweites Mal in die Quere kam. Cunningham hatte bereits ihre Kompetenz und ihr Urteilsvermögen angezweifelt. Ein Idiot wie Manx musste ihre derzeitige Lage nicht noch verschlimmern. Susan Lyndell schien von ihrem Vorschlag jedoch nicht erbaut zu sein. Sie druckste unschlüssig herum, ließ immer wieder den Blick schweifen und schien nervöser zu werden.

„Ich weiß, es ist ein bisschen sonderbar, und ich entschuldige mich dafür. Aber wenn ich nur ein paar Minuten mit Ihnen sprechen könnte. Darf ich vielleicht hereinkommen?"

Ihr Verstand riet ihr dringend, Susan Lyndell mit der Aufforderung heimzuschicken, die Polizei einzuschalten. Trotzdem ließ sie die Frau aus irgendeinem Grund in die Eingangshalle.

„Meine Maschine geht heute Nachmittag." Maggie ließ Ungeduld anklingen. „Wie Sie sehen, hatte ich noch keine Zeit auszupacken, geschweige denn die Koffer zu packen."

„Ja, ich verstehe. Vielleicht bin ich ja auch nur ein bisschen paranoid."

„Sie glauben also nicht, dass Miss Endicott für einige Tage verreist ist? Vielleicht, um Abstand zu gewinnen?"

Susan Lyndell sah ihr ruhig in die Augen.

„Ich weiß, da war etwas im Haus, das in eine andere Richtung deutet."

„Miss Lyndell, ich weiß nicht, was Sie gehört haben ..."

„Ist schon okay." Sie winkte mit einer zarten Hand ab. Die Geste erinnerte Maggie an den Flügelschlag eines kleinen Vogels. „Ich weiß, dass Sie nicht weitergeben dürfen, was Sie gesehen haben." Sie druckste wieder herum und verlagerte das Gewicht von einem Fuß auf den anderen, als seien ihre hochhackigen Pumps Ursache des Unbehagens. „Schauen Sie, man muss kein Genie sein, um zu begreifen, dass es ungewöhnlich ist, wenn drei Polizeiwagen und der Gerichtsmediziner kommen, um einen verletzten Hund zu bergen. Auch dann, wenn der Hund der Frau von Sidney Endicott gehört."

Der Name des Mannes sagte Maggie nichts, und er war ihr auch gleichgültig. Je weniger sie über die Endicotts wusste, desto leichter konnte sie sich aus dem Fall heraushalten. Sie wartete mit vor der Brust verschränkten Armen. Susan Lyndell deutete das offenbar so, dass sie ihre volle Aufmerksamkeit hatte.

„Ich glaube, Rachel traf sich mit jemand. Und dieser Jemand hat sie gegen ihren Willen mitgenommen."

„Warum sagen Sie das?"

„Rachel hat letzte Woche einen Mann getroffen."

„Was meinen Sie damit?"

„Ich möchte nicht, dass Sie einen falschen Eindruck gewinnen. Sie hat so etwas normalerweise nicht gemacht", fügte sie rasch hinzu, als müsste sie ihre Freundin verteidigen. „Es ist einfach passiert. Sie wissen, wie so was geht." Offenbar erwartete sie Zustimmung von Maggie. Da keine kam, fuhr sie schnell fort: „Rachel sagte, er sei ... nun ja, sie beschrieb den Mann als wild und aufregend. Ich bin sicher, sie hatte nicht vor, Sidney zu verlassen", fügte sie hinzu, als müsste sie sich selbst überzeugen.

„Mrs. Endicott hatte also eine Affäre?"

„Mein Gott, nein. Aber ich glaube, sie war in Versuchung. Soweit ich weiß, war es nur eine sehr heftige Flirtgeschichte."

„Woher wissen Sie das alles?"

Susan wich ihrem Blick aus und sah aus dem Fenster. „Rachel und ich, wir waren Freundinnen."

Maggie versagte sich den Hinweis, dass sie in der Vergangenheitsform von Rachel sprach. „Wie hat sie ihn kennen gelernt?" erkundigte sie sich.

„Er hat in der letzten Woche oder so in der Gegend zu tun gehabt. An den Telefonanschlüssen. Hatte irgendwas mit neuen Kabeln zu tun, die gelegt werden mussten. Ich habe nicht viel davon mitbekommen. Anscheinend verändert und erneuert man hier dauernd was."

„Warum glauben Sie, dass dieser Mann Rachel gegen ihren Willen mitgenommen hat?"

„Es klang so, als würde er es ernst meinen mit ihr. Als wollte er versuchen, mehr aus ihrem Flirt zu machen. Sie wissen, wie solche

Typen sein können. Im Grunde wollen die nur das eine. Und irgendwie glauben die, wir reichen, einsamen Ehefrauen wären nur zu gern bereit, mit ihnen ..." Sie hielt inne, als sie merkte, dass sie mehr preisgab, als sie wollte. Sie senkte sofort den Blick, und ihre Wangen röteten sich leicht. Maggie ahnte, dass Susan Lyndell nicht nur über ihre Freundin sprach, sondern aus eigener Erfahrung. „Sagen wir", fuhr sie fort, „ich habe so eine Ahnung, dass der Typ mehr wollte, als Rachel bereit war zu geben."

Maggie sah vor ihrem geistigen Auge das Schlafzimmer der Endicotts. Hatte Rachel den Mann vom Telefondienst in ihr Schlafzimmer gebeten und es sich dann anders überlegt?

„Sie glauben, sie könnte ihn eingeladen haben, und dann gerieten die Dinge außer Kontrolle?"

„Gab es nicht etwas im Haus, das diese Annahme stützt?"

Maggie zögerte. Waren Susan Lyndell und Rachel Endicott wirklich Freundinnen, oder fischte hier nur jemand nach interessanten Informationen, um sie in der Nachbarschaft zu verbreiten?

Schließlich erwiderte sie: „Ja, da war etwas, das diese Annahme stützt. Mehr kann ich Ihnen nicht sagen."

Susan erbleichte unter ihrem sorgfältig aufgetragenen Make-up und lehnte sich abstützend gegen die Wand. Ihre Erschütterung schien echt zu sein.

„Ich denke, Sie sollten das der Polizei sagen", wiederholte Maggie.

„Nein", widersprach Susan sofort mit hochrotem Gesicht. „Ich meine ... ich bin nicht mal sicher, dass sie ihn wirklich getroffen hat. Ich möchte nicht, dass Rachel Probleme mit Sid bekommt."

„Zumindest sollte die Polizei von diesem Mann vom Telefondienst erfahren, damit die ihn befragen können. Haben Sie ihn in der Gegend gesehen?"

„Ich habe ihn überhaupt nicht gesehen. Nur seinen Van – ein Mal. Northeastern Bell Telephone Company. Ich möchte nicht, dass er wegen meiner Ahnung seinen Job verliert."

Maggie beobachtete, wie sie ihren Jackensaum wrang und knetete. Der Job eines namenlosen Reparaturtechnikers war ihr bestimmt nicht so wichtig.

„Warum erzählen Sie mir denn all das, Mrs. Lyndell? Was erwarten Sie von mir?"

„Ich dachte nur, Sie könnten ..." Sie lehnte sich wieder gegen die Wand und wirkte aufgebracht, weil sie nicht wusste, was sie erwartet hatte. „Sie sind beim FBI", fügte sie hinzu. „Ich dachte, Sie könnten etwas herausfinden oder überprüfen ... Sie wissen schon, diskret, ohne ... ach, ich weiß nicht."

Maggie beobachtete schweigend die Verlegenheit und das Unbehagen der Frau. „Rachel hat nicht als Einzige mit einem Techniker geflirtet, nicht wahr, Mrs. Lyndell? Haben Sie Angst, Ihr Mann könnte es herausfinden? Ist es das?"

Susan musste nicht antworten. Ihr gequälter Blick verriet Maggie, dass sie richtig lag. Sie fragte sich, ob Mrs. Lyndell tatsächlich Detective Manx informieren würde, wie sie es beim Abschied versprach, als sie mit ängstlichem Blick davoneilte.

14. KAPITEL

Tess McGowan lächelte den Weinkellner an, der geduldig wartete. Während er die Flasche entkorkt und den obligatorischen ersten Schluck zum Testen ins Glas gegossen hatte, telefonierte Daniel ununterbrochen auf seinem Handy. Da er Daniel telefonieren sah, hatte er Tess das Glas zum Probieren angeboten, doch die schüttelte rasch den Kopf und dirigierte den unerfahrenen jungen Mann mit dem geröteten Gesicht wortlos, nur mit einem Blick zu Daniel.

Jetzt warteten sie beide, dass der sein Telefonat beendete. Diese ständigen Störungen waren ihr verhasst. Schlimm genug, dass sie wegen Daniels Geschäften ein so spätes Sonntagsdinner zu sich nahmen. Warum konnte er sich nicht wenigstens die Sonntage freihalten? Sie berührte die langstielige Rose, die er ihr geschenkt hatte, und wünschte, er wäre wenigstens ein Mal kreativer gewesen. Warum nicht ein paar Veilchen oder einen Strauß Gänseblümchen?

Schließlich titulierte Daniel die Person am anderen Ende der Leitung ruhig, aber entschieden ein „inkompetentes Arschloch". Zum Glück für Tess und den Kellner war das Gespräch damit zu Ende.

Daniel klappte das Telefon zu und ließ es in die Brusttasche gleiten. Ohne aufzublicken, schnappte er sich das Glas, nahm einen Schluck und spuckte ihn ins Glas zurück, ohne den Wein richtig zu probieren.

„Das ist Spülwasser! Ich habe einen 1984er Bordeaux bestellt. Was ist das für ein Zeug?"

Tess spannte sich innerlich an. Nicht schon wieder! Warum konnten sie nicht einmal ausgehen, ohne dass Daniel eine Szene machte? Sie sah den armen Weinkellner verzweifelt die Flasche umdrehen, damit er das Etikett lesen konnte.

„Es ist ein 1984er Bordeaux, Sir."

Daniel riss dem jungen Mann die Flasche aus der Hand, um selbst zu sehen. Sofort schnaubte er verächtlich und gab sie zurück.

„Ich will keinen verdammten kalifornischen Wein."

„Aber Sie sagten, amerikanischer Wein, Sir."

„Ja, und soweit ich weiß, liegt New York immer noch in den Vereinigten Staaten."

„Ja, natürlich, Sir. Ich bringe Ihnen eine neue Flasche."

„Also", begann Daniel und ließ sie wissen, dass er nunmehr bereit war, mit ihr zu reden, während er sein Besteck neu ordnete und die aufgefaltete Serviette auf den Schoß legte. „Du sagtest, wir hätten etwas zu feiern?"

Sie schob sich den Träger des Kleides hoch und fragte sich, warum sie zweihundertfünfzig Dollar für ein Kleid ausgegeben hatte, das dauernd rutschte. Für ein erotisches Schwarzes, das Daniel nicht mal beachtete. Als er zu ihr aufblickte, würdigte er nicht etwa ihr Kleid, sondern runzelte die Stirn, weil sie daran herumfummelte. Sie brauchte keine weitere Lektion über das Richten von Kleidung in der Öffentlichkeit. Schon gar nicht von jemand, der mehr Zeit mit dem Arrangieren seines Bestecks verbrachte als mit Essen. Sie ignorierte seine gefurchte Stirn und begann die gute Nachricht zu verkünden. Wenn sie genügend Begeisterung aufbrachte, würde er ihnen den Abend schon nicht verderben, oder?

„Ich habe letzte Woche das Haus der Saunders' verkauft."

Er zog wieder die Stirn kraus, was sie daran erinnern sollte, dass er sich nicht den Wohnort jedes ihrer Kunden merken konnte.

„Das große Haus im Tudorstil. Das Beste ist allerdings, dass Delores mir den gesamten Verkaufsbonus gibt."

„Das ist wirklich eine gute Nachricht, Tess. Wir sollten Champagner trinken anstatt Wein." Er drehte sich in seinem Sessel um. „Wo zum Teufel steckt der inkompetente Dummkopf von Kellner?"

„Nein, Daniel, nicht."

Dass sie seine noble Geste ablehnte, bescherte ihr einen finsteren Blick. Sie beeilte sich zu erklären: „Wie du weißt, mag ich Wein viel lieber als Champagner. Lass uns bitte bei Wein bleiben."

Er gab sich mit erhobenen Händen geschlagen. „Wie du möchtest. Heute ist dein Abend."

Er nahm sein Wasserglas, um einen Schluck zu trinken, stutzte und wischte mit der Serviette Wasserflecken vom Glas. Tess wappnete sich innerlich vor einer weiteren Szene mit dem Kellner. Doch Daniel gelang es offenbar, das Glas durch eigene Anstrengung in einen zufrieden stellenden Zustand zu versetzen. Er legte die Serviette zurück und stellte das Glas ab, ohne zu trinken.

„Und wie hoch ist der Verkaufsbonus? Ich hoffe, du hast nicht alles für dieses überteuerte Kleid ausgegeben, das dir ständig von der Schulter rutscht."

„Natürlich nicht." Sie sprach mit fester Stimme und lächelte rasch, als gefalle ihr, was er für trockenen Humor hielt.

„Also? Wie viel?" erkundigte er sich.

„Fast zehntausend Dollar", erwiderte sie mit stolz erhobenem Kinn.

„Nun, das ist ein nettes kleines Trinkgeld, was?"

Diesmal trank er von seinem Wasser, ohne das Glas zu säubern. Er sah sich bereits im Raum um und suchte nach bekannten Gesichtern. Das war eine professionelle Angewohnheit von ihm, keine Unhöflichkeit. Trotzdem war ihr dabei jedes Mal zu Mute, als erhoffe er, Rettung vor der belanglosen Unterhaltung mit ihr.

„Denkst du, dass ich es investieren sollte?" fragte sie, um mit dem einzigen Thema, das ihn wirklich interessierte, wieder seine Aufmerksamkeit zu gewinnen.

„Was?" Er streifte sie lediglich mit einem Blick, da er ein Paar, das er zu kennen schien, an der Bar auf einen Tisch warten sah.

„Der Bonus. Denkst du, ich sollte ihn in Aktien investieren?"

Diesmal sah er sie mit jenem Lächeln an, das stets eine Belehrung einläutete.

„Tess, zehntausend Dollar reichen wirklich nicht aus, groß in den Markt einzusteigen. Vielleicht eine schöne kleine Anleihe oder weniger riskante Papiere. Du willst dich doch nicht in etwas stürzen, von dem du nichts verstehst."

Ehe sie etwas einwenden konnte, klingelte sein Handy. Daniel riss es geradezu aus der Tasche, als sei es das Wichtigste auf der Welt. Tess schob den Träger hoch. Warum gab sie es nicht zu: Das Telefon war das Wichtigste auf der Welt.

Der Weinkellner kehrte zurück, sah, dass Daniel wieder telefonierte, und sein gequältes Gesicht hätte sie fast zum Lachen gebracht.

„Warum ist es so verdammt schwer, das richtig zu machen?" blökte Daniel so laut ins Telefon, dass andere Gäste sich zu ihm umdrehten. „Nein, nein vergessen Sie's. Ich mache es selbst!"

Er klappte das Telefon zu und war schon aufgestanden, ehe er es in die Tasche gleiten ließ. „Tess, Süßes, ich muss mich persönlich um etwas kümmern. Diese verdammten Idioten können nichts richtig machen." Er holte eine Kreditkarte heraus und blätterte aus seiner Geldscheintasche zweihundert Dollar hin. „Bitte, gönn dir ein schamlos teures Dinner, um deinen Bonus zu feiern. Und du hast doch nichts dagegen, im Taxi nach Haus zu fahren?"

Er übergab ihr die Kreditkarte und die gefalteten Dollarnoten. Nach einem flüchtigen Kuss auf die Wange ging er, bevor sie protestieren konnte. Sie bemerkte jedoch, dass er genügend Zeit hatte, mit dem Paar an der Tür zu reden, das ihm vorhin aufgefallen war.

Plötzlich merkte sie, dass der Weinkellner immer noch verblüfft an ihrem Tisch stand und auf ihre Anweisungen wartete.

„Ich hätte gern die Rechnung."

Er sah sie unschlüssig an und hielt die entkorkte Flasche hoch. „Ich habe nicht mal ein Glas ausgeschenkt."

„Gönnen Sie ihn sich später zusammen mit Ihren Kollegen."

„Ist das Ihr Ernst?"

„Mein völliger Ernst. Es geht auf meine Kosten. Und bevor Sie die Rechnung bringen, setzen Sie bitte noch zwei der teuersten Vorspeisen darauf."

„Möchten Sie sie mit nach Hause nehmen?"

„Nein, nein, ich will sie gar nicht. Ich will nur dafür bezahlen."

Sie hielt lächelnd die Kreditkarte hoch. Er schien die Botschaft endlich zu verstehen und eilte schmunzelnd davon, um die Rechnung auszustellen.

Wenn Daniel sie unbedingt wie eine Nutte behandeln wollte, konnte sie ihm gern entgegenkommen. Vielleicht begriff ihr alberner kleiner Verstand etwas so Komplexes wie den Aktienmarkt tatsächlich nicht. Dafür wusste sie vieles, von dem Daniel keine Ahnung hatte.

Sie unterzeichnete die Rechnung des Weinkellners und gab ihm ein üppiges Trinkgeld. Dann verließ sie das Restaurant, winkte ein Taxi heran und hoffte, auf der Heimfahrt verfliege ihr Zorn. Wie konnte Daniel ihr derart den Abend verderben? Sie hatte sich auf die Feier gefreut. Für Daniel waren zehntausend Dollar vielleicht ein Klacks, für sie waren sie ein großer Schritt auf dem langen Weg nach oben. Sie verdiente einen lobenden Klaps auf die Schulter. Sie verdiente eine Feier. Stattdessen bekam sie eine lange einsame Taxifahrt von Washington nach Haus.

„Verzeihen Sie", sagte sie und beugte sich in dem schal riechenden Wagen zu dem Fahrer vor. „Bringen Sie mich bitte nicht zur genannten Adresse in Newburgh Heights, sondern zu Louies Bar und Grill an der 55sten Ecke Laurel."

15. KAPITEL

Kansas City, Missouri,
Sonntagabend

Es war fast Mitternacht, als die Agenten Preston Turner und Richard Delaney an Maggies Hotelzimmertür klopften.

„Wie wär's mit 'nem Absacker, O'Dell?"

Turner trug Jeans und ein purpurnes Golfhemd, das seine tiefbraune Haut betonte. Delaney hingegen steckte noch in seinem Anzug. Der aufgeknöpfte Hemdkragen und die gelockerte Krawatte zeigten jedoch, dass er nicht mehr im Dienst war.

„Ich weiß nicht, Leute. Es ist schon spät." Als ob Schlaf ein Argument wäre. Sie würde ohnehin erst in einigen Stunden zu Bett gehen.

„Es ist noch nicht mal Mitternacht." Turner grinste sie an. „Die Party geht erst los. Außerdem bin ich am Verhungern." Er sah Delaney auf Bestätigung hoffend an. Der zuckte nur die Achseln. Fünf Jahre älter als Maggie und Turner, hatte Delaney eine Frau und zwei Kinder. Sie vermutete, dass er schon mit zehn Jahren ein konservativer Südstaatengentleman gewesen war, doch Turner kitzelte irgendwie die sorglose und auf Konkurrenz bedachte Seite an ihm heraus.

Beide Männer bemerkten, dass Maggie die Tür mit der Smith & Wesson in der Hand geöffnet hatte, die sie jetzt zu Boden gerichtet hielt. Keiner von beiden kommentierte das jedoch. Maggie kam die Waffe plötzlich besonders schwer vor. Sie fragte sich, warum die beiden Kollegen sie ertrugen. Allerdings wusste sie auch, dass Cunningham sie drei bewusst zusammen zu dieser Tagung geschickt hatte. Seit Stuckys Flucht im Oktober waren die beiden ihre Schatten. Als sie sich bei Cunningham darüber beklagt hatte, war er beleidigt gewesen über die Unterstellung, er habe ihr Wachhunde zugeteilt, damit sie sich nicht allein auf die Suche nach Stucky begab. Erst später war ihr aufgegangen, dass ihr Boss ihr die zwei zum Schutz zugeteilt hatte. Was lächerlich war. Wenn Albert Stucky es auf sie abgesehen hatte, konnte Polizeipräsenz ihn nicht aufhalten.

„Wisst ihr, Jungs, ihr müsst nicht den Babysitter bei mir spielen."

Turner gab sich gekränkt. „Komm schon, Maggie, du kennst uns besser."

Ja, allerdings. Trotz ihrer Mission hatten Turner und Delaney sie nie wie ein Burgfräulein in Not behandelt. Sie hatte Jahre dafür gearbeitet, genauso behandelt zu werden wie die männlichen Kollegen. Vielleicht wurmte Cunninghams Sorge, so ehrenwert auch gemeint, sie deshalb so sehr.

„Ach, komm schon, Maggie", fiel Delaney ein. „Wie ich dich kenne, ist dein Vortrag für morgen bereits fertig."

Delaney blieb höflich im Flur stehen, während Turner sich an den Türrahmen lehnte, als wolle er dort bleiben, bis sie zugestimmt hatte.

„Ich hole nur meine Jacke."

Sie schloss die Tür ein wenig, so dass Turner zurückzuweichen musste und sie ungestört ließ. Sie legte ihr Holster um, straffte die Lederriemen über der Schulter und verschnallte sie fest in der Seite. Dann schob sie den Revolver hinein und zog ihren blauen Blazer darüber, um die Waffe zu verbergen.

Turner hatte Recht. In der Bar mit Grill in Westport wimmelte es nur so vor Tagungsteilnehmern. Turner erklärte, Westport, mit seinen malerischen Hinweisen auf die Anfänge der Stadt als Handelsposten, sei Zentrum des Nachtlebens von Kansas City. Woher Turner immer solche Details wusste, hatte sie nie herausgefunden.

In jeder Stadt, die sie besuchten, erwies er sich jedoch als Experte im Auffinden der angesagtesten Lokale.

Delaney ging voran, drängte sich durch die Menge an der Bar und fand einen Tisch in einer dunklen Ecke. Als sie sich setzten, bemerkten er und Maggie, dass sie Turner verloren hatten, der sich mit einigen jungen Frauen auf Barhockern unterhielt. Nach den engen Kleidern und den glänzenden Ohrgehängen zu urteilen, waren es wohl keine Polizistinnen, sondern Singles auf der Suche nach Männern mit Polizeimarken.

„Wie schafft er das immer?" fragte Delaney bewundernd und beobachtete ihn.

Maggie sah sich um und schob ihren Sessel gegen die Wand, damit sie den ganzen Raum vor sich hatte. Sie mochte nicht mit dem Rücken zur Menge sitzen, und sie mochte keine größeren Menschenansammlungen. Zigarettenrauch hing in der Luft wie Abendnebel. Die Geräuschkulisse aus Stimmen und Gelächter war so groß, dass man lauter sprechen musste, als angenehm war. Und obwohl sie in Begleitung von Turner und Delaney war, warf man ihr auffordernde Blicke zu. Manche Männer starrten wie Raubvögel, die nur darauf warteten, dass ihr Opfer allein und wehrlos war.

„Weißt du, auch als Single mochte ich nicht gern ausgehen", gestand Delaney und beobachtete seinen Kumpel. „Bei Turner sieht das alles so unverkrampft aus." Er zog den Sessel näher an den Tisch und beugte sich hinüber, um Maggie seine volle Aufmerksamkeit zu schenken. „Wie ist es mit dir? Willst du dich wieder ins Spiel bringen?"

„Ins Spiel?" Sie hatte keine Ahnung, wovon er sprach.

„Ins Rendezvous-Spiel. Wie lange ist es her, drei, vier Monate?"

„Die Scheidung ist noch nicht ausgesprochen. Ich bin nur Freitag ausgezogen."

„Ich wusste gar nicht, dass ihr noch zusammengelebt habt. Ich dachte, ihr hättet euch schon vor Monaten getrennt."

„Haben wir. Trotzdem war es praktischer, in der Wohnung zu bleiben, bis alles geklärt ist. Wir waren beide kaum zu Hause."

„Mein Gott, einen Moment dachte ich schon, ihr beide wolltet es noch einmal miteinander versuchen." Er sagte das mit hoffnungsvoller Miene. Delaney glaubte an die Institution der Ehe. Obwohl er die Kontaktfähigkeit seines Partners bewunderte, schien er gern verheiratet zu sein.

„Ich glaube nicht, dass eine Versöhnung möglich ist."

„Sicher?"

„Was würdest du tun, wenn Karen dich vor die Wahl stellte, zwischen ihr und deinem Job zu wählen?"

Er schüttelte den Kopf, und ehe er antwortete, tat es ihr schon Leid, dass sie gefragt hatte. Er zog den Sessel näher heran und erwiderte ernst: „Ich bin auch deshalb Dozent geworden, weil ich weiß, wie nervös Karen war, wenn ich in Verhandlungen mit Geiselnehmern steckte. Die letzte musste sie sich im Fernsehen anschauen. Einige Opfer sind es wert, gemacht zu werden."

Sie wünschte sich ein anderes Gesprächsthema. Über ihre gescheiterte Ehe zu sprechen erinnerte sie nur an die Leere in ihrem Herzen.

„Also bin ich die Böse, weil ich die Karriere nicht meinem Mann zuliebe opfern will?" Ihr zorniger Ton überraschte sie selbst. „Ich würde Greg nie bitten, seinen Anwaltsberuf an den Nagel zu hängen."

„Entspann dich, Maggie. Du bist nicht die Böse." Delaney blieb ruhig und mitfühlend. „Es besteht ein großer Unterschied zwischen Bitten und Erwarten. Karen hätte mich nie gebeten, meinen Job an der Front aufzugeben. Es war allein meine Entscheidung. Außerdem hat Greg wohl ein paar ziemlich große Schrauben locker, wenn er dich gehen lässt."

Er sah sie lächelnd an, drehte sich rasch um und entdeckte Turner immer noch bei seinen neuen Freundinnen. Obwohl Maggie Woche um Woche viele Stunden mit Turner und Delaney verbrachte, gab es gewöhnlich keine privaten Gespräche und emotionalen Offenbarungen zwischen ihnen.

„Fehlt es dir?"

Er sah sie wieder an und lachte. „Was soll mir daran fehlen, stundenlang in eisiger Kälte oder brüllender Hitze zu stehen, um einen Mistkerl daran zu hindern, Unschuldige in die Luft zu jagen?" Er rieb sich ernst das Kinn, die Ellbogen auf den Tisch gestemmt. „Ja, es fehlt mir. Aber ich werde immer noch mal zu Fällen hinzugezogen."

„Was kann ich Ihnen beiden bringen?" erkundigte sich eine Kellnerin und schob sich zwischen zwei Esstischen zu ihnen durch.

Maggie hieß die Unterbrechung erleichtert willkommen. Sie sah, wie Delaneys Miene sich ebenfalls entspannte.

„Für mich bitte nur Diät-Cola." Er sah lächelnd zu dem hübschen Rotschopf auf.

Maggie war beeindruckt von seinem unbewussten Flirten. War es zu einer schlichten Gewohnheit geworden, weil er so lange mit Turner zusammen war?

„Scotch pur", sagte sie, als die Kellnerin sie ansah.

„Ach, und der Typ da hinten am Ende der Bar", Delaney deutete auf Turner, „es sieht jetzt noch nicht danach aus, aber er wird zu uns stoßen. Ist Ihr Grill noch heiß?"

Die Kellnerin sah auf ihre Armbanduhr. Ein kleines Muttermal über ihrer Lippe zuckte, als sie blinzelnd die Zeit zu erkennen versuchte. Im schwachen Licht erkannte Maggie die Anzeichen der Müdigkeit in ihrem hübschen Gesicht.

„Sie machen immer um Mitternacht dicht." Sie sprach freundlich, obwohl Maggie merkte, dass es sie Mühe kostete. „Es sind noch ein paar Minuten Zeit, aber ich müsste die Bestellung jetzt sofort aufgeben." Das Angebot war ehrlich gemeint. „Können Sie sich vorstellen, was er haben möchte?"

„Einen Burger und Fritten", erklärte Delaney ohne Zögern.

„Medium", fügte Maggie hinzu.

„Mit Gurken und Zwiebeln."

„Und eine Flasche A1-Sauce, falls Sie haben."

„Ach ja, und Cheddarkäse auf dem Burger."

Die Kellnerin lächelte, Maggie sah Delaney an, und beide lachten los.

„Du liebe Güte, hoffentlich weiß Turner, wie berechenbar er ist", sagte Maggie und fragte sich, ob irgendwer so genau auf ihre Eigenheiten und Gewohnheiten achtete.

„Klingt, als wären Sie drei sehr gute Freunde." Die Kellnerin hatte sich entspannt und wirkte weniger müde. „Sie wissen nicht zufällig, was er trinken möchte?"

„Haben Sie Boulevard Weizen?" fragte Delaney.

„Natürlich. Das ist ja eine Brauerei aus Kansas City."

„Okay, das wird er bestellen."

„Ich gebe seine Bestellung auf und bringe Ihnen Ihre Getränke. Möchten Sie vielleicht auch etwas essen?"

„Maggie?" Delaney wartete, bis sie den Kopf schüttelte. „Vielleicht ein paar Fritten für mich."

„Bekommen Sie."

„Danke, Rita", fügte Delaney hinzu, als wären sie alte Freunde.

Sobald sie gegangen war, versetzte Maggie ihm einen Stoß gegen die Schulter. „Ich dachte, du wärst nicht gut in so was."

„In was?"

„Im Flirten. Da gewöhnlich Turner so was durchzieht, habe ich noch nie den wahren Meister am Werk erlebt."

„Ich habe keine Ahnung, wovon du sprichst." Sein Lächeln verriet jedoch, dass er die Aufmerksamkeit genoss.

„Danke, Rita?"

„Sie heißt so, Maggie. Die tragen Namensschilder, damit unser Mahl in aller Freundschaft abläuft."

„Richtig. Aber sie kennt unsere Namen nicht, und sie setzt sich auch nicht zu uns, um mitzuessen. Wie freundschaftlich ist das schon?"

„Hallo, Leute." Turner glitt in den letzten Sessel. „Eine Menge Staatsanwälte sind diesmal hier."

„Die Frauen sind Staatsanwältinnen?" Delaney verrenkte sich den Hals, um sie besser sehen zu können.

„Allerdings." Er wedelte einen Zettel mit Telefonnummern und steckte ihn ein. „Und man weiß nie, wann man einen Anwalt gebrauchen kann."

„Na klar, als hättet ihr drei über Juristerei palavert."

Maggie ignorierte die Frotzelei und fragte: „Was für eine Tagung ist das überhaupt?"

Beide Männer starrten sie an, als warteten sie auf eine Pointe.

„Fragst du das im Ernst?" wollte Turner schließlich wissen.

„He, ich halte jedes Mal denselben Vortrag, ob in Kansas City, Chicago oder L.A."

„Du bist nicht gerade mit Eifer bei der Sache, was?"

„Jedenfalls bin ich nicht zum FBI gegangen, um Vorträge zu halten." Sie war plötzlich befangen, weil sie das Gefühl hatte, sich verplappert und etwas Falsches gesagt zu haben. „Da Cunningham nie meinen Namen im Programm erwähnt, kommt ja auch niemand speziell meinetwegen, um meine Worte der Weisheit zu hören."

Sie hatte die joviale Stimmung getrübt und sie daran erinnert, warum sie wirklich hier war. Nicht weil sie danach gierte, einen Haufen Polizisten im Erstellen von Täterprofilen zu unterrichten, sondern um sie vom Außendienst fern zu halten, fern von Albert Stucky.

Ritas Rückkehr mit einem Getränketablett rettete Maggie erneut. Turner zog verblüfft die Brauen hoch, als sie ihm eine Flasche Bier und ein Glas hinstellte.

„Rita, Sie sind Gedankenleserin." Auch er nannte sie so selbstverständlich beim Vornamen, als wären sie alte Freunde.

Die hübsche Kellnerin errötete, und Maggie beobachtete Delaney und suchte nach Anzeichen von Rivalität. Er schien seinem jüngeren, allein stehenden Freund jedoch gern das Flirten zu überlassen.

„Ihr Burger und die Fritten sind in etwa zehn Minuten fertig."

„Oh mein Gott! Rita, wollen Sie mich heiraten?"

„Sie sollten sich bei Ihren Freunden bedanken. Die haben die Bestellung gerade noch aufgegeben, ehe Carl den Grill schloss." Diesmal lächelte sie Maggie und Delaney an. „Ich bringe die restliche Bestellung, sobald sie fertig ist." Damit eilte sie davon.

Maggie dachte unwillkürlich, dass Rita eine erfahrene Kellnerin war, die instinktiv wusste, von welchen Gästen es die besten Trinkgelder gab. Turner belohnte Kellner und Kellnerinnen mit Aufmerksamkeit und Vertrautheit, aber sie und Delaney ließen stets ein üppiges Trinkgeld zurück.

„Also, Turner", begann Delaney, „was machen Anwälte auf dieser Tagung?"

„Meistens Staatsanwälte. Sieht so aus, als wären sie wegen des Computer-Workshops hier. Ihr wisst schon, diese Datenbank, die das FBI einrichten will. Die Büros von Distrikt-Staatsanwälten sollen daran angeschlossen werden, zumindest in den größeren

Städten. Und da alle immer soooo beschäftigt sind und keinen erfahrenen Staatsanwalt entbehren können, haben sie ihre jungen frischen Dinger hergeschickt." Er lehnte sich zurück und schaute sich im Raum um.

Maggie und Delaney sahen sich kopfschüttelnd an. Als Maggie ihr Glas ansetzte und trank, entdeckte sie im langen Spiegel hinter der Bar eine vertraute Gestalt. Sie knallte das Glas auf den Tisch, dass er wackelte, sprang auf, dass der Sessel scharrend zurücksprang, und sah in die Richtung, wo der Mann gestanden hatte.

„Maggie, was ist los?"

Turner und Delaney sahen sie verständnislos an, als sie sich reckte, um über die Gäste an der Bar hinwegzusehen. Hatte sie sich das eingebildet?

„Maggie?"

Sie sah wieder in den Spiegel. Die Gestalt in der schwarzen Lederjacke war fort.

„Was ist los mit dir, Maggie?"

„Nichts", versicherte sie rasch. „Mir geht es gut." Natürlich ging es ihr gut. Trotzdem wanderte ihr Blick zur Tür. Doch da war kein Mann in schwarzer Lederjacke mehr.

Sie setzte sich wieder, zog den Sessel heran und wich den Blicken ihrer Freunde aus. Die waren allmählich an ihre Nervosität und ihr unberechenbares Verhalten gewöhnt. Bald ging es ihr wie dem kleinen Jungen, der ständig „Gefahr!" schrie und dann von niemand mehr ernst genommen wurde. Vielleicht war genau das beabsichtigt.

Sie nahm ihr Glas und ließ die bernsteinfarbene Flüssigkeit kreisen. Spielte die Fantasie ihr Streiche? Hatte sie wirklich Albert Stucky gesehen, oder verlor sie schlicht den Verstand?

16. KAPITEL

Er wartete an der Hintertür auf sie. Er wusste, dass sie immer hier herauskam, wenn sie ging. Die Gasse war dunkel. Die hohen Backsteingebäude verhinderten, dass Mondlicht eindrang. Über einigen Hintertüren brannten nackte Glühbirnen. Sie waren blind von Fliegendreck und von Motten umschwärmt, trotzdem brannten ihm die Augen, wenn er direkt hinschaute. Er stopfte die Sonnenbrille in die Jackentasche und sah auf die Uhr.

Auf dem kleinen Parkplatz standen nur noch drei Autos. Eines gehörte ihm, und von den beiden anderen gehörte keines ihr, das wusste er. Heute Nacht fuhr sie nicht selbst. Deshalb würde er ihr anbieten, sie mitzunehmen. Ob sie darauf einging?

Er konnte sehr charmant sein. Das gehörte zum Spiel, war seine Tarnung. Wenn er die neue Identität annehmen wollte, musste er die dazugehörige Rolle spielen. Wenn sie die Wahl gehabt hatten, waren Frauen immer mehr auf ihn als auf Albert geflogen.

Ja, er wusste, was Frauen hören wollten, und er sagte es ihnen. Er tat das gern. Das gehörte zur Manipulation und war ein wichtiges Glied in der Kette, um die völlige Kontrolle zu erlangen. Er hatte herausgefunden, dass sogar starke, unabhängige Frauen charmanten Männern gern die Führung überließen. Was für alberne, wunderbare Kreaturen. Vielleicht erzählte er ihr die traurige Geschichte seines schwindenden Augenlichtes. Frauen kümmerten sich gern, sie spielten gern ihre eigenen Rollen.

Die Herausforderung erregte ihn, und er spürte die beginnende Erektion. Heute Nacht würde er keine Schwierigkeiten haben. Aber er musste noch warten. Er musste geduldig sein, geduldig und charmant. Ob er charmant genug sein konnte, eine Einladung zu ihr nach Haus zu ergattern? Er stellte sich bereits vor, wie ihr Schlafzimmer aussah.

Weiter vorn in der Gasse ging knarrend eine Tür auf, und er zog sich in den Schatten zurück. Ein kleiner, stämmiger Mann mit fleckiger Schürze kam heraus und stopfte mehrere Abfallsäcke in den Behälter. Er verweilte einen Moment, zündete sich eine Zigarette an, machte einige heftige Züge, trat den Stummel aus und ging wieder hinein.

Die meisten anderen Lokale hatten geschlossen. Er machte sich keine Sorgen, gesehen zu werden. Falls ihn jemand bemerkte, würde er irgendwas erzählen. Man würde ihm glauben. Die Leute glaubten, was sie glauben wollten. Manchmal war es zu einfach. Wenn er es richtig einschätzte, würde sie allerdings eine kleine Herausforderung sein. Sie war älter und viel erfahrener als die kleine Pizzafahrerin. Er würde ernsthaft mit ihr reden müssen, damit sie ihm vertraute. Er musste seinen Charme aufdrehen, ihr Komplimente machen und sie zum Lachen bringen. Wieder spürte er seine Erektion, als er überlegte, wie er sie für sich einnehmen konnte, und fragte sich, wie weit er gehen sollte.

Vielleicht begann er mit einer sachten Berührung, einer zärtlichen Geste im Gesicht. Er würde ihr eine Strähne des schönen Haares zurückstreichen oder behaupten, sie habe eine Wimper auf der Wange. Sie würde ihn dann für besorgt, aufmerksam und sensibel halten. Frauen mochten diesen Mist.

Plötzlich öffnete sich die Tür, und da war sie. Sie zögerte und sah sich um, schaute zum Himmel. Seit einer Viertelstunde fiel leichter Niesel. Sie ließ den hellroten Schirm aufspringen und ging rasch zur Straße. Rot war definitiv ihre Farbe.

Er wartete und ließ sie vorgehen, während er hinabgriff zu seinem Skalpell. Es steckte im maßgefertigten Lederetui in seinem Stiefel. Er strich über den Griff, verharrte und ließ es stecken. Dann folgte er ihr die Gasse hinunter.

17. KAPITEL

Montag, 30. März

Tess McGowan erwachte mit entsetzlichen Kopfschmerzen. Sonnenlicht strömte durch ihre Schlafzimmervorhänge wie Laserstrahlen. Verdammt! Sie war wieder zu Bett gegangen, ohne die Kontaktlinsen zu entfernen. Sie legte einen Arm über die Augen. Warum hatte sie nicht die Linsen genommen, die man länger im Auge lassen konnte? Es missfiel ihr, auf diese Weise ans Alter erinnert zu werden. Fünfunddreißig war nicht alt. Okay, die Zwanziger hatte sie sozusagen verplempert. Mit den Dreißigern sollte das anders werden.

Plötzlich merkte sie, dass sie nackt war unter der Bettdecke. Dann spürte sie den klebrigen Fleck neben sich. Besorgt richtete sie sich leicht auf, Bettdecke vor der Brust, und sah sich mit verschwommenem Blick um.

Warum konnte sie sich nicht erinnern, dass Daniel bei ihr war? Er blieb doch nie über Nacht bei ihr. Ihr Haus war ihm zu behaglich. Ihre Kleidung lag in einem Haufen im Sessel am anderen Ende des Zimmers. Daneben auf dem Boden lagen Männerhosen, unter denen Schuhspitzen hervorlugten. Vom Türknauf hing eine schwarze Bomberjacke aus Leder. Nichts davon erkannte sie als Daniels Kleidung. Sie wurde auf die Dusche aufmerksam, die in diesem Moment abgeschaltet wurde. Ihr Herz schlug rascher, während sie sich an irgendetwas aus der letzten Nacht zu erinnern versuchte.

Sie sah auf die Nachttischuhr. Viertel vor neun. Irgendwie erinnerte sie sich, dass Montagmorgen war. An Montagen hatte sie nie Termine, aber Daniel. Warum konnte sie sich nicht an seinen Besuch erinnern oder an ihre Rückkehr nach Hause?

Denk nach, Tess! Sie rieb sich die Schläfen.

Daniel hatte das Restaurant verlassen, und sie war mit dem Taxi nach Haus gefahren. Nein, nicht direkt nach Haus. Das Letzte, woran sie sich erinnerte, war, dass sie bei Louie Tequilas gekippt hatte. Hatte sie Daniel angerufen, damit er sie abholte? Warum erinnerte sie sich nicht? Ob er wütend wurde, wenn sie ihn bat, ihre Gedächtnislücken aufzufüllen? Offenbar war er letzte Nacht nicht wütend auf sie gewesen. Sie rückte von dem feuchten Fleck ab.

Sie legte den Kopf zurück, kniff die Augen zu und wünschte, der pochende Schmerz würde aufhören, ihr den Schädel zu spalten.

„Guten Morgen, Tess", sagte eine volle tiefe Stimme.

Ehe sie die Augen öffnete, war ihr klar, die gehörte nicht Daniel. Erschrocken richtete sie sich auf und lehnte sich mit dem Rücken gegen das Kopfteil. Der große schlanke Fremde mit dem blauen Handtuch um die Hüften wirkte überrascht und besorgt.

„Tess?" fragte er leise. „Alles okay?"

Plötzlich erinnerte sie sich, als bräche ein Damm im Hirn und gäbe die Bilder frei. Er war in Louies Bar gewesen und hatte sie von einem Ecktisch aus beobachtet. Attraktiv, ruhig, ganz anders als die üblichen Gäste bei Louie. Was war ihr eingefallen, ihn mit nach Haus zu nehmen?

„Tess, du machst mir Angst."

Seine Besorgnis schien echt zu sein. Zumindest hatte sie wohl keinen Serienkiller mitgenommen. Oder etwa doch? Wie sollte sie das feststellen? Mit feuchtem Haar und nur in ein Handtuch gewickelt, wirkte er harmlos. Sie bemerkte seinen athletischen Körperbau. An Kraft war er ihr zweifellos überlegen und könnte sie mühelos überwältigen. Wie hatte sie nur so dumm sein können?

„Tut mir Leid. Ich ... du hast mich erschreckt." Sie versuchte, sich ihre Besorgnis nicht anmerken zu lassen.

Er nahm die Hose vom Boden, zögerte jedoch und zog sie nicht gleich an, da ihm offenbar etwas klar wurde.

„Mein Gott, du erinnerst dich nicht an mich, richtig?"

Das jungenhafte Gesicht unter dem Bartschatten wirkte verlegen. Er stieg ungelenk in seine Hose, stolperte und ließ fast das Handtuch fallen, ehe die Hose oben war. Tess sah zu, entsetzt über sich selbst, da der Anblick seines Körpers sie trotz allem erregte. Sie müsste besorgt sein, dass er ihr etwas antat, stattdessen wunderte sie sich, wie jung er war. Zum Kuckuck, warum fiel ihr sein Name nicht ein?

„Ich hätte wissen müssen, dass du zu viel getrunken hattest", entschuldigte er sich, suchte eilig sein Hemd zwischen ihren Sachen, die er jedoch ordentlich gefaltet wieder zurücklegte. Bei ihrem BH hielt er verlegen inne. Seine Zerstreutheit und bemühte Höflichkeit ließen sie schmunzeln. Was ihn verblüffte, als er zu ihr hinsah. Ungeachtet ihrer Sachen setzte er sich in den Sessel, rang die Hände und damit unbewusst ihren BH.

„Ich bin ein kompletter Idiot."

„Nein, ganz und gar nicht." Sie lächelte wieder, und sein offensichtliches Unbehagen nahm ihr die Anspannung. Lächelnd zog sie die Knie unter der Bettdecke an, schlang die Arme darum und legte das Kinn darauf. „Es ist nur so, dass ich so etwas eigentlich nicht mache", versuchte sie zu erklären. „Besser gesagt, nicht mehr mache."

„Ich mache so was überhaupt nie." Er bemerkte ihren BH in der Hand und legte ihn gefaltet ins Bücherregal. „Du erinnerst dich also wirklich nicht an gestern Nacht?"

„Ich erinnere mich, dass du mich beobachtet hast, und dass ich mich sehr zu dir hingezogen gefühlt habe." Das Geständnis überraschte sie nicht weniger als ihn.

„Das ist alles?" Er wirkte gekränkt.

„Tut mir Leid." Sie zuckte lächelnd die Achseln und konnte nicht glauben, wie wohl sie sich in seiner Gegenwart fühlte, keine Angst, keine Panik. Die einzige Anspannung ging von einer offenkundigen sexuellen Anziehung aus, die sie zu ignorieren versuchte. Er sah nicht aus, als sei er schon dreißig. Und er war ein Fremder, um Himmels willen! Wie konnte sie nur so sorglos sein? Hatte sie denn gar nichts gelernt nach all den Jahren?

„Könnte ich dich vielleicht zum Lunch ausführen, sollte ich jemals mein Hemd finden?"

Sie musste an Daniel denken. Wie sollte sie ihm ihre Entgleisung erklären? Wie eine schmerzliche Erinnerung drückte sich der Saphirring, den er ihr geschenkt hatte, in ihr Kinn. Was war los mit ihr? Daniel war ein reifer, respektierter Geschäftsmann. Natürlich war er arrogant und egoistisch, aber wenigstens war er kein Kind mehr, das sie irgendwo in einer Bar aufgelesen hatte.

Sie sah den gut aussehenden Fremden Schuhe und Strümpfe anziehen, während er auf ihre Antwort wartete. Er schaute sich suchend nach seinem Hemd um. Ihre Zehen berührten einen Knubbel am Fußende des Bettes. Sie griff unter der Decke danach und zog ein blassblaues zerknittertes Oxfordhemd hervor. Als sie es hochhielt, erinnerte sie sich daran, es angezogen zu haben. Leicht errötend fiel ihr wieder ein, wie er es ihr ausgezogen hatte.

„Ist es noch zu retten?" fragte er und streckte sich, um es ihr abzunehmen, blieb aber in sicherer Distanz. Ganz Gentleman, tat er so, als seien sie sich fremd. Dabei hatte er sie noch vor Stunden nackt in den Armen gehabt. Die Erinnerung hätte ihr unangenehm sein müssen, das Gegenteil traf zu. Sie beobachtete seine fließenden, wenn auch nervösen Bewegungen und ärgerte sich über sich selbst. Warum fiel ihr bloß auf, dass das Blau des Hemdes die bläulichen Sprenkel in seinen grünen Augen betonte? Wieso war sie überhaupt so sicher gewesen, dass er ihr nichts tat? Irgendwann irrte sie sich gewaltig, wenn sie Menschen nach den Augen beurteilte.

„Was ist jetzt mit Lunch?" Er sah aus, als wappne er sich vor weiterer Zurückweisung. Er hatte Schwierigkeiten, sein Hemd zuzuknöpfen. Als er fast fertig war, merkte er, dass er schief geknöpft hatte, und fing von vorne an.

„Ich erinnere mich nicht mal an deinen Namen", gestand Tess.

„Will. William Finley." Er streifte sie zögerlich lächelnd mit einem Blick. „Ich bin sechsundzwanzig, war nie verheiratet, und ich bin Anwalt. Ich bin gerade nach Boston gezogen, aber ich besuche hier einen Freund in Newburgh Heights. Er heißt Bennett Cartland. Sein Vater hat eine Anwaltskanzlei, eine ziemlich bekannte sogar. Du kannst es überprüfen, wenn du willst." Er zögerte. „Das ist wahrscheinlich mehr, als du wissen wolltest." Da sie ihn mit einem Lächeln belohnte, fuhr er fort: „Was sonst noch? Keine Krankheiten außer Mumps mit elf, aber die hatte mein Freund Billy Watts auch, und der hat drei Kinder. Oh, aber keine Sorge, ich habe letzte Nacht verhütet."

„Hm ... da ist ein feuchter Fleck."

Er sah sie an, aber nicht verlegen, vielmehr schien die Erinnerung neues Verlangen in ihm zu wecken. „Ich hatte nur zwei Kondome. Beim dritten Mal habe ich mich zurückgezogen, ehe ... du weißt schon."

Plötzlich erinnerte sie sich an die erstaunlich intensiven Gefühle, die ihr Sorge bereiteten. Sie durfte nicht wieder in alte Gewohnheiten verfallen! Nicht, nachdem sie so hart für ein neues Leben gearbeitet hatte.

„Ich denke, du solltest besser gehen, Will."

Er wollte etwas sagen, um sie umzustimmen, starrte jedoch nur befangen auf seine Füße. Sie fragte sich, ob er sie gern berührt hätte. Wollte er ihr einen Abschiedskuss geben, um sie zu überzeugen, dass er besser blieb? Vielleicht wünschte sie sich das sogar. Doch Will Finley nahm seine Jacke vom Türknauf und ging.

Sie legte sich ins Kissen zurück und schnupperte sein After Shave. Ein zurückhaltender Duft. Nicht wie Daniels aufdringlicher Moschus. Du lieber Himmel, sechsundzwanzig Jahre jung! Fast zehn Jahre jünger als sie. Wie hatte sie nur so idiotisch sein können? Als sie diesmal die Augen schloss, erinnerte sie sich sehr deutlich an ihre gemeinsame Nacht. Sie spürte seinen Körper, spürte Zunge und Hände sie streicheln und intensive Gefühle wecken wie lange nicht mehr.

Die Erinnerung an die eigene Gier war ihr fast peinlich. Sie hatte ihn mit Lippen und Händen geradezu verschlungen, als sie sich gegenseitig in Ekstase versetzten. Leidenschaft, Gier, Verlangen, das alles war ihr nicht neu, damit hatte sie aus ihrer schillernden Vergangenheit reichlich Erfahrung. Neu waren Wills Zärtlichkeit und Einfühlsamkeit gewesen. Es schien ihm wichtig, dass sie dieselben berauschenden Gefühle erlebte wie er. Das war nicht bloßer Sex gewesen, sie hatten sich Liebe gegeben. Der Gedanke beunruhigte sie.

Sie rollte sich auf die Seite und umarmte das zerknüllte Kissen. Sie durfte sich nicht von Will Finley vom Weg abbringen lassen. Nicht nach dem ersten großen Erfolg. Sie musste sich auf das Wesentliche konzentrieren und an Daniel denken. Trotz aller Differenzen verlieh Daniel ihr Seriosität, die in diesem Geschäft alles war. Er nützte ihr auf dem Weg, eine respektierte und erfolgreiche Geschäftsfrau zu werden. Trotzdem war ihr nach Wills Abgang, als sei ihr soeben etwas Wertvolles entglitten.

18. KAPITEL

Will schlug die Eingangstür zu, dass das Facettenglas klirrte. Besorgt vergewisserte er sich trotz seines Ärgers, dass es nicht beschädigt war. Die Tür war alt und solide. Das Glas schien handgearbeitet, war vielleicht sogar antik. Er hatte keine Ahnung von so etwas, jedoch bemerkt, dass Tess McGowan eine Vorliebe für Antiquitäten besaß. Ihr Cottage war mit hübschen Einzelstücken ausgestattet, was eine beruhigende, behagliche Atmosphäre schuf. Er hatte sich unheimlich wohl gefühlt, beim Aufwachen in lavendelblauen Laken, umgeben von Tapeten mit kleinen Veilchen.

Bei der Ankunft in ihrem Haus gestern Nacht war er überrascht gewesen. Er hätte nie vermutet, dass sich die wilde, leidenschaftliche Frau, die ihn schamlos beim Poolbillard bedrängt hatte, während sie Tequilas kippte, privat mit alter Spitze, handgeschnitztem Mahagoni und anscheinend echten Aquarellen umgab. Doch nach einer Nacht wusste er, dass Tess McGowans Heim ihr Wesen widerspiegelte. Sie war leidenschaftlich, unabhängig und so sensibel wie verletzbar. Diese unerwartete Verletzlichkeit hatte ihm den Abschied so schwer gemacht. Als er sie in den frühen Morgenstunden in den Armen gehalten hatte, war er verblüfft gewesen, wie sie sich an ihn schmiegte – als hätte sie eine lange gesuchte Zuflucht gefunden.

Er wischte sich mit einem Ärmel über das Gesicht, um wieder in der Realität anzukommen. Meine Güte, woher kamen nur diese Gedanken? Verletzlichkeit, Zuflucht finden, das klang wie aus einem Roman.

Will stieg in seinen Wagen und blickte sofort zu ihrem Schlafzimmerfenster hinauf. Vielleicht hoffte er, dass sie dort oben stand und hinuntersah. Doch es war leicht zu erkennen, dass niemand hinter der Spitzengardine stand.

Er war verärgert und fühlte sich benutzt, was lächerlich war. Er hatte sie aufgerissen. Seine Freunde hatten ihn vor seiner bevorstehenden Hochzeit zu einem letzten Seitensprung animiert. Eine Hochzeit, deren Termin für ihn immer irgendwie in ferner Zukunft gelegen hatte, der jedoch plötzlich bis auf einen Monat herangerückt war.

Zunächst hatte er dem Drängen seiner Freunde nur nachgegeben, um sie zu schockieren. Die hätten nie erwartet, dass der gute alte Will, der ewige Chorknabe, mit einer Fremden flirtete, schon gar nicht mit einer wie Tess. Vielleicht brauchte er vor allem ein paar neue Freunde, deren Reife nicht im Collegestadium stehen geblieben war. Allerdings konnte er ihnen weder seine Dummheit noch seinen Fehltritt von letzter Nacht anlasten. Im Gegensatz zu Tess konnte er sich nicht mit zu großem Alkoholkonsum herausreden. Er hatte von Anfang bis Ende gewusst, was er tat.

Jemand wie Tess McGowan war ihm noch nicht begegnet. Schon ehe sie ihr konservatives schwarzes Cape ablegte und anfing, mit dem Barbesitzer Pool zu spielen, hatte er sie für die anziehendste Frau gehalten, der er je begegnet war. Sie war weder umwerfend schön noch aufdringlich sexy. Sie war attraktiv mit dichten, welligen schulterlangen Haaren. Sie hatte einen guten Körper, nicht ausgehungert wie magersüchtige Models, sondern mit den richtigen Rundungen an den richtigen Stellen, und erstaunlich wohlgeformte Beine. Ihm war schon bei dem bloßen Gedanken, die Hände über ihre Hüften und Brüste gleiten zu lassen, heiß geworden.

Jedoch hatten nicht ihre Kurven seine Aufmerksamkeit in Louies Bar erregt, sondern ihre Art, sich zu bewegen, ihre ganze Haltung. Nicht nur er, alle Männer waren auf sie aufmerksam geworden. Was sie offenbar genossen hatte, denn sie zog eine Schau ab. Als sie sich zum Billardstoß auf die Ecke des Tisches setzte, zog sie ihr Kleid bis zu den Schenkeln hoch. Jedes Mal, wenn sie sich über ihr Queue beugte, fiel der Kleiderträger von der Schulter und gestattete einen kurzen Blick auf üppige Brüste unter schwarzer Spitze.

Kopfschüttelnd schob Will den Schlüssel ins Zündschloss. Das war eine Wahnsinnsnacht gewesen, die leidenschaftlichste, erotischste und aufregendste seines Lebens. Anstatt verärgert zu sein, sollte er sich zufrieden auf die Schulter klopfen, dass Tess McGowan ihn gehen ließ, ohne etwas zu verlangen. Er war ein Bastard, und er hatte Glück gehabt. Seit er mit Melissa ging, war er mit keiner anderen Frau mehr zusammen gewesen. Aber vier Jahre Sex mit Melissa waren nichts gegen eine Nacht mit Tess.

Er blickte wieder zum Schlafzimmerfenster hinauf und ertappte sich bei dem Wunsch, Tess stünde dort. Was hatte diese Frau nur an sich, dass er nicht gehen mochte? Oder war es wirklich nur der Sex?

Will sah auf seine Armbanduhr. Er hatte einen langen Weg zurück nach Boston. Wenn er noch rechtzeitig zum Dinner mit Melissa und seinen Eltern dort sein wollte, musste er sich sputen. Der Besuch seiner Eltern war der Grund gewesen, weshalb er sich einen wertvollen Montag in seinem neuen Job freigenommen hatte. Und da stand er nun hier, Meilen von Boston und Melissa entfernt.

Melissa würde ihm den Seitensprung von den Augen ablesen. Wie unverzeihlich blöde von ihm, die letzten vier Jahre wegen einer Nacht wegzuwerfen. Aber wenn es wirklich ein solcher Fehler war, warum war er dann nicht längst weg? Warum konnte er die Erinnerung an Tess, an den Duft ihrer Haut und ihre Leidenschaft nicht einfach löschen? Warum würde er am liebsten wieder hinaufgehen und alles noch einmal machen? Das klang zweifellos nicht nach einem reuigen Sünder. Was war bloß los mit ihm?

Er legte den Gang ein, rollte aus der Zufahrt und ließ seinen

Frust am Gaspedal aus, dass die Reifen quietschten. Schlingernd bog er auf die Straße ein und rammte fast einen geparkten Wagen auf der anderen Straßenseite. Der Mann hinter dem Steuer sah kurz zu ihm auf. Er trug eine Brille, und auf dem Armaturenbrett war eine Landkarte ausgebreitet, als suche er den Weg. Tess' Viertel lag etliche Blocks von der Hauptdurchgangsstraße entfernt. Will fragte sich sofort, ob der Typ ihr Haus beobachtet hatte. War das vielleicht der Mann, der ihr den teuren Saphirring geschenkt hatte?

Im Rückspiegel warf er einen letzten Blick auf den Wagen und bemerkte, dass die Nummernschilder vom District of Columbia waren, nicht aus Virginia. Vielleicht, weil es ein wenig sonderbar war, vielleicht, weil er ein neuer stellvertretender Bezirksstaatsanwalt war, und vielleicht auch nur aus Neugier, welcher Mann sich einbildete, Tess McGowan zu besitzen, warum auch immer, merkte Will sich das Autokennzeichen und fuhr Richtung Boston.

19. KAPITEL

Im Tagungsraum wurde es still, sobald Maggie durch die Tür kam. Ohne Zögern ging sie nach vorn, enttäuscht, dass der Raum wie üblich für einen Vortrag bestuhlt war. Die Stühle standen nebeneinander und waren nach vorn zum Vortragenden ausgerichtet und nicht um lange schmale Tische gruppiert, wie sie es gewünscht hatte. Sie bevorzugte es, wenn ihre Zuhörer wie in einer Geschäftsbesprechung saßen, damit sie ihnen Tatortfotos vorlegen konnte. So war es den meisten angenehmer zu diskutieren, anstatt einfach zuzuhören. Auf den einzigen Tisch im Raum hatte man jedoch Kaffee, Saft, alkoholfreie Getränke und eine Auswahl Gebäck gestellt.

Sie spürte die Blicke ihrer Zuhörer, als sie sich einen Sessel für die Aktentasche heranzog. Sie durchsuchte die Tasche und tat, als benötige sie unbedingt etwas Bestimmtes, ehe sie anfangen konnte. In Wahrheit wartete sie nur, dass sich ihr Magen beruhigte. Sie hatte vor Stunden gefrühstückt, und vor einem Vortrag wurde ihr schon lange nicht mehr übel. Doch der Schlafmangel und einige zusätzliche Scotch gestern Nacht, nachdem Turner und Delaney gegangen waren, straften sie jetzt mit Schwindel und einem trockenen Mund. Das war entschieden kein guter Start in den Montag.

„Guten Morgen", sagte sie schließlich und knöpfte ihr doppelreihiges Jackett auf. „Ich bin Spezialagentin Margaret O'Dell vom FBI. Ich bin Profilerin bei der Unterstützenden Ermittlungseinheit in Quantico, die einige von Ihnen sicher noch als Abteilung für wissenschaftliche Verhaltensstudien kennen. Dieser Workshop befasst sich ..."

„Warten Sie einen Moment, Ma'am", meldete sich ein Mann in der zweiten Reihe und rückte sich unbehaglich auf dem Stuhl zurecht, der für seine beträchtliche Breite zu klein war. Er trug eine enge Hose, ein frisches, kurzärmeliges Buttondown-Hemd, das über seinem dicken Bauch spannte, und abgewetzte Schuhe, die trotz frischer Schuhcreme nicht neu aussehen wollten.

„Ja?"

„Bei allem Respekt, aber was ist mit dem Typen passiert, der diesen Workshop leiten sollte?"

„Wie bitte?"

„Das Programm." Er sah sich um, als suche er Zustimmung von seinen Kollegen. „Da stand, der Typ ist nicht nur FBI-Profiler, sondern auch Experte im Verfolgen von Serienkillern, ein Kriminalpsychologe mit neun oder zehn Jahren Berufserfahrung."

„Stand im Programm, dass diese Person ein Mann ist?"

Er wirkte verblüfft. Jemand neben ihm reichte ihm eine Kopie des Programms.

„Tut mir Leid", fuhr Maggie fort, „aber der Typ bin ich."

Die meisten Männer starrten sie nur an. Eine Frau in der Menge verdrehte mitfühlend die Augen, als Maggie sie ansah. Maggie erkannte zwei Männer im hinteren Teil. Sie hatte die beiden Detectives aus Kansas City gestern Abend flüchtig in der Bar in Westport kennen gelernt. Beide lächelten sie an, als teilten sie ein Geheimnis.

„Vielleicht sollten die das im Programm erwähnen", beharrte der Mann und versuchte, seinen Einwand zu rechtfertigen. „Sie werden nicht mal mit Namen genannt."

„Macht das was?"

„Für mich schon. Ich bin hier, um kompetente Auskünfte zu bekommen, nicht um einer Schreibtischtäterin zu lauschen."

Ihre abendliche Dosis Scotch musste sie abgestumpft haben. Anstatt sich zu ärgern, verstärkte sein Chauvinismus lediglich ihre Erschöpfung.

„Schauen Sie, Officer ..."

„Warten Sie eine Minute. Wieso glauben Sie, dass ich ein Officer bin. Vielleicht bin ich Detective." Er warf seinen Kollegen ein verschlagenes Lächeln zu, verriet sich damit und bestätigte Maggies ursprüngliche Einschätzung.

„Lassen Sie mich raten", sagte sie, ging weiter in den Raum und stellte sich mit verschränkten Armen vor ihn hin. „Sie sind Straßenpolizist in einer Großstadt, aber nicht hier in Kansas City. Sie sind es gewöhnt, Uniform zu tragen und nicht Zivil, nicht mal saloppes Zivil. Ihre Frau hat Ihnen den Koffer gepackt und ausgewählt, was Sie jetzt anhaben. Aber Sie haben seit dem letzten Kleiderkauf Gewicht zugelegt. Die Schuhe sind eine Ausnahme. Sie haben darauf bestanden, Ihre ausgelatschten Schuhe zu tragen."

Alle, einschließlich des Officers, rückten auf den Stühlen vor, um einen Blick auf seine Schuhe zu werfen. Dass sie die leichten, dauerhaften Eindellungen in seinen Haaren bemerkt hatte, die vom ständigen Tragen eines Hutes stammten, erwähnte Maggie nicht.

„Sie dürfen bei der Tagung keine Waffe tragen, aber ohne Ihr Abzeichen fühlen Sie sich nackt. Es steckt in der Brusttasche Ihrer Jacke." Sie deutete auf das braune Jackett, das, von seinem breiten Körper fast verdeckt, über der Stuhllehne hing. „Ihre Frau bestand darauf, dass Sie ein Jackett tragen, aber daran sind Sie nicht gewöhnt. Im Gegensatz zu einem Detective, der normalerweise im Anzug mit Krawatte herumläuft."

Alle warteten gespannt wie auf einen Zaubertrick. Der Officer drehte sich um und holte das Abzeichen aus der Brusttasche, um es zu zeigen.

„Alles nur gut geraten", sagte er zu Maggie. „Was erwartet man anderes in einem Raum voller Polizisten?"

„Sie haben Recht, absolut Recht." Maggie nickte, als sich die abwartenden, prüfenden Blicke wieder ihr zuwandten. „Das meiste von dem, was ich gesagt habe, mag als offensichtlich gelten. Es gibt ein bestimmtes Profil, das auf Polizisten zutrifft. Genauso gibt es ein Profil für Serienmörder. Wenn man diese Charakteristika herausfindet und festlegen kann, welche im jeweiligen Fall zutreffen – einige mögen offenkundig erscheinen –, kann man diese Erkenntnisse als Grundlage für ein Täterprofil nehmen."

Schließlich hatte sie die Aufmerksamkeit des Publikums. Da man sich nicht mehr auf ihre Person konzentrierte, sondern auf das, was sie sagte, begann sie sich zu entspannen, schöpfte neue Kräfte und überwand ihre Müdigkeit.

„Das Schwierige ist jedoch, hinter das Offensichtliche zu schauen, es zu analysieren und auf die Kleinigkeiten zu achten, die unbedeutend erscheinen mögen. Wie in diesem Fall – verzeihen Sie, Officer, würden Sie mir Ihren Namen sagen?"

„Wie? Soll das heißen, den erkennen Sie nicht?" Er grinste,

stolz auf die seiner Meinung nach schlagfertige Antwort, und erntete ein paar Lacher.

Maggie lächelte. „Nein, ich fürchte, meine Kristallkugel nennt keine Namen."

„Danzig. Norm Danzig."

„Wenn ich Ihr Profil überprüfen müsste, würde ich alles hinterfragen, was ich weiß."

„He, Sie können mich überprüfen, so viel Sie wollen." Er spielte weiter mit, genoss die Aufmerksamkeit und sah Beifall heischend zu seinen Kollegen.

„Ich würde mich fragen", fuhr sie fort, ohne seine Bemerkung zu beachten, „warum Ihre Frau Ihnen Kleidung in der falschen Größe gekauft hat."

Plötzlich saß Officer Danzig ganz still.

„Ich würde mich fragen, ob es dafür einen Grund gibt." Aus der leichten Rötung seines Gesichtes schloss sie, dass er diesen Grund ungern preisgab. Sie vermutete, dass er schon eine Weile nicht mehr das Bett mit seiner Frau teilte. Vielleicht gab es sogar eine vorübergehende Trennung, während Officer Danzig ein paar zusätzliche Fast-Food-Mahlzeiten zu sich genommen hatte, was seine zusätzlichen Pfunde erklären könnte. Jedenfalls hatte seine Frau die Gewichtszunahme beim Kauf der Kleidung für die Tagung nicht einkalkuliert. Anstatt ihn mit ihrer Theorie in Verlegenheit zu bringen, sagte sie: „Ich glaube, Ihre Frau hatte es einfach satt, dass Sie immer wieder denselben marineblauen Anzug tragen, der hinten im Schrank hängt."

Die anderen lachten, und Officer Danzig lächelte erleichtert. Als sie ihm in die Augen sah, erkannte sie jedoch eine Spur Demut. Er zollte ihr seine Anerkennung, indem er sich nach vorn ausrichtete und ihr konzentriert lauschte.

„Es ist auch wichtig, sich nicht von Stereotypen irritieren zu lassen." Sie begann ihr rituelles Hin- und Hergehen. „Es gibt eine Hand voll Stereotypen, die Serienkillern anzuhaften scheinen. Von einigen sollten wir uns trennen. Hat jemand eine Ahnung, welche das sind?"

Sie wartete, während die Gruppe schwieg. Man schätzte sie immer noch ab. Schließlich meldete sich ein junger Hispano zu Wort. „Wie ist es mit der Annahme, dass die alle verrückt sind, vollkommen geistesgestört. Das ist nicht unbedingt so, richtig?"

„Richtig. Tatsächlich sind viele Serienkiller sehr intelligent, gut ausgebildet und geistig so gesund wie Sie und ich."

„Verzeihen Sie", meldete sich ein ergrauender Detective aus dem hinteren Teil. „Der ‚Sohn von Sam' behauptete, ein Rottweiler habe ihn zu seinen Taten veranlasst. Und das ist nicht geistesgestört?"

„Es war ein schwarzer Labrador namens Harvey. Aber Berkowitz gab später den Schabernack zu, als Profiler John Douglas ihn befragte. Ich leugne nicht, dass einige Killer verrückt sind. Ich warne nur vor der Annahme, erst Geisteskrankheit befähige sie zu ihren Taten. Sie töten bewusst und absichtlich. Sie sind Meister der Manipulation. Ihnen geht es darum, ihre Opfer zu beherrschen. Und gewöhnlich bekommen sie ihre Anweisungen nicht von einem dreitausend Jahre alten Dämon, der in einem schwarzen Labrador haust. Wenn sie nur verrückt wären, könnten sie ihre ausgeklügelten Morde nicht immer wieder begehen, die Methoden perfektionieren und sich Monate, ja sogar Jahre der Festnahme entziehen. Es ist wichtig, sie nicht als Geistesgestörte einzustufen, sondern als Menschen, die bewusst Böses tun."

Sie musste das Thema wechseln, ehe sie sich zu einer Predigt hinreißen ließ, dass jeder Mensch eine Schattenseite hatte, die ihn zu Bösem befähigte. Dabei kam stets die Frage auf, warum manche Menschen dieser dunklen Seite ihres Wesens nachgaben und andere nicht. Maggie war der Antwort auch nach Jahren der Beschäftigung mit diesem Thema nicht einen Schritt näher gekommen.

„Was ist mit den Motiven?" fragte sie stattdessen. „Wie lauten die Stereotypen über Motive?"

„Sex", sagte ein junger Mann laut von hinten und genoss die Aufmerksamkeit und das Gelächter, das dieses eine Wort hervorrief. „Ist für die meisten Serienkiller das Töten nicht sexuell befriedigend wie bei Vergewaltigern?"

„Moment mal", wandte die einzige Frau ein. „Bei Vergewaltigungen geht es nicht um Sex."

„Das ist leider nicht ganz richtig", widersprach Maggie. „Bei Vergewaltigungen geht es sehr wohl um Sex."

Sofort gab es einige Seufzer und missfallendes Kopfschütteln, als hätten sie diesen Einwand von einer Frau erwartet.

„Bei der Vergewaltigung geht es sehr wohl um Sex", wiederholte sie, die allgemeine Skepsis ignorierend. „Das unterscheidet sie von anderen Gewalttaten. Was nicht bedeutet, dass es dem Vergewaltiger nur um sexuelle Befriedigung geht, vielmehr benutzt er Sex als Waffe. Deshalb ist die Behauptung falsch, Vergewaltigung habe nichts mit Sex zu tun. Sex wird als Waffe eingesetzt."

Nach einer kurzen Pause fuhr sie fort: „Vergewaltiger und Serienkiller benutzen Sex und Gewalt auf dieselbe Art. Beides sind mächtige Waffen, das Opfer zu erniedrigen und zu beherrschen. Manche Serienkiller beginnen sogar als Serienvergewaltiger. Irgendwann beschließen sie, einen Schritt weiter zu gehen, um ihre Befriedigung zu erhalten. Manchmal gehen sie stufenweise vor, beginnen mit Folter und wechseln zu Strangulierung und Erstechen. Manchmal genügt ihnen auch das noch nicht, und sie vollziehen bestimmte Rituale an der Leiche. Dann erlebt man Fälle wie beim Rattenfänger, der seine Opfer zerstückelte, kochte und an andere

Gefangene verfütterte." Sie sah in angewiderte Mienen, ihre Skepsis war einer morbiden Neugier gewichen.

„In Albert Stuckys Fall", fuhr sie fort, „war es so, dass er mit Folterungen experimentierte, um seine Opfer schreien und flehen zu hören."

Sie sagte das ruhig und gelassen, spürte jedoch, wie sie sich innerlich anspannte. Ein Reflex, um jederzeit fluchtbereit zu sein, wenn sie an Stucky nur dachte.

„Es gibt auch heilige Rituale", sagte sie, um sich von Stucky abzulenken. „Letzten Herbst verfolgten wir in Nebraska einen Serienkiller, der seinen jungen Opfern die letzte Ölung verabreichte, nachdem er sie stranguliert und aufgeschlitzt hatte."

„Moment mal", unterbrach Detective Ford sie. „Sie sind die Profilerin, die an dem Fall der toten Jungen gearbeitet hat?"

Die simple Beschreibung ließ Maggie innerlich zusammenzucken. „Ja, das war ich."

„Morrelli hat uns gerade gestern Abend von dem Fall erzählt."

„Sheriff Nick Morrelli?" Ein freudiger Schreck durchfuhr sie.

„Ja, wir waren gestern Abend zum Spareribs-Essen aus. Aber er ist nicht mehr Sheriff. Er hat die Marke gegen Anzug und Krawatte eingetauscht. Er arbeitet jetzt im Büro des Distrikt-Staatsanwaltes in Boston."

Maggie ging wieder nach vorn und hoffte, die Entfernung vom Publikum verberge ihre Verwirrung. Vor fünf Monaten war der attraktive Kleinstadtsheriff vom Tag ihrer Ankunft in Platte City, Nebraska, ein Stachel in ihrem Fleisch gewesen. Genau eine Woche lang hatten sie einen Killer gejagt und dabei eine Intimität entwickelt, dass ihr bei dem bloßen Gedanken daran heiß wurde. Die Kursteilnehmer blickten sie abwartend an. Wie schaffte Nick Morrelli es, ihre Gedankengänge durcheinander zu wirbeln, nur weil er in derselben Stadt war?

20. KAPITEL

Tully versuchte sich die Erschöpfung aus den Augen zu reiben und griff dazu unter seine Brille. Als sei sie schuld, dass es nicht gelang, legte er sie auf einen der vielen Aktenstapel auf seinem Schreibtisch.

Seit dem dreiundvierzigsten Geburtstag schienen seine Körperteile nach und nach den Dienst zu quittieren. Letztes Jahr hatte eine Operation am Knie ihn zwei Wochen außer Gefecht gesetzt. Und es munterte ihn nicht gerade auf, wenn seine vierzehnjährige Tochter ihm ständig vorhielt, wie altmodisch er sei. In Emmas Augen konnte er einfach nichts mehr richtig machen.

Heute war sie wütend gewesen, weil sie wieder einen Abend nebenan bei Mrs. Lopez verbringen musste. Vielleicht fuhr er nicht nach Hause, um sich das strafende Schweigen seiner Tochter zu ersparen. Ironischerweise hatte er darum gekämpft, sie bei sich zu haben.

Ein harter Kampf war es allerdings nicht gewesen, da Caroline erkannt hatte, wie viele Freiheiten sie ohne die Verantwortung für einen Teenager gewann. Dieselbe Frau hatte es noch vor sechs oder sieben Jahren nicht ertragen, von Mann oder Kind getrennt zu sein. Damals hatte sie als Chefbuchhalterin bei einer internationalen Werbeagentur angefangen. Doch je mehr hochkarätige Kunden angerollt waren und je höher sie durch Beförderungen in der Hierarchie stieg, desto leichter fielen ihr die teuren Reisen nach New York City, London oder Tokio. In den letzten Jahren ihrer Ehe war die schöne, kultivierte, ehrgeizige Frau eine völlig Fremde für ihn geworden.

Tully lehnte sich in seinem Sessel zurück und verschränkte die Hände hinter dem Kopf. Wie sehr er Veränderungen hasste! Er sah sich in dem kleinen, nur von Neonröhren beleuchteten Raum um.

Ihm fehlte sein Büro mit Fenstern. Wenn er nur daran dachte, dass er sich zwanzig Meter unter der Erde befand, bekam er Platzangst. Er hatte ernsthaft erwogen, die Stellung in Quantico abzulehnen, weil er wusste, dass die Unterstützende Ermittlungseinheit immer noch im Bauch des Trainingsgebäudes untergebracht war.

Er rieb sich wieder die Augen, als es an seine Tür klopfte.

„Agent Tully, Sie sind so spät noch hier?"

Direktor Cunningham war zwar in Hemdsärmeln, Kragen und Manschetten waren jedoch zugeknöpft. Tully hatte die Ärmel salopp hochgeschoben. Cunningham trug die Krawatte noch fest um den Hals. Tullys Kragen stand offen, und seine Krawatte lag irgendwo zerknittert auf einem Aktenschrank.

„Ich warte auf einen Anruf vom Gerichtsmediziner", erklärte Tully. „Von Dr. Holmes."

„Und?"

Cunningham lehnte sich gegen den Türrahmen, und Tully überlegte, ob er ihm einen Sessel freiräumen sollte. Im Gegensatz zum ordentlich aufgeräumten Büro seines Chefs sah seines aus wie ein überfüllter Lagerraum – stapelweise Unterlagen, verstreute Akten und überquellende Bücherregale. Er suchte in einem Stapel nach den entsprechenden Telefonnotizen, da er sich um diese Nachtzeit nicht auf sein Gedächtnis verlassen wollte, das abgeschaltet hatte wie ein überhitzter Computer.

„Das Mädchen ... die junge Frau hatte einen Einschnitt von knapp zehn Zentimetern in der linken Seite, der sich in den Rücken zog. Dr. Holmes sagte, der Schnitt sei präzise ausgeführt gewesen wie bei einem chirurgischen Eingriff."

„Klingt nach unserem Mann."

„Er hat ihr die Milz entfernt."

„Eine Milz ist nicht sehr groß, oder? Es sah aus, als sei in dem Pizzakarton sehr viel mehr gewesen."

Tully griff nach *Gray's Anatomy*, die er sich aus der Bibliothek geliehen hatte. Er blätterte zur markierten Seite und setzte seine Brille auf.

„Die Milz ist etwa dreizehn Zentimeter lang, sieben Zentimeter breit und etwa drei Zentimeter dick", las er laut, klappte das Buch zu und stellte es beiseite. „Laut diesem Buch wiegt sie etwa zweihundert Gramm, abhängig davon, in welchem Stadium der Verdauung man sich befindet. Viel größer wird sie im Normalfall nicht, nur bei Krankheit. Unser Opfer hatte an dem Tag nicht viel gegessen, deshalb war die Milz relativ klein. Dr. Holmes sagte, dass auch etwas Bauchspeicheldrüse daran hing."

„Hat man Fingerabdrücke am Fundort entdeckt?"

„Ja, zwei ziemlich gute. Einen Daumen und einen Zeigefinger. Beide gehören nicht Stucky. Vielleicht wurden sie versehentlich von jemand am Tatort hinterlassen, allerdings sieht es eher so aus, als wären sie absichtlich hinterlassen worden. Der gesamte Rand des Abfallcontainers war abgewischt. Und dann sind diese beiden Abdrücke plötzlich – klatsch – in der Mitte."

Cunningham zog die Stirn kraus, als erinnere ihn das an etwas. „Prüfen Sie noch mal Stuckys frühe Akten. Vergewissern Sie sich, dass die Abdrücke nicht verändert oder vertauscht wurden, oder dass es gar ein Computerfehler war. Wenn ich mich recht entsinne, hat Agentin O'Dell ihn seinerzeit anhand eines hinterlassenen Fingerabdrucks überführt. Auch damals hat er ihn absichtlich zurückgelassen. Auch damals brauchten wir eine Weile, ihn zu identifizieren, weil sich jemand in das Computersystem des County eingeklinkt und die Abdrücke vertauscht hatte."

„Ich überprüfe das, Sir. Aber wir haben es hier nicht mit dem Computersystem eines Bezirkssheriffs zu tun. Wir gleichen die Abdrücke mit denen ab, die AFIS direkt von Stucky genommen hat. Und bei allem Respekt, ich glaube kaum, dass man so einfach in das Computersystem des FBI kommt." AFIS, das Automatische Fingerabdruck-Identifikationssystem war die Haupt-Datenbank des FBI. Obwohl sie mit lokalen, staatlichen und Regierungsstellen zusammenarbeitete, waren Dutzende Vorsichtsmaßnahmen gegen Hacker eingebaut.

Cunningham kratzte sich seufzend das Kinn. „Sie haben wahrscheinlich Recht", räumte er ein, und Tully bemerkte, wie müde er wirkte.

„Vielleicht stammen die Abdrücke von einem Polizei-Neuling", erwiderte er, als könnte er damit Cunninghams Erschöpfung mildern. „Wenn ja, dann wissen wir das in den nächsten vierundzwanzig Stunden. Gehören sie keinem Beamten, suche ich allgemein weiter."

Tully ließ die Brille aufgesetzt, weil er sich damit wacher und kompetenter vorkam. „Sir, ich habe nirgendwo einen Hinweis gefunden, dass Stucky durch das Entnehmen der Organe irgendeine Botschaft verkünden will. Entgeht mir da etwas?"

„Nein, Ihnen entgeht nichts. Stucky macht das, um zu schockieren, und weil er es kann", sagte Cunningham und kam weiter in Tullys Büro, blieb aber stehen.

„Hat er mal Medizin studiert?" Tully blätterte eine Akte durch, die Agentin O'Dell über Stuckys Vergangenheit zusammengestellt hatte. In vieler Hinsicht klang sein Lebenslauf wie der eines erfolgreichen Geschäftsmannes.

„Sein Vater war Arzt." Cunningham rieb sich das Kinn. Tully hatte bemerkt, dass sein Boss diese Geste stets machte, wenn er erschöpft war und in seinem Gedächtnis eine Information abzurufen versuchte. Er nutzte die Gelegenheit, das Gesicht seines Chefs zu studieren, das im Neonlicht schmaler wirkte, mit eingefallenen Wangen und dunklen Rändern unter den Augen. Trotz Erschöpfung war seine Haltung straff aufrecht. Keine hängenden Schultern, als er sich jetzt gegen das Bücherregal lehnte. Alles an ihm verströmte ruhige Würde.

Schließlich fuhr er fort: „Wenn ich mich recht entsinne, gründeten Stucky und sein Partner eine der ersten Aktienhandelsfirmen im Internet, verdienten Millionen und parkten sie auf Konten im Ausland."

„Wenn wir ein paar von diesen Konten finden könnten, finden wir vielleicht auch ihn."

„Das Problem ist nur, wir konnten nie feststellen, wie viele Konten er betreibt und unter welchen Namen. Stucky ist klug, Agent Tully. Er ist gerissen, sehr intelligent und fast immer Herr des Geschehens. Er ist nicht annähernd mit anderen Tätern zu vergleichen. Er tötet nicht aus Zwang oder weil er eine Mission erfüllen muss oder den Drang dazu verspürt oder weil er etwa innere Stimmen hört. Er tötet aus dem einzigen Grund, weil es ihm Spaß macht. Es ist ein Spiel für ihn, zu manipulieren, den menschlichen Geist zu brechen und mit seinen Taten zu schockieren. Und er will vor allem uns, die wir ihn fangen wollen, eine Nase drehen."

„Sicher macht sogar Albert Stucky Fehler."

„Wir wollen es hoffen. Haben Sie eine Ahnung, wo er das Opfer aufgegriffen hat?"

Wieder holte Tully Notizen aus einem Stapel, um sich nicht auf sein müdes Hirn zu verlassen. Das machte ihn zugleich verlegen, weil er auf alles gekritzelt hatte, angefangen von einer Serviette bis zu einem grauen Papierhandtuch von der Herrentoilette.

„Wir wissen, dass sie erwischt wurde, ehe sie ihre Runde beenden konnte. Einige Kunden beschweren sich beim Pizzadienst, dass sie nicht beliefert wurden. Der Manager macht mir eine Liste mit Anschriften, die sie anfahren sollte."

„Warum dauert das so lange?"

„Wenn der Auftrag eingeht, schreiben sie die Adresse auf. Der Auslieferer nimmt dann den Zettel mit."

„Sie machen Witze." Cunningham seufzte, und zum ersten Mal glaubte Tully zu erkennen, wie viel Mühe es ihn kostete, seine Enttäuschung zu verbergen. „Scheint mir nicht sehr effizient zu sein."

„Wahrscheinlich war das bis jetzt nie ein Problem. Das Labor versucht die Anschriften aus den Abdrücken auf dem Notizblock darunter abzunehmen. Die beste Chance hätten wir natürlich, wenn wir das Auto des Opfers finden würden. Vielleicht liegt die Liste noch darin."

„Wurde der Wagen entdeckt?"

„Noch nicht. Ich habe Beschreibung, Modell und Kennzeichen von der Behörde. Detective Rosen hat eine Suchmeldung rausgegeben. Bisher ohne Erfolg."

„Veranlassen Sie, dass die Langzeitparkplätze an den Flughäfen Reagan National und Dulles überprüft werden."

„Gute Idee." Tully kritzelte wieder eine Notiz nieder und benutzte diesmal den Kassenbon von seinem Lunch. Warum zum Teufel hatte er keine Notizblocks wie der Rest der Welt?

„Er musste sie irgendwo hinbringen", sagte Cunningham und blickte gedankenverloren über Tullys Kopf hinweg. „Irgendwohin, wo er Zeit mit ihr hatte und nicht Gefahr lief, gestört zu werden. Der Ort liegt vermutlich nicht weit von dort entfernt, wo er sie geschnappt hat. Wenn wir die Liste hätten, könnten wir ein paar Möglichkeiten einkreisen."

„Sir, ich habe einen Radius von etwa zehn Meilen um den Fundort der Leiche abgefahren. Das ganze Gebiet gehört zu dieser Bilderbuchgemeinde. Da gibt es keine leeren Lagerhäuser oder verfallenen Gehöfte."

„Man übersieht leicht das Offensichtliche, Agent Tully. Jede

Wette, Stucky baut darauf, dass wir genau das tun. Was haben Sie sonst noch?" fragte er rasch und stemmte sich vom Bücherregal ab, plötzlich in Eile.

„Wir haben ein Handy aus dem Abfallcontainer geholt. Es wurde vor einigen Tagen in einem örtlichen Einkaufscenter gestohlen. Ich hoffe, wenn wir die Auflistung der Anrufe bekommen, führt uns das weiter."

„Gut. Sieht ja so aus, als hätten Sie alles unter Kontrolle." Cunningham wandte sich zum Gehen. „Lassen Sie es mich wissen, wenn Sie Hilfe brauchen. Leider kann ich Ihnen keine Sondereinheit zur Verfügung stellen, aber vielleicht kann ich ein paar Leute von anderen Fällen abziehen. Und jetzt gehen Sie nach Haus, Agent Tully. Verbringen Sie einige Zeit mit Ihrer Tochter."

Er deutete zu dem Foto auf Tullys Schreibtischecke. Es war das einzige, das Tully mit seiner Familie zeigte, Arm in Arm in die Kamera lächelnd. Es war noch gar nicht so alt, und doch konnte er sich nicht erinnern, glücklich gewesen zu sein. Es war das erste Mal, dass sein Chef auf sein Privatleben einging, und es erstaunte ihn, dass der distanzierte Cunningham wusste, dass er ohne seine Frau hergekommen war.

„Sir?"

Cunningham blieb, halb im Flur, stehen.

Tully wusste nicht genau, wie er fragen sollte. „Soll ich Agentin O'Dell anrufen?"

„Nein." Die Antwort kam rasch und entschieden.

„Sie wollen warten, bis wir sicher sind, dass es Stucky ist?"

„Ich bin zu neunundneunzig Prozent sicher, dass er es ist."

„Sollten wir Agentin O'Dell dann nicht wenigstens informieren?"

„Nein."

„Aber Sir, sie könnte ..."

„Welchen Teil meiner Antwort haben Sie nicht verstanden, Agent Tully?" Wieder war die Antwort entschieden, ohne dass er die Stimme hob. Dann wandte er sich ab und ging.

21. KAPITEL

Turner und Delaney lotsten Maggie erneut zu einem gemeinsamen Dinner aus ihrem Hotelzimmer. Ihre neuen Freunde in Kansas City, die Detectives Ford und Milhaven, führten sie diesmal zum angeblich besten Grilllokal der Stadt, nicht weit von der Bar entfernt, die sie gestern besucht hatten.

Maggie hatte noch nie zwei Männer so viele Rippchen vertilgen sehen wie ihre beiden FBI-Kollegen. Deren Zwang, sich gegenseitig zu übertrumpfen, war lächerlich und etwas abgedroschen. Maggie merkte, dass sie nicht ihretwegen konkurrierten, sondern wegen der neuen Freunde. Ford und Milhaven feuerten das Sodbrennenfest der beiden an wie Zuschauer ein großes Sportereignis. Ford hatte sogar fünf Dollar auf den Tisch gelegt, als Preis für den, der als Erster den Rippchenberg auf seinem Teller wegputzte.

Maggie lehnte sich zurück, nippte an ihrem Scotch und versuchte in dem verqualmten, dämmrigen Lokal etwas Interessanteres zu entdecken. Ihr Blick wanderte zum Eingang. Sie hoffte, Nick Morrelli hereinspazieren zu sehen, und hatte keine Ahnung, wie sie sich dann verhalten sollte. Ford hatte ihr nach dem Vortrag erzählt, dass er mit Nick zusammen auf dem College und später auf der Universität von Nebraska war. Er hatte Nick am Hotelempfang eine Nachricht hinterlassen, mit der Aufforderung, er solle zum Dinner zu ihnen stoßen. Das war vor Stunden gewesen. Inzwischen vermutete sie, dass Nick die Nachricht entweder nicht bekommen oder andere Pläne für den Abend hatte. Trotzdem hielt sie Ausschau nach ihm. Es war lächerlich, aber seit sie wusste, dass er auf der Tagung war, kehrten auch die Gefühle für ihn zurück, die sie seit ihrer letzten Begegnung erfolgreich unterdrückt hatte.

Das war vor fünf Monaten gewesen. Genauer gesagt, am Sonntag nach Halloween, als sie Platte City, Nebraska, verlassen hatte, um nach Virginia zurückzukehren. Sie hatte mit Nick, damals der Sheriff des County, einen religiösen Psychopathen gejagt, der mehrere kleine Jungen umgebracht hatte. Schließlich waren zwei Männer festgenommen worden, die ihren Prozess erwarteten. Doch Maggie war überzeugt, dass es sich bei keinem von beiden um den wahren Killer handelte. Entgegen allen Indizien glaubte sie, dass der wirkliche Täter der charismatische katholische Pater Michael Keller war, der sich aber nach Südamerika abgesetzt hatte. Niemand, nicht mal die katholische Kirche, wusste, was aus ihm geworden war.

In den letzten fünf Monaten hatte sie lediglich Gerüchte über einen gut aussehenden jungen Pater gehört, der ohne offiziellen Auftrag der Kirche als Priester von einer Bauerngemeinde zur anderen zog. Sobald sie ihn geortet hatte, war er stets spurlos verschwunden. Einige Zeit später hörte sie dann, dass er Meilen entfernt in einer anderen kleinen Gemeinde tätig war. Dieses Muster wiederholte sich. Sobald sie Keller entdeckte, war er weg. Die Gemeinden schützten ihn offenbar und brachten ihn in Sicherheit wie einen zu Unrecht Verdächtigten – oder vielleicht einen Märtyrer.

Bei dem Gedanken wurde ihr unbehaglich. Eine verdrehte Vorstellung von Märtyrertum war nach ihrer Meinung Kellers Motiv gewesen, kleine, wie er glaubte, misshandelte Jungen, umzubringen. Er machte sie zu Märtyrern, als könnte er sie durch das endgültig Böse retten. Wie unfair, dass Keller beschützt wurde, anstatt für seine monströsen Taten zu büßen. Sie fragte sich, wie lange es dauerte, bis diese armen Bauern die ersten kleinen Jungen tot am Flussufer fanden, erwürgt und erdolcht, aber sauber gewaschen und mit der letzten Ölung versehen.

Ob sie dann bereit waren, Keller seiner Bestrafung zuzuführen? In letzter Zeit schien die Bestrafung von Tätern schwieriger zu werden, da sie sich verbündeten. Sie wusste, dass Keller Albert Stucky im Gefängnis in Florida besucht hatte. Mehrere Wachen hatten ihn später auf Fotos identifiziert. Obwohl sie es nicht beweisen konnte, war sie überzeugt, dass Keller Stucky das dolchartige hölzerne Kruzifix gegeben hatte, mit dem er sich befreite und die Beamten tötete.

Sie verdrängte diese Gedanken und trank ihr Scotchglas leer. Turners und Delaneys Futterorgie war offenbar zum Stillstand gekommen. Delaney sah elend aus. Turners gebräuntes Gesicht zeigte einen fettigen Schimmer, obwohl er sich bemüht hatte, es abzuwischen. Sie wollte noch einen Scotch bestellen, als Ford die Kellnerin heranwinkte und um die Rechnung bat. Die Detectives gestatteten den FBI-Agenten nicht zu zahlen. Maggie bestand jedoch darauf, wenigstens das Trinkgeld zu übernehmen, was Ford genehmigte. Vielleicht weil ihm klar war, dass sein Detective-Gehalt mit Turners und Delaneys Appetit nicht mithalten konnte.

Milhaven war gefahren, aber Maggie wäre lieber zum Hotel gegangen, anstatt noch einmal auf dem Rücksitz zwischen ihre beiden Bodyguards gequetscht zu werden. Die Nacht war klar und frisch genug, um zu frösteln. Ehe sie den Parkplatz erreichten, bemerkten sie einen Menschenauflauf in der Gasse. Ein Uniformierter stand vor einem Abfallcontainer und versuchte, eine Gruppe gut gekleideter Zuschauer auf Distanz zu halten.

In stummer Übereinkunft begaben sich die Detectives und die FBI-Agenten hinüber.

„Was ist hier los, Cooper?" Ford kannte den frustrierten Beamten.

„Machen Sie bitte den Weg frei", sagte Milhaven zu den Zuschauern, während er und Delaney die Gruppe zurück zum Parkplatz drängten, der parallel zur Gasse verlief.

Der Beamte warf einen Blick auf Maggie und Turner.

„Das ist okay", versicherte Ford ihm. „Die sind vom FBI, sie sind wegen der Tagung hier. Also, was ist los?"

Officer Cooper deutete mit dem Kopf auf den Abfallbehälter hinter ihm. „Der Abwäscher aus dem Bistro brachte vor etwa einer halben Stunde den Müll raus, entdeckte eine Hand aus dem Haufen ragen, flippte aus, meldete den Vorfall aber. Allerdings hat er vorher noch überall herumposaunt, was los ist."

Maggie spürte das vertraute Zusammenziehen des Magens. Turner war bereits am Container. Bei seiner Größe konnte er ohne Hilfe über den Rand sehen. Maggie zog sich eine leere Milchkiste heran und stellte sich neben ihn. Jetzt wünschte sie, nicht so viel getrunken zu haben. Sie hielt sich fest und wartete, dass sich der leichte Schwindel legte.

Als Erstes bemerkte sie den roten Schirm. Sein Griff war über den Rand gehakt, als habe der Besitzer vermeiden wollen, dass man ihn irrtümlich für Abfall hielt. Oder war er absichtlich als Hinweis so hingehängt worden?

„Officer Cooper." Sie wartete, dass er ihr seine Aufmerksamkeit schenkte. „Wenn die Detectives kommen, sagen Sie ihnen bitte, dass der Schirm gesichert und auf Fingerabdrücke überprüft werden sollte."

„Mache ich."

Maggie rührte nichts an, sah aber, dass die Frau nackt war und auf dem Rücken lag. Das Büschel roter Schamhaare bildete einen deutlichen Kontrast zur weißen Haut. Maggie wusste sofort, dass man den Fundort manipuliert hatte. Der Officer hatte gesagt, der Mann habe nur eine Hand aus dem Haufen ragen sehen, doch der gesamte Körper lag frei. Am Gesicht des Opfers klebten Gemüseschalen. Der Kopf war zur Seite gedreht, und das leuchtend rote Haar war mit Abfall verklebt.

Maggie sah den Mund der Frau. Er war leicht geöffnet, als habe man etwas hineingeschoben. Dann bemerkte sie ein kleines Muttermal über der Oberlippe. Ihr Magen krampfte sich zusammen. Sie beugte sich vor, stellte sich auf die Zehenspitzen, und die Kiste kippte fast um, als sie hinabgriff.

„O'Dell, was zum Teufel tust du da?" schimpfte Turner, als er das sah.

Vorsichtig wischte sie eine Kartoffelschale und einige Spaghetti von der Wange der Frau. „Das ist Rita", sagte sie und wünschte, sie hätte sich geirrt.

„Rita? Rita wer?"

Maggie sah Turner an und wartete, bis es ihm dämmerte.

„Scheiße! Du hast Recht."

„Ihr kennt sie?" fragte Ford und blickte über den Rand.

„Sie ist Kellnerin in der Bar unten an der Straße", erklärte Maggie und betrachtete weiter den Körper, soweit sie ihn sehen konnte.

Man hatte ihr die Kehle so tief durchtrennt, dass es fast eine Enthauptung war. Der übrige Körper zeigte weder Prellungen noch Einstiche, nur Fesselungsmarken an den Handgelenken. Wie sie auch gefangen worden sein mochte, sie hatte sich nur wenig gewehrt, was vermuten ließ, dass der Tod rasch eingetreten war. Maggie empfand Erleichterung darüber und war zugleich entsetzt, dass sie erleichtert war.

Dann entdeckte sie den blutigen Schnitt in Ritas Seite unter einem Haufen Spaghetti. Sie schob sich vom Container weg, sprang von der Kiste und fiel fast. Ein Brummen im Kopf ersetzte den Schwindel. Sie eilte davon, schlang in sicherer Entfernung die Arme um sich und kämpfte gegen die aufsteigende Panik. Verdammt! Ihr wurde an Tatorten nicht mehr schlecht. Aber das hier war anders, eine Mischung aus Entsetzen und Angst.

„O'Dell, alles okay?"

Turner war neben ihr, berührte sie mit seiner großen Hand an der Schulter und erschreckte sie. Sie wich seinem Blick aus.

„Das war Stuckys Werk", sagte sie ruhig, obwohl ihre Unterlippe zu beben begann.

„Ach, komm schon, O'Dell."

„Ich dachte, ich hätte ihn gestern Abend in der Bar gesehen."

„Wenn ich mich recht entsinne, hatten wir alle getrunken."

„Nein, Turner, du verstehst nicht. Stucky muss sie gesehen haben. Er hat beobachtet, wie sie mit uns sprach und scherzte. Er hat sie meinetwegen ausgewählt."

„O'Dell, wir sind in Kansas City. Du bist nicht mal im Programm der Tagung erwähnt. Stucky kann unmöglich wissen, dass du hier bist."

„Ich weiß, du und Delaney, ihr denkt, ich bin am Durchdrehen. Aber das hier ist genau Stuckys Modus Operandi. Wir sollten sofort nach einem Speisebehälter suchen, ehe ihn ein anderer findet."

„Schau, O'Dell, du bist einfach nur nervös."

„Er ist es, Turner. Ich weiß es. Und was immer er aus ihr herausgeschnitten hat, wird auf dem Tisch irgendeines Straßencafés landen. Vielleicht sogar vor diesem Restaurant. Wir müssen ..."

„O'Dell, beruhige dich", flüsterte er und sah sich um, als müsse er sich vergewissern, dass er der einzige Zeuge ihrer Hysterie war. „Ich weiß, du hast das Gefühl, er verfolgt dich. Du denkst ..."

„Verdammt, Turner, ich bilde mir das nicht ein!"

Wieder berührte er sie an der Schulter, doch diesmal wich sie heftig zurück und entdeckte im selben Moment eine dunkle Gestalt in der Gasse.

„O'Dell, entspann dich."

Der Mann stand am Rande der Menschenmenge, die sich innerhalb von Minuten verdoppelt hatte. Er war zu weit weg, um ihn genau zu erkennen, doch er trug eine dunkle Lederjacke, wie der Mann letzte Nacht.

„Ich glaube, er ist hier", flüsterte sie und stellte sich hinter Turner, um zu beobachten, ohne selbst gesehen zu werden. Ihr Puls begann zu rasen.

„O'Dell!" Sie hörte Turner die wachsende Ungeduld an.

„Da ist ein Mann in der Menge", erklärte sie leise, „groß schlank, dunkelhaarig, scharfe Gesichtszüge. Soweit ich das Profil sehen kann, könnte es Stucky sein. Mein Gott, er hat sogar einen Speisebehälter in der Hand."

„Genau wie viele andere Leute auch. Komm schon, O'Dell, wir sind in einem Restaurantviertel!"

„Es könnte Stucky sein, Turner."

„Oder der Bürgermeister von Kansas City."

„Na gut." Sie ließ sich ihren Ärger anmerken. „Dann gehe ich selbst hin und rede mit ihm." Sie wollte gehen, doch Turner hielt sie am Arm fest.

„Bleib hier und bleib cool", wies er sie übertrieben seufzend an.

„Was hast du vor?"

„Ich werde mit dem Mann reden und ihm ein paar Fragen stellen."

„Wenn es Stucky ist ..."

„Wenn es Stucky ist, erkenne ich den Bastard. Wenn nicht,

zahlst du morgen Abend die Dinnerrechnung. Halte deine Kreditkarte bereit, es wird eine Riesensumme."

Sie behielt Turner unauffällig im Auge und stellte sich hinter Delaney und Milhaven, die in eine Diskussion über Baseball vertieft waren. Keiner der beiden schien sie zu bemerken. Zwischen beiden hindurch sah sie Turner mit seinem lässigen, aber selbstsicheren Gang auf die Menge zusteuern. Sie wusste, dass er sie nicht ernst nahm. Demnach würde er nicht vorbereitet sein, falls es wirklich Stucky war.

Sie griff unter ihre Jacke, löste die Halterung der Waffe und legte die Hand an den Knauf. Ihr Herz schlug heftig gegen die Rippen. Alle Bewegungen, alle Gespräche ringsum schienen einzufrieren, während sie sich auf den Mann in der Lederjacke konzentrierte. Konnte es wirklich Stucky sein? War dieser Mistkerl so arrogant, in einer Stadt, die vor Polizisten und Juristen nur so wimmelte, zu morden, um sich dann unter die Gaffer am Tatort zu mischen? Ja, Stucky war das zuzutrauen. Eine solche Herausforderung war ihm ein Fest. Sie fröstelte im nasskalten Nachtwind.

Turner erreichte die Menge, als der Mann sich abwandte, um zu gehen.

"He, warten Sie eine Minute!" Turner rief den Mann so laut an, dass sogar Delaney und Milhaven aufmerksam wurden. "Ich möchte mit Ihnen reden!"

Der Mann lief los, und Turner folgte. Delaney wollte Maggie etwas fragen, doch sie hörte nicht hin. Sie rannte mit gezogener nach unten gerichteter Waffe über den Parkplatz. Erschrocken auseinander fahrend machten die Leute ihr Platz.

Maggie hatte nur einen Gedanken: Stucky durfte diesmal nicht entkommen!

22. KAPITEL

Maggie spürte schmerzhaft ihren heftigen Herzschlag. Turner war um die Ecke in einer anderen Gasse verschwunden. Sie folgte ohne Zögern und ohne das Tempo zu verlangsamen. Auf halber Höhe blieb sie stehen. Die Gasse war ungewöhnlich schmal, kaum breit genug für ein normales Fahrzeug. Die hohen Backsteingebäude ließen kein Licht herein. Der Mond war nur eine schmale Sichel. Lediglich einige nackte Glühbirnen, viele zerbrochen, sorgten über klapperigen Hintertüren für schwache Beleuchtung.

Die Augen leicht verengt, schaute sie in die finsteren Winkel und versuchte mehr zu hören als das eigene Herzklopfen. Inzwischen atmete sie viel zu heftig für so einen kurzen Sprint. Ihre Haut war feucht. Jede Nervenfaser schien auf Alarm eingestellt zu sein. Ihre Muskeln waren angespannt. Wo waren die beiden abgeblieben? Sie war nur Sekunden hinter ihnen gewesen.

Hinter ihr rappelte etwas. Sie fuhr herum, die Smith & Wesson nah am Körper, und zielte, bereit, den leeren Becher von Burger King niederzustrecken. Sie sah, wie der Wind ihn erfasste und die Gasse hinuntertrieb, und versuchte, sich zu beruhigen. Konzentrier dich. Bleib gelassen.

Sie wandte sich ab, den Revolver fest in der Hand. Wieder lauschte sie angestrengt, um mehr zu hören als das Rauschen in den Ohren. Die kalte Nachtluft ließ sie abermals frösteln. Bewusst atmend, verhinderte sie ihr Japsen. Sie japste vor Angst, nicht vor Erschöpfung. Verdammt! Sie wollte sich nicht von ihm ins Bockshorn jagen lassen.

Vorsichtig ging sie in langsamen Schritten weiter. Das Kopfsteinpflaster war alt mit unebenen, teils gesprungenen Steinen. Die Gefahr, zu stolpern und angreifbar zu werden, war groß. Trotzdem sah sie nicht hinab, sondern ließ den Blick unablässig schweifen, obwohl es schwierig war, weiter als zehn, fünfzehn Meter zu sehen. Wurde es dunkler, oder bildete sie sich das bloß ein? Ihr prüfender Blick wanderte über Stapel von Kisten, schwarze Türeingänge, rostige Feuerleitern, über alles, was Stucky als Versteck und Zuflucht nutzen konnte. Diesmal legte er sie nicht herein.

Wo zum Henker steckte Turner? Sie hätte gern gerufen, doch das Risiko war zu groß. Hatten die beiden doch einen anderen Weg genommen? Nein, sie war sicher, dass sie um die Ecke in diese Gasse gebogen waren.

Weiter vorn sah sie eine freie Fläche, auf der zwei Autos parkten. Ein Müllcontainer verdeckte jedoch den Blick auf den gesamten Bereich. Hinter ihr waren in einiger Entfernung Schritte zu hören. Von der freien Fläche hörte sie gedämpfte Stimmen. An die schmutzige Backsteinwand gepresst, schlich sie langsam voran. Die Brust schmerzte ihr, die Handflächen waren feucht. Doch sie hielt die Waffe fest, den Lauf zu Boden gesenkt.

Sie erreichte das Ende des Gebäudes, kam nicht weiter und ging hinter dem Müllcontainer in die Hocke. Wo steckten bloß Delaney und Milhaven? Sie bemühte sich, durch die Dunkelheit das Ende der Gasse zu erkennen. Nichts. Die Stimmen vor ihr wurden deutlicher.

„Warten Sie eine Minute." Sie erkannte Turners Stimme. „Was zum Teufel haben Sie da?"

Sie wartete, doch es kam keine Antwort auf seine Frage. Falls Stucky ein Messer hatte, konnte sie die Gefahr nicht erkennen, bis es zu spät war. Sie lugte hervor und sah den Rücken der Lederjacke. Gut. Er blickte in die andere Richtung und würde sie nicht sehen. Aber wie nah stand er vor Turner?

Hinter ihr kamen laute Schritte über das Pflaster auf sie zu. Aus ihrem Versteck konnte sie die anderen nicht mit Handzeichen warnen. Verdammt! Jede Sekunde würde Stucky die Schritte auch hören, wenn es nicht schon zu spät war. Sie musste jetzt handeln, es war die einzige Chance.

In einer raschen Bewegung sprang sie hinter dem Container hervor, stellte sich breitbeinig hin, beide Arme vorgestreckt und zielte auf den Hinterkopf des Mannes. Erst als sie ihre Waffe entsicherte, sah sie Stucky zusammenzucken.

„Keine Bewegung, oder ich blase Ihnen den Kopf weg!"

„O'Dell", hörte sie Turner sagen.

Endlich konnte sie ihn sehen. Er stand nah am Haus, ein Schatten verdeckte seinen Kopf. Da Stucky zwischen ihnen stand, konnte sie nicht erkennen, ob Turner seine Waffe gezogen hatte. Stattdessen konzentrierte sie sich auf ihr Ziel, keine drei Meter entfernt.

„O'Dell, es ist okay", sagte Turner, bewegte sich aber immer noch nicht.

Zielte Stucky mit einer Waffe auf ihn?

„Lassen Sie alles fallen, und legen Sie die Hände hinter den Kopf. Sofort!" schrie sie und erschrak, als ihre Stimme von den Steinwänden zurückhallte.

Die Schritte hinter ihr waren langsamer geworden. Ihr Echo ließ erkennen, dass es nur wenige Männer waren und keine ganze Kompanie. Sie drehte sich nicht um. Ihr Blick blieb auf Stucky geheftet. Der hatte sich nicht bewegt und war ihrer Aufforderung nicht nachgekommen.

„Ich sagte, Hände hoch, verdammt! Sofort!"

„O'Dell, es ist okay", wiederholte Turner.

Wieder bewegte sich niemand, weder Stucky noch Turner oder die Männern, die in einigem Abstand hinter ihr stehen geblieben waren. Maggie ging langsam näher. Schweißtropfen liefen ihr den Rücken hinab. Eine Windböe wehte ihr feuchte Strähnen aus dem Gesicht und dafür andere hinein. Sie reagierte nicht darauf, hielt nur die Waffe fest im Griff, bereit, jederzeit abzudrücken. Ihr Körper war wie starr, in der Haltung erfroren, dass ihre Muskeln zu verkrampfen drohten.

„Zum letzten Mal: Lassen Sie alles fallen und legen Sie die Hände hinter den Kopf, oder ich blase Ihnen den Schädel weg!" Sie presste das Ultimatum geradezu hervor. Ihr Kopf pochte, und die Hand tat ihr weh von der Anstrengung, nicht abzudrücken.

Schließlich hob er die Hände. Sofort landete etwas klatschend und knirschend auf dem Pflaster. Maggie fühlte den Inhalt des Plastikcontainers, den er gehalten hatte, über ihre Füße spritzen. Sie schaute bewusst nicht hinab, um nicht sehen zu müssen, welche Teile von Ritas Anatomie über dem Boden verteilt waren. Ihr Blick war starr auf den Zielpunkt der Waffe im dichten dunklen Haaransatz in Genickhöhe gerichtet. Auf diese kurze Entfernung würde die Kugel den Schädel durchdringen. Der Mann wäre tot, ehe er zu Boden stürzte.

„Beruhige dich, Maggie", hörte sie Delaney sagen, der plötzlich neben ihr war.

Die anderen blieben zurück. Turner trat endlich hervor, und sie sah, dass er unverletzt war. Es war absolut still in der Gasse, als hielten alle den Atem an. Trotzdem hatte sie weder ihre Position verändert noch die Waffe gesenkt.

„Drehen Sie sich um!" befahl sie.

„O'Dell, du kannst deine Waffe einstecken", sagte Turner, doch sie sah ihn nicht an, sondern blieb wachsam.

„Verdammt, ich habe gesagt, umdrehen!" Ihr Magen krampfte sich zusammen. Würde sie fähig sein, Stucky in die Augen zu sehen?

Er drehte sich langsam um. Ihr Finger legte sich enger um den Abzug. Sie musste den Zielpunkt nur geringfügig verändern. Im Sekundenbruchteil konnte sie neu zielen, genau zwischen seine

Augen. Eine weitere Sekunde, um den Abzug zu drücken. Sie wollte, dass er die Kugel kommen sah. Dabei sollte er ihr in die Augen schauen und spüren, wie es war, wenn ein anderer Kontrolle über das eigene Leben hatte. Sie wollte, dass er Angst bekam, sie wollte diese Angst in seinem Blick lesen.

Der Mann mit dem schmalen, eingefallenen Gesicht starrte sie aus großen Augen ängstlich an. Die Hände zitterten ihm, und er schien jeden Moment vor Angst in Ohnmacht zu fallen. Das war genau die Reaktion, von der sie geträumt hatte, die ultimative Rache.

Doch der Mann war nicht Albert Stucky.

23. KAPITEL

Früher Dienstagmorgen,
31. März

Maggie öffnete Delaney wortlos die Tür ihres Hotelzimmers. Ohne ihn hereinzubitten, wandte sie sich ab, ging ins Zimmer zurück und setzte das unruhige Auf- und Abgehen fort. Aus den Augenwinkeln sah sie ihn zögern und schließlich eintreten. Er hielt den Türknauf fest und machte den Eindruck, als würde er lieber flüchten. Sie fragte sich, wie er und Turner ausgemacht hatten, wer von beiden mit ihr reden sollte. Hatte Delaney eine Münze geworfen und verloren?

Sie beachtete ihn nicht, wie er durch den Raum ging, bemüht, ihren Weg nicht zu kreuzen. Er setzte sich an einen kleinen Tisch, der wackelte, als er den Ellbogen darauf stemmte, nahm ihren Plastikbecher hoch, schraubte die Miniflasche Scotch auf und roch an beidem, ehe er es zurückstellte. Er hatte die Hemdsärmel aufgerollt, die Krawatte abgelegt, und der Kragen stand offen. Er wirkte müde, als er über die Bartstoppeln im Gesicht rieb und sich dann durch das schütter werdende Haar fuhr. Sie würde ihn sprechen lassen. Sie hatte weder Lust zu reden, noch sich eine Lektion anzuhören. Warum konnte man sie nicht einfach in Ruhe lassen?

„Wir machen uns Sorgen um dich, Maggie."

Es ging also los. Er begann mit einem schwachen Hieb, indem er von Sorge und Fürsorge und dem ganzen Quark redete. Außerdem nannte er sie beim Vornamen. Das wurde ernst. Sie wünschte fast, Turner wäre an seiner Stelle gekommen. Der würde wenigstens ein bisschen herumschreien.

„Es besteht kein Grund zur Sorge", erwiderte sie ruhig.

„Sieh dich doch an. Du bist ein solches Nervenbündel, dass du nicht mal still sitzen kannst."

Sie schob die Hände tief in die Hosentaschen und merkte entsetzt, wie weit ihr die Hose geworden war. Wann hatte sie so viel Gewicht verloren? Sie ging weiter auf und ab, die Hände in den Taschen, damit Delaney nicht merkte, wie sehr sie seit ihrer Rückkehr zitterte.

„Es war ein bedauerlicher Irrtum", verteidigte sie sich, ehe er ihr einen Vorwurf machte.

„Natürlich war es das."

„Von hinten sah er genau wie Stucky aus. Und warum, zum Kuckuck, hat er meine Anweisungen drei Mal ignoriert?"

„Weil er kein Englisch versteht."

Sie blieb stehen und sah ihn ungläubig an. Der Gedanke war ihr nie gekommen. Natürlich auch, weil sie absolut überzeugt gewesen war, Stucky vor sich zu haben.

„Und warum ist er vor Turner davongelaufen?"

„Wer weiß." Delaney presste sich die Finger auf die Augen. „Vielleicht ist er illegal hier. Der Punkt ist, Maggie, du hast ihn nicht nur dazu gebracht, sein Kalbsschnitzel auf den Asphalt zu werfen, du hättest ihm auch fast den Kopf weggepustet."

„Das habe ich nicht. Ich habe mich an die Vorschriften gehalten. Ich konnte Turner nicht sehen, ich konnte nicht sehen, was dieser blöde Idiot in den Händen hielt, und er reagierte nicht. Was zum Teufel hättest du getan, Delaney?"

Zum ersten Mal sahen sie sich in die Augen, und sie hielt seinen Blick trotz seines sichtlichen Unbehagens fest.

„Ich hätte wahrscheinlich dasselbe getan." Bei diesem Eingeständnis wandte er den Blick ab.

Maggie bemerkte eine Spur Verlegenheit. Offenbar steckte mehr hinter diesem Besuch als Sorge oder die Erteilung einer Verwarnung. Sie wappnete sich, an die Kommode gelehnt, dem einzig soliden Möbelstück im Raum.

„Was ist los, Delaney?"

„Ich habe Cunningham informiert", sagte er, sah kurz auf und senkte den Blick. „Ich musste ihm mitteilen, was passiert ist."

„Verdammt, Delaney!" schimpfte sie halblaut und ging wieder hin und her, um ihren Ärger abzureagieren.

„Wir machen uns Sorgen um dich, Maggie."

„Ja, richtig."

„Du hast mir eine Heidenangst gemacht. Ich konnte sehen, wie gern du abgedrückt hättest."

„Aber ich habe nicht, oder? Zählt das denn gar nicht? Ich habe den verdammten Abzug nicht gedrückt!"

„Nein, diesmal nicht."

Sie blieb am Fenster stehen, sah auf die Lichter der Plaza hinab und biss sich auf die Unterlippe. Sie wollte nicht weinen und kniff gegen die aufsteigenden Tränen die Augen zusammen. Delaney hinter ihr blieb still, und sie drehte ihm weiter den Rücken zu.

„Cunningham möchte, dass du nach Quantico zurückkommst", sagte er mit leiser, bedauernder Stimme. „Er schickt Stewart her, um deinen Job zu übernehmen. Er ist in ein paar Stunden hier. Du musst dir wegen des Vortrags am Morgen keine Gedanken machen."

Sie sah unten einige Autos über die Kreuzung fahren. Aus dieser Höhe erinnerte die Szene an ein Videospiel in Zeitlupe. Die Straßenlampen flackerten und schienen nicht zu wissen, ob sie in der heraufziehenden Morgendämmerung brennen bleiben oder ausgehen sollten. In weniger als einer Stunde würde Kansas City erwachen, und sie war noch nicht mal im Bett gewesen.

„Hast du Cunningham wenigstens von Rita erzählt?"

„Ja."

Da er nichts weiter sagte, wandte sie sich ihm hoffnungsvoll zu. Sie sah ihn forschend an und fragte: „Glaubt er, dass es Stucky war?"

„Ich weiß nicht. Er hat nichts gesagt, und ich habe nicht gefragt."

„Vielleicht möchte er, dass ich zurückkomme, um an dem Fall mitzuarbeiten?"

Wieder wich Delaney ihrem Blick aus und starrte auf die Tischplatte. Sie wusste auch ohne eine Antwort, dass sie falsch lag.

„Mein Gott, Cunningham glaubt auch, ich drehe durch", sagte sie ruhig und wandte sich wieder dem Fenster zu. Sie legte die Stirn gegen das kühle Glas und hoffte, es beruhige ihre Nerven. Warum konnte sie nicht einfach aufgeben? Warum empfand sie so viel Zorn und hatte das Gefühl, eine Niederlage eingesteckt zu haben?

Nach langem Schweigen hörte sie Delaney aufstehen und zur Tür gehen.

„Ich habe bereits alles für dich arrangiert. Dein Flug geht kurz nach eins heute Mittag. Ich habe heute keine Vorträge, deshalb kann ich dich zum Flughafen fahren."

„Mach dir keine Mühe. Ich nehme ein Taxi", sagte sie reglos.

Sie hörte ihn unschlüssig warten und weigerte sich, ihn anzusehen. Sie wollte ihm nicht die Absolution erteilen, ohne die er sich schuldig fühlen würde. Unten auf der Straße füllten immer mehr Autos das Videospiel, schwarze, rote, weiße blieben stehen und fuhren wieder an.

„Maggie, wir machen uns alle Sorgen um dich", wiederholte er, als sei das Erklärung genug.

„Ja, klar." Sie zeigte, wie gekränkt und verärgert sie war.

Sobald sich die Tür leise hinter ihm schloss, ging sie hin und legte die Sicherheitskette vor. Mit dem Rücken an die Tür gelehnt, wartete sie, dass Zorn und Enttäuschung abebbten. Warum konnte sie es nicht akzeptieren oder wenigstens gelassen hinnehmen? Sie musste heim in ihr neues riesiges Tudorhaus mit dem nagelneuen, hochmodernen Sicherheitssystem und den in Kisten verpackten Habseligkeiten. Sie musste sich von diesem Fall lösen, ehe sie sich so sehr hineinsteigerte, dass es kein Zurück mehr gab.

Gegen die Tür gepresst, starrte sie an die Decke und wartete, dass sie ruhiger wurde und ihr gesunder Menschenverstand zurückkehrte. Kurz entschlossen ging sie in den Raum, riss sich die Kleidung herunter und war in null Komma nichts umgezogen: Jeans, Sweatshirt und ein altes Paar Nikes. Sie legte das Schulterholster an, schob ihr Abzeichen in die Gesäßtasche der Jeans und schlüpfte in ihre FBI-Windjacke.

Ihre forensischen Utensilien hatte sie zwar seit Monaten nicht benutzt, verreiste jedoch nie ohne. Sie nahm einige Latexhandschuhe heraus, einige Beweisbeutel, eine Chirurgenmaske für das Gesicht und stopfte sich alles in die Jackentasche.

Es war fast sechs Uhr früh. Ihr blieben nur sechs Stunden, aber sie würde diese Stadt nicht verlassen, ohne Albert Stucky mit dem Tod an Rita in Verbindung zu bringen. Und es war ihr gleich, ob das bedeutete, jeden Müll- und Speisecontainer in Westports Marktviertel zu kontrollieren. Von neuer Energie beflügelt, schnappte sie sich die Schlüsselkarte ihres Zimmers und ging.

24. KAPITEL

„He, Lady. Was zum Teufel suchen Sie?"

Maggie blickte über die Schulter, hörte aber nicht auf zu suchen. Sie steckte knietief im Abfall. Ihre Nikes waren fleckig von Barbecuesauce, ihre Handschuhe klebten, und ihre Augen brannten von der stinkenden Mischung aus Knoblauch, Mottenkugeln, verdorbenem Essen und menschlichen Fäkalien.

„FBI!" rief sie durch die Gesichtsmaske und drehte sich so, dass er die gelben Buchstaben auf ihrer Jacke lesen konnte.

„Scheiße! Kein Witz? Kann ich helfen?"

Sie sah ihn an und widerstand der Versuchung, sich eine Strähne aus dem Gesicht zu wischen. Stattdessen wedelte sie nach den Fliegen, die sie offenbar als Eindringling in ihr Territorium betrachteten. Der Mann war jung, wahrscheinlich Anfang zwanzig. Über seiner Wange verlief eine frische, rosa hervortretende Narbe. Eine rote Delle im Nasenbein ließ auf einen kürzlichen Bruch schließen. Maggie sah sich rasch in der Gasse um und fragte sich, ob der Rest seiner Gang irgendwo in der Nähe war.

„Ich habe mehr Hilfe, als ich brauchen kann. Die Cops von Kansas City sind ein paar Müllbehälter weiter", log sie, erfreut, als der Knabe sofort nervös wurde. Er sah schnell nach rechts und links und verlagerte das Gewicht fluchtbereit von einem Fuß auf den anderen.

„Na dann, viel Glück." Anstatt sich für eine Richtung zu entscheiden, verschwand er durch die Hintertür eines Lagerhauses.

Sie schubste einen prallen Abfallbeutel beiseite, ohne den Inhalt zu begutachten. Stucky würde nichts in einem Abfallbeutel verstecken. Er hatte seine Überraschungen stets offen sichtbar zurückgelassen, damit sie leicht von ahnungslosen Bürgern entdeckt werden konnten. Vielleicht vergeudete sie ihre Zeit, Abfallcontainer zu durchsuchen.

In dem Moment entdeckte sie die Ecke eines weißen Speisebehälters aus Pappe. Langsam ging sie näher heran, bei jedem Schritt das Bein hebend, wie beim Waten durch Wasser, und ignorierte das Quatschen unter ihren Füßen. Die letzten Behälter hatten ein grünes Frikadellensandwich und schimmelige Rippchen enthalten. Trotzdem beschleunigte sich ihr Puls, sobald sie einen neuen entdeckte. Sie spürte geradezu das Adrenalin in den Adern, als sie die Fliegen verscheuchte und schrumpelige Salatblätter, Zigarettenkippen und Fetzen von Alufolie wegwischte.

Vorsichtig hob sie den Behälter hoch, hielt ihn gerade und stellte ihn auf dem Rand des Abfallcontainers ab. Die Verpackung war etwa so groß wie für einen kleinen Kuchen oder eine Pastete, ausreichend Platz für eine Niere oder Lunge. Beide Organe benötigten nicht viel Raum. Eine Lunge von Stuckys Opfer hatte sie bereits in einem Behältnis von der Größe eines Sandwiches entdeckt.

Obwohl der Morgen feucht und kühl war, rann ihr Schweiß den Rücken hinab. Vermutlich stank sie inzwischen wie der Müll, in dem sie steckte. Sie atmete zur Beruhigung tief durch, und die Chirurgenmaske klebte ihr an Mund und Nase. Sie drückte den Verschluss des Behälters auf und hob den Deckel. Der Gestank ließ sie den Kopf abwenden und die Luft anhalten. Nach einigen Sekunden sah sie wieder hin. Wer hätte gedacht, dass vergammelte Spaghetti Alfredo wie faule Eier stanken? Zumindest hielt sie es dafür. Ohne den graugrünen Schimmelfilm abzuheben, war es nicht eindeutig zu klären.

„Was Interessantes gefunden?"

Die tiefe Stimme erschreckte sie. Hatte der junge Gangster es sich anders überlegt? Sie hielt sich am Rand des Containers fest, um nicht auszurutschen und rückwärts in den Abfall zu fallen. Als sie sich umdrehte, sah sie sich Detective Ford gegenüber. Allerdings erkannte sie ihn heute Morgen kaum. Genau wie sie war er in Straßenkleidung, Jeans, graues Sweatshirt mit Kapuze und eine Baseballkappe der Kansas City Royals. Ohne Krawatte und Anzug und ohne seinen älteren Partner wirkte er viel jünger.

Sie zog die Chirurgenmaske herunter und ließ sie um den Hals baumeln. „Ich finde, wir werfen in diesem Land entschieden zu viele Lebensmittel weg", erklärte sie, ließ den Essensbehälter fallen und watete zu dem Ende des Containers, wo sie eine Milchkiste abgestellt hatte, um leichter ein- und aussteigen zu können.

„Ich hatte keine Ahnung, dass das FBI solche Dinge untersucht."

Sie sah ihn an, um festzustellen, ob das ein Vorwurf war, doch er lächelte.

„Sind Sie im Undercover-Einsatz, oder haben Sie frei?" fragte sie, deutete auf seine Baseballkappe und zog ihre Latexhandschuhe aus.

„Dasselbe könnte ich Sie fragen."

„Ich hatte heute Morgen einige Stunden frei", erwiderte sie, als erkläre das, warum sie knietief durch Müll watete.

„He, Ford, wo zum Teufel steckst du?" erklang eine vertraute Stimme.

„Hier drüben!" antwortete Detective Ford.

Noch ehe sie ihn sehen konnte, spürte Maggie das nervöse Flattern im Bauch. Nick Morrelli war so attraktiv, wie sie ihn in Erinnerung hatte, groß, schlank, mit selbstsicherem Gang. Auch er trug Jeans und dazu ein rotes Sweatshirt der Nebraska Cornhuskers. Er trat neben Ford, ehe er sie sah. Als er sie erkannte, lächelte er, dass sich tiefe Grübchen in den Wangen zeigten.

„Maggie?"

Sie warf die klebrigen Handschuhe zusammen mit der heruntergerissenen Chirurgenmaske in den Abfall.

„Hallo, Nick." Sie gab sich gelassen, während sie die restlichen Schritte aus dem Container watete, war sich jedoch unangenehm des Interesses bewusst, das die Fliegen an ihr zeigten. Sie schlug nach ihnen und strich sich einige Haarsträhnen aus dem Gesicht hinter die Ohren.

„Stimmt ja, ich vergesse immer, dass ihr euch kennt." Ford lächelte. „Maggie hat heute Morgen einige Stunden frei", erklärte er Nick.

„Mein Gott, ist das schön, dich zu sehen, Maggie."

Sie spürte ihre Wangen warm werden.

„Es ist vielleicht nicht ganz so schön, mich zu riechen", erwiderte sie, um keine Sentimentalität aufkommen zu lassen.

Sie packte den Rand des Containers und schwang ein Bein über die Seitenwand. Mit dem Fuß tastete sie nach der Milchkiste. Ehe sie sie fand, fasste Nick sie hilfreich bei der Taille und hob sie herunter. Dabei rieb ihre Hüfte an seiner Brust entlang. Sofort nahm sie den schwachen Duft seines Cologne wahr, obwohl ihre Nase den Morgen über durch Gestank arg strapaziert worden war.

Nick hielt sie noch fest, als sie längst auf dem Boden stand. Sie vermied es jedoch, ihn anzusehen. Sie blickte keinen der Männer an, da sie einen Moment brauchte, um sich zu sammeln. Verdammt, sie war kein Schulmädchen mehr, warum war sie so befangen?

Sie gab sich beschäftigt, indem sie unter den Augen der beiden klebrigen Abfall von Beinen und Schuhen wischte. Als sie aufblickte, sah sie Nick immer noch nicht an, aus Sorge, er könnte wieder durchschauen, was in ihr vorging.

„Also", begann Ford schließlich und sah in den Abfallcontainer. „Haben Sie was Interessantes entdeckt?" Sie fragte sich, ob Turner und Delaney ihm etwas von ihrer Besessenheit in puncto Stucky erzählt hatten. Hatte Detective Ford miterlebt, wie sie gestern beinahe ausgerastet war? Und was hatte er mit Nick besprochen? Sie glaubte ihm keinen Moment, er habe vergessen, dass sie sich kannten. Immerhin hatte er Nick zu ihrem Dinner gestern eingeladen. War Nick möglicherweise nicht erschienen, um einer Begegnung mit ihr auszuweichen? Schließlich hätte er sie längst anrufen können ... Sie spürte, wie er sie musterte, doch er machte keine große Sache aus ihrem Wiedersehen.

„Nein, ich habe nichts gefunden", erwiderte sie schließlich. Sie wollte das Thema wechseln, ehe Detective Ford feststellte, dass sie nach Körperteilen suchte und nicht nach übersehenen Beweisstücken. „Ist das jetzt Ihr Fall?"

„Nicht offiziell. Aber wahrscheinlich werden Milhaven und ich heute ein paar Überstunden dranhängen. Heute ist eigentlich mein freier Tag. Nick und ich wollten gerade zu einem frühen Lunch gehen."

„Und dann nehmen Sie immer die kleinen Gassen?"

Ford grinste und sah Nick an. „Sie lässt keinem was durchgehen, oder?"

„Nein, bestimmt nicht." Nick sah ihr in die Augen, und ihr war klar, dass seine Bemerkung mehr als eine Bedeutung hatte. Sie dachte an intime Momente mit ihm und an Intimitäten, die sie sich versagt hatten.

„Also kommen Sie, Detective Ford." Sie musste das Ganze scherzhaft angehen und die joviale Stimmung ausnutzen. Ford sollte nicht merken, dass sie sich in seine Zuständigkeiten einmischte. Sie hatte genügend Schwierigkeiten mit Cunningham.

„Sie sind auch hergekommen, um sich die Sache noch mal anzusehen, richtig?"

„Okay, Sie haben mich erwischt." Er gab sich mit erhobenen Händen geschlagen. „Ich habe Nick von dem Vorfall gestern Abend erzählt."

Maggie erschrak und fragte sich erneut, worüber genau sie gesprochen hatten. Nick kannte die ganze grässliche Geschichte von ihr und Stucky, und er hatte ihre Albträume hautnah miterlebt. Doch sie gab sich jetzt nüchtern, sachlich, als sei der Mord von gestern Abend eine ganz normaler gewesen. Ob Ford glaubte, sie drehe durch, war ihr relativ egal, was Nick glaubte, war ihr wichtig. Sie wartete, und Ford fügte hinzu:

„O'Dell, Sie haben gestern Abend meine Neugier geweckt."

„Wie das?"

„Dieses ganze Gerede von Albert Stucky hat mich nervös gemacht."

Sie sah von Ford zu Nick, um festzustellen, ob man sie ernst nahm. Falls das für Ford nur eine Einleitung war, um ihr mit tröstlichem Schulterklopfen mitzuteilen, dass sie sich irrte, brauchte sie ihren Atem nicht für eine Antwort zu vergeuden.

„Halten Sie mich für paranoid?" Sie konnte es nicht ändern, ihr Ärger klang durch. Nick bemerkte es besorgt, und Ford schien verwirrt.

„Nein, so habe ich das überhaupt nicht gemeint. Na ja, das stimmt nicht ganz. Gestern Nacht dachte ich schon in die Richtung."

„Albert Stucky verfügt über die finanziellen Mittel und die Intelligenz, überall und jederzeit zuzuschlagen. Glauben Sie ja nicht, Kansas City sei sicher, nur weil er den Mittleren Westen bisher verschont hat." Na bravo, sie hatte ihren Zorn unterdrücken wollen. Es ärgerte sie, dass sie nur bei der Erwähnung des Namens Stucky in die Luft ging. Wieder wich sie Nicks Blick aus, und wieder spürte sie, dass er sie beobachtete.

Ford sah sie an, aber nicht vorwurfsvoll. Er schien eher zu warten, dass sie ihre Tirade beendete. „Kann ich jetzt etwas sagen?"

„Jederzeit." Maggie wappnete sich mit vor der Brust verschränkten Armen und tat ihr Bestes, herausfordernd auszusehen. Ein neu erworbenes Talent.

„Gestern Abend habe ich gedacht, warum soll sich dieser Stucky von der Ostküste ausgerechnet nach Kansas City begeben? Ich weiß, dass Serienmörder sich gewöhnlich an vertrautes Terrain halten. Aber bevor ich mich heute Morgen mit Nick traf, habe ich an der Autopsie Ihrer Freundin Rita teilgenommen."

Detective Ford sah Nick an, denn offenbar kam jetzt das, worüber sie gesprochen hatten. Er richtete den Blick wieder auf Maggie, wartete, dass er ihre volle Aufmerksamkeit hatte, und sagte: „Unserem Opfer fehlt die rechte Niere."

25. KAPITEL

Tully sah auf seine Uhr. Dass er sich zu einem Termin verspätete, war untypisch für Cunningham. Tully lehnte sich zurück und wartete. Vielleicht ging seine Uhr wieder vor. Laut Emma war sie altmodisch und uncool.

Er studierte die große Karte an der Wand hinter dem Schreibtisch seines Chefs. Es war Cunninghams persönliches Logbuch für seine zwanzig Jahre als Leiter der Unterstützenden Ermittlungseinheit. Jede Stecknadel kennzeichnete einen Tatort, an dem ein Serienkiller zugeschlagen hatte. Und jeder Täter war mit einer besonderen Farbe von Stecknadel markiert. Tully fragte sich, wann seinem Chef die Farben ausgingen? Es gab bereits Wiederholungen. Purpur, helles Purpur und durchscheinendes Purpur.

Er wusste, dass sein Chef an einigen der schaurigsten Fälle gearbeitet hatte, einschließlich des Falles von John Wayne Gacy und dem Green River Killer. Im Gegensatz dazu war er ein absoluter Neuling mit nur sechs Jahren Erfahrung im Erstellen von Täterprofilen und das auch noch am Schreibtisch und nicht im Außendienst. Er fragte sich, wie man es schaffte, jahrzehntelang tagein, tagaus mit solchen Brutalitäten zu leben, ohne depressiv oder zynisch zu werden.

Er sah sich im Büro um. Alle Utensilien auf dem Schreibtisch, ein lederner Terminkalender, zwei Bic-Schreiber mit intakten Kappen (wie schaffte der das?), ein schlichter Notizblock ohne Kritzeleien in den Ecken und ein Namensschild aus Messing lagen gerade wie mit einem Lineal ausgerichtet. Tully fiel auf, dass das aufgeräumte, kühl wirkende Büro nichts Persönliches enthielt. Keine Sweatshirts in der Ecke, keine Miniatur-Basketbälle, nicht ein Foto. Tully wusste kaum etwas über das Privatleben seines Chefs.

Er hatte einen Ehering bemerkt, doch Cunningham schien in Quantico zu leben. Er verlegte nie Termine, weil Fußballspiele der Kinder oder Schulaufführungen oder ein Besuch der Kinder im College anstanden. Bisher hatte er alle Termine gehalten. Nein, Tully wusste nichts über den ruhigen, leise sprechenden Mann, der zu den Respektspersonen beim FBI gehörte. Doch der Preis, um das zu werden, war wohl hoch.

„Verzeihen Sie, dass ich Sie warten ließ", sagte Cunningham, eilte herein, zog sein Jackett aus und hängte es über die Sessellehne, ehe er sich setzte. „Was haben Sie herausgefunden?"

Dieses forsche Direkt-auf-den-Punkt-Kommen hatte Tully

anfänglich irritiert, da er die verbindlichere Art des Mittleren Westens gewöhnt war. Inzwischen war ihm die Direktheit sehr lieb, da sie ihn des Zwangs zu belangloser Plauderei enthob. Allerdings verhinderte das auch, sich privat auszutauschen.

„Ich habe soeben die Akten erhalten, die uns die Polizei von Kansas City gefaxt hat."

Er holte eine Zusammenfassung heraus, prüfte, ob es die richtige war, und reichte sie Cunningham. Der setzte seine Brille auf.

Tully fuhr fort: „Die ersten Autopsieberichte nennen die durchschnittene Kehle als Todesursache. Keine Verteidigungswunden oder andere Verletzungen. Es gab einen Einschnitt in der rechten Seite des Opfers. Die rechte Niere wurde entfernt."

„Hat man das Organ gefunden?"

„Nein, noch nicht. Aber die Polizisten vor Ort haben nicht gleich danach gesucht. Vielleicht wurde sie gefunden, jemand wusste nicht, was es war, und hat sie weggeworfen."

Tully wartete geduldig und beobachtete seinen Boss, während der las. Cunningham legte den Bericht auf den Tisch, lehnte sich zurück und rieb sich mit einer Hand über das Kinn.

„Wie sehen Sie die Sache, Agent Tully?"

„Das Timing stimmt nicht. Es ist viel zu früh nach dem Tod der Pizzalieferantin. Und es ist viel zu weit weg, völlig außerhalb seines Territoriums. Es gab wieder einen Fingerabdruck, einen Daumen. Und wieder sah es so aus, als sei er absichtlich hinterlassen worden – an einem Schirm, der dem Opfer gehörte. Die Fingerabdrücke des Opfers haben wir nicht darauf gefunden. Die waren eindeutig abgewischt, ehe der Daumenabdruck gemacht wurde. Aber er passt auch diesmal nicht zu Stucky."

Cunningham blickte mit gefurchter Stirn und leicht verengten Augen auf den Bericht und klopfte sich mit dem Zeigefinger an die Lippen. Tully kam es so vor, als seien die Linien in seinem Gesicht heute deutlicher ausgeprägt und das Grau im Haar mehr geworden.

„Ist es nun Stucky oder nicht?"

„Der Modus Operandi gleicht dem von Stucky. Es gab nicht genügend Berichte in den Medien, einen Nachahmungstäter zu motivieren, und es blieb auch nicht genügend Zeit dazu. Der Fingerabdruck könnte jemand gehören, der zufällig am Fundort war. Ein Kellner hat die Ermordete entdeckt. Es gibt Spekulationen, dass der Fundort kontaminiert wurde. Kansas City faxt eine Kopie vom Abdruck zu den Jungs vom CJIS in Clarksburg. Dann sehen wir, ob er mit dem unidentifizierten Abdruck von Newburgh Heights übereinstimmt. Es kann gut sein, dass er von einer Privatperson stammt, die zufällig an den Fundort kam, nachdem alles abgewischt worden war."

„Okay, gehen wir mal davon aus. Was ist, wenn es Stucky war?"

Tully wusste genau, worauf Cunningham hinauswollte, aber der wollte es offenbar ausgesprochen hören, um das Offensichtliche bestätigt zu bekommen.

„Falls es Stucky war, ist er O'Dell nach Kansas City gefolgt. Er versucht sie wahrscheinlich wieder in diese Sache hineinzuziehen."

Cunningham sah auf seine Armbanduhr. „Sie müsste jetzt auf dem Rückweg sein."

„Ich habe das überprüft, Sir. Ich wollte sie vom Flughafen abholen. Sie hat den Flug geändert, sie kommt mit einer späteren Maschine."

Cunningham seufzte kopfschüttelnd, griff nach dem Telefon und gab einige Zahlen ein.

„Anita, haben Sie die Telefonnummer von Spezialagentin Margaret O'Dell im Hotel in Kansas City?" Er lehnte sich zurück und wartete.

Tully stellte sich die methodische Anita vor, wie sie rasch ihre Notizen durchging. Cunningham hatte die Sekretärin von seinem Vorgänger übernommen und verließ sich in wichtigen Dingen auf ihre Erfahrung und Sachkenntnis. Anita war vermutlich noch gewissenhafter als ihr Boss, falls das überhaupt möglich war.

„Gut", sagte Cunningham ins Telefon. „Würden Sie sich bitte mit ihr in Verbindung setzen oder ihr zumindest eine Nachricht zukommen lassen? Gabeln Sie sie auf, falls sie schon aus dem Hotel heraus ist. Ich will, dass sie morgen früh um acht in meinem Büro erscheint."

Er zögerte, lauschte und rieb sich den Nasenrücken unter der Brille. „Oh ja, das hatte ich vergessen. Dann sagen Sie O'Dell, um neun Uhr. Danke, Anita." Er legte auf und sah Tully abwartend an.

„Wie lange wollen Sie sie noch aus diesem Fall heraushalten?" fragte Tully schließlich das Naheliegende.

„Solange es nötig ist."

Tully musterte seinen Chef, konnte dessen undurchdringliche Miene jedoch nicht deuten. Er respektierte ihn, kannte ihn allerdings nicht gut genug, um einzuschätzen, wie sehr er ihn bedrängen durfte. Er versuchte es.

„Ihnen ist klar, dass sie diese Sache auf eigene Faust überprüft. Wahrscheinlich nimmt sie deshalb die spätere Maschine."

„Umso mehr Grund, sie herzuzitieren." Cunningham sah ihn mahnend an, er solle vorsichtig sein. „Was gibt es sonst noch in Newburgh Heights?"

„Wir haben den Wagen der Pizzalieferantin gefunden. Er stand auf dem Langzeitparkplatz am Flughafen, gleich neben einem Van der Telefongesellschaft, der vor einigen Wochen als gestohlen gemeldet wurde."

„Ich wusste es." Cunningham lehnte sich wieder zurück und trommelte mit den Fingern auf die Schreibtischplatte. „Stucky hat das schon mal gemacht. Er stiehlt vom Langzeitparkplatz am Flughafen einen Wagen oder manchmal nur die Kennzeichen. Wagen oder Kennzeichen kann er zurückbringen, ehe die Besitzer etwas merken. Hat die Spurensicherung sich den Wagen vorgenommen?"

Tully nickte und ging die Informationen über den Wagen durch. „Es ist unwahrscheinlich, dass die was finden. Er war ziemlich sauber. Im Innern haben wir allerdings zwei Lieferzettel entdeckt."

Er griff in eine Akte und holte ein zerrissenes und ein zerknülltes Stück Papier hervor. Beide hatten im Auto des Mädchens auf dem Boden gelegen. Ein roter Fleck in einer Ecke erwies sich als Pizzasauce, nicht als Blut. Tully reichte beide Zettel über den Tisch. „Der zerrissene ist von der ersten Tour. Nummer vier auf der Liste ist Agentin O'Dells neue Adresse."

Cunningham beugte sich vor und stemmte die Ellbogen auf die Schreibtischplatte. Zum ersten Mal in den drei Monaten, die er hier arbeitete, sah Tully Verärgerung im Gesicht seines Chefs, der die dunklen Augen verengte und fast das Papier zerknüllte.

„Also weiß der verdammte Mistkerl nicht nur, wo sie lebt, er beobachtet sie auch."

„Sieht so aus. Als ich mit Delaney sprach, erzählte er, dass die tote Kellnerin in Kansas City am Sonntagabend mit ihnen geredet und gescherzt hatte. Der Täter sucht sich vielleicht Frauen aus, die Kontakt mit O'Dell hatten, damit sie sich schuldig fühlt."

„Wieder so ein gottverdammtes Spielchen von ihm. Er ist immer noch besessen von O'Dell. Ich wusste es. Ich wusste, dass er sie nicht in Ruhe lässt!"

„Scheint so zu sein. Darf ich dazu noch etwas sagen, Sir?"

„Natürlich."

„Sie haben mir angeboten, dass mir ein zweiter Agent in diesem Fall helfen könnte. Sie haben mir auch die Unterstützung eines Kriminalpsychologen angeboten, was O'Dell ist. Sie sagten auch, dass wir jemand an der Hand haben, der medizinisch relevante Fragen beantworten kann. Wenn mich nicht alles täuscht, hat O'Dell Medizin studiert."

Tully zögerte, um Cunningham die Möglichkeit zum Einwand zu geben. Doch der sah ihn nur abwartend mit stoischer Miene an.

„Anstatt drei oder vier Leute zur Unterstützung fordere ich nur offiziell Agentin O'Dell an. Falls Stucky es wieder auf sie abgesehen hat, ist sie vielleicht die Einzige, die uns helfen kann."

Tully machte sich auf Ärger oder zumindest Unmut gefasst, doch Cunninghams Miene blieb unverändert.

„Ich werde Ihre Bitte sorgfältig prüfen", sagte er. „Lassen Sie mich wissen, was Sie in Kansas City sonst noch herausfinden."

„Ja, Sir", erwiderte Tully und stand auf, da er erkannte, dass er entlassen war. Ehe er die Tür erreichte, war Cunningham schon wieder am Telefon, und Tully fragte sich, ob er seine Bitte insgeheim bereits abgelehnt hatte.

26. KAPITEL

Maggie konnte es nicht abwarten, ihre feuchte, stinkende Kleidung loszuwerden. Die Reaktionen der Menschen in der Hotellobby hatten ihren Verdacht bestätigt – sie stank. Zwei Leute bestanden darauf, den Fahrstuhl wieder zu verlassen, und die Wackeren, die mit ihr hinauffuhren, sahen aus, als hätten sie vierundzwanzig Stockwerke lang die Luft angehalten.

Detective Ford hatte sie und Nick vor dem Eingang abgesetzt und war nach Haus gefahren, um seiner Frau zu erklären, warum er an seinem freien Tag wie ein Müllcontainer stank. Nicks Zimmer lag im Südturm des riesigen Hotelkomplexes, was erklärte, warum sie sich nicht früher über den Weg gelaufen waren. Was darüber hinaus bedeutete, dass zwei Fahrstühle desinfiziert werden mussten.

Zu dritt hatten sie Stunden damit verbracht, Müllbehälter und Eimer zu durchwühlen und auf Tischen im Freien, Fenstersimsen, Feuerleitern und in Blumenkästen nach abgestellten Speisebehältern zu suchen. Maggie hatte nicht mal bemerkt, wie die dicken, dunklen Gewitterwolken herangerollt waren, bis der Wolkenbruch losbrach und sie Schutz suchen mussten. Wäre sie allein gewesen, sie hätte die Suche fortgesetzt. Der Regen tat ihr gut, lockerte ihre Anspannung und vertrieb ein wenig ihren Gestank. Doch die Blitze und das Donnergrollen machten sie nervös.

Detective Ford hatte ihr versichert, dass Albert Stucky natürlich ein Verdächtiger im Mordfall Rita war, auch wenn sie die fehlende Niere nicht gefunden hatten. Sie verstand nicht ganz, warum Stucky von seinem Schema abgewichen war. Oder hatte irgendjemand den Speisebehälter mit nach Hause genommen? War es möglich, dass jemand ihn in den Kühlschrank gestellt hatte, ohne zu ahnen, was darin war? Sie mochte gar nicht daran denken. Mehr als suchen konnten sie im Moment jedoch nicht.

Beim Betreten ihres Zimmers bemerkte sie die rote Lampe auf dem Anrufbeantworter. Sie nahm den Hörer auf und drückte die entsprechenden Nummern ein, um ihre Nachricht abzurufen. Sie war Notrufe wegen ihrer Mutter gewöhnt, die so häufig Selbstmordversuche beging, wie andere Frauen sich eine Maniküre genehmigten. Hoffentlich gaben ihre neuen Freunde auf sie Acht. Wer konnte der Anrufer sein? Es gab nur eine Mitteilung, und die war als dringend gekennzeichnet.

„Agentin O'Dell? Hier spricht Anita Glasco. Ich rufe im Auftrag des stellvertretenden Direktors Cunningham an. Er möchte Sie morgen früh um neun in seinem Büro sprechen. Bitte rufen Sie zurück, falls Sie den Termin nicht halten können. Danke und eine sichere Heimreise, Maggie."

Anitas beruhigende Stimme ließ Maggie lächeln. Die Nachricht als solche machte sie leicht nervös. Sie lauschte den Anweisungen im Hörer, drückte die angegebene Nummer, um die Nachricht zu löschen, und legte auf. Hin und her gehend versuchte sie ihre Verärgerung zu unterdrücken. Cunningham sorgte dafür, dass sie sofort zurückkehrte. Er wusste, dass sie ihm niemals die Bitte abschlug, sie sprechen zu wollen. Sie fragte sich, was er bereits über Ritas Ermordung wusste oder ob er überhaupt erwog, sich der Sache anzunehmen. Wahrscheinlich hatte Delaney es so dargestellt, als verlöre sie den Verstand und habe sich nur eingebildet, Stucky gesehen zu haben.

Sie sah auf ihre Armbanduhr und kratzte etwas Trockenes, Verkrustetes vom Glas. Ihr blieben noch sechs Stunden bis zu ihrem umgebuchten Abendflug. Es war der Letzte heute nach Washington. Wenn sie den Termin mit Cunningham morgen früh halten wollte, konnte sie sich keine Verzögerung mehr leisten.

Aber wie konnte sie Kansas City verlassen, solange Albert Stucky hier war, in der Nachbarschaft herumlungerte und vielleicht in dieser Minute sein nächstes Opfer aussuchte?

Sie prüfte die Tür und vergewisserte sich, dass sie abgeschlossen war. Dann legte sie die Kette vor und rammte zusätzlich die Lehne eines schräg gestellten Holzstuhles unter den Türknauf. Sie zog sich bis auf die Unterwäsche aus und stopfte ihre stinkende Kleidung in den Plastikbeutel für die chemische Reinigung. Da es immer noch roch, packte sie den Beutel in weitere Beutel, bis der Gestank eingesperrt war.

Sie nahm die Smith & Wesson mit ins Bad und legte sie auf die

Ablage. Bei offener Badezimmertür zog sie Slip und BH aus und sprang unter die Dusche.

Das prasselnde Wasser massierte ihr die Haut. Sie stellte die Temperatur so hoch, wie sie es ertrug, um nicht nur den Gestank loszuwerden, sondern auch das Kribbeln auf der Haut, das sie jedes Mal in Stuckys Nähe befiel. Sie schrubbte sich, bis die Haut rot und fast wund war, als könnte sie alle schrecklichen Erinnerungen und Erfahrungen wegwaschen.

Als sie aus der Dusche trat und den beschlagenen Spiegel freiwischte, um hineinzusehen, hatte sich jedoch nichts verändert. Ihr Blick verriet immer noch Sorge, und ihr Körper war voller Narben.

Über die größte, die unter der Brust begann und quer über den Bauch verlief, ließ sie die Fingerspitze gleiten und dachte an Stuckys Worte.

„Ich könnte dich in Sekunden aufschlitzen", hatte er gesagt, nein, eher versprochen. Da hatte sie mit dem Leben schon abgeschlossen gehabt. Er hatte sie in die Falle gelockt und gezwungen zuzusehen, wie er zwei Frauen grausam umbrachte. Und er hatte gedroht: „Wenn du die Augen schließt, hole ich mir die Nächste und mache weiter!" Und er hatte Wort gehalten.

Sie wurde die Bilder und Geräusche jener Nacht nie mehr los. Das Blut, die Schreie. Überall war Blut gewesen aus durchtrennten Adern und aufgeschlitzten Leibern.

Von Blut, Knochen und Gewebe bespritzt, halb wahnsinnig von den Schreien, was hätte er ihr da noch antun können? Sie hätte den Tod als Erlösung empfunden. Doch Stucky ließ sie mit einer ständigen Erinnerung an ihn gehen – einer großen Narbe.

Sie schnappte sich ein T-Shirt und zog es auf die noch feuchte Haut, holte einen frischen Slip aus der Kommode, stieg hinein und suchte mit tropfnassem Haar in der Minibar nach einem neuen

Fläschchen Scotch. Dem Himmel sei Dank für aufmerksames Hotelpersonal.

Ein leises Klopfen an der Tür überraschte sie. Sie ging ins Bad und holte den Revolver. Ehe sie den Stuhl unter dem Türgriff wegzog, sah sie durch den Türspion. Nicks Haar war feucht und wirr. Er trug Jeans und ein frisches weißes Oxfordhemd mit aufgerollten Ärmeln.

Sie schob den Stuhl an den Schreibtisch und steckte den Revolver in den Taillenbund. Erst als sie die Tür öffnete und Nick an ihr hinabblickte, merkte sie, dass sie keinen BH unter dem langen T-Shirt trug, das an ihrem feuchten Körper klebte.

„Das ging aber schnell", bemerkte sie und ignorierte das Kribbeln im Bauch, das Nicks Anblick ihr stets bescherte.

„Ich konnte es nicht erwarten, die Klamotten loszuwerden." Er wirkte eine Spur befangen. „Meine Schuhe muss ich wohl wegwerfen. Da klebt ein Mist dran, den ich nicht identifizieren möchte."

Seine Gegenwart störte mal wieder ihren Denkprozess. Sie fühlte sich heiß und klamm und sagte sich, das käme von der Dusche.

„Ich dachte, wir könnten vielleicht zusammen etwas essen und trinken", fuhr Nick fort. „Du hast noch Zeit bis zu deinem Flug."

„Ich ... ich sollte mir etwas anderes anziehen."

Er ließ sie nicht aus den Augen. Der Wunsch, ihn zu berühren, irritierte sie. Warum riss sie sich nicht zusammen und schloss einfach die Tür? Stattdessen hörte sie sich sagen: „Komm herein."

Er zögerte, damit sie die Einladung notfalls zurücknehmen konnte. Doch Maggie trat beiseite und gab den Weg frei. Sie ging zur Kommode und tat, als suche sie etwas, dabei holte sie nur wahllos einige Sachen heraus, damit sie ihn nicht ansehen musste.

Nick kam herein und schloss die Tür hinter sich. Sie streifte ihn nur mit einem Seitenblick, und es wurmte sie, dass ihr die Wangen warm wurden. In einem kleinen Hotelzimmer in Platte City, Nebraska, hätten sie sich beinah geliebt. Fünf Monate später spürte sie noch dieselbe erotische Anziehung wie damals. Nach allem, was sie in letzter Zeit durchgemacht hatte, fand sie das mehr als erstaunlich. Nick Morrelli weckte ihre Sinnlichkeit durch sein bloßes Erscheinen.

Sie nahm einen hochgeschlossenen weißen Pullover, weit, bequem und aus kühler Baumwolle. Dazu einen BH. „Dauert nur eine Minute", sagte sie und verschwand im dampfenden Bad.

Eilig zog sie Jeans und Pullover an, rieb sich das Haar mit dem Handtuch trocken und kämmte es zurück, ohne es zu fönen. Beim Griff nach der Smith & Wesson im Taillenbund zögerte sie, ließ die Waffe stecken und zog den weiten Pullover darüber. Mit einem prüfenden Blick in den Spiegel vergewisserte sie sich, dass nichts zu sehen war.

Während sie Socken und Schuhe anzog, stand Nick am Fenster und hielt beide Miniflaschen Scotch in den Händen.

„Hast du immer noch Albträume?" Er sah sie forschend an und stellte die Flaschen auf den Tisch zurück.

„Ja", erwiderte sie schlicht und wandte ihm den Rücken zu, als sie Ausweis, Dienstmarke und Geld einsteckte. Es behagte ihr nicht, dass Nick in ihr Leben platzte und sie auf ihre Schwächen hinwies.

„Fertig?" fragte sie, ging zur Tür und öffnete sie, ehe sie Nick einen Blick zuwarf. Fast wäre sie über das Tablett des Zimmerservice auf dem Boden gestolpert. Ein einzelner Teller stand darauf, abgedeckt mit einer silbernen Isolierhaube. Zwei leere Gläser und Besteck glänzten auf einer frischen weißen Leinenserviette.

„Hast du was beim Zimmerservice bestellt?" Sie drehte sich fragend um, doch Nick war schon an ihrer Seite.

„Nein. Und ich habe es auch nicht klopfen gehört."

Er stieg über das Tablett hinweg und blickte zu beiden Seiten den Flur entlang. Maggie lauschte. Keine schließende Tür, keine Schritte, kein fahrender Lift.

„Wahrscheinlich nur ein Irrtum", sagte Nick, doch sie spürte seine Nervosität.

Maggie kniete sich neben das Tablett. Angespannt zog sie vorsichtig mit Daumen und Zeigefinger die Leinenserviette unter dem Silber hervor. Mit der entfalteten Serviette fasste sie den Griff der Isolierhaube und hob sie sacht an. Sofort erfüllte Gestank den Flur.

„Großer Gott!" Nick wich einen Schritt zurück.

Auf dem glänzenden Essteller lag ein blutiger Klumpen, und Maggie wusste, es war Ritas fehlende Niere.

27. KAPITEL

Innerhalb von Minuten wimmelte die Hotellobby von Gesetzeshütern. Alle Ein- und Ausgänge wurden besetzt, Lifte überprüft und beobachtet, und die Treppenhäuser wurden in fünfundzwanzig Stockwerken durchsucht. Die Küche des Zimmerservice wurde besetzt und das Personal befragt. Trotz des massiven Einsatzes von Beamten war Maggie klar, dass sie ihn nicht finden würden.

In den Augen der meisten Kriminellen wäre es glatter Selbstmord, sich in einem Hotel aufzuhalten, in dem Hunderte Polizisten, Sheriffs, Kriminalbeamte und FBI-Agenten wohnten. Für Albert Stucky war es nur eine weitere anregende Herausforderung. Maggie stellte ihn sich vor, wie er irgendwo saß und sich über den Aufruhr und die vergebliche Suche nach ihm amüsierte. Deshalb hielt sie an den offenen Plätzen nach ihm Ausschau.

In der ersten Etage gab es ein Atrium mit Blick auf die Lobby.

Sie stellte sich an das Messinggeländer und schaute suchend hinunter – über die Schlange am Reservierungstresen, zum Mann am Flügel, zu den wenigen Gästen an den Bistrotischen im verglasten Café, zum Mann vom Empfang und dem Taxifahrer, der das Gepäck holte. Stucky würde sich unauffällig unter die Leute mischen, als gehöre er hierher. Sogar dem Zimmerservice wäre er nicht aufgefallen, wäre er mit weißer Jacke und schwarzer Krawatte durch ihre Küche gegangen.

„Erfolg gehabt?"

Maggie zuckte erschrocken zusammen, widerstand aber dem Reflex, nach der Waffe zu greifen.

„Entschuldige." Nick schien ehrlich zerknirscht. „Er wäre verrückt, hier zu bleiben. Ich denke, er ist längst weg."

„Stucky beobachtet mit Vorliebe, was er angerichtet hat. Die Sache macht ihm nur halb so viel Spaß, wenn er sich nicht an der Reaktion der Leute weiden kann. Die Hälfte der Beamten hier weiß nicht mal, wie er aussieht. Wenn er nur die Ruhe bewahrt, entdeckt man ihn nie. Er hat die unheimliche Fähigkeit, mit seiner Umgebung zu verschmelzen."

Maggie blieb am Geländer stehen und schaute weiter suchend hinab. Sie spürte, dass Nick sie beobachtete. Sie hatte es satt, dass alle nur nach Anzeichen eines Nervenzusammenbruchs bei ihr suchten. Allerdings war Nicks Sorge echt.

„Mir geht es gut", beantwortete sie seine unausgesprochene Frage.

„Das weiß ich. Trotzdem bin ich besorgt." Über das Geländer gebeugt, schaute er ebenfalls suchend hinab. Seine Schulter berührte ihre.

„Cunningham glaubt, er beschützt mich, indem er mich von den Ermittlungen ausschließt."

„Ich habe mich schon gefragt, warum du unterrichtest. John

sagte, es gäbe Gerüchte, du wärst ausgebrannt und am Ende deiner Nerven."

Etwas in der Art hatte sie vermutet. Es bestätigt zu bekommen war jedoch wie ein Schlag ins Gesicht. Sie strich sich das feuchte Haar hinter die Ohren. Mit dem strähnig feuchten Haar und der weiten Kleidung entsprach sie wirklich dem Bild einer durchgeknallten Agentin.

„Glaubst du das auch?" fragte sie, nicht sicher, ob sie die Antwort hören wollte.

Sie standen fast im Schulterkontakt nebeneinander an der Brüstung und blickten geradeaus. Das Schweigen dauerte zu lange.

„Ich habe John gesagt, dass die Maggie O'Dell, die ich kenne, hart wie Stahl ist. Ich habe gesehen, wie du ein Messer in den Bauch bekamst und nicht aufgegeben hast."

Eine weitere Narbe. Der verrückte Kindermörder, den sie mit Nick in Nebraska gejagt hatte, hatte sie niedergestochen und zum Sterben in einem Erdtunnel auf einem Friedhof zurückgelassen.

„Niedergestochen zu werden scheint mir leichter verkraftbar zu sein als das, was Stucky mir antut."

„Ich weiß, du willst das nicht hören, Maggie, aber ich glaube, Cunningham tut gut daran, dich aus den Ermittlungen herauszuhalten."

Diesmal sah sie ihn an.

„Wie kannst du so was sagen? Es ist doch offensichtlich, dass Stucky wieder mit mir spielt."

„Genau. Er versucht dich wieder hineinzuziehen. Warum soll man ihm den Wunsch erfüllen?"

„Aber du verstehst nicht, Nick." Sie hatte Mühe, ihre Verärgerung zu unterdrücken, und sprach betont ruhig und gelassen. Wenn sie über Stucky redete, klang sie schnell ein wenig hysterisch. „Stucky wird mich nicht in Ruhe lassen, ob ich nun an der

Jagd teilnehme oder nicht. Cunningham kann mich nicht beschützen. Stattdessen hindert er mich an der einzigen Möglichkeit, zurückzuschlagen."

„Ich vermute wohl richtig, dass er dich aufgefordert hat, die Abendmaschine nach Washington zu nehmen."

„Agent Turner soll mich abholen." Sie ließ ihrem Ärger freien Lauf. „Das ist lächerlich! Albert Stucky ist hier, in Kansas City. Ich sollte hier bleiben."

Schweigen. Sie schauten wieder suchend über die Menschenmenge in der Lobby, nah beieinander, die Ellbogen auf das Geländer gestützt, Blicke und Hände sorgsam voneinander abgewandt. Nick rückte näher, als suche er bewusst den Körperkontakt. Seine Schulter berührte sie nicht mehr zufällig, sondern blieb in ständigem Kontakt. Diese zarte Berührung war eigenartig tröstlich und vermittelte Maggie das Gefühl, in dieser Sache nicht allein zu sein.

„Du bedeutest mir immer noch viel, Maggie", sagte er ruhig, ohne sie anzusehen. „Ich dachte, ich hätte dich überwunden. Ich habe versucht, meine Gefühle zu unterdrücken. Doch als ich dich heute Morgen sah, wurde mir klar, dass sie unverändert sind."

„Ich möchte darüber nicht sprechen, Nick. Es geht einfach nicht. Nicht jetzt." Ihr Magen krampfte sich zusammen vor Nervosität und Angst. Noch mehr Emotionen verkraftete sie momentan nicht.

„Ich habe dich angerufen, als ich nach Boston gezogen bin", fuhr er ungeachtet ihrer Erwiderung fort.

Sie streifte ihn mit einem Seitenblick. War das eine Masche? Der jungenhaft charmante Draufgänger, der Frauenheld konnte sich doch nicht so schnell verändert haben.

„Ich habe keine Nachricht erhalten", erwiderte sie, einerseits neugierig, aber auch bereit, seinen Bluff zu entlarven, falls es einer war.

„Quantico hat mir nicht verraten, wo du bist oder wann du zurückkommst. Nicht mal, als ich ihnen sagte, ich arbeite für das Büro des Bezirksstaatsanwaltes von Stafford County." Er sah sie flüchtig an und lächelte. „Die waren nicht beeindruckt."

Das war eine sichere Geschichte, die sie weder bestätigen noch widerlegen konnte. Sie sah konzentriert in die Lobby. Unten schoben drei Männer Gepäck hinter einer Frau mit einem englischen Regenmantel her, der nicht einen einzigen Regentropfen aufwies.

„Schließlich habe ich Gregs Anwaltskanzlei angerufen."

„Du hast – was?"

Sie drückte sich vom Geländer ab, wartete, bis er dasselbe tat, und betrachtete ihn aufmerksam.

„Keiner von euch steht im Telefonbuch", verteidigte er sich. „Ich dachte mir, die Anwaltskanzlei von Brackman, Harvey und Lowe sei verständnisvoller und könne es nachvollziehen, wenn jemand aus dem Büro des Distriktstaatsanwaltes einen ihrer Anwälte nach Dienstschluss sprechen möchte."

„Du hast mit Greg gesprochen?"

„Ungewollt. Ich hatte gehofft, dich an den Apparat zu bekommen. Falls Greg abnahm, wollte ich ihm erzählen, ich müsste mit dir über eine ungeklärte Sache in Nebraska sprechen. Schließlich wusste ich, dass du immer noch nach Pater Keller suchst."

„Aber Greg hat es dir nicht abgekauft."

„Nein." Leicht verlegen fuhr er fort: „Er sagte mir, ihr beide würdet an eurer Ehe arbeiten, und er bat mich als Gentleman, das zu respektieren und mich von dir fern zu halten."

„Wie war das? Greg hält sich für einen Gentleman? Der weiß nicht mal, was das ist!" Kopfschüttelnd nahm sie die alte Haltung am Geländer wieder ein. Greg war inzwischen so gut im Lügen, dass sie sich fragte, ob er seinen eigenen Mist glaubte. „Wie lange ist das her?"

„Ein paar Monate." Nick lehnte sich ebenfalls wieder auf das Geländer, hielt aber Distanz.

„Einige Monate?" Sie konnte nicht fassen, dass Greg ihr den Anruf verschwiegen hatte, oder ihm nicht wenigstens bei einer ihrer vielen Streitereien ein Hinweis darauf als Stichelei entschlüpft war.

„Das war gleich nach meinem Umzug, etwa in der letzten Januarwoche. Ich hatte den Eindruck, dass ihr noch zusammenlebt."

„Wir hatten beschlossen, beide vorerst dort wohnen zu bleiben, weil wir ja kaum zu Hause waren. Aber ich habe Greg Silvester um die Scheidung gebeten. Das klingt vielleicht herzlos – ich wollte auch warten." Sie sah, wie eine Putzkolonne große Bohnermaschinen durch die Lobby schob. „Wir waren auf der Silvesterparty seiner Kanzlei. Greg wollte, dass wir das glückliche Paar mimen."

Der Aufseher der Bohnertruppe hatte eine Klemmkladde und trug glänzende Lederschuhe. Maggie beugte sich über das Geländer, um einen Blick auf sein Gesicht zu erhaschen. Zu jung und zu groß für Stucky.

„Die Leute auf der Party gratulierten mir und hießen mich in der Kanzlei willkommen. Sie ruinierten Greg die Überraschung. Er hatte mir einen Job als Leiterin ihrer Ermittlungsabteilung besorgt, ohne mit mir darüber zu reden. Er konnte überhaupt nicht verstehen, warum ich mich nicht auf die Chance stürzte, mich durch Firmenakten zu graben und nach Fehlinvestitionen zu suchen, anstatt in Abfallcontainern nach Körperteilen."

„Also wirklich, wie unerträglich von ihm."

Sie wandte sich ihm zu und lächelte über seinen Sarkasmus.

„Ich bin ein Mistweib, was?"

„Ein schrecklich schönes."

Sie spürte ihre Wangen warm werden und wandte sich wieder

ab. Wie widersinnig, sich sinnlich und lebendig zu fühlen, wo ihre derzeitige Lebenssituation sie doch beinah verrückt machte.

„Letzte Woche bin ich in mein eigenes Haus gezogen. In einigen Wochen sollte die Scheidung durch sein."

„Vielleicht wärst du in eurer Wohnung sicherer gewesen. Ich meine, im Hinblick auf diese Sache mit Stucky."

„Newburgh Heights liegt gleich außerhalb von Washington. Es ist wahrscheinlich einer der sichersten Orte in Virginia."

„Ja, aber die Vorstellung, dass du da allein lebst, missfällt mir ziemlich."

„Ich bin lieber allein, falls er mich holen kommt. Dann wird wenigstens kein Zweiter verletzt. Diesmal nicht."

„Mein Gott, Maggie, du willst, dass er dich holen kommt?"

Sie wich seinem Blick aus, um darin keine Besorgnis lesen zu müssen. Seine Sorge konnte sie sich nicht auf noch als Bürde aufladen. Stattdessen beobachtete sie die mit Mopps und Kabeln hantierenden Männer in blauen Overalls. Er schob die Hand unter ihrem Arm hindurch und legte sich ihre Hand an die Brust. Sie lag warm über seinem klopfenden Herzen, und so standen sie still da und sahen zu, wie der Boden der Hotellobby gewachst und gebohnert wurde.

28. KAPITEL

Washington, D.C.,
Mittwoch, 1. April

Er konnte spüren, dass Dr. Gwen Patterson ungeduldig verfolgte, wie er mit seinem weißen Stock ihr Mobiliar abtastete, um nach einem Sitzplatz zu suchen. Nettes Zeugs. Das Büro roch sogar teuer.

Feines Leder und poliertes Holz. Aber hatte er das nicht erwartet? Sie war eine Klassefrau, gebildet, kultiviert, klug und talentiert. Endlich die ultimative Herausforderung.

Er wischte mit der Hand über ihre Schreibtischplatte, berührte jedoch wenig, ein Telefon, eine Rolldatei, verschiedene Notizblöcke und einen Tageskalender, der auf Mittwoch, 1. April stand. Erst jetzt fiel ihm auf, dass es der Tag für Aprilscherze war. Wie passend. Ein Lächeln unterdrückend, drehte er sich um, stieß gegen eine Anrichte und verfehlte knapp eine antike Vase. Durch das Fenster über der Anrichte sah man den Potomac. In der Spiegelung der Scheiben erkannte er, dass Dr. Patterson über sein forsches, rücksichtsloses Herumtasten das Gesicht verzog.

„Das Sofa ist gleich zu Ihrer Linken", erklärte sie ihm schließlich, blieb aber hinter ihrem Schreibtisch sitzen. Obwohl die Stimme Anspannung verriet, beherrschte sie ihre Ungeduld und brachte ihn nicht in Verlegenheit, indem sie ihre Hilfe anbot. Ausgezeichnet. Den ersten Test hatte sie bestanden.

Er streckte eine Hand aus, ertastete das weiche Leder der Armlehne und ließ sich vorsichtig nieder.

„Möchten Sie etwas zu trinken, ehe wir anfangen?"

„Nein!" schnauzte er unnötig rüde. Invaliden ließ man solche Frechheiten durchgehen. Das war einer der wenigen Vorteile, auf die er sich freuen durfte. Um zu zeigen, dass er gar nicht so übel war, fügte er höflich hinzu: „Es wäre mir lieber, wir könnten schnell beginnen."

Er stellte den Stock neben sich, wo er ihn leicht wieder fand, zog die Lederjacke aus und legte sie zusammengerollt auf seinen Schoß. Der Raum war dämmerig, die Jalousien halb geschlossen. Er fragte sich, warum sie sich die Mühe gemacht hatte, und rückte sich die Sonnenbrille auf der Nase zurecht. Die Gläser waren besonders dunkel, damit man die Augen nicht sah und man ihn nicht beim Beobachten ertappen konnte. Eine hübsche Umkehrung des Voyeurismus. Eigentlich hielten sich die anderen für die Voyeure, indem sie ihn ungeniert beobachteten und bedauerten. Niemand zweifelte, ob ein Blinder nicht doch vielleicht etwas sah. Warum sollte schließlich jemand eine solche Behinderung vortäuschen.

Außer dass die Täuschung, welch Ironie, vielleicht bald wahr wurde. Die Medikamente halfen nicht, und er konnte nicht leugnen, dass seine Sehkraft nachließ. Er hatte so oft Glück gehabt, war sein Vorrat nun aufgebraucht? Nein, er glaubte nicht an so etwas Dummes wie Schicksal. Was machte es schon, wenn er in letzter Zeit etwas Hilfe brauchte, eine Stütze oder zwei oder etwas Beistand von einem alten Freund, um ein wenig Aufregung in sein Leben zu bringen? Waren Freunde nicht dazu da?

Er wartete mit leicht zur Seite geneigtem Kopf, als müsste er erst ihre Stimme hören, ehe er ihr sein Gesicht zuwenden konnte. Dabei beobachtete er sie unablässig. Bei den dunklen Gläsern musste er in dem abgedunkelten Raum blinzeln, um etwas zu erkennen. Dr. Patterson betrachtete ihn im Sessel zurückgelehnt und wirkte entspannt und selbstsicher.

Sie stand auf, griff nach der Kostümjacke über der Sessellehne, stutzte, sah ihn an und ließ die Jacke hängen.

Dann kam sie vor den Schreibtisch, lehnte sich gegen die Platte und stand genau vor ihm. Sie war zart und weiblich mit Kurven an allen richtigen Stellen, straffer Haut und wenig Falten für eine Frau Ende vierzig. Das rötlich blonde, kinnlange Haar war offen und streichelte zart ihre Wangen. Er fragte sich, ob es ihre natürliche Farbe war, und ertappte sich beim Lächeln. Vielleicht musste er das selbst herausfinden.

Er lehnte sich abwartend zurück und schnupperte ihr Parfum. Es roch gut, doch er kannte es nicht. Gewöhnlich kannte er die Düfte mit Namen. Dieser musste neu sein. Ihre rote Seidenbluse war dünn genug, dass sich kleine runde Brüste und die leichte Erhebung der Brustspitzen durchdrückten. Es freute ihn, dass sie auf die Jacke verzichtet hatte. Die Hände im Schoß, sorgte er dafür, dass die Lederjacke die Schwellung dort verbarg, erfreut, dass seine Diät aus Pornofilmen seine gelegentlichen Defizite ausglich.

„Mr. Harding", begann sie schließlich, „ich möchte von Ihnen wie von allen meinen Patienten wissen, wie Ihre Erwartungen sind. Was hoffen Sie durch unsere Sitzungen zu erreichen?"

Er unterdrückte ein Lächeln. Eines seiner Ziele war bereits erreicht. Er beugte den Kopf zu ihr vor und starrte auf ihre Brüste. Selbst wenn sie seine Augen sehen könnte, würde sie automatisch annehmen, er starre ins Leere.

„Ich bin nicht sicher, dass ich die Frage verstehe." Er hatte gelernt, dass es gut war, Frauen etwas erklären zu lassen. Sie hatten dann das Gefühl, die Kontrolle zu besitzen, und er wollte sie in dieser Sicherheit wiegen.

„Sie sagten mir am Telefon", begann sie vorsichtig, als wäge sie ihre Worte ab, „dass Sie einige sexuelle Probleme haben, an denen Sie arbeiten möchten." Weder betonte sie die Worte sexuelle Probleme, noch zögerte sie, sie auszusprechen. Das war gut. Sehr gut. „Um Ihnen helfen zu können, müsste ich genauer wissen, was Sie von mir erwarten. Welches Ergebnis diese Sitzungen Ihrer Meinung nach haben sollten."

Es war an der Zeit festzustellen, wie leicht man sie schockieren konnte.

„Das ist eigentlich ganz einfach. Ich will wieder mit Genuss eine Frau vögeln."

Sie blinzelte, und ihre helle Haut wurde zartrosa, doch sie bewegte sich nicht. Das war eine kleine Enttäuschung. Vielleicht sollte er hinzufügen, dass er es wieder genießen wollte, ohne den Drang zu verspüren, sie zu Tode zu vögeln. Seine neue Angewohnheit unterschied sich nicht sehr von Verhaltensweisen im Tier- und Insektenreich. Vielleicht sollte er seine sexuellen Praktiken mit denen der Gottesanbeterin vergleichen, die ihrem Partner zu Beginn der Kopulation den Kopf abbeißt.

Würde sie verstehen, dass der erotische Rausch unglaublich mächtig war, wenn er zugleich Schmerz zufügen konnte? Sollte er gestehen, dass er beim Anblick blutverschmierter, um Gnade flehender Frauen zu einem explosionsartigen Orgasmus kam, den er auf keine andere Weise erreichen konnte? Würde sie begreifen, dass dieses Scheusal in ihm das Fundament seines Wesens bedrohte?

Aber nein, das würde er ihr nicht anvertrauen – das wäre denn doch ein bisschen stark. Albert Stucky würde es tun, aber er musste dem Drang widerstehen, sich auf das Niveau seines alten Freundes zu begeben.

„Können Sie das, Doc?" fragte er, das Kinn leicht erhoben und vorgereckt, als lausche er auf ihre Bewegung oder eine Reaktion.

„Ich kann es jedenfalls versuchen."

Er sah über ihre Schulter hinweg, den Körper leicht zur Seite gedreht, obwohl sie direkt vor ihm stand.

„Sie erröten", sagte er und gestattete sich ein kurzes Lächeln.

Die Farbe ihrer Wangen wurde intensiver. Sie legte die Hand in den Nacken in dem sinnlosen Versuch, das Erröten zu unterbinden. „Wie kommen Sie darauf?"

Würde sie es leugnen? Würde sie ihn so bald enttäuschen und lügen?

„Ich rate", erwiderte er leise und beschwichtigend, um sie zu ermutigen, sich ihm anzuvertrauen und ihm ihre Empfindlichkeiten zu offenbaren. Wenn er sein eigentliches Ziel erreichen wollte, durfte Dr. Gwen Patterson sich nicht von ihm bedroht fühlen. Die gute Frau Doktor stand in dem Ruf, sich in die Hirne der berüchtigtsten und hinterhältigsten Kriminellen einfühlen zu können. Er fragte sich, wie sie reagieren würde, wenn sie wüsste, dass diesmal sie ausgeforscht wurde.

„Dazu möchte ich nur bemerken, dass ich schon eine ganze Weile Psychologin bin." Sie versuchte lässig, ihre körperliche Reaktion herunterzuspielen, doch er sah, dass die Röte auf den Wangen blieb. „Ich habe viel Schockierendes gehört, weitaus Schlimmeres als Ihr Problem. Sie müssen sich keine Gedanken machen, dass Sie mich in Verlegenheit bringen könnten, Mr. Harding."

Okay, sie ging also auf Nummer sicher, gab sich cool und verweigerte ihm den Zugang zu ihrem Innern. Die Vorstellung erregte ihn. Wie er solche Herausforderungen liebte!

„Vielleicht beginnen wir damit", fuhr sie fort, „dass Sie mir erzählen, warum Sie Sex nicht mehr genießen."

„Ist das nicht offensichtlich?" fragte er in einem Tonfall, den er perfektioniert hatte. Es klang verärgert, gekränkt und doch traurig genug, das richtige Maß an Mitleid zu erregen. Gewöhnlich funktionierte es.

„Natürlich ist es nicht offensichtlich."

Er schob eine Hand unter die Lederjacke. Sie machte es ihm so leicht und spielte ihm sozusagen direkt in die Hand. Er umfasste seine Erektion.

„Wenn Sie glauben, Ihr ..." Sie zögerte. „Ihr Handicap."

„Ist schon okay. Sie können es beim Namen nennen. Ich bin blind. Ich habe nichts dagegen, wenn man das Wort benutzt."

„Okay, aber Ihre Erblindung bedeutet ja nicht den Verlust von Libido."

Ihm gefiel, wie sie Libido sagte. Obwohl ihre Lippen schmal waren, gefiel ihm die Form. Er mochte, wie sich die Oberlippe an den Winkeln leicht nach oben bog. Er bemerkte auch einen schwachen Akzent, konnte ihn aber nicht deuten. Ungeduldig wartete er, dass sie die Worte Penis und Fellatio aussprach, und war gespannt, wie sich ihre Lippen darum schlingen würden.

„Ist das Ihr Problem, Mr. Harding?" unterbrach sie seine Gedanken. „Hat der Verlust des Augenlichtes Sie impotent gemacht?"

„Männer sind hochgradig visuell orientiert. Besonders, wenn es um sexuelle Erregung geht."

„Das stimmt", bestätigte sie und griff hinter sich nach einer dünnen Akte – seiner Akte, seiner Geschichte. „Wann begannen Sie, Ihr Augenlicht zu verlieren?"

„Vor etwa vier Jahren. Müssen wir darüber reden?"

Sie sah ihn über die offene Akte hinweg an. Sie war ans andere Ende des Schreibtisches gerückt, doch er hielt den Blick noch auf die Stelle gerichtet, wo sie gesessen hatte.

„Wenn es bei der Lösung Ihres gegenwärtigen Problems hilft, dann glaube ich, ja, wir müssen darüber reden."

Ihm gefielen ihre entschiedene Haltung und die Direktheit. Sie klopfte ihn nicht vorsichtig ab. Was für eine schöne Vorstellung. Er massierte die Schwellung mit der verborgenen Hand.

„Haben Sie etwas dagegen, Mr. Harding? Sie scheinen mir kein Mensch zu sein, der vor einer Herausforderung davonläuft."

Er zögerte nur, weil er seine Gefühle genießen wollte. Das war okay. Sie würde annehmen, er brauche einen Moment zum Überlegen.

„Ich habe keine Einwände", sagte er und hatte Mühe, ein Lächeln zu unterdrücken. Nein, niemand, der Walker Harding kannte, würde annehmen, dass er vor etwas davonlief. Aber wenn er diese neue Herausforderung annehmen sollte, musste er sich auf die kriminellen Glanzleistungen des Gehirns verlassen, das Dr. Patterson noch die Ehre haben würde zu erforschen. Ja, trotz seiner neuen Rolle würde er sich weiter auf das Genie seines alten Freundes Albert Stucky verlassen.

29. KAPITEL

Tully riss das letzte Fax ab, das soeben von der Polizei in Kansas City eingegangen war. Er überflog den Inhalt und sammelte Akten, Notizen und Tatortfotos ein. In zehn Minuten hatte er eine Besprechung mit Cunningham, trotzdem befasste er sich gedanklich immer noch mit dem Streit, den er vor knapp einer Stunde mit Emma ausgefochten hatte. Emma hatte gewartet, bis er sie an der Schule absetzte, ehe sie die Bombe platzen ließ. Sie war verdammt gut in so was. Aber was erwartete er? Die hohe Kunst des Überraschungsangriffs hatte sie von keiner Geringeren als einer Meisterin gelernt, ihrer Mutter.

„Ach übrigens", hatte sie beiläufig angefangen, „Josh Reynolds hat mich gebeten, mit ihm zum Schulball zu gehen. Das ist Freitag in einer Woche. Ich muss mir also ein neues Kleid kaufen. Wahrscheinlich auch neue Schuhe."

Er war sofort zornig geworden. Sie war noch so jung, erst in der Mittelstufe. Wann waren sie übereingekommen, dass sie ausgehen durfte?

„Ist mir da eine Unterredung entfallen?" hatte er so sarkastisch gefragt, dass es ihm im Rückblick peinlich war. Sie hatte ihn so beleidigt und gekränkt angesehen, wie sie nur konnte. Was fiel ihm ein, ihr zu misstrauen? Sie war fast fünfzehn, praktisch eine alte Jungfer, verglichen mit ihren Freundinnen, die, so versicherte sie, schon seit zwei oder drei Jahren ausgehen durften. Er unterließ es, mit dem alten Argument zu kontern: Nur weil dein Freund von der Brücke springt ... Das Problem war im Übrigen nicht, dass er *ihr* misstraute. Auch mit dreiundvierzig wusste er noch, wie scharf fünfzehn- und sechzehnjährige Jungen sein konnten. Er hätte das gern mit Caroline besprochen, wusste aber auch, dass sie Emmas Partei ergreifen würde. War er wirklich nur ein überbesorgter Vater?

Er schob die Faxblätter in einen Aktenordner, legte ihn auf den Stapel auf seinem Arm und ging den Flur hinunter. Nachdem er gestern Nacht mit Detective John Ford aus Kansas City telefoniert hatte, war er darauf vorbereitet, Cunningham in schlechter Stimmung anzutreffen. Der Mord an der Kellnerin sah mehr und mehr nach der Arbeit von Albert Stucky aus. Niemand sonst würde Agentin O'Dell die Niere ins Hotel liefern. Genau genommen wusste er nicht, warum er nicht längst im Flieger nach Kansas City saß, um sich O'Dells Ermittlungen anzuschließen.

„Guten Morgen, Anita", grüßte er die grauhaarige Sekretärin, die zu jeder Stunde des Tages hellwach und adrett wirkte.

„Kaffee, Agent Tully?"

„Ja, bitte. Sahne, aber ..."

„Keinen Zucker. Ich weiß. Ich bringe Ihnen den Kaffee hinein." Sie winkte ihn durch. Jeder wusste, dass niemand den Fuß in Direktor Cunninghams Büro setzen durfte, ehe Anita nicht das Signal gegeben hatte.

Cunningham telefonierte, nickte Tully jedoch zu und deutete auf einen der Stühle vor dem Schreibtisch.

„Ja, ich verstehe", sagte er in den Hörer. „Natürlich werde ich das." Er legte wie üblich auf, ohne sich zu verabschieden, richtete sich die Brille, trank einen Schluck Kaffee und sah Tully an. Trotz frischem weißen Hemd und perfekt sitzender Krawatte verrieten seine Augen Müdigkeit. Sie waren von Schlafmangel geschwollen, und die roten Äderchen wurden durch die Brillengläser noch vergrößert.

„Bevor wir anfangen", sagte er und sah auf seine Armbanduhr, „haben Sie Informationen über Walker Harding?"

„Harding?" Tully unterdrückte Gedanken an hormongesteuerte High-School-Jungs und rosa Ballkleider. „Tut mir Leid, Sir, der Name Walker Harding sagt mir nichts."

„Er war Albert Stuckys Geschäftspartner", erklärte eine Frauenstimme von der offenen Tür.

Tully drehte sich, um die junge dunkelhaarige Frau anzusehen. Sie war attraktiv in ihrem blauen Hosenanzug.

„Agentin O'Dell, bitte kommen Sie herein." Cunningham erhob sich und deutete auf den Stuhl neben Tully.

Tully räumte ungelenk die Akten beiseite.

„Spezialagentin Margaret O'Dell, das ist Spezialagent R.J. Tully."

Sein Stuhl wackelte, als Tully aufstand und Agentin O'Dells ausgestreckte Hand schüttelte. Ihr fester Händedruck und die offene Art, ihm in die Augen zu sehen, beeindruckten ihn sofort.

„Freut mich, Sie kennen zu lernen, Agent Tully."

Sie war aufrichtig und professionell. Keine Spur von Erschütterung durch ihr Erlebnis von gestern Abend. Das sah zweifellos nicht nach einer Agentin aus, die am Rande eines Nervenzusammenbruchs stand.

„Die Freude ist ganz meinerseits, Agentin O'Dell. Ich habe viel von Ihnen gehört."

Tully sah, dass Cunningham beim Austausch dieser Freundlichkeiten bereits ungeduldig wurde.

„Warum haben Sie nach Walker Harding gefragt?" erkundigte sich Maggie und setzte sich.

Tully nahm seine Akten wieder auf. Okay, sie war also an Cunninghams Stil, sofort zur Sache zu kommen, gewöhnt. Tully wünschte, er hätte sich besser vorbereitet, anstatt über die Bedrohung von Emmas Jungfräulichkeit nachzugrübeln. Er hatte nicht mit Agentin O'Dells Erscheinen gerechnet.

„Um Sie ins Bild zu setzen, Tully", erklärte Cunningham, „Walker Harding und Albert Stucky gründeten Anfang der 90er

Jahre eine Firma für Aktienhandel im Internet. Eine der ersten dieser Art. Sie scheffelten Millionen."

„Tut mir Leid, aber ich habe keine Informationen über ihn." Tully blätterte noch einmal prüfend seine Akten durch.

„Vermutlich nicht", erwiderte Cunningham bedauernd. „Harding war schon von der Bildfläche verschwunden, als Stucky sein neues Hobby aufnahm. Die beiden verkauften ihre Firma, teilten die Millionen und gingen getrennte Wege. Wir hatten keinen Grund, uns mit Walker Harding zu befassen."

„Ich bin nicht sicher, dass ich Ihnen folgen kann", sagte Tully und streifte Maggie O'Dell mit einem Seitenblick, um zu sehen, ob nur ihm hier etwas entging. „Gibt es einen Grund, warum wir uns jetzt mit ihm befassen müssen?"

Anita unterbrach sie, eilte in den Raum und reichte Tully einen Becher Kaffee.

„Danke, Anita."

„Möchten Sie auch etwas, Agentin O'Dell? Kaffee? Oder vielleicht Ihre übliche morgendliche Diät-Cola?"

Tully sah Agentin O'Dell in einer Weise schmunzeln, die verriet, dass die beiden Frauen sehr vertraut miteinander waren.

„Danke, Anita. Aber nein, ich möchte nichts."

Die Sekretärin drückte der Agentin in einer eher mütterlichen Geste die Schultern, verließ den Raum und schloss die Tür hinter sich.

Cunningham lehnte sich zurück, bildete mit aneinander gelegten Fingerspitzen ein Zeltdach und nahm die Unterhaltung genau dort wieder auf, wo sie unterbrochen worden waren, als hätte es keine Störung gegeben. „Nach dem Verkauf der Firma wurde Walker Harding zum Einsiedler. Er verschwand praktisch von der Bildfläche. Es gab keine Berichte von ihm, keine Transaktionen, absolut kein Lebenszeichen."

„Und was hat das jetzt mit Albert Stucky zu tun?" fragte Tully verwundert.

„Ich habe die Passagierlisten der Flüge der letzten Woche von den Flughäfen Dulles oder Reagan National nach Kansas City prüfen lassen. Nicht dass ich erwartet hätte, Stuckys Namen darauf zu finden." Er blickte von Tully zu Maggie. „Aber ich suchte nach einem der vielen Pseudonyme, die Stucky in der Vergangenheit benutzt hat. Dabei fiel mir auf, dass ein Walker Harding ein Ticket für den Flug am Sonntagnachmittag von Dulles nach Kansas City gebucht hatte."

Cunningham wartete offenbar auf Reaktionen. Tully beobachtete ihn, wippte nervös mit dem Fuß, war aber von der Information nicht sonderlich beeindruckt.

„Verzeihen Sie, Sir, wenn ich das sage, aber das bedeutet vielleicht nicht viel. Es ist möglicherweise nicht mal derselbe Mann."

„Vielleicht nicht. Trotzdem schlage ich vor, Agent Tully, dass Sie so viel über Walker Harding herausfinden wie nur möglich."

„Direktor Cunningham, warum bin ich hier?" Maggie O'Dell fragte höflich, aber energisch genug, um anzudeuten, dass sie nicht bereit war, einfach nur weiter zuzuhören.

Tully hätte fast gelächelt. Doch er widmete seine Aufmerksamkeit Cunningham. Es war schwer, Agentin O'Dell nicht zu mögen. Aus den Augenwinkeln sah er, wie sie sich unruhig auf ihrem Stuhl zurechtrückte, sich aber zurückhielt. Da sie von Anfang an von dieser Ermittlung ausgeschlossen worden war, ärgerte es sie vermutlich, hier dabei zu sitzen, den Details zu lauschen, jedoch nicht mitmischen zu dürfen. Oder hatte Cunningham etwa seine Meinung geändert? Tully studierte sein Gesicht, fand allerdings keinen Anhaltspunkt, was sein Boss dachte.

Da Cunningham nicht gleich antwortete, nutzte die Agentin O'Dell die Gelegenheit fortzufahren.

„Bei allem Respekt, aber wir drei sitzen hier und reden über ein Ticket, das eventuell von einem Mann gekauft wurde, mit dem Albert Stucky eventuell vor Jahren gesprochen hat. Von einer Sache können wir jedoch ganz sicher ausgehen: Albert Stucky hat in Kansas City eine Frau ermordet und ist höchstwahrscheinlich noch dort."

Tully wartete mit verschränkten Armen und hätte dieser Frau am liebsten applaudiert, die doch angeblich ausgebrannt und am Rande des Nervenzusammenbruchs war. Heute Morgen war sie zweifellos im Vollbesitz ihrer Kräfte.

Cunningham ließ sein Zeltdach einstürzen. Er beugte sich langsam vor und stemmte die Ellbogen auf den Schreibtisch. Dabei sah er aus, als sei er schachmatt gesetzt worden. Doch jetzt war er am Zug.

„Samstagnacht wurde etwa zwanzig Meilen von hier eine junge Frau ermordet aufgefunden. Ihre Leiche lag in einem Abfallcontainer. Die Milz wurde ihr chirurgisch entfernt und in einem Pizzakarton abgelegt."

„Samstag?" Nervös berechnete Maggie den ungewöhnlich kurzen Zeitabstand. „Das war kein Nachahmungstäter in Kansas City. Er hat die verdammte Niere vor meiner Tür abgelegt!"

Tully korrigierte sich insgeheim. Das war mehr als Schach, das war so etwas wie ein Showdown. Cunningham blieb jedoch gelassen.

„Die junge Frau war vom Lieferdienst des Pizzaservice. Sie wurde auf ihrer Tour verschleppt."

Agentin O'Dell wurde ungeduldiger, schlug die Beine übereinander und stellte sie wieder nebeneinander. Tully unterstellte, dass sie erschöpft sein musste.

Cunningham fuhr fort: „Sie muss in Ihrer Nähe überfallen worden sein. Vielleicht in ihrer unmittelbaren Nachbarschaft. Der

Täter vergewaltigte sie, sodomisierte sie, schnitt ihr die Kehle durch und entfernte ihre Milz."

„Wenn Sie sodomisierte sagen, bezieht sich das auf Analverkehr oder benutzte er einen Gegenstand?"

Tully sah da keinen Unterschied. War nicht beides scheußlich genug? Cunningham sah ihn an und erteilte ihm das Wort. Leider konnte er diese Frage beantworten, ohne in seine Akten zu sehen. Das Opfer hatte ihn so sehr an Emma erinnert, dass er sich jedes Detail des Falles eingeprägt hatte. Ob er wollte oder nicht, er konnte es sofort aus dem Gedächtnis abrufen.

„Keine Spermaspuren, doch der Gerichtsmediziner ist von Stimulation durch Penis überzeugt. Keine Spuren oder Rückstände, die auf Benutzung eines Fremdkörpers schließen ließen."

„Stucky hat so etwas noch nie gemacht." Sie rückte eifrig auf die Stuhlkante vor. „Er würde das nicht tun. Das ergibt keinen Sinn. Er will ihre Gesichter betrachten, er genießt es, ihre Angst zu sehen. Von hinten kann er das nicht."

Cunningham trommelte mit den Fingerspitzen auf die Tischplatte, als könne er nicht erwarten, dass O'Dell schwieg.

„In der Nacht ihrer Ermordung lieferte die junge Frau eine Pizza an Ihre neue Adresse."

Völlige Stille, da das Trommeln der Finger aufhörte. Cunningham und Tully beobachteten Agentin O'Dell. Sie lehnte sich zurück und schaute von einem zum anderen. Tully sah, wie ihr die Erkenntnis dämmerte. Er rechnete mit Furcht oder Zorn und war überrascht, dass sie nur resigniert wirkte. Sie rieb sich mit einer Hand über das Gesicht und strich sich die Haare hinter die Ohren. Ansonsten saß sie ruhig da.

„Deshalb, Agentin O'Dell, bin ich der Ansicht, es ist gleichgültig, ob Sie in Kansas City bleiben oder hier sind. Er wird Ihnen folgen." Cunningham lockerte sich die Krawatte und krempelte die

Ärmel auf, als sei ihm plötzlich zu warm. Beide Gesten waren untypisch für ihn. „Albert Stucky zieht Sie in diese Sache hinein, egal, was ich tue, um Sie herauszuhalten."

„Und indem Sie mich heraushalten, Sir, berauben Sie mich meiner einzigen Verteidigungsmöglichkeit." O'Dells Stimme bebte leicht. Tully sah, dass sie sich auf die Unterlippe biss. Tat sie das, um nicht zu viel zu sagen oder um ihrer Emotionen Herr zu werden?

Cunningham lehnte sich zurück, streifte Tully resigniert seufzend mit einem Blick. „Agent Tully hat darum gebeten, dass Sie ihn bei diesem Fall unterstützen."

O'Dell sah Tully überrascht an. Er fühlte sich ein wenig befangen, ohne genau zu wissen, warum. Schließlich hatte er sie ja nicht angefordert, um ihr einen Gefallen zu tun. Sie konnte durch ihre Mitwirkung noch mehr in Gefahr geraten. Aber Tatsache war nun mal, dass er sie brauchte.

„Ich habe mich entschlossen, Agent Tullys Bitte unter zwei Bedingungen nachzukommen. Keine von beiden ist verhandelbar oder kompromissfähig." Cunningham beugte sich wieder vor, Ellbogen auf den Tisch, die Hände zur Faust geschlossen. „Erstens, Agent Tully leitet diese Ermittlung. Ich erwarte, dass Sie alle Informationen und Erkenntnisse umgehend an ihn weitergeben. Sie werden nicht – ich wiederhole, Agentin O'Dell, Sie werden nicht ohne Agent Tullys Begleitung auf Verbrecherjagd gehen oder einer Ahnung folgend irgendetwas überprüfen. Haben Sie das verstanden?"

„Natürlich", erwiderte sie, die Stimme wieder kräftig und fest.

„Zweitens. Ich möchte, dass Sie unseren Psychologen aufsuchen."

„Sir, ich glaube wirklich nicht ..."

„Agentin O'Dell, ich sagte, es gibt keine Verhandlungen und

keine Kompromisse. Ich überlasse es Dr. Kernan, wie viele Sitzungen er pro Woche mit Ihnen abhalten will."

„Dr. James Kernan?" Maggie war entsetzt.

„Richtig. Ich habe von Anita Ihren ersten Termin festmachen lassen. Vergewissern Sie sich beim Hinausgehen, ob er Ihnen passt. Anita richtet Ihnen auch ein neues Büro ein. Agent Tully belegt ihr altes. Wenn Sie beide mich jetzt entschuldigen würden." Er lehnte sich wieder zurück und entließ sie.

Tully sammelte seine Unterlagen ein und wartete an der Tür auf O'Dell. Für jemand, der bekommen hatte, was er sich seit fünf Monaten wünschte, wirkte sie eher aufgebracht als erleichtert.

30. KAPITEL

Tess freute sich auf ihren morgendlichen Termin. Während sie die leeren Straßen entlangfuhr, fühlte sie sich jedoch ein wenig schuldig, weil sie aus Daniels Haus geschlichen war, ohne sich von ihm zu verabschieden. Sie hatte einfach nicht die Energie für einen weiteren Streit aufgebracht. Er würde mäkeln, weil sie so früh wegfuhr, um zu Hause zu duschen und sich umzuziehen, obwohl sie das doch bei ihm tun könnte. Der eigentliche Grund, warum er sie stets zum Bleiben drängte, war jedoch Sex, weil er morgens besser drauf war.

Er sagte dann Lächerlichkeiten wie: „Wir haben so wenig Zeit füreinander, wir brauchen die zusätzlichen Minuten am Morgen."

Nach jeder Nacht bei ihm kam dasselbe Argument: „Wie sollen wir jemals feststellen, ob wir zusammenpassen, Tess, wenn wir nicht morgens im Bett zusammen die *New York Times* lesen oder frühstücken?"

Er hatte tatsächlich diese Beispiele gebracht. Wie konnte er so einen Blödsinn reden, wo er bei ihren gemeinsamen Essen doch kaum mit ihr sprach? Ob sie zusammenpassten, interessierte ihn nur dann, wenn sie für schnellen Sex bleiben sollte. Neunundneunzig Prozent der übrigen Zeit war ihm gleichgültig, was ihrer Beziehung gut tat. Nicht dass sie eine Ahnung gehabt hätte, was eine funktionierende Beziehung brauchte. Vielleicht gehörte dazu, gemeinsam die *New York Times* zu lesen und im Bett zu frühstücken. Woher sollte sie das wissen? Sie hatte noch keine funktionierende Beziehung gehabt und auch noch keinen Freund wie Daniel Kassenbaum.

Daniel war gebildet, intelligent und kultiviert. Herrgott, der Mann füllte das Kreuzworträtsel der *New York Times* mit Tinte aus! Aber im Gegensatz zu Daniel machte sie sich über ihre Beziehung keine Illusionen. Sie wusste, dass sie wenig gemeinsam hatten. Er betrachtete sie eindeutig nicht als ebenbürtig und wies oft auf ihre Defizite hin, als sei sie seine Eliza Doolittle. Erst neulich, als sie ihn gefragt hatte, ob sie ihren Verkaufsbonus investieren sollte, hatte sie sich nach seinem Hinweis, sie solle sich nicht in etwas stürzen, wovon sie nichts verstand, wie ein Dummchen gefühlt.

Haushoch überlegen war sie ihm allerdings beim Sex. Er hatte ihr oft – allerdings nur in der Hitze der Leidenschaft – gesagt, dass sie der „phänomenal beste Fick" war, den er je gehabt habe. Aus irgendeinem Grund bereitete es ihr ein perverses Vergnügen, auf diese Weise Macht über ihn zu haben, die allerdings nur Kälte und Leere hinterließ. Sex mit Daniel, obwohl phänomenal für ihn, war weder erfreulich noch befriedigend für sie.

Sie hatte sich schon gefragt, ob sie überhaupt zu echter Leidenschaft fähig war – ob sie jemals das empfinden konnte, was sie Daniel ständig vorspielte. Dass ausgerechnet Will Finley, ein Fremder, Leidenschaft in ihr geweckt hatte, beruhigte sie keineswegs. Die noch frische Erinnerung an Will, der genau gewusst hatte, wie er sie mit Zärtlichkeiten berauschen konnte, führte ihr Daniels Unzulänglichkeiten umso krasser vor Augen. Fast wünschte sie, die Nacht mit Will zu vergessen, ausgelöscht von zu viel Tequila. Stattdessen dachte sie kaum an etwas anderes, die Erinnerungen waren jederzeit präsent.

Dabei hatte sie in jungen Jahren das Ausblenden von Erinnerungen fast zur Meisterschaft entwickelt, vornehmlich, indem sie sie in Tequila ertränkte. Damals hatte sie zu viel getrunken. Sie hatte getanzt, geflirtet und Sex mit so vielen Männern gehabt, wie sie wollte. Sie hatte mit Begeisterung Poolbillard gespielt und dabei für jeden, der sie ermutigte, eine erotische Show abgezogen. Sie hatte sich eingeredet, durch ein wildes, hektisches Leben die Schrecken der Kindheit zur vergessen, weil nichts schockierender, zerstörerischer und beängstigender sein konnte als ihre frühen Erlebnisse.

Doch das Resultat jener Zeit war ein leeres, zielloses Leben gewesen. Ironischerweise hatte es eines Wasserglases Wodka und einer Schachtel Schlaftabletten bedurft, um sie wachzurütteln. Das war sieben Jahre her. In den letzten fünf hatte sie hart daran gearbeitet, sich ein neues Leben zu schaffen und nicht nur ihre Kindheit hinter sich zu lassen, sondern auch die dunklen Jahre danach, in denen sie durch Vertuschung und falsche Strategien versucht hatte, sie zu bewältigen.

Dazu war sie aus dem Wahnsinnsgetriebe Washingtons mit seinen Versuchungen in Form von Drogen, Nachtclubs und Politikerbetten geflohen. Louies Bar war eine Art Übergangsheim für sie geworden. Sie hatte den Job an der Bar angenommen und ein kleines Apartment am Fluss gemietet. Als die Zeit reif war, hatte sie die Familienfarm in Blackwood, Virginia, verkauft – die Hölle ihrer Kindheit, die sie mit Tante und Onkel bewohnte. Beide waren bereits Jahre zuvor gestorben. Von ihrem Tod hatte sie durch die Erbschaftsanzeige eines Anwalts erfahren. Irgendwie hatte sie immer geglaubt, es automatisch zu wissen, wenn sie starben, weil die Welt dann erleichtert aufatmen würde. Das Aufatmen war ausgeblieben.

Tess betrachtete sich im Rückspiegel. Es wurmte sie, dass sie bei solchen Erinnerungen immer noch die Stirn runzelte und die Zähne zusammenpresste. Nach dem Tod von Onkel und Tante hatte sie die Farm erst mal leer stehen lassen, weil sie keinen Fuß darauf setzen mochte. Schließlich hatte sie den Mut aufgebracht, das Grundstück zu verkaufen, aber zunächst das Haus und alle verfallenen Gebäude planieren lassen. Vor allem den Sturmkeller – ihre persönliche Strafkammer. Er wurde von Bulldozern eingerissen und aufgefüllt. Erst danach hatte sie den Besitz guten Gewissens verkaufen können.

Sie erhielt einen anständigen Preis und genug Geld für einen Neuanfang. Was nur gerecht war, da man ihr das halbe Leben bereits geraubt hatte. Sie finanzierte ihre Ausbildung, um die Lizenz als Immobilienmaklerin zu erwerben, und behielt genügend übrig, um in einer ruhigen Stadt, in einem netten Viertel, wo niemand sie kannte, ein kleines Backsteincottage zu kaufen und zu möblieren.

Sobald sie den Job bei Heston Immobilien bekommen hatte, trat sie mehreren Vereinigungen bei. Delores schrieb sie im Skyview Countryclub ein, weil die Mitgliedschaft ihrer Ansicht nach wichtig war, um potenzielle Kunden kennen zu lernen. Trotzdem hatte Tess immer noch ein Problem damit, sich als Mitglied eines Countryclubs zu sehen. Im Club hatte sie dann Daniel Kassenbaum kennen gelernt. Das verbuchte sie als großen Sieg und als Beweis für den Erfolg ihres neuen Lebensstils. Sie konnte alles erreichen und sich überall blicken lassen, wenn sie jemand von solcher Herkunft, Bildung, Arroganz und Kultiviertheit wie Daniel für sich gewann.

Sie sagte sich immer wieder, dass Daniel gut für sie war. Er war solide, ehrgeizig, praktisch und vor allem, er wurde ernst genommen. Das nützte ihr, besser gesagt, sie brauchte ihn. So gesehen war es unbedeutend, ob er sie aus Gleichgültigkeit oder Unkenntnis nicht sexuell zu erregen verstand. Außerdem war sie ja nicht in ihn verliebt. Sie bevorzugte, keine Emotionen zu investieren. Liebe und Emotionen waren nicht die wichtigsten Zutaten für eine erfolgreiche Beziehung, eher für eine Katastrophe.

Tess hielt den Miata vor 5349 Archer Drive an, blickte die Sackgasse hinauf und hinab und fand bestätigt, dass sie zu früh war. Kein Hinweis auf den Mann, mit dem sie um zehn verabredet war. Es gab überhaupt keinen Hinweis auf Leben. Die Pendler, die hier wohnten, waren längst zu ihren langen Fahrten zur Arbeit aufgebrochen, und alle, die hier bleiben durften, lagen wahrscheinlich noch in den Betten.

Sie wollte die Zeit nutzen, um sich zu vergewissern, dass das zweistöckige Haus im Kolonialstil in tadellosem vorzeigbaren Zustand war.

Sie prüfte noch einmal ihr Äußeres im Spiegel. Seit wann waren die Linien um Augen und Mund so deutlich sichtbar? Zum ersten Mal sah sie so alt aus, wie sie war. Sie ermahnte sich, nicht zu vergessen, dass sie Jahre gebraucht hatte, beruflich so weit zu kommen, und Daniel ein wichtiger Teil des Puzzles war, aus dem sich ihre neue Persönlichkeit als berufstätige Frau zusammensetzte. Er verlieh ihr Glaubwürdigkeit. Das durfte sie jetzt nicht aufs Spiel setzen. Warum also dachte sie ständig an Will Finley im blauen Handtuch um die Hüften, schlank und attraktiv, der ungeahnte Gefühle in ihr weckte?

Kopfschüttelnd nahm sie ihre Aktentasche, stieg aus und

schlug die Autotür so fest zu, dass das Echo durch das ruhige Viertel hallte. Als Entschädigung ging sie leise auf das Haus zu und vermied es, mit den hohen Absätzen zu klappern.

Das Haus wurde seit über acht Monaten angeboten, doch in den letzten drei hatte sich kaum jemand dafür interessiert. Die Verkäufer beharrten auf ihrer Preisvorstellung. Wie bei vielen Häusern am Rande von Newburgh Heights schien Geld für die Besitzer keine Rolle zu spielen. Was Verhandlungen schwierig machte.

Tess ging zur Metalltür, um das Sicherheitsschloss zu öffnen, doch der Schlüssel drehte sich zu leicht. Der Sicherheitsriegel klickte nicht. Die Tür war nicht abgeschlossen, und als sie das Foyer betrat, merkte sie, dass die Alarmanlage ausgeschaltet war.

31. KAPITEL

„Verdammt!" schimpfte Tess leise und betätigte den Lichtschalter. Strom war vorhanden, Stromausfall erklärte das Versagen der Alarmanlage also nicht.

Sie nahm sich vor nachzuprüfen, welcher Makler das Haus zuletzt gezeigt hatte. Sie hätte darauf gewettet, dass es einer der Halbgescheiten von Peterson Brothers war. Die vergaßen ständig so wichtige Dinge wie das Einschalten der Alarmanlage und hatten das Berufsethos von Zuhältern. In letzter Zeit kursierten Gerüchte, einer von Peterson Brothers nutze leer stehende Häuser für schlüpfrige Sexparties.

Tess erinnerte sich plötzlich, dass dieses Haus ein besonders großes Haupt-Schlafzimmer und ein Bad mit Lichtkuppel hatte. Hoffentlich herrschte da nicht das reine Chaos.

Sie sah auf ihre Armbanduhr. Noch fünfzehn Minuten. Sie stellte die Aktentasche in einer Ecke des Wohnraumes ab, schob sich die Ärmel ihres Jacketts hoch und stieg die Treppe hinauf. Unterwegs hielt sie kurz inne, um die hochhackigen Pumps abzuschütteln.

Auf solche Kontrollgänge konnte sie verzichten, besonders heute Morgen, da ihre Nerven durch die Flucht aus Daniels Bett ohnehin strapaziert waren. Etwa jetzt würde er in seinem Büro ankommen. Sie hatte ihr Handy bewusst im Auto gelassen. Wie sie Daniel kannte, würde er anrufen, um sie auszuschimpfen.

Sie war auf halber Treppe, als sich die Eingangstür öffnete. Er war früh dran. Auch das noch. Sie zupfte die Ärmel wieder zurecht, suchte die Pumps und zog sie an. Am Fuß der Treppe angelangt, sah sie einen großen, dunkelhaarigen Mann durch das geräumige Wohnzimmer wandern. Ohne Fensterdekoration fiel die Sonne gleißend in den Raum und umstrahlte ihn.

„Hallo?"

„Ich weiß, ich bin ein wenig früh."

„Ist schon in Ordnung." Tess ließ sich ihre Verärgerung nicht anmerken und wünschte nur, sie hätte das große Schlafzimmer kontrollieren können.

Er drehte sich um, und erst da bemerkte sie den weißen Stock. Sofort fragte sie sich, wie er hergekommen war. Ein Blick aus dem Fenster verriet, dass kein zweites Fahrzeug in der halbrunden Zufahrt parkte.

Sie schätzte ihn auf Mitte bis Ende dreißig. Obwohl sie es schwierig fand, jemand einzuschätzen, dessen Augen sie nicht sehen konnte. Seine Ray-Ban-Sonnenbrille hatte besonders dunkle Gläser. Sie bemerkte sein Designer-Seidenhemd mit offenem Kragen, die teure Lederjacke und die gut gebügelten Leinenhosen und ertappte sich bei dem Gedanken, dass alles zusammenpasste.

Seine Gesichtszüge waren ansprechend, aber scharf, mit einem kantigen Kinn, das zu gespannt wirkte, und schmalen, aber nett geschwungenen Lippen und betonten Wangenknochen. Er hatte am Haaransatz in der Stirn eine kleine Spitze, und das dichte dunkle Haar war kurz geschnitten.

„Ich bin Walker Harding", sagte er. „Sind Sie die Maklerin, mit der ich telefoniert habe?"

„Ja, ich bin Tess McGowan." Sie streckte ihm die Hand hin und zog sie verlegen rasch zurück, als ihr bewusst wurde, dass er es nicht sehen konnte.

Er zögerte und zog langsam die Hand aus der Tasche. Ihr fiel auf, wie kräftig und muskulös sie war, als er sie ihr hinhielt. Dabei zielte er ein wenig daneben. Sie trat näher und schüttelte ihm die Hand, in der die ihre versank, da seine Finger sie bis zum Gelenk umschlossen. Er überraschte sie mit einem Handschlag, der fast eine Liebkosung war. Den Eindruck verdrängte sie jedoch ebenso rasch wie ihr aufkeimendes Unbehagen.

„Ich bin gerade erst gekommen", sagte sie und zog die Hand zurück. „Ich hatte noch keine Möglichkeit, rasch durchs Haus zu gehen", fügte sie hinzu und sagte sich sogleich, dass er den Unterschied ja nicht bemerken würde. Wie sollte sie ihm überhaupt ein Haus zeigen, wenn er nichts sah?

Er wandte sich ab und wanderte selbstsicher vor ihr her durch den Raum, den weißen Stock auftippend. Am Erker zum Garten blieb er stehen, suchte den Griff und öffnete das Fenster. So stand er da und blickte hinaus, als fasziniere ihn der Garten.

„Die Sonne fühlt sich wunderbar an." Den Kopf zurückgelegt, ließ er das Gesicht vom strahlenden Sonnenschein wärmen. „Ich weiß, das klingt vielleicht albern, aber ich mag große Fensterfronten."

„Das klingt überhaupt nicht albern." Sie sprach unwillkürlich lauter, merkte es und schalt sich dafür. Der Mann war blind, nicht taub.

Sie studierte sein Gesicht im Profil. Die gerade Nase hatte einen schwachen Knick. Und aus diesem Blickwinkel erkannte sie eine kleine Narbe unter dem Kinn. Sie fragte sich, ob er nach einem Unfall erblindet war. Trotz seiner Behinderung schien er Selbstvertrauen zu besitzen. Sein Verhalten und die Art, sich zu bewegen, vermittelten Selbstsicherheit. Dennoch wirkten seine Gesten etwas steif, und er schob die Hand immer wieder in die Tasche zurück. War er nervös oder ängstlich?

„Wie groß sind die immergrünen Bäume?" fragte er, und seine Stimme schreckte sie auf. Sie hatte fast vergessen, weshalb sie hier waren.

„Wie bitte?"

„Ich rieche Nadelbäume. Sind es viele? Sind sie groß oder klein?"

Tess trat näher und hielt so viel Abstand wie möglich, um dennoch durchs Fenster sehen zu können. Die Grundstücke hier waren riesig, und die immergrünen Bäume, meist Zedern und Pinien, bildeten am entlegenen Ende eine natürliche Begrenzung. Sie konnte die Bäume nicht riechen, aber seine Sinne waren vermutlich geschärfter.

„Es sind sehr große Zedern und Pinien, in einer Reihe gepflanzt, um die Grundstücke voneinander zu trennen."

„Gut, ich mag Privatsphäre." Er wandte sich ihr lächelnd zu. „Ich hoffe, es ist Ihnen nicht unangenehm, dass Sie mir einiges beschreiben müssen."

„Nein, natürlich nicht", versicherte sie und hoffte, es klang überzeugend. „Wo möchten Sie den Rundgang beginnen?"

„Man sagte mir, es gibt hier einen wunderbaren Haupt-Schlafraum. Könnten wir dort anfangen?"

„Eine gute Wahl", erwiderte sie und ärgerte sich erneut, dass ihr nicht genügend Zeit geblieben war, nach dem Rechten zu schauen. Hoffentlich hatte dieser Peterson nicht irgendwo seinen ganzen Mist hinterlassen. „Möchten Sie lieber allein gehen, oder soll ich Sie am Arm führen?"

„Sie riechen recht nett."

Sie sah ihn verblüfft an.

„Das ist Chanel Nr. 5, richtig?"

„Ja, stimmt." Flirtete er etwa mit ihr?

„Ich folge Ihrem wunderbaren Duft. Gehen Sie voran."

„Wie Sie wollen."

Sie ging langsam, fast zu langsam, so dass er sie auf dem oberen Treppenabsatz mit der ausgestreckten Hand berührte. Er ließ die Hand auf ihrer Hüfte, als stütze er sich ab. Zumindest deutete Tess es so. Sie hatte unangenehmeres absichtliches Begrapschen erlebt als das hier.

Das große Schlafzimmer roch nach Reinigungsmittel, und Tess sah sich rasch um. Wer immer hier zuletzt gewesen war, hatte gründlich sauber gemacht. Der Raum war in Ordnung, roch frisch geschrubbt und sah auch so aus. Sie fand es merkwürdig, dass Mr. Harding, dessen Geruchssinn sich unten als so sensibel erwiesen hatte, zu diesem überwältigenden Duft keinen Kommentar abgab.

„Der Raum ist etwa 9 mal 6", erklärte sie. „Ein weiteres Erkerfenster an der Südseite zeigt zum Garten. Der Boden ist Eichenparkett. Es gibt ..."

„Verzeihen Sie, Miss McGowan."

„Bitte nennen Sie mich Tess."

„Tess, natürlich." Er blieb lächelnd stehen. „Ich hoffe, Sie finden das nicht aufdringlich, aber ich habe immer gern eine Vorstellung vom Aussehen der Frau, mit der ich spreche. Darf ich Ihr Gesicht berühren?"

Zuerst glaubte sie, ihn falsch verstanden zu haben, und wusste nicht, was sie sagen sollte. War seine Berührung auf dem Treppenabsatz wirklich nur eine harmlose Fehlkalkulation seiner Bewegung gewesen, oder hatte er sie tatsächlich angegrapscht?

„Tut mir Leid. Sie sind pikiert", entschuldigte er sich mit leiser, beruhigender Stimme.

„Nein, natürlich nicht", versicherte sie rasch, um nicht durch ihre Paranoia noch den Kunden zu verlieren. „Ich fürchte nur, ich war nicht ausreichend darauf vorbereitet, Ihnen zu helfen."

„Es ist wirklich schmerzlos", beschwichtigte er, als erläutere er ihr einen chirurgischen Eingriff. „Ich benutze nur meine Fingerspitzen. Ich versichere Ihnen, ich werde Sie nicht betatschen." Er verzog die Lippen wieder zu einem Lächeln, und Tess fand ihr Zaudern lächerlich.

„Bitte, machen Sie nur." Trotz ihres Unbehagens trat sie näher.

Er stellte den Stock beiseite und begann langsam und vorsichtig ihre Haare zu betasten. Er benutzte beide Hände, aber nur die Fingerspitzen. Sie vermied es, ihn anzusehen, und starrte über seine Schulter hinweg. Seine Hände rochen leicht nach Ammoniak, oder war das nur der intensive Geruch des frisch geschrubbten Bodens? Die Finger strichen ihr über Stirn und Augenlider.

Sie versuchte deren leichte Feuchtigkeit zu ignorieren und sah ihn kurz an, um festzustellen, ob er so nervös war wie sie. Nein, er wirkte ruhig und gefasst. Die Finger strichen langsam an beiden Gesichtsseiten über die Wangen hinab, und sie unterdrückte den Gedanken, dass es sich wie eine Liebkosung anfühlte.

Die Fingerspitzen wanderten zu ihren Lippen, wobei der Zeigefinger zu lange verweilte und hin und her rieb. Ganz kurz fühlte es sich an, als wolle er ihr den Finger in den Mund pressen. Erschrocken sah sie ihn an und versuchte hinter den dunklen Brillengläsern die Augen zu erkennen. Als es ihr gelang und sie einen flüchtigen Blick auf schwarze Augen erhaschte, starrten die sie direkt an. War das möglich? Nein, natürlich nicht. Sie war nur wieder paranoid, eine ärgerliche Neigung, Relikt ihrer schillernden Vergangenheit.

Inzwischen waren die Finger an ihrem Kinn angelangt und glitten hinab zur Kehle. Sie wischten kurz durch den Ausschnitt ihrer Bluse, über das Schlüsselbein, und er zögerte, als stelle er sie auf die Probe, um festzustellen, wie weit sie ihn gehen ließ. Sie begann zurückzuweichen, als er die Finger um ihre Kehle legte.

„Was tun Sie?" japste Tess und griff nach seinen großen Händen. Jetzt drückte er zu, würgte sie und sah sie definitiv an, ein bösartiges Lächeln auf den Lippen. Sie zerkratzte ihm die Hände, doch die packten so fest zu wie die Kiefer eines Pitbulls. Sie wehrte sich und kämpfte, aber er stieß sie zurück, so dass ihr Kopf mit Wucht gegen die Wand schlug und sie vor Schmerz die Augen schloss. Sie konnte nicht mehr atmen und nicht denken. Oh Gott, er war so stark!

Als sie die Augen öffnete, hatte er eine Hand weggenommen. Gierig rang sie mit schmerzenden Lungen nach Luft. Doch ehe sie zu Kräften kam, schob er sie mit einem Arm gegen die Wand, damit sie nicht entweichen konnte, und presste ihr den Ellbogen auf die Kehle, was sie abermals in Atemnot brachte. Da sah sie die Spritze in seiner freien Hand.

Von Panik erfasst, schlug und trat sie mit Armen und Beinen. Zwecklos. Er war viel zu stark für sie. Die Nadel durchstach ihre Jacke und drang ihr tief in den Arm. Sie spürte ein Zucken im ganzen Körper. Innerhalb von Sekunden begann sich der Raum zu drehen. Hände, Knie, alle Muskeln erschlafften, und dann wurde es schwarz ringsum.

32. KAPITEL

Sobald Maggie Dr. Kernans Büro betrat, war sie wieder die neunzehnjährige Collegestudentin. Mit dem, was Nase und Augen wahrnahmen, kehrten die Erinnerungen an Verwirrung, Unsicherheit und Einschüchterung jener Zeit blitzartig zurück. Obwohl seine Praxis im Wilmington Tower in Washington, D.C., lag und nicht mehr auf dem Campus der Universität von Virginia, waren Ausstattung und Gerüche gleich geblieben.

Ihr Geruchssinn wurde mit einem Gemisch aus abgestandenem Zigarrenrauch, altem Leder und Ben-Gay-Einreibemittel traktiert. Der kleine Raum wies dieselben eigenartigen Utensilien auf wie damals. In einem Glas schwamm der in Formaldehyd konservierte abgetrennte Frontlappen eines menschlichen Hirns. Das Glas diente – welch Ironie – als provisorische Buchstütze für Titel wie *Hitler erklären: Die Suche nach den Quellen des Bösen*. Freuds *Traumdeutungen* und eine, wie Maggie wusste, seltene Erstausgabe von *Alice im Wunderland*. Vor allem das letzte Buch passte bestens zu Psychologie-Professor James Kernan, der Vergleiche mit dem verrückten Hutmacher heraufbeschwor.

Auf der Mahagonikommode an der gegenüberliegenden Seite befanden sich spitze alte Instrumente in interessanten Formen. Chirurgenwerkzeug, mit dem einst Lobotomien durchgeführt wurden. An der Wand hinter dem Mahagonischreibtisch hingen die passenden Schwarzweißfotos der Eingriffe. Ein weiteres gleichermaßen beunruhigendes Foto zeigte eine junge Frau unter Schocktherapie. Ihr leerer Blick und die resignierte Haltung unter der Metallapparatur hatten Maggie immer eher an eine Exekution denken lassen als an eine medizinische Behandlung. Manchmal verstand sie nicht, wie sie einem Berufsstand angehören konnte, der unter der Maßgabe, Krankheiten der Seele zu heilen, derart brutal vorgegangen war.

Kernan hingegen liebte diese Auswüchse. Sein Büro war exakt der Ausdruck des Wesens dieses sonderbaren kleinen Mannes, der berüchtigt war für seine groben Scherze über „Verrückte" und seine ureigenste, an seinen Studenten perfektionierte Version der Schocktherapie.

Er liebte psychologische Spielchen, lockte sein Gegenüber in die Falle und trickste jeden ohne Vorwarnung aus. Eben noch bombardierte er im Tempo von Maschinengewehrsalven ein unvorbereitetes Erstsemester mit Fragen, ohne Zeit für Antworten zu geben, gleich danach stand er still in der Zimmerecke, Gesicht zur Wand. Bald darauf sprang er auf einen Schreibtisch, spulte seine Lektion ab, während er von einem Tisch zum nächsten balancierte und sein kleiner, untersetzter, aber alternder Körper abzustürzen drohte. Sogar die älteren Semester wussten nie, was sie von ihrem seltsamen Professor erwarten sollten. Und ausgerechnet diesem Mann traute das FBI zu, über ihre psychische Stabilität zu befinden?

Maggie hörte das vertraute Stampf-Quietsch seiner Schritte vor der Bürotür. Instinktiv setzte sie sich gerade hin und hörte auf, sich umzuschauen. Schon die Schritte dieses Mannes verwandelten sie in ein inkompetentes Collegeküken.

Dr. Kernan betrat ungezwungen sein Büro und schlurfte zum Schreibtisch, ohne ihre Gegenwart zur Kenntnis zu nehmen. Er ließ sich in den Ledersessel fallen, dass es nur so knarrte. Maggie war nicht sicher, ob das Knarren ausschließlich vom Sessel stammte oder von alternden Gelenken.

Er begann in Stapeln von Papieren zu wühlen. Sie sah schweigend zu, die Hände im Schoß gefaltet. Kernan wirkte seit ihrer letzten Begegnung vor zehn Jahren zusammengeschrumpft. Damals war er ihr schon uralt vorgekommen, doch jetzt waren seine Schultern eingesunken und die braun gefleckten Hände zittrig. Sein Haar, schlohweiß, wie sie es in Erinnerung hatte, war dünn und federig geworden, so dass weitere braune Flecken auf Stirn und Kopfhaut hervortraten. Weiße Haarbüschel sprossen ihm aus den Ohren.

Er schien schließlich zu finden, was er so verzweifelt gesucht hatte, mühte sich, die kleine Blechdose Mintbonbons zu öffnen, nahm zwei heraus, ohne Maggie etwas anzubieten, und schloss die Dose wieder.

„O'Dell, Margaret", sagte er vor sich hin und nahm sie immer noch nicht zur Kenntnis.

Er wühlte wieder in dem Durcheinander. „Kurs von 1990." Er hielt inne und blätterte in einem Ordner. Maggie sah auf die Beschriftung, um zu sehen, ob er ihre Akte las, entdeckte aber nur das Etikett: „Vierundzwanzig der besten Internet-Pornoseiten."

„Ich erinnere mich an eine Margaret O'Dell", sagte er, ohne sie anzuschauen mit der Stimme eines senilen alten Mannes, der Selbstgespräche führt. „O'Dell, O'Dell, der Bauer bürstet Fell."

Maggie rückte sich auf ihrem Stuhl zurecht und zwang sich, geduldig abzuwarten. Es hatte sich nichts geändert. Warum wunderte sie das? Er behandelte seine Patienten genauso wie seine Studenten? Er machte Wortspiele und reduzierte Namen und Persönlichkeiten auf Kinderreime. Alles Teil seiner Einschüchterungstaktik.

„Grundstudium in Medizin", fuhr er fort und blätterte die Liste mit Pornoseiten durch. Ein paar Mal hielt er inne, schürzte die Lippen und machte „ts, ts, ts.", bevor er sagte: „Sie saß in der linken hinteren Ecke des Raumes und notierte wenig. Gute Studentin. Stellte nur Fragen über kriminelles Verhalten und ererbte Charaktereigenschaften."

Maggie verbarg ihre Überraschung. Diese Fakten konnte er zufällig notiert und in einer Studentenakte aufbewahrt haben. Und natürlich hatte er vor diesem Treffen ihre Akte durchgesehen, um im Vorteil zu sein. Nicht dass er das nötig gehabt hätte. Sie zwang ihre Hände zum Stillhalten, obwohl sie gern fest die Armlehnen gepackt und die Fingernägel ins Leder gebohrt hätte, um sich daran zu hindern, vor dieser lächerlichen Inquisition zu flüchten.

„Machte den Abschluss in Kriminalpsychologie", fuhr er in seinem drolligen Ton fort. „Bekam eine Assistenzstelle in der forensischen Abteilung in Quantico." Schließlich sah er zu ihr auf. Seine wässerigen blassblauen Augen wurden durch das dicke Brillenglas vergrößert, darüber sprossen buschige weiße Brauen. Er rieb sich das Kinn und sagte: „Ich frage mich, wie weit sie es gebracht hätte, wenn sie eine sehr gute Studentin gewesen wäre." Er sah sie auf Antwort wartend an.

Wie gewöhnlich erwischte er sie unvorbereitet. Sie wusste nicht, was sie dazu sagen sollte. Er hatte das Talent, Menschen zu entwaffnen, indem er ihnen das Gefühl gab, unsichtbar zu sein. Dann erwartete er plötzlich eine Antwort auf etwas, das nie infrage gestanden hatte. Maggie blieb stumm, erwiderte seinen Blick nur ruhig und schwor sich, nicht klein beizugeben. Es ärgerte sie, dass er sie mit wenigen Worten und diesem durchdringenden Blick zu einem unsicheren, sprachlosen Teenager degradierte. Das war zweifellos nicht ihre Vorstellung von Therapie. Cunningham war gehörig auf dem Holzweg. Sie zu einem Psychologen zu schicken war Zeitverschwendung. Sie zu Kernan zu schicken half ihr nicht, sondern gefährdete zusätzlich ihre psychische Stabilität.

„Margaret O'Dell, der stille kleine Vogel in der Ecke, die gute Studentin, die sich so sehr für Kriminelle interessierte, aber nicht der Meinung war, sie gehöre in meine Vorlesung, ist nun Spezialagentin Margaret O'Dell, die eine Waffe trägt und ein glänzendes

Abzeichen und wieder mal der Meinung ist, sie gehöre nicht in meine Praxis."

Er sah sie an, erwartete eine Reaktion und stellte immer noch keine Frage. Die Ellbogen auf die wackeligen Stapel Unterlagen gestemmt, verschränkte er die Finger miteinander.

„Stimmt doch, oder? Sie finden, Sie sollten nicht hier sein."

„Ja, das stimmt", bestätigte sie mit kräftiger, trotziger Stimme, obwohl der Mann sie höllisch einschüchterte.

„Ihre Vorgesetzten irren sich also. Trotz des jahrelangen Trainings, trotz der Erfahrung liegen sie schlichtweg falsch. Ist das so?"

„Das habe ich nicht gesagt."

„Wirklich nicht? Haben Sie das etwa nicht gesagt?"

Wortspiele, Gedankenspiele, Konfusion – Kernan war ein Meister darin. Maggie musste sich konzentrieren. Sie durfte nicht zulassen, dass er ihre Worte verdrehte. Sie wollte ihm nicht in die Falle gehen.

„Sie haben mich gefragt, ob ich der Meinung sei, dass ich nicht hier sein sollte", erklärte sie ruhig. „Ich habe das bejaht. Ich glaube nicht, dass ich hier sein sollte."

„Aaaaah", machte er und ließ den Laut in einen Seufzer übergehen, als er sich in seinem Sessel zurücklehnte. Er legte die Hände auf die Brust, und das verknitterte Jackett sprang auf. „Ich bin sehr froh, dass Sie das für mich geklärt haben, Margaret O'Dell."

Sie erinnerte sich, dass ihre Vier-Augen-Gespräche mit ihm immer etwas von einem Verhör gehabt hatten. Und es wurmte sie, dass dieser tüddelige alte Mann, der aussah, als schliefe er in seinen Klamotten, immer noch so viel Autorität hatte. Nicht gewillt, sich nervös machen zu lassen, sah sie ihn ruhig, abwartend an.

„Verraten Sie mir, Margaret O'Dell, die der Meinung ist, sie gehört nicht in meine Praxis, genießen Sie Ihre Besessenheit von Albert Stucky?"

Ihr Magen zog sich zusammen. Verdammt! Man konnte sich drauf verlassen, dass Kernan zur Jagd blies.

„Natürlich nicht!" Stimme und Blick blieben gelassen. Sie durfte nicht zu häufig blinzeln. Er würde ihre Wimpernschläge zählen. Trotz dieser Panzergläser in der Brille würde Kernan nicht das kleinste Zucken entgehen.

„Warum sind Sie dann weiterhin so besessen?"

„Weil ich will, dass er gefangen wird."

„Und Sie sind die Einzige, die ihn fangen kann?"

„Ich kenne ihn besser als jeder andere."

„Oh ja, natürlich. Weil er sein kleines Hobby mit Ihnen geteilt hat. Richtig? Er hat Ihnen eine kleine Tätowierung hinterlassen, eine Art Brandzeichen, das Sie immer an ihn erinnern soll."

Sie hatte vergessen, wie grausam Kernan sein konnte. Bleib ruhig, ermahnte sie sich, keinen Zorn zeigen, dass will er ja nur. „Ich habe ihn zwei Jahre lang verfolgt. Deshalb kenne ich ihn besser als jeder andere."

„Verstehe." Er neigte den Kopf, als sei das absolut notwendig. „Dann ist Ihre Besessenheit vorbei, sobald Sie ihn gefangen haben?"

„Ja."

„Und nachdem er bestraft wurde?"

„Ja."

„Weil er bestraft werden muss, richtig?"

„Es gibt keine Strafe, die hart genug wäre für einen Albert Stucky."

„Wirklich nicht? Der Tod wäre nicht Strafe genug?"

Sie zögerte, bemerkte seinen Sarkasmus, erwartete eine Falle und sprach trotzdem weiter. „Gleichgültig, wie viele Opfer ... wie viele Frauen er tötet, er kann nur einmal sterben."

„Ah ja, verstehe. Und das wäre keine angemessene Bestrafung. Wie sähe eine angemessene Strafe aus?"

Sie schwieg. Diesen Köder fraß sie nicht.

„Sie möchten ihn leiden sehen, nicht wahr, Margaret O'Dell."

Sie hielt seinem Blick stand. Nicht zurückweichen, sagte sie sich. Er wartete nur auf einen Ausrutscher, belauerte, bedrängte und zwang sie, ihren Zorn preiszugeben.

„Wie würden Sie ihn gern leiden lassen? Durch Schmerz? Durch entsetzlichen, lang andauernden Schmerz?" Er sah sie an, sie erwiderte den Blick und weigerte sich zu sagen, was er hören wollte.

„Nein, nicht durch Schmerz", stellte er schließlich fest, als hätte ihr Blick bereits die Antwort geliefert. „Sie bevorzugen Angst. Sie möchten, dass er leidet, indem er Angst hat", fuhr er fast beiläufig fort, ohne Vorwurf, ohne Konfrontation, eine Einladung, sich ihm anzuvertrauen.

Maggie hatte die Hände im Schoß liegen, saß aufrecht und wich seinem Blick nicht aus, während Wut ihr fast den Magen umdrehte.

„Sie wollen, dass er dieselbe Angst, dasselbe Gefühl der Hilflosigkeit empfindet wie seine Opfer." Er lehnte sich im Sessel vor, und dessen Knarren wirkte in der Stille besonders laut. „Dieselbe Angst, die Sie hatten, als er Sie in die Falle lockte. Als er Sie verletzte, als sein Messer in Ihre Haut schnitt." Er machte eine Pause und studierte sie.

Maggie hatte das Gefühl, im Zimmer sei es erstickend heiß geworden mit zu wenig Atemluft. Sie unterließ es jedoch, die feuchten Haare aus der Stirn zu streichen, und widerstand der Versuchung, an der Unterlippe zu nagen. Ruhig und stumm erwiderte sie seinen Blick.

„Ist das nicht so, Margaret O'Dell? Sie möchten Mr. Albert Stucky sich winden sehen, wie Sie sich gewunden haben."

Sie verabscheute, dass er von Stucky derart respektvoll als Mister sprach. Was fiel ihm ein?

„Zu sehen, wie er sich auf dem elektrischen Stuhl windet, reicht Ihnen nicht aus", bedrängte er sie weiter.

Maggie begann die Hände im Schoß zu ringen. Ihre Handflächen waren schweißnass. Warum war es so verdammt heiß im Zimmer? Ihre Wangen brannten, der Kopf tat ihr weh.

„Nein, der elektrische Stuhl ist keine angemessene Bestrafung für seine Taten, nicht wahr? Sie haben eine bessere Bestrafung im Sinn. Und wie soll die nach Ihrer Vorstellung angewandt werden, Margaret O'Dell?"

„Indem er mich ansieht, wenn ich diesem gottverdammten Scheißkerl zwischen die Augen schieße!" platzte sie heraus, und es war ihr gleichgültig, dass sie soeben in Dr. James Kernans psychologische Falle getappt war.

33. KAPITEL

Tess McGowan versuchte die Augen zu öffnen, doch die Lider waren zu schwer. Ihr gelang ein kurzes flackerndes Hochziehen, sie sah einen Lichtblitz, dann wieder Dunkelheit. Sie saß aufrecht, doch die Erde unter ihr bewegte sich mit ständigem Rumpeln und Vibrieren. Irgendwo sang eine sanfte tiefe Stimme mit Countryschmelz darüber, wie man Menschen, die man liebt, unbewusst kränkt.

Sie konnte sich nicht bewegen. Die Arme waren schlaff, die Beine wie Beton. Halterungen über Schulter und Schoß hielten sie aufrecht. Ein Auto. Ja, sie war in einem Auto festgeschnallt. Das erklärte die Bewegung, die Vibration und die gedämpften Geräusche. Es erklärte nicht, warum sie die Augen nicht öffnen konnte.

Sie versuchte es wieder. Ein weiteres Flackern. Scheinwerfer flammten auf, ehe ihr die schweren Lider wieder zufielen. Es war Nacht. Wie konnte das sein? Es war doch gerade erst Morgen gewesen, oder?

Sie lehnte sich gegen die Kopfstütze und nahm schwach einen Jasminduft wahr. Ja, sie erinnerte sich, vor einigen Tagen hatte sie ein neues Duftkissen gekauft und unter dem Beifahrersitz angebracht. Demnach war sie in ihrem eigenen Wagen.

Feststellung und Geruch beruhigten sie bis zu dem Moment, als ihr klar wurde, dass jemand den Wagen fahren musste. Daniel etwa? Warum konnte sie sich nicht erinnern? Warum reagierte ihr Hirn so benebelt? Hatte sie sich etwa wieder betrunken? Allmächtiger! Hatte sie wieder einen Fremden abgeschleppt?

Sie drehte den Kopf leicht zur Seite, ohne ihn von der Kopfstütze zu nehmen. Die Bewegung war eine ungeheure Anstrengung, jeder Zentimeter ging wie in Zeitlupe. Noch einmal versuchte sie, die Augen zu öffnen. Zu dunkel, aber sie erkannte Bewegung. Die Lider fielen wieder herunter.

Sie lauschte und konnte jemand atmen hören. Sie öffnete den Mund, um zu fragen, wohin sie fuhren. Das war eine einfache Frage, doch sie brachte keinen Ton heraus. Sie hörte ein Aufstöhnen, aber das kam nicht von ihr. Dann verlangsamte der Wagen das Tempo. Es folgte ein leises elektrisches Surren. Tess spürte Zug, roch Teer und wusste, dass das Fenster offen war. Der Wagen hielt mit laufendem Motor. Abgase verrieten ihr, dass sie im Stau steckten. Erneut versuchte sie vergeblich, die Augen zu öffnen.

„Guten Abend, Officer", sagte eine tiefe Stimme vom Sitz nebenan.

War das Daniel? Die Stimme klang vertraut.

„Guten Abend", erwiderte eine zweite Stimme laut. „Oh, Entschuldigung", fügte der Mann leise hinzu, „habe nicht gesehen, dass Ihre Frau schläft."

„Was ist los?"

Das wollte Tess allerdings auch wissen. Was war hier los? Warum konnte sie sich nicht bewegen und die Augen nicht öffnen? Welche Frau schlief denn da? Meinte der Officer sie?

„Wir räumen eine Unfallstelle auf der anderen Seite der Mautbrücke. Dauert nur ein, zwei Minuten. Dann lassen wir Sie durch."

„Nur keine Eile", erwiderte die Stimme viel zu ruhig.

Nein, das war nicht Daniel. Daniel hatte es immer eilig. Er würde den Officer von seiner Wichtigkeit überzeugen und erst mal eine Szene machen. Wie sie das hasste, wenn er sich so aufführte. Aber wenn das nicht Daniel war da neben ihr, wer dann?

Allmählich keimte Panik in ihr auf. „Nur keine Eile?" Ja, die Stimme klang vertraut.

Es dämmerte ihr.

„Sie riechen recht nett", hatte diese Stimme ihr gesagt. Stück für Stück erinnerte sie sich. Das Haus am Archer Drive. Er hatte das große Schlafzimmer sehen wollen. „Ich hoffe, Sie sind nicht gekränkt."

Er hatte ihr Gesicht sehen wollen. „Es ist wirklich ziemlich schmerzlos." Nein, er hatte ihr Gesicht betasten wollen. Seine Hände, seine Finger waren auf ihren Haaren, ihren Wangen, ihrem Nacken gewesen. Er hatte ihr die Hände um die Kehle gelegt und zugedrückt. Sie konnte nicht atmen, sich nicht bewegen. Schwarze Augen und ein Lächeln. Ja, er hatte gelächelt, als er sie würgte. Es tat weh. Aufhören! Es tat so schrecklich weh. Er schlug ihr den Kopf gegen die Wand, und es schmerzte entsetzlich. Sie wehrte sich mit Händen und Nägeln. Oh Gott, er war so stark.

Sie hatte den Einstich der Nadel tief im Arm gespürt, eine Hitzewelle durchströmte ihre Adern, dann hatte sich der Raum gedreht.

Jetzt versuchte sie, diesen Arm wieder zu heben. Er bewegte sich nicht und tat weh. Was hatte der Kerl ihr gegeben, wer war er überhaupt? Wohin brachte er sie? Sogar die Angst war in ihr gefangen, schien ihr wie ein Klumpen tief in der Kehle zu sitzen und wollte hervorbrechen. Doch sie konnte sich nicht wehren oder weglaufen, sie konnte nicht mal schreien!

34. KAPITEL

Maggie hatte die Abfahrt nach Quantico keines Blickes gewürdigt und war nach ihrer Sitzung mit Kernan gleich nach Haus gefahren. Sitzung? Das war ein Witz gewesen. Sie schüttelte den Kopf und ging im Wohnraum auf und ab. Die einstündige Fahrt von Washington hatte ihren Zorn nicht mal ansatzweise gedämpft. Welche Sorte Psychologe weckte in seinen Patienten den Drang, die Faust durch die Wand zu schlagen?

Sie bemerkte ihre Taschen am Fuß der Treppe, noch voll gepackt von der Reise nach Kansas City. In den Zimmerecken stapelten sich die Kisten, und ihre Nerven lagen blank. Sie spürte die Verspannung im Nacken, und ihr Kopf begann schmerzhaft zu pochen. Sie erinnerte sich nicht an ihre letzte Mahlzeit. Vermutlich im Flieger letzte Nacht.

Sie erwog, sich umzuziehen und eine Runde zu laufen. Es wurde dunkel, aber das hatte sie früher nicht gestört. Was sie jetzt zögern ließ, war die Möglichkeit, dass Stucky sie beobachtete. War er aus Kansas City zurück? Lauerte er da draußen irgendwo in einem Versteck? Sie ging von Fenster zu Fenster und blickte prüfend auf die Straße und das Gehölz hinter dem Haus. Die Augen leicht verengt, versuchte sie im Zwielicht die Schatten der Bäume genauer zu erkennen. Sie suchte nach Ungewöhnlichem, nach Bewegung. Jedes Rascheln eines Busches, jedes Schwingen eines Astes in der leichten Brise verunsicherte sie so sehr, dass sie die Anspannung von Muskeln und Nerven spürte.

Vorhin hatte sie einen Bauarbeiter am Ende der Straße bemerkt, der Gullygitter kontrollierte und Pylone aufstellte. Sein Overall war zu sauber, und seine Schuhe waren zu glänzend poliert gewesen. Sie hatte sofort gewusst, dass er zu Cunninghams Überwachungsmannschaft gehörte. Wie konnte Cunningham erwarten, Stucky mit so amateurhaften Strategien zu fangen? Wenn sie die Tarnung bemerkte, dann Stucky, das professionelle Chamäleon, erst recht. Da er Identitäten und Rollen mit Leichtigkeit wechselte, erkannte er schlechtere Tarnungen auf Anhieb.

Sie verabscheute es, sich im eigenen Haus wie ein Tier im Käfig zu fühlen. Außer dem Klicken ihrer Absätze auf dem polierten Holzboden hörte sie absolut nichts. Kein Rasenmäher, kein Automotor, keine spielenden Kinder. Andererseits waren gerade die Ruhe und Abgeschiedenheit des Hauses kaufentscheidend für sie gewesen. Sie hatte sich einen Wunsch erfüllt. Aber wie hieß es so schön: Gib Acht, was du dir wünschst!

Sie förderte ihren CD-Player zu Tage und tauchte in die überquellende Kiste mit CDs ab. Einige waren noch in Zellophan verschweißt. Geschenke von Freunden. Sie hatte nie die Zeit gehabt, sie zu öffnen, geschweige denn zu genießen. Sie wählte einen frühen Jim Brickman aus und hoffte auf die beruhigende Wirkung der Klaviersoli. Die Musik hatte kaum eingesetzt, als Maggie Susan Lyndell die runde Zufahrt heraufkommen sah. Offenbar war es zu früh für Stressabbau.

Sie öffnete die Tür, ehe Susan die Stufen zum Eingang hinaufgestiegen war, und blickte suchend umher, nur nicht zu Susan.

Nachdem sie den Blick einmal hatte schweifen lassen, tat sie es ein zweites Mal.

„Wie war die Reise?" fragte Susan, als wären sie alte Freundinnen.

„Ganz gut." Maggie zog sie sacht am Ellbogen in die Eingangshalle.

Susan sah sie erstaunt an. Bei ihrem ersten Besuch war sie kaum ins Haus gelassen worden, und nun zog man sie gleich herein?

„Ich bin gestern Abend spät zurückgekommen", erklärte Maggie und schloss die Tür. Ihr graute bei der Vorstellung, dass Stucky zusah und sein nächstes Opfer auswählte.

„Ich wollte Sie anrufen, aber Sie stehen nicht im Telefonbuch."

„Nein", bestätigte sie nachdrücklich, damit Susan nicht auf die Idee kam, nach ihrer Nummer zu fragen. „Haben Sie mit Detective Manx gesprochen?"

„Das wollte ich Ihnen ja gerade erzählen. Ich glaube, ich habe mich da neulich geirrt."

„Warum glauben Sie das?" Maggie wartete auf eine Antwort, während ihre Nachbarin den Stapel Kartons betrachtete, den Blick durchs leere Wohnzimmer wandern ließ und sich vermutlich fragte, wie sie sich so ein Haus leisten konnte.

„Ich habe mit Sid gesprochen", erklärte Susan schließlich und sah Maggie an, obwohl sie immer noch von ihrem Hausrat, besser gesagt, vom Fehlen desselben, abgelenkt schien.

„Mit Mr. Endicott? Worüber denn?"

„Sid ist ein guter Mann. Es tut mir so Leid, dass er das alles allein durchstehen muss. Ich dachte, er hätte ein Recht, es zu erfahren. Nun ja, Sie wissen schon ... wegen Rachel und diesem Mann."

„Dem Mann vom Telefondienst?"

„Ja." Susan wandte den Blick ab, aber das hatte nun nichts mehr mit Neugier auf die Umgebung zu tun.

„Was haben Sie ihm erzählt?"

„Nur, dass sie möglicherweise mit ihm weggegangen ist."

„Verstehe." Maggie fragte sich, wie Susan Lyndell ihre Freundin so einfach verraten konnte. Und warum nahm sie plötzlich ganz selbstverständlich an, Rachel sei mit dem Fremden durchgebrannt, dem sie vor kurzem noch unterstellt hatte, er könnte ihrer Freundin etwas angetan haben? „Und was hat Mr. Endicott dazu gemeint?"

„Ach, vielleicht haben Sie das noch nicht gehört. Rachels Wagen war nicht in der Garage. Die Polizei sah Sids Mercedes dort und hat nicht bemerkt, dass Rachels fehlte. Sie bringt Sid gewöhnlich zum Flughafen, wenn er verreist, damit er seinen Wagen nicht auf dem Flughafenparkplatz abstellen muss. Er macht sich immer Sorgen um sein Auto. Jedenfalls glaube ich, Rachel muss mit diesem Typen gegangen sein. Sie war wirklich verknallt in ihn."

„Was ist mit dem Hund?"

„Dem Hund?"

„Wir fanden ihn mit einer Stichwunde ... verletzt unter dem Bett."

Susan zuckte die Achseln. „Davon weiß ich nichts", sagte sie, als könne man nicht von ihr erwarten, sie sei allwissend.

Das Handy in Maggies Jackentasche klingelte. Da sie zögerte, es zu nehmen, machte Susan mit ihrer zarten Hand eine Geste wie einen Flügelschlag und deutete damit an, sie solle den Anruf entgegennehmen. Während sie sich zurückzog, sagte sie: „Ich werde Sie nicht länger aufhalten. Ich wollte Sie nur informieren." Ehe Maggie etwas einwenden konnte, war sie schon draußen und ging beschwingt die Auffahrt hinunter. Das war eindeutig nicht mehr die nervöse, ängstliche Frau, die sie vor Tagen kennen gelernt hatte.

Maggie schloss rasch die Tür und nahm sich die Zeit, die Alarmanlage wieder zu aktivieren, während das Telefon weiter klingelte. Schließlich fischte sie es aus der Tasche. „Maggie O'Dell."

„Mein Gott, endlich! Du brauchst ein besseres Handy, Maggie. Ich glaube, es muss schon wieder aufgeladen werden."

Sofort kehrten die Verspannungen in Nacken und Schultern zurück. Gregs Begrüßungen klangen stets wie Schimpfkanonaden.

„Mein Telefon war abgeschaltet. Ich war außerhalb der Stadt. Du hast meine Nachricht erhalten?" Sie kam sofort zur Sache, um weitere Schelte, weil sie nicht erreichbar gewesen war, im Keim zu ersticken.

„Du solltest dir endlich einen Auftragsdienst zulegen", tadelte er noch. „Deine Mutter hat mich vor einigen Tagen angerufen. Sie hat nicht mal gewusst, dass du umgezogen bist. Um Himmels willen, Maggie, du könntest deine Mutter wenigstens informieren und ihr deine neue Telefonnummer geben."

„Ich habe sie angerufen. Ist alles okay mit ihr?"

„Sie klang munter. Sie sagte, sie sei in Las Vegas."

„Las Vegas?" Ihre Mutter verließ Richmond praktisch nie. Und was für ein Reiseziel! Las Vegas war zweifellos der ideale Ort für eine selbstmordgefährdete Alkoholikerin.

„Sie sagte, sie sei mit einem Reverend Everett zusammen. Du musst besser auf sie aufpassen, Maggie. Sie ist deine Mutter."

Maggie lehnte sich gegen die Wand und atmete tief durch. Greg hatte die Spannungen zwischen ihr und ihrer Mutter nie begriffen. Wie sollte er auch. Er entstammte einer Familie, die aussah wie aus einem Katalog der 50er Jahre.

„Greg, habe ich einen Karton bei dir in der Wohnung gelassen?"

„Nein, hier ist nichts. Dir ist schon klar, das so etwas nicht passiert wäre, wenn du United genommen hättest?"

Maggie überhörte das unausgesprochene: ‚Ich hab's dir ja gesagt'. „Bist du sicher? Schau, es ist mir egal, ob du ihn geöffnet oder die Sachen durchgesehen hast."

„Du solltest dich hören. Du misstraust jedem. Begreifst du nicht, was dieser gottverdammte Job aus dir macht?"

Sie massierte ihren verspannten Nacken. Warum machte Greg es ihr nur immer so schwer?

„Hast du im Keller nachgesehen?" fragte sie, obwohl sie wusste, dass der Karton unmöglich dort sein konnte. Sie wollte Greg jedoch eine Brücke bauen, falls er ihn tatsächlich geöffnet hatte.

„Nein, da ist nichts. Was war denn drin? Eine deiner wertvollen Waffen? Kannst du nicht schlafen ohne alle drei oder vier oder wie viele du inzwischen hortest?"

„Ich habe zwei, Greg. Es ist nicht ungewöhnlich, dass ein Agent eine Ersatzwaffe besitzt."

„Richtig. Aber für mich ist das eine zu viel."

„Würdest du mich einfach anrufen, wenn der Karton auftaucht?"

„Er ist nicht hier."

„Okay, in Ordnung. Bye."

„Melde dich bald bei deiner Mutter", erwiderte er anstelle einer Verabschiedung.

Den Kopf gegen die Wand gelehnt, schloss sie die Augen und hoffte, das Pochen in Kopf, Nacken und Schultern zu dämpfen. Als die Türglocke läutete, griff sie nach ihrem Revolver, ehe sie sich dessen bewusst war. Großer Gott, Greg hatte vielleicht Recht. Sie war verrückt und paranoid.

Neben der Laterne in ihrer Zufahrt sah sie einen Van mit der Aufschrift *Rileys Tierklinik*. Vor der Tür stand ein Mann im weißen Overall mit Baseballkappe. Neben ihm saß geduldig mit blauem Halsband und Leine ein weißer Labrador Retriever. Obwohl er keine Verbände mehr um Brust und Schulter trug, erkannte sie ihn als den Hund, den sie aus dem Haus der Endicotts gerettet hatte. Trotzdem musterte sie den Mann genauer, um sicherzugehen, dass es kein getarnter Stucky war. Nein, er war zu klein.

„Die Endicotts leben ein Stück weiter unten an der Straße", sagte sie, sobald sie die Tür geöffnet hatte.

„Das weiß ich!" schnauzte der Mann. Sein Gesicht war hektisch gerötet, und die Stirn glänzte von Schweiß, als hätte er den Weg zu Fuß gemacht und nicht mit dem Auto. „Mr. Endicott weigert sich, den Hund zu nehmen."

„Er tut was?"

„Er nimmt den Hund nicht."

„Hat er das gesagt?" Maggie fand das unglaublich, nach allem, was das Tier durchgemacht hatte.

„Seine genauen Worte waren. ‚Das ist der beschissene Hund meiner Frau'. Verzeihen Sie meine Ausdrucksweise. Glauben Sie mir, er drückte sich noch drastischer aus. Jedenfalls sagte er, wenn seine Frau abgehauen sei und den blöden Köter zurückgelassen habe, dann wolle er ihn auch nicht mehr."

Maggie warf einen Blick auf den Hund, der sich, entweder wegen der erhobenen Stimme des Mannes oder weil er spürte, dass man über ihn sprach, an den Boden kauerte.

„Ich weiß nicht, was Sie von mir erwarten. Ich glaube kaum, dass ich Mr. Endicott umstimmen kann, wenn ich mit ihm rede. Ich kenne ihn nicht mal."

„Ihr Name und Ihre Anschrift stehen auf dem Einlieferungsschein, den Sie unterschrieben haben, als Sie den Hund in der Klinik abgaben. Detective Manx sagte uns, wir sollten Ihnen den Hund bringen."

„Das kann ich mir denken." Der Typ hatte Nerven. Das war Manx' kleinkarierte Rache. „Und wenn ich mich weigere, was machen Sie dann mit dem Tier?"

„Dann habe ich Anweisung von Mr. Endicott, ihn ins Tierheim zu bringen."

Maggie sah den Hund wieder an. Wie auf Kommando erwiderte er den Blick mit traurigen, Mitleid heischenden braunen Augen. Verdammt. Sie wusste nicht, wie ein Hund versorgt werden musste. Sie war zu selten zu Hause, um sich um einen Hund zu kümmern. Sie konnte keinen Hund nehmen. Ihre Mutter hatte ihr nie gestattet, einen Hund zu haben. Greg war allergisch gegen Hunde und Katzen gewesen, zumindest hatte er das behauptet, als sie vom Joggen mal einen Streuner mit nach Hause gebracht hatte. Allergie hin oder her, sie hatte gewusst, dass er es niemals tolerieren würde, wenn etwas mit vier Pfoten seine wertvollen Ledermöbel zerkratzte. Das allein war eigentlich Grund genug, den Hund zu nehmen.

„Wie heißt er?" fragte sie und nahm dem Mann die Leine ab.

„Sein Name ist Harvey."

35. KAPITEL

Boston, Massachusetts,
Donnerstag, 2. April

Will Finley konnte nicht still sitzen. Den ganzen Morgen war er schon kribbelig. Jetzt durchstreifte er die Flure des Bezirksgerichtes und wischte sich mit zitternder Hand über das Gesicht. Zu viel Koffein, das war sein Problem. Das und sehr wenig Schlaf. Dass Tess McGowan auf keinen seiner Anrufe reagiert hatte, machte ihn verrückt. Heute war schon Donnerstag. Seit Montag hinterließ er

Nachrichten auf ihrem Anrufbeantworter und in ihrem Büro. Besser gesagt, dort, wo er ihr Büro vermutete. Er hatte sich von der antiken Kommode in ihrem Schlafzimmer eine Geschäftskarte mitgenommen. Andernfalls hätte er weder ihre Telefonnummer gewusst, noch ihren Nachnamen gekannt. Er hatte sogar versucht, ihr über Louie Nachrichten zukommen zu lassen, bis der stämmige Barbesitzer ihn aufgefordert hatte, Tess in Ruhe zu lassen und sich zu verpissen.

Und warum konnte er das nicht? Warum beherrschte sie seine Gedanken? Er war noch nie von einer Frau besessen gewesen, warum von dieser? Sogar Melissa war seine Geistesabwesenheit aufgefallen. Seine Erklärung, im neuen Job überarbeitet und von den Hochzeitsvorbereitungen gestresst zu sein, hatte sie immerhin geschluckt.

Dass er sie seit der Nacht mit Tess nicht mehr angerührt hatte, machte die Probleme nicht kleiner. Das war zwar erst drei Tage her, aber irgendwann würde es Melissa auffallen. Zumal er sie gestern, als sie andeutete, über Nacht bleiben zu wollen, mit der lahmen Entschuldigung, er brauche vor einer wichtigen Verhandlung seinen Schlaf, praktisch zur Tür hinauskomplimentiert hatte. Er wusste selbst nicht genau, wo sein Problem lag. Befürchtete er, Melissa würde seine Untreue bemerken, weil er sie jetzt anders berührte? Oder wollte er die Erinnerung an den Sex mit Tess nicht schwinden lassen? Er hatte sich diese Nacht so oft durch den Kopf gehen lassen, dass er sie sich auf Wunsch jeden Moment vergegenwärtigen konnte.

Er saß verdammt in der Tinte.

Als er in Richtung der Registraturabteilung um die Ecke bog, stieß er mit Nick Morrelli zusammen. Der Inhalt seines Aktenordners verteilte sich über den Boden, und Will war schon auf den Knien, ehe Nick begriff, was ihn getroffen hatte.

„He, warum so eilig?" fragte Nick und hockte sich neben ihn. Andere gingen achtlos um sie herum, ohne zu bemerken, dass sie die verstreuten Papiere mit den Absätzen traten und verknitterten.

Im Aufstehen reichte Nick ihm die aufgesammelten Unterlagen. Will ließ den Blick noch einmal über den Boden schweifen, um sicherzugehen, dass er alles hatte. Es hätte ihm gerade noch gefehlt, ein Dokument zu verlieren, das der Verteidigung in diesem Prozess einen Vorteil verschaffte.

„Also, wozu die Eile?" fragte Nick erneut und wartete, Hände in den Taschen, auf eine Antwort.

„Ich habe es gar nicht eilig." Will richtete den Papierstapel und fuhr sich mit der Hand durchs Haar. Er fragte sich, ob Nick das leichte Zittern seiner Hand bemerkte. Sie waren beide neu im Büro des Bezirksstaatsanwaltes, doch Nick Morrelli war sein Jura-Dozent an der Universität von Nebraska gewesen. Er sah immer noch zu Morelli auf, der für ihn eher Mentor als Kollege war. Er wusste, dass er ihn sozusagen unter seine Fittiche genommen hatte, um dem Jungen, der wie er aus dem Mittleren Westen stammte, zu helfen, sich an die Hektik der Großstadt Boston zu gewöhnen.

„Du siehst beschissen aus", bemerkte Nick besorgt. „Fühlst du dich wohl?"

„Ja, sicher. Alles in Ordnung."

Nick schien nicht überzeugt zu sein. Er sah auf seine Armbanduhr. „Fast Lunchzeit. Wie wäre es, wenn wir uns unten an der Straße ein paar Burger reinziehen? Ich zahle."

„Okay. Ja, sicher, wenn du zahlst." Grundgütiger Himmel, er stammelte sogar. „Lass mich das Zeug hier nur gerade in der Registratur abgeben."

Obwohl es warm war, trugen beide ihre Jacketts. Will merkte, wie er schwitzte, und fürchtete, das Sakko den ganzen Tag nicht mehr ausziehen zu können, wenn die Schweißränder unter den Achseln so groß waren, wie sie sich anfühlten. Vielleicht waren seine körperlichen Reaktionen ja nichts weiter als Angst vor der Hochzeit? Schließlich war der Termin nur noch – was? drei oder vier Wochen entfernt. Heiliger Strohsack! So nah?

Will bestritt die Unterhaltung bei Tisch mit langweiligen Details aus den Prozessen, die Nick während seiner Reise nach Kansas City versäumt hatte. Nur so konnte er die besorgte Miene seines Exdozenten ignorieren. Nick lauschte höflich und wartete, bis Will den Mund voll hatte, ehe er fragte: „Willst du mir jetzt endlich erzählen, was dir auf der Seele brennt?"

Will wischte sich Ketchup von den Mundwinkeln und schluckte. Er nahm seine Cola und spülte hinunter, was ihm in der Kehle stecken zu bleiben drohte.

„Wie kommst du darauf, dass etwas nicht in Ordnung ist?"

„Ich sprach nicht von nicht in Ordnung sein, sondern von auf der Seele brennen."

„Oh." Er wischte sich wieder den Mund, um Zeit zu gewinnen. Das war eine anwaltstypische Wortklauberei.

„Also, was ist los?"

Will schob seinen Teller beiseite. Er hatte bereits seinen halben Burger und alle Fritten verspeist, ehe Nick auch nur einen zweiten Bissen genommen hatte. Sodbrennen stieg vom Magen auf und setzte sich wie ein Klumpen in seiner Brust fest. Auf eine weitere Missempfindung konnte er gerne verzichten.

„Ich glaube, ich habe großen Mist gebaut."

Nick aß weiter und beobachtete ihn abwartend über den Burger hinweg, den er mit beiden Händen hielt. Schließlich sagte er: „Es war doch nicht der Prucello-Fall, oder?"

„Nein, nein, es hat nichts mit der Arbeit zu tun."

Nick wirkte erleichtert, furchte jedoch gleich wieder die Stirn. „Kriegst du Fracksausen wegen der Hochzeit?"

Will trank seine Cola aus und gab dem Kellner ein Zeichen, indem er auf sein Glas deutete, um ein weiteres zu bekommen. Er hätte die Cola gern gegen etwas Stärkeres eingetauscht.

„Vielleicht, ich weiß nicht." Er zog seinen Stuhl heran und beugte sich über den Tisch, um trotz der lärmenden Mittagsgäste leise sprechen zu können. An zwei Nachbartischen saßen Leute, die er aus dem Gericht kannte.

„Sonntagabend habe ich eine Frau kennen gelernt. Mein Gott Nick. Sie war ... unglaublich. Ich muss seither dauernd an sie denken."

Nick kaute und beobachtete ihn, als überlege er, was er sagen sollte.

Wenn jemand so etwas verstehen konnte, dann Nick. Will wusste, dass das Campusgerede über seine Affären mit Studentinnen und Professorinnen nicht bloße Gerüchte gewesen waren. Nick Morrelli hatte sein Maß an flüchtigen Affären gehabt. Sogar, nachdem er die Universität gegen den Sheriffposten in Platte City, Nebraska, eingetauscht hatte, war er seinem Ruf treu geblieben.

„Diese Frau", fragte Nick bedächtig, „war sie eine Nutte?"
Will verschluckte sich fast.

„Nein, zum Teufel!" Er sah sich in dem kleinen Diner um, ob jemand sein Aufbegehren bemerkt hatte. „Die Jungs, Mickey und Rob Bennett, sie stachelten mich auf, diese Frau in der Bar anzumachen. Sie war unglaublich erotisch und so ... ich weiß nicht, ungehemmt. Aber nein, sie ist keine Hure." Er senkte die Stimme und verstummte, als er merkte, dass ihn vom Nachbartisch zwei Frauen anstarrten. „Sie ist älter als ich, wahrscheinlich eher in deinem Alter. Sehr attraktiv, mit einer erstaunlich erotischen Ausstrahlung. Aber auf eine kultivierte Art, nicht irgendwie billig. Ich glaube, sie ist Immobilienmaklerin."

Der Kellner brachte Will ein volles Glas. Der lehnte sich zurück und trank es halb leer. Nick aß weiter, als sei das alles keine große Sache. Will wurde unruhig und auch ein bisschen ärgerlich. Schließlich hatte er gerade sein Innerstes nach außen gekehrt, und Nick schien mehr an seinem verdammten Burger interessiert zu sein.

„Du sagst eigentlich nur, dass sie ein unglaublich guter Fick war."

„Mein Gott, Nick!"

„Was ist? Geht es denn nicht darum?"

„Ich dachte, gerade du würdest mich verstehen. Aber vergiss es. Vergiss, dass ich überhaupt was gesagt habe!" Will zog seinen Teller wieder heran, konzentrierte sich aufs Essen und vermied es, Nick anzusehen. Eine der Frauen vom Nachbartisch lächelte ihn an. Offenbar wusste sie nicht, dass er ein Idiot war.

„Komm schon, sei eine Minute vernünftig." Nick wartete, bis Will ihm seine Aufmerksamkeit schenkte. „Willst du wirklich drei oder vier Jahre mit Melissa wegen einer unglaublich geilen Nacht wegwerfen?"

„Nein, natürlich nicht." Will sank in seinem Stuhl zusammen und nestelte am Krawattenknoten herum." Er hob den Blick und sah Nick in die Augen. „Ich weiß nicht mehr, was ich machen soll."

„Will, ich war mit vielen Frauen zusammen, ganz unglaublichen Frauen. Aber du kannst deine Lebensentscheidungen nicht von einer rauschhaften Nacht abhängig machen."

Sie saßen schweigend da, während Nick zu Ende aß. Will richtete sich auf, beugte sich wieder über den Tisch und merkte erst jetzt, dass ihm Ketchup vom Ärmel tropfte. Mist! In letzter Zeit verbrauchte er mehr Geld für die chemische Reinigung als fürs Essen.

„Es war nicht nur der Sex, Nick." Er hatte das Gefühl, das Ganze erklären zu müssen, war aber nicht sicher, dass er es konnte. „Da war noch etwas anderes. Ich meine, diese Frau war stark, leidenschaftlich, sexy, unabhängig und auch ... ach, ich weiß nicht ... sie war auch verletzlich, lieb, lustig und aufrichtig. Ich weiß, wir hatten beide zu viel getrunken, und wir wissen fast nichts voneinander, aber ... ich kann nicht aufhören, an sie zu denken."

Er sah Nick einige Geldscheine herausnehmen und zusammen mit Trinkgeld auf das Plastiktablett legen. War es ein Fehler gewesen, offen zu reden? Hätte er es lieber für sich behalten sollen?

„Also, was willst du in der Sache unternehmen?"

„Keine Ahnung." Will rieb resigniert am Ketchupfleck auf seinem Ärmel. „Vielleicht will ich sie nur wieder sehen, mit ihr reden, sehen, ob ... ach, ich weiß nicht."

„Dann ruf sie an. Was hindert dich?"

„Ich habe es versucht, sie reagiert nicht auf meine Nachrichten."

„Dann fahr zu ihr, besuch sie, geh mit ihr Essen. Frauen mögen es, wenn Männer die Initiative ergreifen und nicht nur reden."

„So einfach ist das nicht. Es ist eine fünfstündige Fahrt. Sie lebt in dieser Kleinstadt außerhalb von D.C. ... Newton, Newberry, Newburgh Heights. Ja, Newburgh Heights, glaube ich."

„Warte mal, Newburgh Heights, außerhalb D.C., Virginia?"

„Ja, du kennst es?"

„Ich glaube, eine Freundin von mir hat dort ein Haus gekauft."

„Die Welt ist klein." Will beobachtete Nick, den etwas zu beschäftigen schien. „Glaubst, du, die kennen sich?"

„Das bezweifle ich. Maggie ist FBI-Profilerin."

„Warte mal, ist das dieselbe FBI-Maggie, die dir letzten Herbst bei diesem Fall geholfen hat?"

Nick bejahte nickend, doch er hätte nicht zu antworten brauchen. Will sah ihm bereits an, dass es dieselbe Frau war. Schon vor Monaten hatte er bemerkt, dass man diese Maggie nicht erwähnen konnte, ohne dass Nick sich eigenartig benahm. Vielleicht war diese Maggie seine Obsession.

„Und wie kommt es, dass du Maggie nicht angerufen hast oder zu ihr gefahren bist?"

„Zum einen, weil ich erst vor wenigen Tagen erfahren habe, dass sie in Scheidung lebt."

„Vor wenigen Tagen heißt, sie war mit in Kansas City?"

„Ja, war sie. Sie hielt dort einen Vortrag."

„Und?"

„Nichts und."

Will bemerkte, wie frustriert und gereizt Nick war. Ja, er benahm sich schon wieder eigenartig.

„Aber du hast sie gesehen, oder? Und du hast mit ihr gesprochen?"

„Ja, wir haben einige Stunden damit verbracht, Abfall zu durchwühlen."

„Wie bitte? Ist das eine neue Bezeichnung für das Vorspiel?"

„Ist es nicht!" gab Nick heftig zurück, plötzlich nicht mehr in der Stimmung für Wills Humor. „Komm, lass uns wieder an die Arbeit gehen."

Nick stand auf, richtete sich die schief sitzende Krawatte, knöpfte sein Jackett zu und deutete damit das Ende der Unterhaltung an. Will ignorierte das.

„Klingt, als wäre Maggie für dich das, was Tess für mich ist."

„Was soll denn das nun wieder heißen?" Nick warf ihm einen tadelnden Blick zu, und Will wusste, er hatte Recht.

„Diese Maggie macht dich genauso verrückt, wie Tess mich verrückt macht. Vielleicht sollten wir zusammen nach Newburgh Heights fahren."

36. KAPITEL

Maggie stellte erstaunt fest, dass Agent Tully es geschafft hatte, ihr altes Büro kleiner aussehen zu lassen, als es war. Bücher, die nicht in das schmale, deckenhohe Regal passten, lagen gestapelt in der Ecke. Ein Besucherstuhl war unter Bergen von Zeitungen verborgen. Der Eingangskorb für wichtige Unterlagen wurde von einem Haufen schräg liegender Dokumente und Aktenordner erdrückt. Ketten aus Büroklammern lagen an den unmöglichsten Stellen herum. Ketten aufziehen war offenbar ein nervöser Tick dieses Mannes, der ständig seine Finger beschäftigen musste. Ein einsamer Kaffeebecher stand auf einem Stapel Notizblöcken und Computerhandbüchern. Hinter der Tür, wo andere Leute Trenchcoat oder Regenkleidung aufhängten, lugten graue Trainingssachen hervor.

Das Einzige, was sich im Büro ein wenig hervorhob, war ein Foto im einfachen Holzrahmen auf der ihm zu Ehren freigeräumten rechten Ecke des Schreibtisches. Maggie erkannte Agent Tully sofort, obwohl die Aufnahme schon einige Jahre alt sein musste. Das kleine blonde Mädchen hatte seine dunklen Augen geerbt, sah aber ansonsten wie die Miniversion ihrer Mutter aus. Die drei wirkten richtig glücklich.

Maggie widerstand dem Drang, genauer hinzusehen, als würde sie dadurch deren Geheimnisse aufdecken. Wie mochte das sein, sich so rundum glücklich zu fühlen? Hatte sie diese Art Glück jemals empfunden, nur für einen kurzen Moment? Etwas sagte ihr, dass auch für Agent Tully die Tage des Glücks vorüber waren. Nicht dass sie es genau wissen wollte.

Sie hatte schon seit Jahren nicht mehr mit einem Partner gearbeitet. Dass Cunningham die Zusammenarbeit zur Bedingung für ihre Rückkehr gemacht hatte, war ärgerlich genug. Es kam ihr wie eine Strafe für den einzigen dummen Fehler vor, den sie in ihrer Laufbahn gemacht hatte ... als sie allein in dieses Lagerhaus in Miami gegangen war, in dem Stucky sie erwartet hatte.

Okay, sie wusste natürlich, dass Cunningham es teilweise aus Fürsorge tat. Agenten arbeiteten zum eigenen Schutz gewöhnlich zu zweit. Profiler jedoch arbeiteten allein, und sie hatte sich an das Einzelgängertum gewöhnt. Turner und Delaney ständig um sich zu haben war lähmend genug gewesen. Natürlich würde sie sich an Cunninghams Regeln halten, doch manchmal vergaßen selbst die besten Agenten und die engsten Partner, ein Detail mitzuteilen.

Agent Tully kam mit zwei Kartons herein, die so gestapelt waren, dass er seitlich an ihnen vorbeischauen musste. Maggie half ihm, eine freie Stelle zu finden, um sie abzuladen.

„Ich denke, das sind die letzten Ordner zu den alten Fällen."

Sie wollte schon bemerken, dass alle Kopien, die sie für sich gemacht hatte, bequem in einen Karton passten, unterließ es jedoch. Ebenso verkniff sie sich den wohlgemeinten Hinweis, dass ein wenig Organisation das Leben erleichterte, da sie zu begierig war zu lesen, was den Akten in den letzten fünf Monaten hinzugefügt worden war. Sie trat zurück und gestattete Agent Tully, in dem Durcheinander zu suchen.

„Darf ich die neueste Akte sehen?"

„Die über das Liefermädchen liegt auf meinem Schreibtisch." Er sprang aus der Hocke neben den Kartons auf und sah rasch mehrere Stapel auf dem Schreibtisch durch. „Der Fall aus Kansas City ist auch hier. Die haben uns die Unterlagen zugefaxt."

Maggie widerstand dem Drang, ihm zu helfen. Sie hätte sich am liebsten alle Stapel geschnappt und für ihn geordnet. Wie, zum Kuckuck, bekam dieser Typ überhaupt etwas geregelt?

„Hier ist die Akte über das Liefermädchen."

Er reichte ihr einen überquellenden Ordner, aus dem an allen Ecken Papiere und Fotos heraushingen. Maggie öffnete ihn und richtete und ordnete sofort den Inhalt, ehe sie einen Blick darauf warf. „Ist es okay, wenn wir sie beim Namen nennen?"

„Wie bitte?" Agent Tully suchte immer noch auf seinem übersäten Schreibtisch. Schließlich fand er seine Metallrahmenbrille, setzte sie auf und sah Maggie an.

„Das Mädchen vom Pizzadienst. Ist es in Ordnung, wenn wir sie bei ihrem Namen nennen?"

„Natürlich", erwiderte er, schnappte sich einen zweiten Ordner und blätterte ihn durch.

Er war ein wenig verlegen, weil er den Namen des Mädchens erst nachlesen musste. Diese Unkenntnis war kein Mangel an Respekt, vielmehr eine Methode, sich vom Geschehen zu distanzieren. Profiler nannten die Leiche häufig nur „das Opfer" oder „Jane Doe", da ihr erster Kontakt oft genug darin bestand, dass sie eine blutige Fleischmasse vorfanden, die kaum noch Ähnlichkeit mit der lebenden Person hatte.

Vor einiger Zeit hatte sie sich noch genauso verhalten und war in allgemeine Beschreibungen geflüchtet, um sich zu distanzieren. Doch dann hatte sie vor einigen Monaten einen kleinen Jungen namens Timmy Hamilton kennen gelernt, der ihr sein Zimmer und seine Sammlung an Baseballkarten gezeigt hatte, ehe er entführt wurde. Und auch jetzt schien es ihr plötzlich wichtig, den Namen des Mädchens zu kennen, dieser hübschen blonden jungen Frau, die ihr vor einer Woche noch so fröhlich die Pizza geliefert hatte und sterben musste, weil sie Kontakt zu ihr gehabt hatte.

„Jessica", stieß Agent Tully geradezu hervor. „Sie hieß Jessica Beckwith."

Maggie merkte, dass sie den Namen ebenso schnell hätte herausfinden können. Zuoberst lag der Bericht des Gerichtsmediziners, und das Mädchen war zu dem Zeitpunkt bereits identifiziert gewesen. Sie versuchte nicht an die Eltern zu denken. Etwas Distanz war nötig.

„Gab es Spuren am Tatort, die eine DNS-Analyse möglich machen?"

„Nichts Substanzielles. Ein paar Fingerabdrücke, aber sie stammen nicht von Stucky. Eigenartig, alles war abgewischt, bis auf diesen Satz Abdrücke ... ein Zeigefinger und ein Daumen. Wir können nicht ausschließen, dass sie einem Neuling im Polizeidienst gehören, der entgegen den Bestimmungen etwas angefasst hat und sich jetzt scheut, es zuzugeben. AFIS hat bis jetzt noch nichts gebracht."

Er setzte sich auf die Schreibtischkante, legte den geöffneten Ordner auf einen Stapel, so dass er die Hände frei hatte, um wieder Büroklammern ineinander zu schieben.

„Die Tatwaffe wurde nicht gefunden. Ist das richtig?"

„Korrekt. Scheint sehr dünn und rasiermesserscharf zu sein, mit einer Schneide. Vielleicht ein Skalpell, so leicht wie er das Fleisch hackt und würfelt."

Maggie zuckte bei dieser Wortwahl zusammen, und er merkte es.

„Tut mir Leid. Ist mir gerade so eingefallen."

„Irgendwelcher Speichel am Körper? Sperma im Mund?"

„Nein. Ich weiß, das unterscheidet sich von Stuckys üblicher Vorgehensweise."

„Falls es Stucky war."

Sie spürte, dass er sie beobachtete, wich jedoch seinem Blick aus und studierte den Autopsiebericht. Warum sollte Stucky sich zurückhalten oder sich rechtzeitig zurückziehen? Er würde sich zweifellos nicht die Mühe machen, ein Kondom zu benutzen. Seit sie ihn als Albert Stucky identifiziert hatten, hatte er unverfroren gemacht, was er wollte. Das bedeutete auch, mit seiner sexuellen Potenz zu protzen, indem er die Opfer mehrfach vergewaltigte und sie oft auch noch zu oralem Sex zwang.

Sie hätte sich gern den Leichnam der jungen Frau angesehen. Sie wusste, nach welchen unbedeutend erscheinenden Details sie suchen musste, um Stucky zu überführen. Leider sah sie am Ende des Berichtes, dass Jessicas Leichnam bereits ihrer Familie übergeben worden war. Selbst wenn sie die Überführung noch stoppen könnte, wären alle Beweisspuren am Körper beseitigt, abgewaschen von einem wohlmeinenden Bestattungsunternehmer.

„Wir haben im Abfallcontainer ein gestohlenes Handy gefunden", sagte Agent Tully.

„Aber es war sauber abgewischt."

„Richtig. Die Anrufliste zeigte jedoch einen Anruf beim Pizzadienst früher am Abend."

Maggie hielt inne und blickte zu Tully. Mein Gott, sollte es so leicht gewesen sein? „So hat er sie also entführt. Er hat einfach eine Pizza bestellt?"

„Das haben wir ursprünglich geglaubt", erklärte er. „Wir fanden die Auslieferungsliste in ihrem abgestellten Auto. Wir sind sie durchgegangen und haben Adressen und Telefonnummern überprüft. Als Cunningham Newburgh Heights als Ihren neuen Wohnort entdeckte, prüfte er Ihre Anschrift und fand sie auf der Liste. Auch alle anderen Adressen gehörten zu Bewohnern der Gegend. Die meisten Leute, mit denen wir bisher gesprochen haben, waren auch zu Hause und haben ihre Pizza erhalten. Da sind nur ein paar übrig geblieben, die ich telefonisch nicht erreichen konnte, aber ich will nach Newburgh Heights fahren und sie persönlich überprüfen."

Er reichte ihr zwei Fotokopien von Zetteln, die aussahen wie von einem Block gerissen. Der Kopierer hatte auch die ausgefransten Ecken abgebildet. Auf beiden Listen standen fast ein Dutzend Adressen. Ihre stand ganz oben und war mit dem Zusatz „ks1" versehen. Sie lehnte sich gegen die Wand, da die Erschöpfung sie einholte. Natürlich war sie den größten Teil der Nacht beobachtend, abwartend von Fenster zu Fenster gewandert. Den einzigen Schlaf hatte sie auf dem Rückflug von Kansas City bekommen. Und wie gut konnte man sich bei Flugangst in zwölftausend Metern über dem Boden schon ausruhen?

„Wo haben Sie das Auto gefunden?"

„Auf dem Langzeitparkplatz am Flughafen. Daneben entdeckten wir einen Van der Telefongesellschaft, der vor einigen Wochen als gestohlen gemeldet wurde."

„Keine Spuren in Jessicas Wagen?" fragte sie und überflog die Adressenliste.

„Da war etwas Lehm auf dem Gaspedal. Sonst nicht viel. Ihr Blut und ein paar blonde Haare, auch welche von ihr, haben wir im Kofferraum entdeckt. Er muss ihren Wagen benutzt haben, um die Leiche zu transportieren. Keine Kampfspuren im Auto, falls Sie in diese Richtung denken. Allerdings muss er sie irgendwo hingebracht haben, wo er sich Zeit mit ihr lassen konnte. Das Problem ist, es gibt keine verlassenen Lagerhäuser oder leer stehende Anwesen in Newburgh Heights. Ich dachte, er hat dem Pizzaservice vielleicht eine Geschäftsadresse angegeben, weil Büros nachts leer stehen. Doch auf der Liste taucht nichts dergleichen auf."

Plötzlich erkannte Maggie eine Adresse, straffte sich und stieß sich von der Wand ab. Nein, so leicht konnte das doch nicht sein. Sie las die Anschrift noch einmal.

„Tatsächlich schwebte ihm wohl etwas Luxuriöseres vor."

„Haben Sie etwas entdeckt?" Agent Tully war neben ihr und blickte auf die Liste, die er sich unzählige Male angesehen hatte, ohne etwas Auffälliges festzustellen.

„Diese Anschrift hier." Maggie deutete auf eine in der Mitte der Liste. „Das Haus steht zum Verkauf. Es ist leer."

„Sie machen Witze. Sind Sie sicher? Wenn ich mich recht entsinne, ist das Telefon immer noch an einen Auftragsdienst angeschlossen.

„Die Eigentümer lassen sich ihre Anrufe wohl weiter durchstellen. Ja, ich bin sicher, dass es zu verkaufen ist. Meine Immobilienmaklerin hat es mir vor etwa zwei Wochen gezeigt."

Der Rest der Akte, die sie sich unter den Arm geklemmt hatte, war ihr nicht mehr wichtig. Sie war schon fast durch die Tür, ehe Agent Tully sie aufhielt.

„Warten Sie!" Er riss sein zerknittertes Jackett von der Lehne des Bürostuhls. Dann stolperte er über ein abgetragenes Paar flacher Schuhe. Halt suchend griff er nach der Schreibtischkante und stieß einen Stapel Akten herunter, so dass sich Unterlagen und Fotos über den Boden verteilten. Da er ihr Angebot, beim Einsammeln zu helfen, mit einer abwinkenden Geste ablehnte, wartete Maggie gegen den Türrahmen gelehnt, bis er fertig war. Schlimm genug, dass Cunningham sie zwang, Dr. James Kernan aufzusuchen, aber dass er ihr auch noch diesen Chaoten aufhalste, war der Gipfel.

37. KAPITEL

Maggie übte sich in Geduld, während Delores Heston von Heston Immobilien den richtigen Schlüssel suchte. Die Sonne sank bereits hinter der Baumreihe an der Grundstücksgrenze. Die vergebliche Suche nach Tess McGowan hatte Maggie viel Zeit gekostet. Obwohl sich Miss Heston sehr entgegenkommend zeigte, war Maggie nervös, gereizt und sehr besorgt. Sie wusste, hier hatte Albert Stucky Jessica Beckwith getötet. Sie konnte es spüren. Es war so einfach hier für ihn gewesen und absolut typisch.

Miss Heston zog ein weiteres Schlüsselbund heraus, und Maggie verlagerte ungeduldig das Gewicht von einem Fuß auf den anderen. Die Maklerin bemerkte es.

„Ich weiß nicht, wo Tess ist. Wahrscheinlich hat sie beschlossen, sich ein paar Tage freizunehmen."

Dieselbe Erklärung hatte sie bereits am Telefon gegeben, doch Maggie hörte ihre Besorgnis.

„Einer von denen muss passen."

„Ich dachte, Sie würden die Schlüssel kennzeichnen." Maggie zügelte ihre zunehmende Gereiztheit. Schließlich tat Miss Heston ihnen einen Gefallen, indem sie ihnen einen Blick in das Haus gestattete. Maggie hatte ihr erzählt, sie untersuchten mögliche Einbrüche in der Gegend. Seit wann befasste sich das FBI mit Einbrüchen? Gottlob kam Miss Heston nicht auf diese Frage.

„Ich habe hier die Ersatzschlüssel. Die Hauptschlüssel sind alle gekennzeichnet. Aber Tess muss vergessen haben, sie zurückzubringen, nachdem sie gestern jemand das Haus gezeigt hat."

„Gestern? Sie hat gestern jemand dieses Haus gezeigt?"

Miss Heston hielt inne und warf Maggie über die Schulter einen besorgten Blick zu. Maggie merkte, dass sie zu schrill und hysterisch gesprochen hatte.

„Ja, ich bin sicher, es war gestern. Ich habe den Terminplan eingesehen, ehe ich vorhin das Büro verließ – Mittwoch, 1. April. Gibt es ein Problem damit? Glauben Sie, es hat vorher jemand in das Haus eingebrochen?"

„Das weiß ich wirklich nicht", erwiderte Maggie und versuchte neutral zu klingen, obwohl sie jetzt vor Ungeduld am liebsten die Tür eingetreten hätte. „Wissen Sie, wem sie das Haus gezeigt hat?"

„Nein, die Namen tragen wir aus Gründen der Vertraulichkeit nicht ein."

„Sie haben den Namen nicht zufällig irgendwo aufgeschrieben?"

Miss Heston warf ihr noch einen besorgten Blick zu. In ihre makellose tiefbraune Haut hatten sich um Stirn und Mund Sorgenfalten eingegraben. „Tess hat ihn irgendwo notiert. Ich traue meinen Angestellten und schaue ihnen nicht ständig über die Schulter", fügte sie mit einem Anflug von Frustration hinzu.

Maggie hatte keine Rechtfertigung verlangt. Sie wollte nur, dass diese Tür endlich aufging.

Sie schaute sich um und sah Agent Tully aus dem gegenüberliegenden Haus kommen. Er war lange dort geblieben. Sie fragte sich, ob die Blondine an der Tür ihn mit ihrem Charme aufgehalten hatte oder mit Informationen. Wie die Frau ihm lächelnd nachwinkte, ließ Maggie auf Charme tippen. Sie sah ihren großen, schlaksigen Partner über die Straße eilen. Hier draußen bewegte er sich mit selbstbewussten, langen Schritten. Im dunklen Anzug mit Sonnenbrille und kurz geschnittenem Haar sah er aus wie die Standardausgabe des FBI-Agenten. Außer dass Agent Tully zu höflich, zu freundlich und zu entgegenkommend war. Auch wenn er ihr nicht gesagt hätte, dass er aus Cleveland stammte, hätte sie auf den Mittleren Westen getippt. Da musste etwas Besonderes im Wasser des Ohio sein.

„Dieses Haus hat eine Alarmanlage." Miss Heston versuchte immer noch, den richtigen Schlüssel zu finden. „Oh, da ist er. Endlich."

Das Schloss sprang klickend auf, als Agent Tully die Stufen hinaufeilte. Miss Heston drehte sich um, erschrocken über sein plötzliches Auftauchen.

„Miss Heston, das ist Spezialagent R.J. Tully."

„Mein Gott, das muss ja eine wichtige Sache sein."

„Nur Routine, Ma'am. Heutzutage arbeiten wir meist als Team", erklärte er mit einem Lächeln, das sie sofort beruhigte.

Maggie hätte ihn gern gefragt, ob er etwas von der Nachbarin erfahren hatte, erkannte jedoch, dass sie auf einen günstigeren Augenblick warten musste. Warten war ihr verhasst.

Sobald sie das Foyer betraten, merkte Maggie, dass die Alarmanlage ausgeschaltet war. Keine der üblichen Warnlampen brannte oder blinkte.

„Sind Sie sicher, dass die Anlage noch aktiviert ist?" fragte sie mit Hinweis auf die stumme Schalttafel. Inzwischen müsste sie summen und nach dem richtigen Eingabecode kreischen.

„Ja, ich bin ziemlich sicher. Es steht in unserem Vertrag mit dem Besitzer." Miss Heston drückte mehrere Knöpfe, und die Alarmanlage erwachte zum Leben. „Ich verstehe das nicht. Tess hätte bestimmt nicht vergessen, den Alarm einzuschalten."

Maggie erinnerte sich, dass Tess McGowan in den Häusern, die sie ihr gezeigt hatte, sehr gewissenhaft im Aus- und Einschalten der Alarmanlagen gewesen war. Da sie besonders auf die Sicherheitseinrichtungen geachtet hatte, wusste sie auch noch, dass diese hier nicht ungewöhnlich war, doch ausreichend für den normalen Hausbesitzer. Die meisten Menschen mussten sich ja nicht vor Serienkillern schützen.

„Haben Sie etwas dagegen, wenn wir uns umsehen?" fragte Agent Tully, doch Maggie war bereits die offene Treppe hinaufgeeilt und erreichte den ersten Treppenabsatz, als sie Miss Hestons Ausruf hörte: „Ach du großer Gott!"

Maggie beugte sich über das Eichegeländer und sah Miss Heston auf eine Aktentasche in der Ecke des Wohnzimmers deuten.

„Die gehört Tess!" Bisher hatte sich die Maklerin sehr professionell verhalten. Ihre plötzliche Panik war enervierend.

Als Maggie wieder herunterkam, hatte Agent Tully die Aktentasche bereits an sich genommen und holte mit Hilfe eines weißen Taschentuchs den Inhalt heraus.

„Ausgeschlossen, dass Tess die hat liegen gelassen und nich' wiedergekommen ist, die zu holen!" Vor Aufregung sprudelten ihre Worte nur so hervor, und ihre gepflegte Sprechweise bekam einen Hauch von Slang, in dem sie sich offenbar wohler fühlte. „Da is' ihr Terminkalender, ihr Notizbuch ... großer Gott, da stimmt doch was nich'!"

Maggie sah zu, wie Agent Tully den letzten Gegenstand aus der Tasche herausholte, ein Schlüsselbund mit gekennzeichneten Schlüsseln. Ohne genauer hinzusehen, wusste Maggie, dass es die Schlüssel zu diesem Haus waren. Ihr wurde flau im Magen. Tess McGowan hatte das Haus gestern jemand gezeigt, und sie hatte es zweifellos nicht aus freiem Willen verlassen.

38. KAPITEL

„Wir wissen nicht, ob Stucky etwas damit zu tun hat", versuchte Tully sie zu überzeugen, war aber nicht sicher, ob er es selbst glaubte.

Offenkundig war es seine Aufgabe, objektiv zu bleiben. Seit Miss Heston sie verlassen hatte, wirkte Agentin O'Dell ziemlich aufgelöst. Der ruhige, beherrschte Profi eilte mit Riesenschritten hin und her. Viel zu oft fuhr sie sich mit den Fingern durch die kurzen schwarzen Haare, strich sie sich immer wieder hinter die

Ohren, lockerte sie auf und strich sie wieder glatt. Sie sprach in knappen Sätzen mit angespannter Stimme, und Tully glaubte, er habe ihre Stimme einige Male beben gehört.

Maggie schien nicht zu wissen, was sie mit ihren Händen anstellen sollte, vergrub sie tief in den Hosentaschen und fuhr sich dann wieder rasch durch die Haare. Ein paar Mal schob sie sie in die Jackentasche, um ihren Revolver zu kontrollieren. Tully wusste nicht, was er mit ihr anfangen sollte. Diese Aufgeregtheit passte so gar nicht zu der Frau, mit der er den Tag im Einsatz verbracht hatte.

Mit Einbruch der Dunkelheit war Agentin O'Dell durch das zweistöckige Haus gegangen und hatte überall Licht eingeschaltet und die Vorhänge zugezogen. Zuvor hatte sie jedoch an jedem Fenster in die Nacht hinausgestarrt. Erwartete sie etwa, dass Stucky noch hier war?

Jetzt überprüfte sie ein zweites Mal das Erdgeschoss. Tully fand es an der Zeit zu gehen. Das Haus war makellos sauber. Obwohl das große Schlafzimmer stark nach Ammoniakreiniger roch, gab es keine Spuren, die auf ein Verbrechen hindeuteten. Schon gar nicht auf brutalen Mord oder eine gewalttätige Entführung.

„Es gibt keinen Anhaltspunkt, dass hier irgendwas passiert ist", versuchte er sie zu überzeugen. „Ich denke, es ist Zeit zu gehen." Er sah auf die Uhr und bemerkte entsetzt, dass es schon nach neun war. Emma würde wütend sein, weil sie den ganzen Abend bei Mrs. Lopez bleiben musste.

„Tess McGowan war die Immobilienmaklerin, die mir mein Haus verkauft hat", wiederholte Maggie. Etwas anderes hatte sie ihm in den letzten Stunden kaum gesagt. „Erkennen Sie es denn nicht? Begreifen Sie den Zusammenhang nicht?"

Er wusste genau, was sie dachte. Exakt dasselbe wie er. Albert Stucky wusste, dass sie eine Kundin von Tess war, weil er sie ständig beschattete. Er hatte sie zusammen gesehen, ebenso wie das Mädchen vom Pizzadienst und die Kellnerin in Kansas City. Leider fehlte jedoch ein konkreter Beweis, dass Tess entführt worden war. Eine vergessene Aktentasche war nicht beweiskräftig. Außerdem wollte er O'Dells Panik keine zusätzliche Nahrung geben.

„Im Augenblick gibt es keinen schlüssigen Hinweis, dass Miss McGowan entführt wurde. Wir können hier nichts weiter tun. Wir müssen es für heute gut sein lassen. Vielleicht stöbern wir Miss McGowan morgen auf."

„Wir werden sie nicht aufstöbern. Er hat sie mitgenommen." Das Beben in der Stimme war unüberhörbar, obwohl sie ihr Bestes gab, es zu unterdrücken. „Er hat sie seiner Sammlung einverleibt. Sie ist vielleicht schon tot." Sie griff nach dem Holster, steckte die Hände dann jedoch in die Taschen. „Falls sie nicht tot ist, wünscht sie wahrscheinlich, sie wäre es", fügte sie im Flüsterton hinzu.

Tully rieb sich die Augen. Er hatte schon vor Stunden seine Brille abgesetzt. Er mochte nicht daran denken, dass Albert Stucky seine Sammlung komplettiert hatte. Auf seinem Schreibtisch, unter Handbüchern und Dokumenten vergraben, lag eine dicke Akte über vermisste Frauen aus dem ganzen Land. Frauen, die in den letzten fünf Monaten seit Stuckys Flucht spurlos verschwunden waren.

Der Umfang war nicht ungewöhnlich. Vermisste gab es dauernd. Manche Frauen verschwanden und wollten nicht gefunden werden. Andere waren von Ehemännern oder Liebhabern misshandelt worden und zogen es vor, unterzutauchen. Zu viele waren jedoch verschwunden, ohne dass es dafür eine Erklärung gab. Tully wusste genug über Stuckys Spielchen, um zu beten, dass keine von denen wirklich zu Stuckys neuer Sammlung gehörte.

„Schauen Sie, wir können heute Abend nichts weiter tun."

„Wir müssen einen Luminoltest machen. Keith Ganza kann

das mit der Lumi-Lampe. Dann können wir das Schlafzimmer genau überprüfen."

„Da ist nichts. Es gibt absolut keinen Grund anzunehmen, dass in diesem Haus ein Verbrechen passiert ist, Agentin O'Dell!"

„Mit der Lumi-Lampe können wir unsichtbare Spuren erkennen. Sie macht Blut, das in Fugen steckt, oder Flecke, die wir nicht mehr sehen können, sichtbar. Jemand hat hier ganz offensichtlich sauber gemacht. Aber man kann gar nicht genügend schrubben, um alles Blut wegzukriegen." Sie redete wie im Selbstgespräch, als hätte sie ihn nicht gehört oder er wäre gar nicht da.

„Heute Abend können wir nichts mehr machen. Ich bin erledigt, und Sie sind erledigt." Als sie wieder auf die Treppe zugehen wollte, hielt er sie sacht am Arm zurück. „Agentin O'Dell."

Sie entriss ihm den Arm und sah ihn mit zornig funkelnden Augen an. Für einen Moment baute sie sich breitbeinig vor ihm auf, als fordere sie ihn zum Duell. Dann wandte sie sich jedoch plötzlich ab, marschierte zur Tür und schaltete unterwegs das Licht aus.

Tully folgte ihr. Ehe sie es sich anders überlegen konnte, lief er rasch hinauf, um die obere Beleuchtung zu löschen, und als er wieder herunterkam, schaltete O'Dell im Foyer die Alarmanlage ein. Nachdem er die Haustür abgeschlossen hatte und neben Maggie zum Wagen ging, bemerkte er erst, dass sie ihren Revolver in der Hand hielt, am herabhängenden Arm, der Lauf nach unten zeigend, jedoch fest im Griff.

Plötzlich wurde ihm klar, dass Hysterie, Frustration und Wut Folge ihrer Angst waren. Wie dumm von ihm, es nicht gleich zu merken. Spezialagentin Maggie O'Dell hatte panische Angst, nicht nur um Tess, sondern auch um sich selbst.

39. KAPITEL

Tess erwachte ruckartig. Ihre Kehle fühlte sich an wie Sandpapier, so trocken, dass das Schlucken schmerzte. Die Lider waren ihr schwer wie Blei. Ihre Brust tat weh wie von einem massiven Gewicht gequetscht. Doch es lag nichts auf ihr. Sie war auf einer schmalen, klumpigen Pritsche ausgestreckt. Der Raum war nur schwach erhellt. Schimmelgeruch umgab sie, und ein Luftzug ließ sie die kratzige Decke bis unters Kinn ziehen.

Sie erinnerte sich, wie gelähmt gewesen zu sein. In Panik hob sie beide Arme, froh, nicht gefesselt zu sein, aber zugleich enttäuscht, dass die Gliedmaßen schwer waren wie Blei. Jede Bewegung war ungelenk, als gehörten Arme und Beine gar nicht ihr. Zumindest konnte sie sie bewegen.

Sie versuchte sich aufzurichten, und ihre Muskeln protestierten. Der Raum begann sich zu drehen. Ihre Schläfen pochten, und Übelkeit überkam sie so rasch und heftig, dass sie sich wieder hinlegte. An Kater war sie gewöhnt, aber das hier war schlimmer. Man hatte ihr etwas gespritzt. Sie erinnerte sich an den dunkelhaarigen Mann und die Nadel. Du lieber Gott, wohin hatte er sie gebracht? Und wo war er?

Sie ließ den Blick durch den kleinen Raum wandern. Die Übelkeit zwang sie, den Kopf auf dem Kissen zu lassen. Sie reckte und drehte den Hals, um die Behausung genau in Augenschein zu nehmen. Eine Art hölzerner Verschlag. Durch die Schlitze zwischen den verrotteten Brettern drang Licht ein als einzige Beleuchtung. Soweit sie es einschätzen konnte, war es entweder wolkig oder so früh oder spät am Tag, dass keine Sonne schien. Wie auch immer, sie konnte ohnehin nur mutmaßen. Es gab keine Fenster, besser gesagt, keine mehr. In einer Wand war ein kleiner, mit Brettern vernagelter Bereich, der einmal ein Fenster hätte sein können. Abgesehen von der Pritsche war der Raum leer, außer einem großen Plastikeimer in der Ecke.

Tess schaute sich suchend um und entdeckte etwas, das nach Tür aussah. Schwer zu erkennen, da das Holz sich kaum von der übrigen Wand unterschied. Lediglich ein paar verrostete Scharniere und ein Schlüsselloch verrieten sie. Zweifellos würde sie abgesperrt sein, vielleicht sogar von außen verriegelt, aber sie musste es prüfen.

Vorsichtig setzte sie sich auf. Die Übelkeit ließ nicht lange auf sich warten, und sie musste den Kopf wieder aufs Kissen legen.

„Verdammt!" schimpfte sie und bereute es sofort. Was, wenn er zusah und lauschte?

Sie musste sich zusammenreißen. Sie schaffte das. Immerhin hatte sie schon zahllose Kater überlebt. Doch die Situation machte sie zusätzlich fertig. Warum tat der Mann ihr das an? Was wollte er von ihr? Handelte es sich um eine Verwechslung? Neue Panik krampfte ihr den Magen zusammen. Sie durfte jetzt nicht über ihren Entführer und seine Absichten oder die Art ihrer Entführung nachdenken. Das würde sie mindestens so lähmen wie der Inhalt der Spritze.

Sie rollte sich auf die Seite, um das Übelkeitsgefühl zu dämpfen. Ein scharfer Schmerz stach ihr in die Seite, und einen Moment fürchtete sie, in einen Stachel gerollt zu sein. Doch unter ihr war lediglich die klumpige Matratze. Sie schob die Hand hoch und bemerkte, dass ihre Bluse aus dem Hosenbund gezerrt war. Ein Knopf fehlte, alle anderen waren offen.

„Nein, hör auf damit!" schalt sie sich halblaut.

Jetzt bloß nicht darüber nachdenken, was er während ihrer Bewusstlosigkeit vielleicht mit ihr angestellt hatte. Sie musste sich überprüfen, ob sie okay war.

Sie ertastete weder offene Wunden noch klebriges Blut, doch

sie war fast sicher, dass sie sich eine Rippe gebrochen oder böse geprellt hatte. Sie wusste aus leidvoller Erfahrung, wie sich eine gebrochene Rippe anfühlte. Vorsichtig betastete sie den Bereich unter ihrer Brust und biss sich auf die Unterlippe. Trotz des stechenden Schmerzes tippte sie auf geprellt und nicht gebrochen. Das war gut. Mit einer Prellung funktionierte sie uneingeschränkt. Gebrochene Rippen konnten im ungünstigsten Fall die Lunge schädigen. Noch eine Kenntnis, die sie lieber nicht aus eigener Erfahrung gehabt hätte.

Sie schob einen Fuß unter der Decke hervor und ließ ihn zu Boden baumeln. Sie war barfuß. Was hatte er mit ihren Schuhen und Strümpfen gemacht? Wieder sah sie sich um. Ihre Augen hatten sich an das Halbdunkel gewöhnt, obwohl ihr Blick ein wenig verschwommen blieb und die Kontaklinsen in den Augen rieben. Doch das machte nichts. In dem Verschlag gab es sowieso nichts zu sehen.

Zehen und Fußballen berührten den Boden. Der war kälter als erwartet, doch sie stellte den Fuß darauf, um den Kreislauf anzuregen, damit sich der Körper an die veränderte Temperatur gewöhnte, ehe sie sich erhob. Die Luft im Verschlag war feucht und kühl.

Dann hörte sie es tap, tap, tap auf das Dach tropfen. Regen hatte immer etwas Behagliches für sie gehabt. In dieser Situation fragte sie sich jedoch sofort, wie verrottet und undicht das Dach war, und fröstelte prompt. Der Eimer in der Ecke war allerdings nicht wegen des undichten Daches aufgestellt worden. Vielmehr sollte er ihrer Annehmlichkeit dienen. Offenbar war geplant, sie eine Weile hier zu behalten. Ein beängstigender Gedanke. Sie stemmte sich von der Pritsche hoch, stand mit beiden Füßen auf dem kalten Boden, beugte sich in der Taille vor und stützte sich ab. Zähne zusammengepresst, bekämpfte sie den Drang, sich zu übergeben, und wartete, dass der Raum aufhörte, sich zu drehen.

Ihr rasender Puls verursachte im Kopf ein Sausen wie in einem Windkanal. Sie versuchte sich auf das Trommeln des Regens zu konzentrieren. Vielleicht fand sie Trost und eine Spur Gelassenheit in dem vertrauten natürlichen Rhythmus. Ein plötzlicher Donnerschlag erschreckte sie wie ein Schuss. Sie fuhr zur Tür herum und erwartete, *ihn* dort zu sehen. Als der Schreck nachließ, lachte sie laut auf. Das war nur Donner gewesen, nur ein kleines bisschen Donner, weiter nichts.

Sie testete ihre Füße, überredete den Magen, sich zu benehmen, und versuchte den Schmerz in der Seite und die erstickende Panik zu ignorieren. Ihr Atem ging keuchend. Ein Kloß im Hals drohte als Schrei hervorzubrechen, was sie mühsam unterdrückte.

Zitternd nahm sie sich die Wolldecke, legte sie um die Schultern und verknotete die Enden am Hals, damit ihre Hände frei blieben. Sie sah unter die Pritsche und hoffte irgendetwas zu finden, das ihrer Flucht dienlich war – oder wenigstens ihre Schuhe. Doch da war nichts. Nicht mal Haarknäuel oder Staub. Offenbar hatte er den Schuppen gründlich geputzt und für sie vorbereitet. Wenn er ihr doch bloß Schuhe und Strümpfe gelassen hätte. Dann erinnerte sie sich, dass sie eine Strumpfhose unter der Hose getragen hatte.

Das bedeutete, er hatte sie ausgezogen. Nicht daran denken! Konzentrier dich auf deine Flucht, lenk dich ab. Achte nicht auf Schmerzen oder Prellungen an Körperstellen, die dir verraten, was er getan hat. Nein, sie würde nicht daran denken, nicht jetzt. Sie musste ihre Energie darauf verwenden, hier herauszukommen.

Wieder lauschte sie dem Regen und wartete auf die beruhigende Wirkung des trommelnden Rhythmus, die hoffentlich ihre raue Atmung regulierte.

Sobald sie gehen konnte, ohne dass Übelkeit sie umzuwerfen drohte, begab sie sich vorsichtig zur Tür. Der Griff war nichts weiter als ein verrosteter Riegel. Noch einmal sah sie sich auf der Suche nach einem Ausbruchswerkzeug um. Doch selbst die Ecken waren sauber ausgekehrt. Dann entdeckte sie in einer Rille zwischen zwei Dielen einen rostigen Nagel. Sie fischte ihn mit den Fingernägeln heraus und prüfte das Schlüsselloch. Die Tür war in der Tat verschlossen, doch war sie auch verriegelt?

Mit ruhiger Hand steckte sie den Nagel ins Schloss und drehte vorsichtig, aber geschickt in alle Richtungen. Ein weiteres Talent, das sie in ihrer schillernden Vergangenheit erworben hatte. Da sie es seit Jahren nicht gebraucht hatte, war sie ein wenig aus der Übung. Das rostige Schloss knarrte protestierend. Du lieber Gott, wenn sie doch nur ... da gab etwas metallisch klickend nach.

Tess packte den Griff und riss daran. Die Tür schwang frei auf, und sie wäre vor Verblüffung fast gestürzt. Gewaltanwendung wäre gar nicht nötig gewesen. Die Tür war nicht verriegelt gewesen. Skeptisch abwartend starrte sie auf die Öffnung. Das war zu leicht gegangen. War das nun ein Segen oder eine Falle?

40. KAPITEL

Freitag, 3. April

Tully fuhr mit einer Hand am Lenkrad. Die andere hantierte mit dem Plastikdeckel seines Kaffeebechers. Warum mussten Fast-Food-Restaurants diese Dinger so fest verschließen, als wären Kindersicherungen nötig? Er drückte mit dem Finger auf die unnachgiebige dreieckige Perforation, zerbrach das Plastik und spritzte sich heißen Kaffee auf den Schoß.

„Verdammt!" schrie er, machte einen Schwenk zum Straßenrand, bremste heftig und spritzte noch mehr Kaffee auf die Autositze. Mit ein paar Servietten versuchte er die braune Flüssigkeit aufzutupfen, doch sie war bereits tief in den hellen Stoff eingedrungen. Erst jetzt blickte er in den Rückspiegel und sah erleichtert, dass niemand hinter ihm war.

Er brachte den Ganghebel in Parkstellung, nahm den Fuß von der Bremse und merkte, wie angespannt, ja starr sein Körper durch den Stress geworden war. Er lehnte sich zurück, fuhr sich mit der Hand über das Kinn und spürte die Schnitte, die er sich beim Rasieren beigebracht hatte. Er arbeitete erst einen Tag mit Agentin O'Dell zusammen und hatte bereits das Gefühl, am Rande eines Abgrunds zu stehen, wo ihm der Boden unter den Füßen wegbröckelte.

Vielleicht war es ein Fehler gewesen, Cunningham zu bitten, Margaret O'Dell beim Stucky-Fall helfen zu lassen. Gestern Abend hatte sich vielleicht gezeigt, dass sie dem Druck wirklich nicht standhielt. Nach ihrer telefonischen Nachricht heute Morgen, er möge wieder zum Haus am Archer Drive kommen, war ihm klar, dass ihm eine schwierige Aufgabe bevorstand.

Sie hatten nichts im Haus gefunden, das weitere Nachforschungen rechtfertigte. Dennoch hatte O'Dell ihm mitgeteilt, sie habe das schriftliche Einverständnis von Miss Heston und den Besitzern, dort weiter zu ermitteln. Er fragte sich, ob sie die Leute aus den Betten geworfen hatte. Wie sonst konnte sie zwischen gestern Nacht und heute früh schriftliche Einverständniserklärungen erhalten? Und wie zum Henker sollte er ihr klarmachen, dass sie irrational und paranoid reagierte und wahrscheinlich wertvolle Zeit vergeudete?

Seit gestern Abend wusste er auch, O'Dell stand derart unter Hochspannung, dass es unmöglich war, sie zurückzupfeifen. Sie gewaltsam aufhalten zu wollen, würde alles nur noch schlimmer machen. Vorerst wollte er jedoch nicht mit Cunningham über sie reden, sondern selbst versuchen, sie in den Griff zu bekommen. Er würde sie zunächst mal beruhigen und dann langsam weiter vorangehen.

Er trank, was noch an Kaffee übrig war, und sah auf seine Armbanduhr. Heute ging das verdammte Ding nach. Laut Digitaluhr des Wagens war es sieben. O'Dell hatte ihre Nachricht gegen sechs auf seinem Anrufbeantworter hinterlassen, als er unter der Dusche gestanden hatte. Er fragte sich, ob sie jemals zu Bett ging.

Sobald er den Kaffeebecher sicher in der Halterung abgestellt hatte, massierte er sich den verspannten Nacken und legte den Gang ein. Nur noch drei Blocks bis zum Ziel. Als er in die Straße einbog, kam zu seiner Anspannung blanker Zorn. In der Zufahrt vor dem Haus parkten O'Dells roter Toyota und ein marineblauer Van, wie ihn das forensische Labor benutzte. Sie hatte keine Zeit verschwendet und nicht mal sein Einverständnis eingeholt. Was nützte es, Leiter einer Ermittlung zu sein, wenn sich niemand einen Deut darum scherte? Er musste dem ganzen Unternehmen sofort ein Ende bereiten.

Während Tully zur Haustür ging, stellte er fest, dass es nach dringend benötigtem Regen aussah. Jeder Frühlingsschauer war bisher an der Küste oder auf See niedergegangen, ohne landeinwärts zu ziehen. Heute Morgen schoben sich jedoch dicke Wolken vor die Sonne. In der Ferne war ein tiefes Grummeln zu hören.

Das entsprach ganz seiner Stimmung, und er ertappte sich dabei, dass er vor der Haustür die Hände ballte. Er hasste Konfrontationen. Wenn er nicht mal seine eigene Tochter dazu bringen konnte, ihm zu gehorchen, wie zum Teufel dann O'Dell?

Die Eingangstür war unverschlossen, die Alarmanlage ausgeschaltet. Er folgte den Stimmen hinauf ins große Schlafzimmer. Keith Ganza trug einen kurzen weißen Laborkittel, und Tully fragte sich, ob der Mann überhaupt ein Jackett besaß.

„Agent Tully", sagte O'Dell und kam aus dem großen Bad, Gefäße voller Flüssigkeiten in den mit Latexhandschuhen geschützten Händen. „Wir sind fast fertig, wir haben gerade das Luminol gemixt."

Sie stellte die Behälter auf den Boden in der Ecke, wo Ganza sich eingerichtet hatte.

„Sie beide kennen sich, oder?" fragte sie, da sie vermutete, Tully runzle deshalb die Stirn.

„Ja", erwiderte er, zügelte seinen Zorn und blieb professionell.

Ganza nickte Tully nur zu, während er eine Videokamera lud und einrichtete. Eine bereits zusammengesetzte Kamera stand auf einem Dreibein mitten im Raum. Einige Matchbeutel, weitere Gefäße und vier oder fünf Sprühflaschen waren am Boden aufgereiht. An der Wand lehnte ein schwarzer Kasten, die Lumi-Lampe. Alle Fenster waren mit einer schwarzen, an den Rändern verklebten Folie abgedichtet, damit kein Licht hereinfiel. Die Deckenleuchten brannten, ebenso die Lampen im Bad. Tully fragte sich, mit was sie die dortige Lichtkuppel abgedeckt hatten. Das Ganze war lächerlich.

Agentin O'Dell begann mit Trichter und ruhigen Händen Luminol in die Sprühflaschen zu gießen. Sie hatte nichts mehr von der schreckhaften, nervösen, ja aufgelösten Frau, die er gestern Abend erlebt hatte.

„Agentin O'Dell, wir müssen miteinander reden."

„Natürlich, nur zu." Jedoch sah sie nicht auf und goss weiter Flüssigkeit ein.

Ganza kam näher, ohne Tullys Zorn zu bemerken. Tully wollte nicht auftrumpfen.

„Wir müssen unter vier Augen miteinander reden", drängte er.

O'Dell und Ganza sahen ihn an, ohne ihre Tätigkeiten zu unterbrechen. O'Dell schraubte den Sprühkopf auf die gefüllte Flasche. Tully hätte erwartet, dass sie seine Verärgerung erkannte und besorgt oder mindestens kleinlaut war.

„Sobald das Luminol gemixt ist, müssen wir es umgehend verbrauchen", erklärte sie und begann die zweite Flasche zu füllen.

„Das ist mir klar!" presste er ungehalten hervor.

„Ich habe die Einverständniserklärung", fuhr sie fort und machte weiter. „Das Luminol ist geruchlos und hinterlässt wenig Rückstände. Nur ein bisschen weißes Puder, wenn es trocknet, kaum zu bemerken."

„Auch das weiß ich!" schnauzte Tully sie an, obwohl sie keineswegs herablassend geredet hatte. Diesmal unterbrachen O'Dell und Ganza ihre Tätigkeit und starrten ihn an. Wieso war er plötzlich der Hysterische?

„Wo liegt dann das Problem, Agent Tully?" Sie stand ihm gegenüber, doch ihre Haltung war nicht herausfordernd, was alles noch schlimmer machte.

Selbst Ganzas faltiges, eingefallenes Gesicht verriet Ungeduld. Die zwei sahen ihn abwartend, leicht vorwurfsvoll an, als halte er sie unnötig auf.

„Ich dachte, wir wären letzte Nacht übereingekommen, dass hier nichts zu finden ist."

„Nein, wir waren übereingekommen, dass wir gestern Abend nichts mehr tun konnten. Obwohl es viel besser gewesen wäre, den Test gestern Abend zu machen. Hoffentlich ist es dunkel genug. Aber wir haben Glück, dass es so wolkig ist."

Ganza nickte, beide warteten, und plötzlich kamen Tully die eigenen Einwände unreif und arrogant vor. Hier gab es nichts zu entdecken. Die Veranstaltung war eine lächerliche Verschwendung von Zeit und Arbeitskraft. Doch anstatt darauf zu beharren, war es vielleicht besser, wenn O'Dell das selbst herausfand. Vielleicht war sie dann zufrieden.

„Bringen wir es hinter uns", sagte er schließlich. „Was soll ich tun?"

„Schließen Sie die Tür und bleiben Sie beim Lichtschalter." Ganza machte eine entsprechende Geste und nahm seine Videokamera auf. „Ich sage Ihnen, wann Sie das Licht aus- und wieder einschalten sollen. Maggie, schnappen Sie sich ein paar Sprühflaschen. Sie spritzen, ich bin gleich neben Ihnen und filme."

Tully begab sich auf seine Position, ohne Unwillen und Gereiztheit länger zu verbergen. Allerdings merkte er auch, dass sein bewusstes Zeigen von Aversion weder auf O'Dell noch auf Ganza Eindruck machte. Sie waren so in ihr Projekt vertieft, dass sie ihn kaum wahrnahmen, außer als Hilfskraft.

Er sah O'Dell zwei Sprühflaschen nehmen und wie Revolver vor sich halten, beide Finger am Abzug.

„Beginnen wir an der Wand nahe der Tür und gehen dann zum Bad", gab Ganza in seiner monotonen Sprechweise Anweisung. Seine Stimme verriet nie Emotionen, was perfekt zu der großen, leicht eingefallenen Gestalt mit den präzise abgezirkelten Bewegungen passte.

„Maggie, Sie kennen die Vorgehensweise. Sie beginnen an der Wand von oben nach unten, dann auf dem Boden von der Wand zur Mitte", fuhr Ganza fort. „Ein ständiger Sprühnebel sollte bis zum Bad gehen. An der Badezimmertür machen wir Pause. Da müssen Sie wahrscheinlich Luminol nachfüllen."

„Kapiert."

Tully merkte, dass O'Dell und Ganza schon als Team gearbeitet hatten. Sie schienen sich wohl miteinander zu fühlen, jeder kannte die Rolle des anderen. Außerdem hatte es O'Dell immerhin geschafft, den Mann trotz seines überfüllten Terminplans vor dem Morgengrauen herzulotsen.

Tully wartete auf seinem Posten, die Arme vor der Brust verschränkt, die Schulter an die geschlossene Tür gelehnt. Er ertappte sich dabei, mit der Fußspitze auf den Boden zu tippen, eine unbewusste, nervöse Geste, die er laut Emma immer machte, wenn er „engstirnig" war. Wo zum Teufel hatte sie solche Sachen her? Jedenfalls hörte er auf, mit dem Fuß zu tippen.

„Wir sind so weit, Agent Tully. Schalten Sie die Lichter aus", sagte Ganza.

Tully kippte den Schalter und war augenblicklich von absoluter Dunkelheit umgeben. Nicht ein Lichtstrahl fiel ins Zimmer. Er konnte nicht mal mehr erkennen, wo die Fenster waren.

„Das ist ausgezeichnet", hörte er Ganza sagen.

Dann hörte er ein leise elektronisches Surren, und ein kleines rotes Licht erschien dort, wo die Videokamera sein musste.

„Bereit, wenn Sie so weit sind, Maggie", sagte Ganza, als das rote Licht aufglühte.

Tully hörte das ständige Spritzen von Flüssigkeit. Es klang, als würde sie die gesamte Wand einnebeln. Er fragte sich, wie viele Flaschen Luminol sie wohl brauchte, bis sie merkte, dass es hier nichts zu entdecken gab. Plötzlich begann die Wand zu glühen. Tully richtete sich auf, ebenso die Haare in seinem Genick.

„Grundgütiger Himmel!" japste er und starrte ungläubig auf die Streifen, Flecken und Handabdrücke auf der gesamten Wand, die jetzt wie fluoreszierende Farbe aufleuchteten.

41. KAPITEL

Maggie wich zurück und machte Keith Platz. Es war schlimmer, als sie erwartet hatte. Die Streifen deuteten eindeutig auf die streckenden, hinlangenden, krallenden und wischenden Bewegungen einer verzweifelten, in Panik befindlichen Person. Die Handabdrücke waren klein, fast Kindergröße. Sie erinnerte sich, mit wie zarten Händen Jessica Beckwith ihr den Pizzakarton hingehalten hatte.

„Mein Gott, ich kann es nicht glauben!"

Sie wusste, dass Tully überzeugt gewesen war, hier nichts zu finden. Ihm das Gegenteil zu beweisen empfand sie nicht als Triumph. Ihr war nur schwindelig und übel. Es kam ihr plötzlich stickig warm vor im Raum. Was war nur los mit ihr? Ihr war an Tatorten seit den Anfangstagen ihrer Laufbahn nicht mehr schlecht geworden. Und nun versuchte ihr Magen zum zweiten Mal in einer Woche gegen sie zu rebellieren.

„Keith, wie groß ist die Chance, dass das hier eine Reinigungslösung ist? Das Haus steht zum Verkauf. Es riecht, als wäre es kürzlich gründlich geschrubbt worden."

„Geschrubbt worden ist es allerdings. Jemand hat versucht, das hier wegzukriegen."

„Aber Luminol kann empfindlich auf Bleichmittel reagieren", wandte sie ein. „Vielleicht hat das örtliche Reinigungsunternehmen alles geschrubbt, einschließlich der Wände." Warum zweifelte sie es an, obwohl sie eine unruhige, schlaflose Nacht voll gespannter Erwartung hinter sich hatte, überzeugt, genau das hier zu finden? Warum wollte sie glauben, dass die Streifen und Verwischungen von einer übereifrigen Putzkolonne stammten?

„Im Wandschrank steht einiges an Reinigungsmitteln. Mopp, Eimer, Schwämme und Flüssigreiniger. Die riechen wie das Zeug, das hier benutzt wurde. Nichts davon enthält Bleichmittel", konterte Ganza. „Ich habe es überprüft. Außerdem, niemand hinterlässt beim Putzen solche Handabdrücke."

Maggie zwang sich, auf die Abdrücke zu schauen, ehe sie verschwanden. Die schmalen Finger wirkten lang gezogen, da sie nach der Wand gegriffen, sich vergeblich festgekrallt hatten und daran hinabgeglitten waren. Sie schloss die Augen gegen die Bilder, die ihr Gehirn automatisch produzierte. Wenn sie nur wollte, konnte sie die Szene genau, wie in Zeitlupe, vor sich sehen.

„Bereit, Maggie?" Keith Ganzas Stimme schreckte sie auf. Er war neben ihr, als der Raum wieder dunkel wurde. „Nehmen wir uns den Boden von hier zum Bad vor."

Mit zitternden Händen hielt sie die Sprühflaschen fest. Zum Glück konnten es weder Keith noch Tully sehen. Sie zwang sich zur Ruhe und überlegte, in welcher Richtung das Bad lag und wie weit es entfernt war. Sobald sie sich in der Gewalt hatte, begann sie zu spritzen und hielt seitwärts gehend den Sprühnebel von ihren Füßen weg. Sie erreichte die Badezimmertür, als der Boden aufzuleuchten begann wie eine Startbahn. Lang gezogene Abdrücke schleifender Füße folgten ihr.

„Oh mein Gott!" hörte sie Tully aus einer dunklen Ecke raunen und hätte ihn am liebsten angefahren, er solle den Mund halten. Sein Entsetzen ging ihr auf die Nerven, weil es ihres verstärkte.

Ganza richtete den roten Punkt auf den Boden und verfolgte die Spur, die von blutigen, über das Parkett schleifenden Füßen hinterlassen worden war. Maggie wischte sich Haarsträhnen zurück und Schweiß von der Stirn. War Jessica bewusstlos gewesen, als er sie ins Bad gebracht hatte? Sie musste viel Blut verloren haben, als sie sich so wehrte, wie die Spuren an der Wand andeuteten. Maggie fragte sich, ob sie bei Bewusstsein gewesen war, als Stucky sie in den Whirlpool gehoben und ihr erzählt hatte, was er ihr Schreckliches antun würde. War sie tot oder lebendig gewesen, als er zu schneiden begonnen hatte?

„Machen wir hier eine Pause", sagte Keith. „Agent Tully, schalten Sie das Licht ein."

Maggie blinzelte gegen die plötzliche Helligkeit, erleichtert über die Unterbrechung ihres gedanklichen Abstiegs in die Tiefen der Hölle. Wenn sie es wollte, würde sie Jessicas Schreien und Flehen hören. Ihr Erinnerungsvermögen war angefüllt mit Hörbeispielen schieren Terrors. Das würde sie niemals vergessen, gleichgültig, wie viele Jahre vergingen.

„Agentin O'Dell?"

Sie fuhr zusammen, da Tully plötzlich vor ihr stand, schaute sich um und entdeckte Keith in der Ecke hantieren. Erst jetzt merkte sie, dass er ihr die Sprühflaschen abgenommen hatte und sie wieder auffüllte.

„Agentin O'Dell, ich muss mich entschuldigen." Tully hatte sein Jackett ausgezogen und die Hemdsärmel ungleichmäßig aufgekrempelt. Er knöpfte sich den Kragen auf und lockerte die Krawatte. „Ich war überzeugt, hier wäre nichts. Ich komme mir wie ein kompletter Idiot vor."

Maggie sah ihn verblüfft an und konnte sich nicht erinnern, wann sich das letzte Mal jemand von der Behörde bei ihr entschuldigt und einen Fehler eingeräumt hatte. War dieser Typ echt? Anstatt verlegen herumzudrucksen, schien es ihm aufrichtig Leid zu tun.

„Ich muss gestehen, Agent Tully, ich habe einfach aus Instinkt, sozusagen aus dem Bauch heraus, gehandelt."

„Maggie, wir müssen daran denken, den Abfluss aus dem Whirlpool zu nehmen", unterbrach Ganza sie, ohne aufzublicken. „Ich wette, da hat er sie aufgeschnitten. Wir finden vielleicht Gewebereste."

Tullys Gesicht wurde bleicher, und sie hatte ihn zusammenzucken sehen.

„Etwas haben wir gestern Abend nicht überprüft, Agent Tully. Die Abfallbehälter draußen", sagte sie und bot ihm eine Möglichkeit, an die frische Luft zu gehen. „Da das Haus zum Verkauf steht und leer ist, haben die Müllmänner die Tonnen vielleicht nicht geleert."

Er nahm die Möglichkeit zur Flucht gerne wahr. „Ich prüfe das."

Als er ging, fiel Maggie jedoch ein, dass er im Abfall etwas nicht minder Schockierendes entdecken konnte. Vielleicht rettete sie ihn gar nicht. Sie zog ein frisches Paar Latexhandschuhe aus dem forensischen Beutel und warf die mit Luminol kontaminierten fort. Keith holte Schraubenzieher und einige Beweisbeutel.

„Sie sind sehr nett zu dem Neuen", bemerkte er.

Sie streifte ihn mit einem Blick. Obwohl er konzentriert auf das zu schauen schien, was er aus seinem Koffer holte, waren seine Mundwinkel lächelnd hochgezogen.

„Ich kann nett sein. Es ist ja nicht so, als wäre mir das unmöglich."

„Das habe ich auch nicht behauptet." Er holte Q-Tips heraus, mehrere Bürsten, Pinzette und kleine braune Flaschen und reihte alles wie zur Inventur auf. „Keine Sorge, Maggie, ich sag's nicht weiter. Ich will ja nicht Ihren Ruf ruinieren." Diesmal richtete er die hellblauen Augen unter schweren Lidern direkt auf sie. Augen, die in den letzten dreißig Jahren mehr Entsetzliches gesehen hatten, als es einem Menschen zugemutet werden sollte. Doch jetzt funkelten sie belustigt.

„Keith, was wissen Sie über Agent Tully?"

„Ich habe nur Gutes über ihn gehört."

„Natürlich nur Gutes. Er sieht aus wie eine Kreuzung aus Mr. Rogers und Fox Mulder."

„Fox Mulder?" Er zog fragend die Brauen hoch.

„Sie wissen schon, der Agent aus Akte X."

„Ich weiß, wer das ist. Es erstaunt mich nur, dass Sie ihn kennen."

Sie merkte, dass sie leicht errötete, als hätte er ihr ein Geheimnis entlockt.

„Ich habe mir ein paar Folgen angesehen. Was haben Sie gehört? Über Tully, meine ich?" kehrte sie rasch zum Thema zurück.

„Er ist aus Cleveland hergekommen, auf Cunninghams Bitte. Also muss er gut sein, richtig? Einige behaupten, er sieht sich Tatortfotos an und erstellt ein Täterprofil, das in neun von zehn Fällen stimmt."

„Fotos? Deshalb reagiert er am Tatort so empfindlich."

„Ich glaube, er ist noch nicht lange beim FBI, fünf, sechs Jahre. Ist wahrscheinlich gerade noch vor der Altersgrenze reingeschlüpft."

„Was hat er vorher gemacht? Sagen Sie bloß nicht, er war Anwalt."

„Stimmt etwas nicht mit Anwälten?" fragte Agent Tully von der Tür.

Maggie sah ihm in die Augen, um zu prüfen, ob er sauer war. Keith wandte sich wieder seiner Aufgabe zu und überließ Erklärungen ihr.

„Ich war nur neugierig", sagte sie, ohne sich zu entschuldigen.

„Sie hätten mich einfach fragen können."

Ja, er war sauer, tat aber, als wäre er es nicht. Hielt er seine Emotionen immer so unter Kontrolle?

„Okay. Also, was haben Sie gemacht, ehe Sie zum FBI kamen?"

In einer mit Latexhandschuhen geschützten Hand hielt er einen schwarzen Plastiksack. „Ich war Ermittler für Versicherungsbetrug." In der anderen einen Packen Einwickelpapier von Schokoriegeln. „Und ich würde sagen, unser Knabe hat einen entsetzlich süßen Zahn."

42. KAPITEL

Maggie griff den Revolver und zielte auf die dunkle Gestalt vor ihr. Ihre rechte Hand zitterte. Sie spürte, wie sie die Kiefer zusammenpresste und die Muskeln verspannte.

„Verdammt!" schimpfte sie, da sie auf dem leeren Schießstand allein war. Sie war hergekommen, nachdem Agent Ballato seinen Schießunterricht beendet hatte, weil sie wusste, dass sie den Schießstand so spät an einem Freitag für sich haben würde.

Sie lockerte ihre Haltung, ließ die Arme sinken, rollte die Schultern und streckte den Hals. Warum nur konnte sie sich nicht richtig entspannen? Warum hatte sie das Gefühl, jeden Moment explodieren zu müssen?

Sie schob die Schutzbrille auf den Kopf und lehnte sich gegen die halbhohe Wand der Kabine. Nachdem sie mit Agent Tully das Haus am Archer Drive verlassen hatte, hatte sie Detective Ford in Kansas City angerufen. Er lieferte ihr einen detaillierten Bericht der Ermittlungen im Mordfall Rita, beschrieb das blutgetränkte Apartment, die spermafleckigen Laken und die Reste von Haut und Gewebe in Ritas Badewanne. Gleiche Funde hatten sie im Whirlpool am Archer Drive gemacht. Nur hatte Stucky in Ritas Apartment darauf verzichtet, hinterher zu putzen. Warum war er dann im Haus am Archer Drive nach Jessicas Ermordung so penibel vorgegangen? Etwa, weil er es noch einmal benutzen wollte? Hatte er Tess McGowan dorthin gelockt und verschleppt? Und wenn ja, wo hielt er sie versteckt?

Maggie schloss die Augen und wünschte sich, die Enge in der Brust loszuwerden. Sie musste sich entspannen. Es war zu leicht, die schrecklichen Bilder wachzurufen. Ihr Beruf verlangte von ihr, sich Tatortszenarien vorzustellen. Sie war darauf trainiert. Doch diesmal verfluchte sie diese Fähigkeit geradezu. Sie wollte die schlimmen Bilder unterdrücken, aber ihr Verstand gehorchte nicht. Sie sah, wie Jessica Beckwith ihr mit kleinen Händen den Pizzakarton überreichte. Dann sah sie dieselben kleinen Hände in dem leeren Schlafzimmer nach der Wand greifen und daran hinabgleiten. Warum hatte niemand ihre Schreie gehört, wo sie doch so laut und deutlich in ihrem Kopf hallten?

Sie legte die Waffe beiseite und rieb sich mit beiden Händen die Augen. Es half nichts. Sie erinnerte sich an Ritas Gesicht. Die Kellnerin war müde gewesen, hatte sie und ihre Begleiter in der verrauchten Bar jedoch freundlich bedient. Und dann tauchte mühelos das Bild von Ritas mit Abfall bedeckter Leiche auf, von der durchschnittenen Kehle und dem blutigen Klumpen, ihrer Niere, auf einer glänzenden Dinnerplatte. Beide Frauen waren tot, weil sie das Pech gehabt hatten, ihr zu begegnen. Und Maggie war sicher, dass weitere Frauen aus demselben Grund verschleppt worden waren.

Sie wollte schreien und toben, sie wollte, dass das Pochen im Kopf aufhörte und ihre verdammten Hände still hielten. Seit Tully den Stapel Einwickelpapier von Schokoriegeln gefunden hatte, dachte sie an Rachel Endicotts Verschwinden und das Einwickelpapier in ihrer Küche. Zog sie voreilige Schlüsse? Bemühte sie sich zu sehr, eine Verbindung zwischen dem Verschwinden von Rachel und Tess herzustellen?

Auf den Stufen in Rachels Haus hatte sie Lehm entdeckt. Lehm mit einer seltsamen metallischen Substanz. Tully hatte erwähnt, dass auf Jessicas Gaspedal ein glänzender Lehm gefunden worden war. Konnten beide Klumpen aus derselben Gegend stammen? Tully hatte noch etwas gesagt, an das sie sich nicht erinnern konnte, das ihr jedoch bedeutsam erschien. Es nagte an ihr. Vielleicht ein Detail aus dem Polizeibericht?

„Verdammt!" schimpfte sie und erinnerte sich nicht, was ihr aufgefallen war.

In letzter Zeit schien sich ihr Verstand aufzulösen. Ihre Nerven lagen blank, und ihre Muskeln waren durch ständige Alarmbereitschaft erschöpft. Dass sie das nicht verhindern oder wenigstens beeinflussen konnte, empfand sie als sehr belastend.

Albert Stucky hatte sie genau da, wo er sie haben wollte, über einem imaginären Abgrund baumelnd. Er hatte sie zur Komplizin seiner Untaten gemacht, indem er sie unwissentlich auswählen ließ, wer sein nächstes Opfer werden sollte. Er wollte, dass sie seine Verantwortung teilte. Er wollte ihr die Macht des Bösen begreiflich machen. Versuchte er so, das Böse auch in ihr zu wecken?

Sie nahm die Smith & Wesson wieder auf, ließ die Hände über das kühle Metall streichen und schloss sorgfältig, fast ehrfürchtig die Finger um den Griff. Sie ignorierte die Ohrschützer, die ihr um den Hals baumelten, und ließ die Schutzbrille auf dem Kopf. Sie hob den rechten Arm, Ellbogen leicht angewinkelt, stützte die rechte Hand mit der Linken, starrte daran entlang und zwang sie, nicht zu zittern und sich nicht zu bewegen. Ohne weiteres Zögern betätigte sie den Abzug und feuerte in rascher Folge, bis sechs Kugeln verschossen waren und ihr der Mündungsqualm in die Nase stach.

Die Ohren klingelten ihr. Sie entspannte den Arm und ließ ihn am Körper herabhängen. Mit Herzklopfen drückte sie den Knopf an der Wand und zuckte beim Kreischen des Zugs, der ihr die Zielscheibe näher brachte, zusammen. Die dunkle Gestalt, ihr vermeintlicher Angreifer, blieb mit Papiergeraschel und metallischem Klang vor ihr stehen. Maggie sah, dass sie genau ins Ziel getroffen hatte, atmete tief durch und seufzte. Sie hätte erleichtert sein sollen über ihre Präzision. Stattdessen hatte sie das Gefühl, ihr letzter Halt über dem Abgrund bröckele allmählich ab. Denn die sechs Kugeln, die sie so sachkundig und bewusst abgefeuert hatte, steckten genau zwischen den Augen ihres Opfers.

43. KAPITEL

Tess kam schlitternd zum Stehen. Ihre nackten Füße waren mit Schlamm bedeckt. Sie konnte es riechen und merkte, dass auch Hände, Hose und abgestoßene Ellbogen schlammbedeckt waren. Sie erinnerte sich nicht, sich die Bluse zerrissen zu haben, doch beide Ellenbogen sahen hervor, zerkratzt, blutig und jetzt auch noch mit moderigem Schlamm bedeckt. Der Regen hatte aufgehört, ohne dass es ihr gleich aufgefallen war. Doch die Pause würde von kurzer Dauer sein. Die Wolken waren dunkler geworden, und der Nebel wurde dichter und strich um sie herum wie unruhige, aus dem Boden aufsteigende Geister. Herrgott, sie sollte nicht an solche Dinge denken. Sie sollte gar nicht denken, nur rennen.

An einen Baum gelehnt, versuchte sie zu Atem zu kommen. Sie war dem einzigen Weg gefolgt, den sie in dem dichten Wald finden konnte, und hoffte, er führte sie in die Freiheit. Sie war am Ende ihrer Nerven, Panik hatte sie fest im Griff. Sie erwartete, dass ihr Entführer jeden Moment hinter einem Busch hervortrat und sie packte.

Trockene und gebrochene Zweige durchstachen ihren Deckenumhang. Etliche Male war sie damit hängen geblieben und dann zurückgerissen worden, als packten Hände nach ihrem Hals. Die schmerzhaften Würgemale waren dabei eine unliebsame Erinnerung an seinen Angriff gewesen. Trotzdem ließ sie die Decke nicht fallen, da sie ihr wie ein schwacher Schutzschild vorkam. Von Regen und Schweiß war sie klatschnass. Feuchte Haare klebten ihr am Gesicht, und die Seidenbluse lag an wie eine zweite Haut.

Der dichte Nebel durchnässte sie weiter. In weniger als einer Stunde würde sich Dunkelheit über diese endlosen Wälder senken. Die Gewissheit machte ihr noch mehr Angst. Sie konnte durch den feuchten Dunst kaum noch etwas sehen. Zwei Mal war sie einen Abhang hinabgerutscht und fast in eine Wasserfläche gestürzt, die von oben nur wie dichter grauer Nebel ausgesehen hatte. Die Dunkelheit würde weiteres Vorankommen unmöglich machen.

Der Entführer hatte ihr aus offensichtlichen Gründen die Armbanduhr abgenommen. Den Saphirring und die Ohrringe hatte er ihr gelassen. Den Dreitausenddollarring hätte sie liebend gern für ihre Timex eingetauscht. Die Zeit nicht zu wissen war furchtbar. Welcher Tag war überhaupt? Konnte es noch Mittwoch sein? Nein. Sie erinnerte sich, dass es beim kurzen Erwachen im Auto dunkel gewesen war. Ja, Scheinwerfer waren ihnen entgegengekommen. Was bedeutete, dass sie den größten Teil des Donnerstags geschlafen hatte. Ihr wurde plötzlich klar, dass sie keinen Anhaltspunkt hatte, wie lange sie bewusstlos gewesen war. Vielleicht tagelang.

Die neue Angst machte das Atmen wieder beschwerlicher. Nur die Ruhe! Sie musste gelassen überlegen, wie sie die Nacht verbringen wollte, und es Schritt für Schritt planen und angehen. Zwar riet ihr der Instinkt weiterzurennen, doch sagte die Vernunft, dass es wichtiger war, einen Platz für die Nacht zu finden. Inzwischen fragte sie sich, ob sie nicht besser in dem Schuppen geblieben wäre. Hatte sie mit ihrer Flucht wirklich etwas erreicht? Im Schuppen war es wenigstens trocken gewesen, und die klumpige Pritsche kam ihr jetzt wunderbar behaglich vor. Sie hatte keine Ahnung, wo sie hier war, und es sah nicht danach aus, als sei sie ihrem Ziel, diesem Waldgefängnis zu entfliehen, trotz meilenweiten Laufens auch nur ein Stück näher gekommen.

Sie kauerte sich hin, den Rücken gegen die raue Holzrinde eines Baumstammes gelehnt. Sie musste die Beine ausruhen, aber wachsam und fluchtbereit bleiben. Schwarze Krähen stießen empört auf sie herab und erschreckten sie. Sie blieb still sitzen, zu müde und schwach, ihnen auszuweichen. Die Krähen sammelten sich für die Nacht in den Baumwipfeln. Hunderte kamen aus allen Richtungen angeflattert und taten mit rauen Schreien kund, dass sie ihren abendlichen Schlafplatz einnahmen.

Ihr kam plötzlich der Gedanke, dass die Vögel sich hier kaum niederlassen würden, wenn sie diesen Platz nicht für sicher hielten. Sollte es in der Nacht eine Störung oder gar Gefahr geben, warnten die Krähen sie vermutlich zuverlässiger als jede Alarmanlage.

Sie sah sich suchend nach einem sicheren Ruheplatz um. Hier lag ein Teppich aus abgefallenen Blättern und Piniennadeln vom letzten Herbst. Jedoch war alles von Regen und Nebel durchnässt. Der bloße Gedanke, sich auf den kalten Boden zu legen, ließ sie frösteln.

Das Krähengeschrei dauerte an. Sie blickte hinauf und prüfte die Äste. Seit ihrer Kindheit war sie nicht mehr auf einen Baum geklettert. Damals war das eine Überlebenstaktik gewesen, ein Versteck vor Onkel und Tante. Ihre schmerzenden Muskeln erinnerten sie allerdings, wie töricht es war, momentan irgendwo hinaufsteigen zu wollen. Töricht oder nicht, dort oben war sie sicher. Er würde nicht in den Baumkronen nach ihr suchen. Andere nächtliche Jäger ebenfalls nicht. Mein Gott, an Tiere hatte sie bisher noch gar nicht gedacht.

Der Baum neben ihr war im perfekten Y gegabelt, so dass sie in der Astgabel gut sitzen konnte. Sofort machte sie sich an die Arbeit, sammelte Äste und Zweige ein und häufte sie über Kreuz gelegt auf, um eine provisorische Leiter zu bekommen. Sobald sie die unteren Äste des Baumes erreichte, konnte sie sich hinaufschwingen in das Y.

Sie dachte nicht mehr an Müdigkeit oder das Brennen der zerschnittenen Füße. Mit jeder Ladung Zweige oder dem Heben eines Astes drängten ihre Muskeln sie, die Tätigkeiten sofort einzustellen. Doch von neuer Energie beflügelt, machte sie weiter, so dass ihr der Pulsschlag in den Ohren dröhnte.

Die Krähen über ihr schwiegen, als beobachteten sie ihre fieberhaften Bemühungen voller Interesse. Oder horchten die Tiere auf etwas? Sie hielt inne, die Arme voller Äste. Ihr Atem ging rasselnd, und sie hörte kaum mehr als das Hämmern des eigenen Herzens. Sie hielt die Luft an und lauschte. Stille ringsum, als hätte die hereinbrechende Dunkelheit jeden Laut und jede Bewegung geschluckt.

Dann hörte sie es.

Zuerst klang es nach einem verwundeten Tier, nach unterdrücktem Schreien oder hohem Greinen. Sie drehte sich langsam und blinzelte angestrengt in Nebel und Dunkelheit. Plötzlicher Wind schuf nächtliche Schatten. Aus schwingenden Zweigen wurden winkende Arme. Raschelnde Blätter klangen wie Schritte.

Tess ließ die Zweige fallen und sah sich ängstlich um. Konnte sie ohne die provisorische Leiter in den Baum gelangen? Ihre Finger krallten sich in die Baumrinde. Vorsichtig trat sie auf den Holzstapel und prüfte seine Haltbarkeit. Sie zog sich hoch und griff nach dem nächsten Ast. Er knarrte unter ihrem Gewicht, brach aber nicht. Sie hielt sich mit beiden Händen fest, obwohl lose Borke abbröckelte und ihr in die Augen fiel. Sie war so weit, die Beine in das Y zu schwingen, als aus dem unterdrückten Wimmern erkennbare Worte wurden.

„Hilfe! Bitte hilf mir jemand!"

Der Wind trug das Flehen klar und deutlich heran. Tess erstarrte geradezu. Sie hing am Ast, die Füße ein Stück über dem Holzhaufen baumelnd. Vielleicht bildete sie sich das ein? Vielleicht spielte ihre Wahrnehmung ihr vor Erschöpfung Streiche.

Ihre Arme schmerzten, die Finger wurden taub. Wenn sie es in den Baum schaffen wollte, musste sie jetzt gleich die letzten Reserven mobilisieren.

Wieder wehten die Worte heran wie Nebelschwaden.

„Bitte, hilf mir jemand!"

Das war eine Frauenstimme, und sie war nah.

Tess ließ sich zu Boden fallen. Inzwischen konnte sie in der zunehmenden Dunkelheit nur noch einen knappen Meter weit sehen. Sie ging langsam auf die Stimme zu. Die Arme vor sich ausgestreckt, folgte sie dem Weg und zählte im Stillen ihre Schritte. Zweige rissen ihr an den Haaren und zu spät erkannte Äste griffen nach ihr. Sie bewegte sich auf die Stimme zu, ohne zu rufen, um sich nicht zu verraten. Vorsichtig auftretend, zählte sie weiter, um sich notfalls umdrehen und zu ihrem sicheren Zufluchtsort zurücklaufen zu können.

Zweiundzwanzig, dreiundzwanzig. Dann plötzlich tat sich der Boden unter ihr auf. Tess fiel, und die Erde verschluckte sie.

44. KAPITEL

Tess lag am Boden der Grube. Ihr Kopf dröhnte. Ihre Seite brannte, als stünde sie in Flammen. In ihrer Panik atmete sie rasch und keuchend. Um sie herum nichts als Schlamm, der an Armen und Beinen sog wie Treibsand. Ihr rechter Knöchel lag verdreht unter ihr. Sie wusste sofort, dass es schwierig werden würde, ihn zu bewegen.

Der Geruch von Schlamm und Verwesung ließ sie würgen. Ringsum totale Schwärze. Sie sah absolut nichts. Über sich erkannte sie die Schatten einiger Äste, doch auch das restliche Licht wurde von Nebel und der hereinbrechenden Nacht geschluckt. Die Schatten, die sie ausmachen konnte, verrieten ihr lediglich, wie tief ihr erdiges Grab war. Bis hinauf waren es mindestens vier Meter. Großer Gott, da würde sie niemals hinaufklettern können.

Sie bemühte sich aufzustehen, fiel aber um, da ihr Knöchel wegknickte. Entsetzt sprang sie gleich wieder auf und krallte sich an der Erdwand fest, um stehen zu bleiben. Sie zerrte an der Wand und tastete mit den Fingern verzweifelt nach einem Halt, den es nicht gab. Sie brach lediglich feuchte Erdklumpen ab, spürte Würmer durch ihre Finger gleiten und schleuderte sie fort. Würmer erinnerten sie an Schlangen, und sie verabscheute Schlangen.

Sie trat und trommelte mit nackten Händen und Füßen gegen die Erdwand, kletterte und rutschte ab. Das Herz hämmerte gegen ihren Brustkasten, dass sie kaum atmen konnte. Da merkte sie, dass sie schrie. Nicht das Geräusch erschreckte sie, sondern ihre raue Kehle und die schmerzenden Lungen. Als sie aufhörte, dauerte das Schreien jedoch an. Jetzt verlor sie endgültig den Verstand. Das Schreien verwandelte sich in ein Wimmern und wurde zu einem leisen Stöhnen in einer Ecke ihres dunklen Lochs.

Ein Schauer rann Tess über den schweißnassen, schlammigen Rücken. Sie erkannte die Stimme, die sie mit ihrem Rufen in dieses Höllenloch gelotst hatte. War das eine Falle?

„Wer ist da?" flüsterte sie in die Dunkelheit.

Aus dem Stöhnen wurde gedämpftes Schluchzen.

Tess wartete. Ungeachtet ihres pochenden Knöchels schob sie sich an der Wand entlang. Sie wollte sich nicht wieder setzen, um wachsam und fluchtbereit zu sein. Beim Blick hinauf erwartete sie, dass ihr Entführer lächelnd auf sie hinabblickte. Doch sie bemerkte nur ein kurzes Aufleuchten, das sie als Blitz deutete. Ein leises Donnern in der Ferne bestätigte ihre Vermutung.

„Wer ist da?" schrie sie diesmal und ließ die Angst hinaus, die ihr die Brust abzuschnüren drohte und ihr den Atem nahm. „Und was zum Teufel tun Sie hier?" Sie war nicht sicher, ob sie eine Antwort auf diese Frage hören wollte.

„Er ... hat das getan", sagte eine angestrengte Stimme in hoher, weinerlicher Tonlage. „Schreckliche Dinge ...", fügte sie hinzu. „Er hat ... das gemacht. Ich habe versucht, ihn aufzuhalten. Ich konnte nicht. Er war zu stark." Sie begann wieder zu stöhnen.

Die Angst der anderen Frau war greifbar und ging Tess unter die Haut. Doch sie durfte sich nicht auch noch mit der Panik dieser Frau belasten.

„Er hatte ein Messer", erzählte sie schluchzend weiter. „Er ... er hat mich geschnitten."

„Sind Sie verletzt? Bluten Sie?" Tess blieb an der Wand, unfähig, sich zu bewegen. Sie versuchte die Augen an die Dunkelheit zu gewöhnen, erkannte jedoch nur einen dunklen Umriss, etwa zwei Meter von ihr entfernt.

„Er sagte ... er sagte, er würde mich umbringen."

„Wann hat er Sie hierher gebracht? Erinnern Sie sich?"

„Er hat mir die Hände gefesselt."

„Ich kann Ihnen die Fesseln lö..."

„Ich hat mir die Knöchel gefesselt. Ich konnte mich nicht bewegen."

„Ich kann ..."

„Er riss mir die Kleider herunter und nahm mir die Augenbinde ab. Er sagte ... er wollte, dass ich zusehe. Dann ... dann hat er mich vergewaltigt."

Tess wischte sich das Gesicht und ersetzte die Tränen durch Schlamm. Sie dachte an ihre Kleidung, die falsch geknöpfte Bluse, die fehlende Strumpfhose, und ihr wurde schlecht. Nicht daran denken! Nicht jetzt!

„Als ich schrie, hat er mich geschnitten", berichtete die Frau weiter. Ihre Worte sprudelten nur so hervor. „Er wollte, dass ich schrie. Ich konnte mich nicht wehren. Er war so stark. Er stieg auf mich. Er war so schwer. Meine Brust. Er quetschte meine Brust, als er auf mir saß. Er war so schwer. Meine Arme waren unter seinen Beinen festgeklemmt. Er saß auf mir, damit er … damit er … er schob ihn mir in die Kehle. Ich würgte, er schob weiter. Ich konnte nicht mehr atmen. Ich konnte mich nicht bewegen. Er …"

„Aufhören!" schrie Tess, erschrocken über die eigene fremd klingende Stimme. Ihr hysterischer Unterton machte ihr noch mehr Angst. „Bitte hören Sie auf!"

Sofort kehrte Ruhe ein. Kein Stöhnen, kein Schluchzen mehr. Tess lauschte, hörte jedoch nur das eigene Herzklopfen. Sie zitterte am ganzen Leib, als liefe ihr flüssige Kälte durch die Adern. Ein Luftzug stieg hinauf und ließ den Pesthauch der Verwesung nachströmen.

Der Donner wurde lauter, Lichtblitze erhellten die Welt dort oben, schafften es aber nicht bis hinab in die schwarze Grube. Den Kopf gegen die Erdwand gelehnt, blickte Tess hinauf zu den Ästen, skelettartigen Armen, die im blitzenden Licht zu ihr hinabwinkten. Ihr Körper schmerzte von der Anstrengung, die drohenden Schluchzer zu unterdrücken.

Sie schlang die Arme um sich, entschlossen, die Kindheitserinnerungen abzuwehren. Zu lange hatte sie gebraucht, das Trauma zu überwinden. Jetzt spürte sie jedoch, wie sich die Bilder durch die sorgfältig errichteten Barrieren drängten, wieder ins Bewusstsein sickerten, es infizierten und zu vergiften drohten. Sie durfte nicht zulassen, dass ihre Ängste zurückkehrten und sie hilflos machten. Oh Gott, sie hatte Jahre gebraucht, sie zu verdrängen, und weitere Jahre, sie auszulöschen. Nein, sie durfte sich ihnen nicht hingeben. Bitte, lieber Gott, nicht jetzt, wo ich mich schon so ausgeliefert und hilflos fühle!

Regen setzte ein, und Tess ließ sich an der Wand hinabgleiten, bis sie den Schlamm wieder an sich saugen spürte. Die Arme um die angezogenen Knie gelegt, wiegte sie sich vor und zurück, um der Kälte und den Erinnerungen zu trotzen, die sich dennoch Bahn brachen. Als wäre es gestern gewesen, wusste sie wieder, wie es war, als Sechsjährige lebendig begraben zu werden.

45. KAPITEL

„Ich glaube, Stucky hat auch meine Nachbarin entführt."

„Komm schon, Maggie, jetzt spinnst du." Gwen saß in Maggies Liegesessel, nippte Wein und tätschelte Harveys großen Kopf auf ihrem Schoß. Sie hatten sich sofort miteinander angefreundet. „Nebenbei bemerkt, dieser Wein ist recht gut. Du entwickelst dich zum Kenner. Siehst du, es gibt noch was anderes als Scotch."

Maggies Glas war noch randvoll. Sie wühlte in den Akten, die Tully ihr über Jessicas und Ritas Ermordung gegeben hatte. Außerdem hatte sie schon vor Gwens Ankunft ausreichend Scotch getrunken, um die Rastlosigkeit zu dämpfen, die ihr ständiger Begleiter geworden war. Sie hatte gehofft, Zielschießen würde die Anspannung lindern, doch nicht mal der Scotch entfaltete heute seine übliche anästhesierende Wirkung. Stattdessen hatte sie Schwierigkeiten, mit ihrem verschwommenen Blick die eigene Handschrift zu entziffern. Allerdings freute es sie, endlich einen Wein gefunden zu haben, der Gwen schmeckte.

Als Gourmetköchin genoss Gwen gutes Essen und gute Weine. Nachdem sie vorhin angerufen und angeboten hatte, das Dinner mitzubringen, war Maggie zu Sheps Spirituosenladen geeilt und hatte in den Regalen gesucht. Die Verkäuferin, eine attraktive, sehr enthusiastische Brünette namens Hannah, hatte ihr erklärt, der Bolla Soave sei ein delikater trockener Weißwein mit blumiger

Würze und Aprikosenaroma. Hannah hatte ihr versichert, er passe ausgezeichnet zu Gwens Dinner aus Hühnchen, in Folie gegart, mit Spargel.

Wein war Maggie viel zu komplex. Bei Scotch musste sie nicht zwischen Merlot, Chardonnay, Chablis, rosé, rot oder weiß wählen. Alles, was sie sich merken musste, war Scotch pur. Ganz einfach. Und er erfüllte seinen Zweck. Allerdings nicht heute Abend.

„Was sagt die Polizei zu Rachels Verschwinden?"

„Ich bin mir nicht sicher." Maggie blätterte eine Akte mit Zeitungsausschnitten durch, fand aber nicht, was sie suchte. „Der leitende Detective beschwerte sich bei Cunningham, ich sei in sein Territorium eingedrungen. Deshalb kann ich ihn nicht einfach anrufen und sagen: ‚He, ich glaube, ich weiß, was in dem Fall passiert ist, aus dem Sie mich heraushalten wollen'. Aber meine Nachbarin und der Ehemann der Verschwundenen tun so, als sei Rachel einfach abgehauen."

„Das ist komisch. Hat sie das denn schon mal gemacht?"

„Keine Ahnung. Aber ist es nicht noch komischer, dass der Ehemann den Hund nicht haben will?"

„Nicht, wenn er glaubt, dass sie mit jemand durchgebrannt ist. Den Hund abzulehnen ist eine der wenigen Möglichkeiten, die ihm bleiben, sie zu strafen."

„Das erklärt nicht, warum wir den Hund verletzt aufgefunden haben. Da war eine Menge Blut in dem Haus, und ich bin immer noch nicht überzeugt, dass alles von Harvey stammte." Maggie bemerkte, dass Gwen wie therapeutisch Harveys Kopf streichelte. „Wer nennt einen Hund Harvey?"

Er blickte auf, als Maggie seinen Namen nannte, bewegte sich jedoch nicht.

„Es ist ein schöner und guter Name", erklärte Gwen und setzte ihr großzügiges Streicheln fort.

„So hieß auch der schwarze Labrador, von dem der Serienkiller David Berkowitz glaubte, er sei besessen."

Gwen verdrehte die Augen. „Warum denkst du jetzt gleich wieder an so was? Vielleicht ist Rachel ein Fan von James Stewart, oder sie ist wild auf Filmklassiker und benannte ihn nach dem zwei Meter großen unsichtbaren Karnickel Harvey."

„Na klar. Warum ist mir das nicht gleich eingefallen?" fragte Maggie sarkastisch. Sie wollte nicht so gern über Harveys Besitzerin und deren mögliches Schicksal nachdenken und widmete sich wieder den Aktenordnern.

Sie wünschte, sie könnte sich erinnern, was Tully erwähnt hatte, das sie nicht mehr losließ. Es war eine Bemerkung gewesen, die Rachels Verschwinden mit Jessicas Ermordung in Verbindung brachte – abgesehen von dem Lehm. Sie kam einfach nicht drauf, wodurch sie augenblicklich diese Verbindung hergestellt hatte. Sie hoffte, dass die Polizeiberichte ihrer Erinnerung auf die Sprünge halfen.

„Warum, zum Kuckuck, ist der Ehemann nicht ein Hauptverdächtiger?" fragte Gwen plötzlich gereizt. „Das wäre für mich nur logisch."

„Du müsstest Detective Manx kennen, um das zu verstehen. Er geht die ganze Sache mit keinerlei Logik an."

„Da ist er wohl nicht der Einzige. Der Ehemann scheint der logische Verdächtige zu sein, und du kommst zu dem Schluss, dass Stucky sie gekidnappt hat, weil ... nur damit ich das richtig verstehe ... du glaubst, Stucky hat Rachel Endicott entführt, weil du sicher bist, dass er das Mädchen vom Pizzadienst ermordet hat und Einwickelpapier von Schokoriegeln an beiden Tatorten gefunden wurde?"

„Und Lehm. Vergiss den Lehm nicht." Maggie überprüfte den Laborbericht über Jessicas Wagen. „Der Lehm vom Gaspedal enthielt eine Art metallischen Rückstand, den Keith gerade analysiert." Wieder dachte sie an den Lehm mit den glänzenden Teilchen auf Rachel Endicotts Treppe. Und wenn Manx sich nun nicht die Mühe gemacht hatte, die Lehmprobe einzusammeln? Aber selbst wenn, wie sollte sie die beiden Proben vergleichen? Manx würde sein Beweismittel garantiert nicht herausrücken.

„Okay", sagte Gwen. „Das mit dem Lehm verstehe ich, falls er denselben Ursprung hat. Aber das Einwickelpapier in beiden Häusern zu finden, ist das als Beweis nicht ein bisschen weit hergeholt?"

„Stucky hinterlässt nur so zum Spaß Körperteile in Speisebehältern, um Leute zu schockieren. Warum sollte er nicht absichtlich dieses Einwickelpapier hinterlassen, nur um uns eine Nase zu drehen? Um zu zeigen, dass er diese unglaublich grausamen Morde begehen und hinterher einen kleinen Imbiss zu sich nehmen konnte."

„Demnach wäre das Einwickelpapier als Hinweis Teil seines Spiels?"

„Ja." Sie blickte zu Gwen, die offenbar ihre Theorie anzweifelte. „Warum ist das so schwer zu glauben?"

„Hast du je daran gedacht, dass die Süßigkeiten eine Notwendigkeit sein könnten? Vielleicht haben der Killer oder seine Opfer ein Insulinproblem. Diabetiker nehmen manchmal Süßigkeiten zu sich, um Insulinüberschuss auszugleichen. Der kann durch Stress oder das Injizieren von zu viel Insulin auftreten."

„Stucky ist kein Diabetiker."

„Weißt du das sicher?"

„Ja", erwiderte Maggie, erinnerte sich aber dann, dass Stuckys Blut nie auf diese Krankheit hin untersucht worden war.

„Wie kannst du da so sicher sein?" beharrte Gwen. „Ein Drittel der Typ-2-Diabetiker wissen nichts von ihrer Erkrankung. So etwas überprüft man nicht routinemäßig, es sei denn, man hat Symptome oder die Krankheit liegt in der Familie. Und ich muss dir sagen, die Symptome sind vor allem im Frühstadium eher unauffällig."

Natürlich hatte Gwen Recht, doch Maggie glaubte, sie wüsste es, wenn Stucky Diabetes hätte. Seine Blutwerte und die der DNS waren in den Akten. Es sei denn, er hatte die Krankheit erst seit kurzem. Nein, sie konnte sich nicht vorstellen, dass Albert Stucky anfällig war für etwas anderes als Revolverkugeln und vielleicht einen hölzernen Pflock durchs Herz.

„Was ist mit den Opfern?" gab Gwen zu bedenken. „Vielleicht gehörte das Einwickelpapier den Opfern. Waren sie möglicherweise Diabetikerinnen?"

„Der Zufall wäre zu groß. Und ich glaube nicht an Zufälle."

„Nein, da glaubst du schon lieber, Stucky hätte deine Nachbarin entführt, die noch gar nicht deine Nachbarin war, und dann deine Immobilienmaklerin, weil sie dir ein Haus verkauft hat. Ich muss dir sagen, Maggie, das klingt alles ein bisschen verrückt. Dir fehlt jeder Beweis, dass diese Frauen wirklich entführt wurden, geschweige denn, dass Stucky sie hat."

„Gwen, es ist kein Zufall, dass die Kellnerin in Kansas City und das Mädchen vom Pizzaservice nur Stunden vor ihrer Ermordung Kontakt zu mir hatten. Ich bin die einzige Verbindung. Denkst du denn, es macht mir Spaß anzunehmen, dass Stucky Rachel und Tess erwischt hat? Ich ginge wahrhaftig lieber davon aus, sie lägen an einem verschwiegenen Strand in der Sonne und schlürften Piña coladas mit ihren Lovern."

Es ärgerte sie, wie schrill ihre Stimme wurde. Sie wandte sich wieder ihrem Aktenstapel zu und versuchte ein System in Tullys Ordnung – besser gesagt – seine Unordnung zu bringen. Sie spürte, wie Gwen sie musterte. Vielleicht hatte sie ja Recht. Vielleicht minderte Paranoia ihre Vernunft, und sie bauschte die ganze Angelegenheit über Gebühr auf. Geriet sie wirklich psychisch aus den Fugen? Leider sah es ganz danach aus.

„Falls das stimmt, heißt das im Klartext, Stucky beobachtet dich und folgt dir."

„Ja", bestätigte Maggie so gelassen wie möglich.

„Wenn er sich Frauen aussucht, mit denen er dich sieht, warum hat er mich dann noch nicht aufs Korn genommen?"

Maggie sah zu ihrer Freundin auf, und der Anflug von Angst in deren sonst ruhigen, selbstsicheren Miene erschreckte sie. „Er sucht sich nur Frauen aus, mit denen ich flüchtigen Kontakt hatte. Nicht Freundinnen oder Bekannte. Das macht es für uns so schwer einzuschätzen, wen er sich als Nächstes greift. Er möchte, dass ich mich als Komplizin fühle. Ich glaube nicht, dass er mich vernichten will. Und dir etwas anzutun würde mich vernichten."

Sie setzte ihr Aktenstudium fort, wollte das Thema beenden und die mögliche Gefahr für Gwen verdrängen. Doch sie hatte selbst schon darüber nachgedacht, dass Stucky sich demnächst an Menschen vergreifen könnte, die ihr nahe standen. Was sollte ihn daran hindern, wenn er seinen Verbrechen noch eins draufsetzen wollte?

„Hast du mit Agent Tully darüber gesprochen?"

„Du bist meine Freundin, und du hältst mich schon für verrückt. Warum in aller Welt sollte ich meine Befürchtungen mit Tully teilen?"

„Weil er dein Partner ist, und weil ihr beide diesen Mist zusammen abarbeiten müsst, gleichgültig wie verrückt die Details zu sein scheinen."

Maggie fand einen weiteren Satz Dokumente und begann die Seiten durchzublättern. Wo war nur diese vermutete Verbindung zwischen Rachel und Stucky?

„Maggie, hast du mich gehört?"

Sie blickte auf und bemerkte, dass Gwens sonst glatte Stirn tief gefurcht war und die warmen grünen Augen sie sorgenvoll betrachteten.

„Maggie, versprich mir, dass du keine Alleingänge startest!"

„Ich mache keine Alleingänge mehr." Sie zog einen braunen Umschlag hervor und holte den Inhalt heraus.

„Maggie, das ist mir ernst."

Sie unterbrach ihre Tätigkeit und sah Gwen an. Sogar Harvey sah sie mit traurigen Augen aufmerksam an, obwohl er die letzten Tage und Nächte hin und her gelaufen war und in der Hoffnung, sein Frauchen hole ihn ab, Türen und Fenster kontrolliert hatte, als könnte er es keine Minute länger bei ihr aushalten.

„Mach dir bitte keine Sorgen, Gwen. Ich verspreche, dass ich nichts Dummes anstelle." Sie faltete einige Kopien auf und fand sofort, wonach sie suchte. Es war der Bericht der Flughafenbehörde und eine Notiz über die polizeiliche Beschlagnahme eines weißen Ford Van. „Hier ist es. Das hat mich die ganze Zeit nicht losgelassen."

„Was denn?"

Maggie stand auf und begann hin und her zu gehen.

„Susan Lyndell erzählte mir, dass der Mann, mit dem Rachel Endicott vielleicht durchgebrannt ist, ein Mann vom Telefondienst war."

„Wo ist der Beweis? Ihre Telefonrechnung?" fragte Gwen ungeduldig.

„Hier ist eine Notiz über die Beschlagnahme. Als die Polizei Jessica Beckwiths Auto am Flughafen entdeckte, parkte ein Van daneben. Er war vor zwei Wochen gestohlen worden."

„Tut mir Leid, Maggie, aber da komme ich nicht mit. Also hat Stucky einen Wagen geklaut und ihn stehen lassen, als er ihn nicht mehr brauchte. Was hat das mit deiner vermissten Nachbarin zu tun?"

„Der beschlagnahmte Wagen gehörte der Northeastern Bell Telefongesellschaft." Sie wartete auf Gwens Reaktion, und als die zurückhaltend ausfiel, fuhr sie fort: „Okay, es ist nur ein Indiz, aber du musst zugeben, dass es ein ziemlich merkwürdiger Zufall ist, und ..."

„Ich weiß, ich weiß." Gwen brachte sie mit erhobener Hand zum Schweigen. „Du glaubst nicht an Zufälle."

46. KAPITEL

Trotz ihrer umfangreichen Erinnerungen an Schreckensnächte der Kindheit konnte Tess sich nicht entsinnen, je eine so lange, dunkle und grausame Nacht erlebt zu haben wie diese. Sie saß zusammengekauert in einer Ecke, die Arme um die Knie geschlungen, und versuchte, nicht daran zu denken, wie ihre nackten, geschwollenen Füße im stinkenden Schlamm steckten. Der Regen hatte schließlich aufgehört, obwohl es in der Ferne donnerte, als rollten Felsbrocken. Lag es an den Wolken, dass die Sonne nicht aufging, oder hatte der verrückte Entführer einen Pakt mit dem Teufel geschlossen?

Manchmal hörte sie die Frau leise vor sich hin stöhnen. Ihr keuchendes Atmen war sehr nah. Gottlob hatten das Schluchzen und das hohe Wimmern aufgehört. Als der Himmel endlich doch heller wurde, begann die zusammengesackte Gestalt Form anzunehmen.

Tess schloss die Augen, um das brennende Fremdkörpergefühl in ihnen zu mildern. Warum hatte sie nicht die ständig zu tragenden Kontaktlinsen genommen? Am liebsten hätte sie sich dauernd die Augen gerieben. Lange konnte sie die Linsen nicht mehr tragen. Sie öffnete blinzelnd die Augen und konnte nicht glauben, was sie sah. Die Frau ihr gegenüber war völlig nackt. Sie hatte sich zur Fötushaltung zusammengerollt. Ihre Haut war mit Schlamm, und wie es roch und aussah, auch mit Blut und Kot bedeckt.

„Großer Gott", sagte Tess leise. „Warum haben Sie mir nicht gesagt, dass Sie nichts anhaben?"

Sie richtete sich mühsam auf, doch ihr Knöchel streikte, und sie fiel auf die Knie. Der Schmerz war jedoch belanglos. Sie zwang sich, wieder aufzustehen, und belastete vor allem den gesunden Fuß. Fieberhaft versuchte sie den Knoten der Decke zu lösen, die sie immer noch um die Schultern trug. Sie Frau zitterte am ganzen Leib. Nein, das war mehr als Zittern, das war konvulsivisches Zucken. Sie klapperte mit den Zähnen, und ihre Unterlippe blutete, weil sie offenbar häufiger darauf gebissen hatte.

„Haben Sie Schmerzen?" fragte Tess und merkte, wie dumm die Frage war. Natürlich hatte sie Schmerzen.

Sie riss sich die Decke herunter und legte sie der Frau vorsichtig um. Der Stoff war zwar feucht, hatte jedoch über Nacht verhindert, dass sie ausgekühlt war. Hoffentlich machte sie es nicht schlimmer? Aber schlimmer konnte es kaum noch werden.

Aus sicherer Distanz betrachtete Tess die entsetzlichen Prellungen, die Schnitte und das aufgerissene Fleisch an den Bissstellen – menschliche Bisse!

„Mein Gott, wir müssen Sie in ein Krankenhaus bringen!" Noch so eine lächerliche Bemerkung. Wenn sie nicht mal aus dieser Grube herauskam, wie sollte sie die Frau dann in ein Krankenhaus bringen?

Die Frau schien sie nicht zu hören. Mit weit aufgerissenen Augen starrte sie auf die Erdwand vor sich. Das struppige Haar klebte ihr am Gesicht. Tess strich ihr einen Haarklumpen zurück. Die

Frau blinzelte nicht einmal. Sie stand unter Schock und hatte sich offenbar tief in sich selbst zurückgezogen, in eine unerreichbare Höhle. Genau so hatte sie es selbst viele Male als Kind gemacht, es war ihre einzige Verteidigungsstrategie gegen die langen, manchmal tagelangen Strafaufenthalte im Sturmkeller gewesen.

Sie streichelte der Frau die Wange und wischte ihr Haare und Schlamm aus Gesicht und Nacken. Ihr Magen rebellierte, als sie die Prellungen und Bisswunden an Hals und Brüsten sah. Eine offene Wunde verlief rings um den Hals, wie der Abdruck eines Seiles oder einer Kordel, die so fest gezogen worden war, dass sie sich tief ins Fleisch gedrückt hatte.

„Können Sie sich bewegen?" fragte Tess, erhielt jedoch keine Antwort.

Da Licht von oben fiel, blickte sie hinauf, um die Tiefe ihres Lochs genauer abzuschätzen. Es war nicht ganz so tief, wie sie ursprünglich angenommen hatte, vielleicht drei oder vier Meter. Breit war es knappe zwei Meter und gut drei Meter lang. Es schien Teil eines alten Grabens zu sein, der teilweise eingebrochen war, mit unebenen Seitenwänden, aus denen Baumwurzeln und Felsbrocken herausragten. Frische Spatenspuren deuteten an, dass die Grube bewusst zur Falle ausgebaut worden war.

Was für ein Unhold tat einer Frau so etwas an und warf sie dann in eine Grube? Sie durfte nicht darüber nachdenken, sonst würde sie völlig gelähmt sein vor Angst. Sie musste sich darauf konzentrieren, sie beide hier herauszuholen. Aber wie?

Sie kniete sich neben die Frau, die unter der Decke jetzt kaum noch zuckte, um sie auf Knochenbrüche zu untersuchen. Es gab genügend Einkerbungen und kleine Vorsprünge in der Wand, die ihnen Halt gaben, um hinauszuklettern. Doch die Frau musste eigenständig klettern. Mitziehen oder tragen konnte sie sie nicht.

Als Tess sie an der Schulter berühren wollte, entdeckte sie, worauf die Frau die ganze Zeit starrte, und sprang erschrocken zurück. Trotz ihres Widerwillens, kam sie langsam wieder näher, um es genauer zu betrachten. Direkt vor ihr, in der Lehmwand begraben, vom Regen jedoch teilweise freigespült, steckte ein menschlicher Schädel. Die leeren Augenhöhlen starrten sie an. Und da wurde ihr klar: das hier war keine Falle. Es war ein Grab.

Ihr Grab.

47. KAPITEL

Samstag, 4. April

Sie trug wieder eine rote Seidenbluse. Rot stand ihr. Es unterstrich das rötlich blonde Haar. Sie zog auch diesmal die Jacke nicht an, stellte sich vor ihn an den Schreibtisch, halb auf der Kante sitzend. Heute machte sie sich nicht die Mühe, ihren Rock herunterzuziehen, der hochgerutscht war und wohlgeformte Schenkel sehen ließ. Schöne, zarte Schenkel, die seine Fantasie anregten, wie es war, die Zähne hineinzuschlagen.

Sie wartete, dass er zu sprechen begann, während sie etwas in ihr Notizbuch kritzelte. Falls es Notizen über ihn waren, so interessierten sie ihn nicht. Ihn interessierte nur, wie ihr Stöhnen klingen würde, wenn er sich in sie schob, tief und hart, bis sie schrie. Er genoss es, wenn sie schrien, besonders, wenn er in ihnen war. Die Vibrationen fühlten sich an wie Schockwellen.

Das gehörte zu den Dingen, die er mit seinem alten Freund und Partner gemeinsam hatte. Wenigstens das musste er nicht vortäuschen. Er schob sich die Sonnenbrille auf dem Nasenrücken hoch und merkte, dass die Psychologin immer noch wartete.

„Mr. Harding", unterbrach sie seine Gedanken, „Sie haben meine Frage nicht beantwortet."

Er konnte sich nicht an die Frage erinnern, neigte den Kopf zur Seite und reckte das Kinn in dieser pathetischen Geste vor, die besagte: „Verzeihen Sie, ich bin blind."

„Ich habe gefragt, ob die von mir empfohlenen Übungen geholfen haben."

Na prima. Wenn er wartete, machten es ihm die Leute immer leicht, beantworteten die gestellte Frage selbst, wiederholten etwas oder standen auf und taten selbst, was sie von ihm forderten. Er bekam Übung darin, was vermutlich ein Vorteil wurde, falls sein vorgetäuschter Zustand Wirklichkeit wurde.

„Mr. Harding?"

Sie hatte heute nicht viel Geduld. Er wollte schon fragen, wie lange sie nicht mehr gevögelt hatte. Das war zweifellos ihr Problem. Vielleicht brauchte sie ein paar Pornofilme aus seiner neuen Sammlung.

Er wusste aus seinen persönlichen Nachforschungen, dass sie geschieden war, seit fast fünfundzwanzig Jahren. Es war eine kurze zweijährige Ehe gewesen, eine jugendliche Torheit. Bestimmt hatte es seither Liebhaber gegeben, doch solche privaten Informationen waren aus dem Internet nicht zu bekommen.

Er las ihre wachsende Ungeduld an der Art ab, wie sie die Arme verschränkte. Schließlich sagte er höflich: „Die Übungen funktionierten sehr gut, aber das beweist nichts und hilft mir nicht."

„Warum sagen Sie das?"

„Was nützt es mir schon ... nun ja, verzeihen Sie, wenn ich das so ausdrücke ... meinen kleinen General ganz heiß und hart und aufgeregt zu machen, wenn ich allein bin?"

Sie lächelte. Das erste Lächeln, seit sie sich begegnet waren.

„Irgendwo müssen wir anfangen."

„Okay, aber ich fürchte, ich muss protestieren, wenn Sie mir jetzt aufblasbare Puppen verordnen."

Wieder ein Lächeln. Er kam in Fahrt. Sollte er ihr sagen, dass er sie gerne als aufblasbare Puppe benutzen würde? Er fragte sich, wie gut sie ihm mit diesem süßen, erotischen kleinen Mund einen blasen konnte? Zweifellos würde er ihn gut ausfüllen.

„Nein, vorläufig werde ich Ihnen nichts dergleichen verordnen", sagte sie, ohne zu ahnen, was er dachte. „Allerdings möchte ich Sie ermutigen, mit den Übungen fortzufahren, um – verzeihen Sie den Ausdruck – eine idiotensichere Methode der Erregung zu haben, falls Sie mit einer Frau intim werden möchten."

Sie saß schräg auf der Schreibtischkante und schwang locker den linken Fuß. Ihr schwarzer Lederpumps hing nur noch an einem Zeh. Er hoffte, der Schuh fiel herab. Er wollte sehen, ob sie sich die Zehennägel lackiert hatte. Er liebte rot lackierte Zehennägel.

„Ob es uns gefällt oder nicht", fuhr sie fort, ohne dass er zuhörte, „viele unserer Vorstellungen über Sex stammen von unseren Eltern. Besonders Jungen imitieren das Verhalten ihrer Väter. Wie war Ihr Vater, Mr. Harding?"

„Er hatte bestimmt keine Schwierigkeiten mit Frauen!" fuhr er sie an und bedauerte sofort, ihr so zu verraten, dass sie ein heikles Thema berührte. Sie würde jetzt nicht mehr locker lassen und bohren, bis auch seine Mutter Gegenstand der Unterredung war. Es sei denn ... es sei denn, er drehte den Spieß um und schockierte sie so, dass sie das Thema aus Scham fallen ließ.

„Mein Vater hat oft Frauen mit nach Hause gebracht. Er ließ mich sogar zusehen. Manchmal ließen mich die Frauen auch mitmachen. Welcher Dreizehnjährige kann schon von sich behaupten, dass ihm eine Frau den Schwanz gelutscht hat, während sein Vater sie von hinten bumste?"

Da war er – der Ausdruck der Schocks, gleich würde der des Bedauerns folgen. Lustig, welche Macht die Wahrheit hatte. Ein Klopfen an der Tür ließ sie beide zusammenfahren. Er starrte ins Leere, wie es sich für einen guten blinden Scheißkerl gehörte.

„Verzeihen Sie die Störung", rief ihre Sekretärin von der Tür. „Das Telefonat, das Sie erwarten, ist auf Leitung drei."

„Ich muss diesen Anruf entgegennehmen, Mr. Harding."

„Schon okay." Er stand auf und tastete nach seinem Stock. „Vielleicht sollten wir es für heute gut sein lassen."

„Sind Sie sicher? Das Telefonat dauert nicht lang."

„Ich bin erschöpft. Außerdem glaube ich, Sie haben Ihr Geld heute sauer verdient." Er belohnte sie mit einem Lächeln, damit sie nichts weiter einwandte. Er war schon an der Tür, ehe sie anbieten konnte, seinen angeblichen Fahrer anzurufen. Als er am Lift wartete, kochte der Zorn jedoch in ihm hoch. Er verabscheute es, an seine Eltern erinnert zu werden, und sie hatte kein Recht, das Thema zu berühren. Sie hatte ihre Grenzen überschritten. Ja, heute war Dr. Gwen Patterson zu weit gegangen.

48. KAPITEL

Der stellvertretende Direktor Cunningham hatte ihnen einen kleinen Konferenzraum im Erdgeschoss organisiert. Tully war so begeistert, Fenster zu haben – mit Blick zum Wald am Rande des Trainingsgeländes –, dass es ihm nichts ausmachte, Treppen zu steigen und zum anderen Ende des Gebäudes zu laufen, um Sachen aus seinem voll gestopften Büro zu holen.

Er breitete alles an Dokumenten aus, was sie in den letzten fünf Monaten gesammelt hatten, und O'Dell folgte ihm ins Zimmer. Sie beharrte darauf, die Unterlagen in ordentlichen Stapeln auf dem

Konferenztisch aufzureihen, damit von links nach rechts eine chronologische Reihenfolge entstand. Das amüsierte ihn eher, als dass es ihn irritierte. Okay, fest stand, sie gingen ganz verschieden an Puzzles heran. Sie begann mit den Eckstücken und arbeitete sich zur Mitte des Bildes vor, er begutachtete alle Stücke und fischte sich heraus, was zusammenpasste. Kein Weg war richtig oder falsch. Es war schlicht eine Frage der Vorlieben. Allerdings bezweifelte er, dass O'Dell seiner Einschätzung zustimmen würde.

Sie hatten eine Karte der Vereinigten Staaten an die Wand gepinnt und die Morde in Newburgh Heights und Kansas City mit roten Nadeln gekennzeichnet. Blaue Nadeln markierten die anderen siebzehn Gebiete, in denen Stucky Opfer hinterlassen hatte, ehe er letzten August geschnappt worden war. Das waren nur die Opfer, von denen sie wussten. Die Frauen, die Stucky seiner Sammlung einverleibt hatte, waren oft in entlegenen Waldgebieten begraben worden. Man fürchtete, dass noch etwa ein Dutzend verborgene Leichen auf Entdeckung durch Wanderer, Angler oder Jäger warteten. Alle diese Verbrechen hatte Stucky in weniger als drei Jahren begangen. Tully mochte gar nicht daran denken, was dieser Verrückte in den letzten fünf Monaten angestellt hatte.

Er prüfte weiter die Landkarte und ließ O'Dell die Organisationsarbeit machen. Stucky war größtenteils im östlichen Teil der Staaten geblieben von Boston im Norden bis nach Florida im Süden. Die Küste Virginias schien ein fruchtbarer Boden für ihn zu sein. Kansas City war offenbar der einzige Ausrutscher gewesen. Falls Tess McGowan tatsächlich von ihm verschleppt worden war, bedeutete das, Stucky spielte wieder mit O'Dell und bezog sie als Komplizin in seine Verbrechen ein. Da er nur Frauen auswählte, mit denen sie flüchtig Kontakt hatte, nicht etwa Freunde oder Verwandte, war es praktisch unmöglich vorauszusehen, wann er wieder zuschlug.

Konnten sie überhaupt etwas tun? O'Dell einsperren, bis sie Stucky gefasst hatten? Cunningham ließ sie und ihr Haus von mehreren Agenten bewachen, und Tully war erstaunt, dass O'Dell noch nicht protestiert hatte.

Samstagmorgen, und sie stürzte sich in die Arbeit, als wäre ein normaler Arbeitstag. Nach der anstrengenden Woche, die sie hinter sich hatte, lägen andere noch im Bett. Allerdings bemerkte er, dass sie heute Morgen die dunklen Ringe und Schwellungen unter den Augen nicht mit Make-up kaschieren konnte. Heute trug sie zur verwaschenen Jeans alte Nike-Laufschuhe und ein Karohemd mit aufgekrempelten Ärmeln, das sie ordentlich in den Hosenbund gesteckt hatte. Obwohl sie sich in einem gesicherten Gebäude befanden, behielt sie das Schulterholster mit der 38er Smith & Wesson um. Verglichen mit O'Dell kam er sich fein gemacht vor, bis Cunningham vorbeischaute, so frisch, adrett und faltenfrei wie immer. Erst da bemerkte Tully die Kaffeeflecken auf seinem weißen Hemd und seine gelockerte, schief hängende Krawatte.

Tully sah auf seine Armbanduhr. Er hatte Emma einen gemeinsamen Lunch und ein umfassendes Gespräch über diesen Schulball versprochen. Sie mochte ihn engstirnig schimpfen, wenn sie wollte, doch er war überzeugt, dass sie noch nicht alt genug war, mit Jungen auszugehen. Vielleicht nächstes Jahr.

Er warf O'Dell einen Blick zu, die sich über die Berichte beugte, die sie von Keith Ganza erhalten hatten. Ohne zu ihm aufzusehen, fragte sie: „Hatten Sie Glück bei der Security am Flughafen?"

„Nein, aber da Delores Heston jetzt eine offizielle Vermisstenanzeige gemacht hat, können wir eine Suchmeldung nach dem Wagen rausgeben. Ein schwarzer Miata ist wohl kaum zu übersehen. Aber ich weiß nicht recht. Was, wenn diese McGowan sich nur ein paar Tage freigenommen hat?"

„Dann verderben wir ihr den Urlaub. Was ist mit dem Freund?"

„Der Typ hat ein Haus und ein Geschäft in Washington und ein weiteres Haus und ein Büro in Newburgh Heights. Ich habe Mr. Daniel Kassenbaum endlich gestern Abend in seinem Countryclub aufgestöbert. Er wirkte nicht sehr besorgt. Er sagte sogar, er habe vermutet, dass McGowan ihn betrügt. Dann fügte er rasch hinzu, dass ihre Beziehung aber keinerlei Verpflichtung beinhalte. So drückte er sich aus. Also, wenn seine Vermutung stimmt, ist sie vielleicht nur mit einem heimlichen Geliebten abgehauen."

O'Dell sah zu ihm hin. „Wenn der Freund glaubt, sie betrügt ihn, dürfen wir dann davon ausgehen, dass er nichts mit ihrem Verschwinden zu tun hat?"

„Ich glaube wirklich, dass der Typ sich nicht viel darum schert, ob sie treu ist oder nicht, solange er kriegt, was er haben will." O'Dell sah ihn verblüfft an, und Tully spürte bei diesem heiklen Thema Emotionen in sich hochkochen. Kassenbaum erinnerte ihn zu sehr an den Mistkerl, für den Caroline ihn verlassen hatte. Trotzdem fügte er hinzu: „Er sagte mir, er habe Tess McGowan das letzte Mal Dienstagnacht gesehen, als sie bei ihm in Newburgh Heights geblieben war. Also, wenn dieser Typ glaubt, dass sie ihn betrügt, warum bittet er sie dann immer noch, über Nacht bei ihm zu bleiben?"

O'Dell zuckte die Achseln. „Keine Ahnung. Warum?"

Er wusste nicht, ob sie das ernst meinte oder sarkastisch. „Warum? Weil er ein arrogantes Arschloch ist, das sich nur für sich selbst interessiert. Solange seine Gelüste bedient werden, kümmert ihn gar nichts." Sie starrte ihn an. Er hätte wissen müssen, wann er den Mund halten sollte. „Was finden Frauen an solchen Typen?"

„Seine Gelüste bedienen? Nennt man das so in Ohio?"

Tully spürte, wie er rot anlief, und O'Dell lächelte. Sie widmete sich wieder den Berichten und ließ das Thema fallen, als bemerke sie nicht, wie sehr es ihn erhitzte. Daniel Kassenbaum hatte ihn gestern Abend wie einen Dienstboten abgefertigt, für den er keine Zeit hatte. Zudem hatte er sich über die Störung seines Dinners beschwert. Dachte der vielleicht einmal darüber nach, dass schließlich auch er auf sein Dinner verzichten musste, um seine Freundin zu suchen? Vielleicht war Tess ja wirklich mit einem heimlichen Liebhaber getürmt. Er konnte es ihr nicht verdenken.

Tully drehte sich wieder zur Landkarte. Sie hatten einige Regionen eingekreist, meist entlegene Waldgebiete. Um alle durchzukämmen, waren es zu viele. Der einzige Anhaltspunkt war der glitzernde Lehm, den sie in Jessica Beckwiths Auto und im Haus am Archer Drive gefunden hatten. Keith Ganza hatte die chemische Zusammensetzung der metallischen Substanz analysiert, doch auch damit ließ sich das Gebiet nicht eingrenzen. Tully fragte sich inzwischen, ob sie nicht an den falschen Orten suchten. Vielleicht sollten sie sich verlassene Industrieanlagen vornehmen, anstatt Waldgelände. Schließlich hatte Stucky auch in Miami ein verlassenes Lagerhaus benutzt, als O'Dell ihn fand.

„Wie wäre es mit einer Industrieanlage?" machte er O'Dell mit seiner neuen Theorie vertraut.

Sie unterbrach ihre Tätigkeit, trat neben ihn und betrachtete die Landkarte.

„Sie denken an die Chemikalien, die Keith in dem Lehm gefunden hat?"

„Ich weiß, es entspricht nicht Stuckys Muster, aber das tat das Lagerhaus in Miami auch nicht." Als er das sagte, sah er sie rasch an, um festzustellen, ob die Erinnerung ihr immer noch zusetzte. Falls ja, ließ sie es sich nicht anmerken.

„Wo immer er sich versteckt, er kann nicht weit sein. Etwa eine Autostunde entfernt, vielleicht anderthalb." Sie beschrieb mit dem

Zeigefinger einen Radius von fünfzig bis siebzig Meilen um ihr Haus in Newburgh Heights. „Weiter wird er kaum fahren, wenn er mich ständig unter Beobachtung halten will."

Tully beobachtete aus den Augenwinkeln, ob sie nervös oder gar aufgelöst war wie neulich nachts. Es wunderte ihn nicht, dass sie ihre Emotionen verbarg. O'Dell wäre nicht der erste FBI-Agent, der seine Emotionen wie in Schubladen verstecken konnte. Bei ihr fiel ihm jedoch auf, dass es ihr Mühe machte. Er fragte sich, wie lange sie das durchhalten konnte, ohne zusammenzubrechen.

„Alte Industrieanlagen sind auf der Karte vielleicht nicht verzeichnet. Ich überprüfe das beim Innenministerium. Vielleicht haben die was."

„Vergessen Sie nicht Maryland und D.C."

Tully kritzelte eine Notiz auf die braune McDonalds-Tüte, in der sein Frühstück gesteckt hatte, ein Wurstbrötchen und Bratkartoffeln. Er versuchte sich flüchtig zu erinnern, wann er das letzte Mal eine Mahlzeit gegessen hatte, die nicht aus der Tüte kam. Vielleicht sollte er mal nett mit Emma Essen gehen. Keine Fast Food. Irgendwohin, wo es Tischtücher gab.

Als er sich umdrehte, stand O'Dell wieder am Tisch. Er sah über ihre Schulter auf die von ihr sortierten Tatortfotos. Ohne ihn anzusehen, sagte sie fast flüsternd: „Wir müssen sie finden, Agent Tully. Und zwar bald, oder es ist zu spät."

Er brauchte nicht zu fragen, wen sie meinte. Natürlich diese McGowan und ihre Nachbarin Rachel Endicott. Er war immer noch nicht überzeugt, dass eine der Frauen entführt, geschweige denn von Stucky verschleppt worden war. Er behielt seine Zweifel jedoch für sich und verschwieg auch sein Gespräch mit Detective Manx in Newburgh Heights. Mit etwas Glück würde Manx, dieser einzelgängerische Sturkopf, ihnen mitteilen, welche Beweisstücke er im Endicott-Haus gesammelt hatte. Aber er versprach sich nicht viel davon. Detective Manx hatte ihm erzählt, bei dem Fall ginge es um nichts weiter, als dass eine gelangweilte Hausfrau mit dem Techniker vom Telefondienst durchgebrannt sei.

Dass Manx vielleicht sogar Recht hatte, wurmte Tully. Leicht kopfschüttelnd fragte er sich, was bloß mit den verheirateten Frauen heute los war? Er wollte nicht zum zweiten Mal an diesem Morgen an Caroline erinnert werden.

„Falls Sie mit Ihrer Vermutung über Tess McGowan und diese Endicott Recht haben", sagte er, ohne seine Zweifel anzudeuten, „bedeutet das, Stucky hat in einer Woche zwei Frauen getötet und zwei weitere verschleppt. Sind Sie sicher, das er das durchziehen kann?"

„Das ist zwar schwierig, aber nicht unmöglich. Er müsste Rachel Endicott früh am letzten Freitag verschleppt haben. Dann ist er zurückgekommen, hat Jessica beim Pizza-Ausliefern beobachtet, hat sie in das Haus am Archer Drive gelockt und am späten Freitagabend oder frühen Samstagmorgen dort umgebracht."

„Ist das nicht ein bisschen viel?"

„Ja", räumte sie ein, „aber nicht für Stucky."

„Dann findet er irgendwie heraus, dass Sie in Kansas City sind. Er stellt sogar fest, wo Sie wohnen, und beobachtet Sie, Delaney und Turner mit der Kellnerin ..."

„Rita."

„Richtig, Rita. Das war wann? Sonntagnacht?"

„Gegen Mitternacht, genau gesagt am frühen Montagmorgen. Wenn Delores Heston sich nicht irrt, hat Tess das Haus am Archer Drive am Mittwoch gezeigt." Sie wich seinem Blick aus. „Ich weiß, das klingt, als wäre es zu viel, aber bedenken Sie, was er in der Vergangenheit schon alles angerichtet hat."

Sie sah wieder die Fotos durch. „Er war nie leicht zu verfolgen.

Viele seiner Opfer fanden wir erst lange, nachdem sie als vermisst gemeldet worden waren. Meist waren sie schon so stark verwest, dass wir die Todeszeit nur noch schätzen konnten. In dem Frühling, bevor wir ihn fingen, hat er vermutlich zwei Frauen getötet und fünf weitere für seine Sammlung verschleppt. Alles in einem Zeitraum von zwei bis drei Wochen. Jedenfalls ist das der Zeitraum, in dem die Frauen als vermisst gemeldet wurden. Wir entdeckten die fünf Leichen erst Monate später in einem Massengrab. Die Frauen waren gefoltert und in unterschiedlichen Intervallen getötet worden. Es gab Anzeichen, dass er einige regelrecht gejagt hatte. Wir fanden Beweise, dass er dazu Armbrust und Pfeile benutzte."

Tully kannte die Fotos. O'Dell hatte eine Serie von Polaroidaufnahmen ausgelegt, die die Wunden des Opfers in Großaufnahmen zeigten. Wären sie nicht gekennzeichnet gewesen, hätte man nur schwer erkennen können, dass es sich um dieselbe Frau handelte. Sie war eines der fünf Opfer aus dem Massengrab gewesen. Diese Leiche gehörte zu den wenigen, die entdeckt wurden, ehe Verwesung oder wilde Tiere ihr Werk vollendet hatten.

„Das hier war Helen Kreski." O'Dell nannte den Namen ohne aufzublicken. „Stucky würgte sie mehrfach und stach auf sie ein. Ihre rechte Brustspitze war abgebissen. Rechter Arm und rechtes Handgelenk waren gebrochen, die linke Ferse durchbohrt, der intakte Pfeil steckte noch." O'Dell zählte das mit ruhiger, zu ruhiger Stimme auf, als versuche sie das Ganze völlig emotionslos zu sehen. „Wir fanden Erde in ihren Lungen. Sie hat noch gelebt, als er sie begrub."

„Mein Gott, das ist ein absolut kranker Hurensohn."

„Wir müssen ihn stoppen, Agent Tully. Bevor er abhaut, sich versteckt und mit seiner neuen Sammlung zu spielen beginnt."

„Und das werden wir. Wir müssen nur sein verdammtes Versteck finden." Er bemerkte nebenbei, dass sie von stoppen gesprochen hatte, nicht von fangen.

Er entfernte sich und sah auf seine Armbanduhr. „Um elf muss ich gehen. Ich habe meiner Tochter einen gemeinsamen Lunch versprochen." O'Dell las wieder die Berichte von Keith Ganza und speziell die Analyse der Fingerabdrücke zum dritten Mal. Tully fragte sich, ob sie ihn überhaupt gehört hatte. „He, warum leisten Sie uns nicht Gesellschaft?"

Sie blickte auf, erstaunt über seine Einladung.

„Ich glaube immer noch, dass der Fingerabdruck von jemand hinterlassen wurde, der sich das Haus vorher angesehen hat", sagte er mit Hinweis auf den Bericht und baute ihr eine Brücke, falls sie die Einladung nicht annehmen wollte.

„Er hat im Bad alles abgewischt und übersah zwei saubere, komplette Fingerabdrücke? Nein, er wollte, dass wir sie finden. Er hat das schon mal gemacht. Auf die Art haben wie ihn seinerzeit identifizieren können."

Er sah, wie sie sich die Augen rieb, als bringe die Erinnerung neue Erschöpfung mit sich. „Damals kannten wir ihn nicht mit Namen und hatten keine Ahnung, wer der ‚Sammler' war", fuhr sie fort. „Stucky fand offenbar, wir brauchten zu lange, ihn ausfindig zu machen. Ich denke, er hat uns den Abdruck absichtlich hinterlassen. Er war so offensichtlich und sorglos angebracht, das kann kein Zufall gewesen sein."

„Wenn er den absichtlich hinterlassen hat, warum hat er dann überhaupt sauber gemacht? Früher hat er das doch auch nicht getan."

„Vielleicht hat er alles geputzt, weil er das Haus noch einmal benutzen wollte."

„Für McGowan?"

„Ja."

„Okay. Aber warum hat er uns einen Abdruck hinterlassen, der nicht mal ihm gehört? Genau wie auf dem Abfallcontainer hinter dem Pizzadienst und auf dem Regenschirm in Kansas City?"

O'Dell zögerte, schob die Papiere hin und her und sah ihn an, als überlege sie, ob sie ihm etwas erzählen sollte. „Keith hat keine vergleichbaren Abdrücke in der Datei gefunden, aber er ist fast sicher, dass alle ein und derselben Person gehören."

„Sie machen Witze. Weiß er das bestimmt? Wenn das der Fall ist, gehen diese Morde vielleicht gar nicht auf Stuckys Konto."

Er sah sie an und wartete auf ihre Reaktion. Miene und Stimme blieben ausdruckslos, als sie hinzufügte: „Die Morde an Jessica und Rita liegen zeitlich schrecklich nah beieinander. Ich weiß, ich sagte, Stucky könne das durchziehen, aber die Analpenetration bei Jessica entspricht nicht Stuckys Modus Operandi. Außerdem ist sie viel jünger als seine sonstigen Opfer."

„Was wollen Sie damit sagen, O'Dell? Dass wir es hier mit einem Nachahmungstäter zu tun haben?"

„Oder einem Komplizen."

„Was? Das ist doch verrückt!"

Sie vergrub sich wieder in die Akten. Er merkte, dass es auch ihr schwer fiel, an diese Theorie zu glauben. O'Dell war es gewöhnt, allein zu arbeiten und sich allein ihre Gedanken zu machen. Ihm wurde plötzlich bewusst, wie viel Vertrauen ihrerseits nötig war, ihn in ihre Gedankengänge einzuweihen.

„Ich weiß, dass Sie es ernst meinen. Aber warum sollte Stucky mit einem Komplizen arbeiten? Sie müssen zugeben, dass das für Serientäter völlig untypisch ist."

Als Antwort zog sie einige Fotokopien von Berichten aus Magazinen und Zeitungen hervor und reichte sie ihm.

„Erinnern Sie sich, dass Cunningham den Namen Walker Harding, Stuckys alter Geschäftspartner, auf der Passagierliste fand?"

Tully nickte und blätterte die Artikel durch.

„Einige dieser Artikel sind bis zu zehn Jahre alt", erklärte sie.

Die Artikel stammten aus *Forbes, Wall Street Journal, PC World* und einigen anderen Wirtschafts- und Fachzeitschriften. Der Forbes-Artikel enthielt auch ein Foto der beiden Männer. Obwohl die körnige Schwarzweißkopie die Gesichter undeutlich machte, hätten sie als Brüder durchgehen können. Beide dunkelhaarig, mit schmalen Gesichtern und scharfen Zügen. Tully erkannte Albert Stuckys stechende schwarze Augen. Der jüngere Mann lächelte, während Stuckys Miene stoisch und ernsthaft blieb.

„Ich schätze, das da ist sein Partner."

„Ja. In einigen Artikeln wird erwähnt, wie viel beide Männer gemeinsam haben und wie sehr sie miteinander konkurrierten. Allerdings schienen sie ihre Partnerschaft in aller Freundschaft aufgelöst zu haben. Vielleicht sind sie immer noch Konkurrenten, aber in einem neuen Spiel."

„Und warum gerade jetzt, nach all den Jahren? Wenn sie bei den Verbrechen gemeinsame Sache machen wollten, warum nicht gleich, als Stucky mit seinen abartigen Taten begann?"

O'Dell setzte sich und strich sich Haare hinter die Ohren. Sie wirkte erschöpft. Als lese sie seine Gedanken, nippte sie an ihrer dritten Diät-Cola, die offenbar ihr Kaffeeersatz war.

„Stucky war immer Einzelgänger", erklärte sie. „Ich habe über Harding nur herausgefunden, was in diesen Artikeln stand. Dass Stucky überhaupt einen Partner in sein Geschäft genommen hat, ist extrem ungewöhnlich. Ich habe bisher nicht darüber nachgedacht, aber vielleicht hatten beide Männer eine engere als nur geschäftliche Verbindung, auf die Stucky sich erst kürzlich wieder besonnen hat. Vielleicht hat er auch aus einem anderen Grund auf seinen alten Freund zurückgegriffen."

Tully schüttelte den Kopf. „Sie greifen nach Strohhalmen, O'Dell. Sie wissen so gut wie ich, dass Serienmörder laut Statistik nie mit Partnern oder Komplizen arbeiten."

„Aber Stucky ist weit davon entfernt, in eine Statistik zu passen. Ich lasse Keith überprüfen, ob irgendwann die Fingerabdrücke von Harding genommen wurden. Dann werden wir ja sehen, ob sie zu den Abdrücken vom Tatort passen."

Tully überflog die Artikel, bis ihm etwas auffiel.

„Sieht so aus, als gäb's da ein kleines Problem mit Ihrer Theorie, O'Dell."

„Und zwar?"

„Hier steht in einer Fußnote im Artikel des *Wall Street Journal*, Stucky und Harding beendeten die Partnerschaft, nachdem Harding ein gesundheitliches Problem bekam."

„Richtig, das habe ich gelesen."

„Aber haben Sie auch zu Ende gelesen? Dieser Teil ist durch das Kopieren verwischt. Falls Walker Harding nicht irgendeine Wunderkur gefunden hat, kann er nicht Stuckys Komplize sein. Hier steht, er wurde blind."

49. KAPITEL

Maggie wartete, bis Tully zur Verabredung mit seiner Tochter ging. Dann begann sie alle Informationen über Walker Harding zusammenzutragen. Sie suchte in FBI-Akten, auf Internetseiten und in allen zugänglichen Quellen. Nachdem er vor fast vier Jahren sein gesundheitliches Problem offenbart hatte, war der Mann praktisch von der Bildfläche verschwunden. Sie vermutete, dass Keith Ganza auch keinen Fingerabdruck von ihm fand. Trotzdem sagte ihr der Instinkt, dass Harding immer noch Kontakt zu

Stucky hatte, ihm half und irgendwie mit ihm zusammenarbeitete.

Nach allem, was sie über ihn erfahren hatte, war Harding das Hirn ihres Unternehmens gewesen, ein wahres Genie am Computer. Stucky hatte jedoch das finanzielle Risiko getragen und Hunderttausende Dollar seines eigenen Kapitals investiert. Geld, das er, wie er scherzte, an einem Wochenende im Casino in Atlantic City gewonnen hatte. Maggie bemerkte, dass Investition und Firmengründung im selben Jahr stattfanden, in dem sein Vater unter merkwürdigen Umständen bei einem Segelunfall ums Leben kam. Stucky war nicht angeklagt worden, allerdings hatte man ihn in einer Routineuntersuchung vernommen, weil er der einzige Nutznießer des väterlichen Erbes war, eines Vermögens, das die investierten Hunderttausende Dollar wie Taschengeld aussehen ließ.

Harding schien schon vor seiner geschäftlichen Verbindung mit Stucky zurückgezogen gelebt zu haben. Maggie fand nichts über seine Kindheit, außer dass er, genau wie Stucky, von seinem dominanten Vater aufgezogen worden war. Ein Jahrbuch führte ihn als 1985er Absolventen des MIT auf, womit er etwa drei Jahre jünger war als Stucky. Im Staat Virginia waren weder eine Heiratsurkunde noch ein Führerschein oder Grundbesitz auf einen Walker Harding eingetragen. Sie hatte soeben begonnen, die Unterlagen von Maryland einzusehen, als Thea Johnson, die weiter unten am Flur arbeitete, an die offene Zimmertür klopfte.

„Agentin O'Dell, da ist ein Anruf für Agent Tully. Ich weiß, er ist für eine Weile fort, aber es klingt wichtig. Wollen Sie den Anruf entgegennehmen?"

„Sicher." Maggie langte hinter sich nach dem Hörer. „Welche Leitung?"

„Leitung fünf. Es ist ein Detective aus Newburgh Heights. Ich glaube, er sagte, sein Name sei Manx."

Auch das noch. Sie atmete tief durch und drückte den Knopf für Leitung fünf.

„Detective Manx, Agent Tully ist zum Essen. Hier spricht seine Partnerin Agentin O'Dell."

Sie wartete, dass er den Namen erkannte, doch selbst nach einem Seufzer blieb es noch ruhig.

„Agentin O'Dell, sind Sie in letzter Zeit mal wieder in einen Tatort geplatzt?"

„Sehr witzig, Detective Manx, aber wir warten hier beim FBI gewöhnlich nicht auf gravierte Einladungskarten." Er sollte ihre Gereiztheit ruhig hören. Wenn er Tully anrief, dann wollte er etwas von ihnen. Außerdem, was konnte er schon tun? Zu Cunningham laufen und sich beschweren, sie sei gemein zu ihm gewesen?

„Wann kommt Tully zurück?"

So wollte er das also anstellen. „Ich weiß nicht genau, ob er das erwähnt hat. Vielleicht kommt er erst am Montag."

Sie wartete, während er schwieg, und stellte sich seine finstere Miene vor. Wahrscheinlich fuhr er sich frustriert mit einer Hand über den neuen Stoppelschnitt.

„Also Tully sprach gestern Abend über diese McGowan hier aus Newburgh Heights mit mir, die vermutlich vermisst wird."

„Sie wird vermisst, Detective Manx. Sieht ganz so aus, als wollten Sie es nicht wahrhaben, dass Frauen in Ihrem Bezirk verschwinden. Was ist mit diesem McGowan-Fall?" Sie genoss das einfach zu sehr, sie musste sich zurücknehmen.

„Ich dachte, er sollte wissen, dass wir heute Morgen ihr Haus überprüft haben und dabei auf einen Typen gestoßen sind, der da rumlungerte."

„Was?" Maggie saß kerzengerade und hielt den Hörer fester.

„Dieser Typ behauptet, er sei ein Freund von ihr und habe sich Sorgen gemacht. Er hatte einen Laden von einem rückwärtigen

Fenster entfernt und schien einbrechen zu wollen. Wir haben ihn zum Verhör mitgenommen. Ich dachte nur, Tully möchte das vielleicht wissen."

„Sie haben ihn noch nicht freigelassen, oder?"

„Nein, die Jungs plaudern noch mit ihm. Ich glaube, wir haben ihm ganz schön Angst gemacht. Als Erstes bestand er darauf, seinen verdammten Anwalt anzurufen. Da denke ich doch gleich, der hat was auf dem Kerbholz."

„Lassen Sie ihn nicht gehen, ehe Agent Tully und ich mit ihm reden konnten. Wir sind in einer halben Stunde bei Ihnen."

„Sicher, kein Problem. Freue mich darauf, Sie wieder zu sehen, O'Dell."

Sie legte auf, schnappte sich ihre Jacke und war schon fast aus der Tür, als ihr einfiel, dass sie Tully anrufen sollte. Sie tastete ihre Jacke ab, bis sie das Handy in der Tasche entdeckte. Sie würde von unterwegs anrufen. Nein, das war kein neuerlicher Fall von Alleingang. Sie brach keine von Cunninghams neuen Regeln. Sie wollte Tully lediglich nicht beim Essen mit seiner Tochter stören.

Das redete sie sich jedenfalls ein. Tatsache war, sie wollte das allein nachprüfen. Falls Manx Albert Stucky oder Walker Harding hatte, wollte sie allein mit ihm sein.

50. KAPITEL

Je höher die Sonne gestiegen war, desto mehr Licht fiel in die Grube. Tess sah ihr Höllenloch, wie es war. Der Schädel, der sie anstarrte, war nicht der einzige menschliche Überrest ringsum. Weitere vom Regen glänzend weiß gewaschene Knochen stachen aus den unebenen Wänden und dem schlammigen Boden hervor.

Zuerst hatte sie geglaubt, es sei ein alter Begräbnisplatz, vielleicht ein Massengrab aus dem Bürgerkrieg. Dann hatte sie einen schwarzen BH entdeckt und einen Lederpumps. Beides war nicht alt oder verrottet genug, um länger als Wochen oder Monate hier zu liegen.

In eine der Ecken war erst kürzlich Erde geschaufelt worden. Der Hügel wirkte frisch. Sie starrte darauf, ging jedoch nicht näher heran, aus Angst, er könnte zusammenfallen und neue Scheußlichkeiten offenbaren. Als ob es noch schlimmer kommen könnte.

Die Sonnenstrahlen fühlten sich wunderbar an, wenn die Wohltat auch nicht von langer Dauer war. Es gelang Tess, die Frau in die Mitte der Grube zu ziehen, damit sie ein wenig gewärmt wurde. Sogar die Wolldecke trocknete langsam. Sie breitete sie über einige Felsbrocken aus und ließ die Frau nackt, aber in Sonnenschein gebadet, liegen.

Allmählich hatte sie sich an ihren Gestank gewöhnt und konnte in ihrer Nähe bleiben, ohne zu würgen. Die Frau hatte sich in ihrer Ecke mehrfach entleert und versehentlich im eigenen Kot gewälzt. Tess wünschte, sie hätte etwas Wasser, um sie zu säubern. Zugleich wurde ihr bewusst, wie trocken und rau sich ihr Mund und ihre Kehle anfühlten. Die Frau befand sich zweifellos schon im Stadium der Dehydrierung. Ihre Zuckungen hatten sich zu einem leichten Zittern gemildert, und die Zähne klapperten nicht mehr. Sogar ihre Atmung schien wieder normal zu werden. Beschienen von der Sonne, hatte sie die Augen geschlossen, als könnte sie endlich ausruhen. Oder hatte sie beschlossen zu sterben?

Tess saß auf einem abgebrochenen Ast und sah sich prüfend in der Grube um. Sie wusste, dass sie hinausklettern konnte. Sie hatte es zweimal versucht und bis oben geschafft. Beim Blick über den Grubenrand waren ihr vor Erleichterung und Genugtuung die Tränen gekommen. Beide Male hatte sie sich langsam wieder hinabgelassen, um den geschwollenen Knöchel zu schonen.

Sie dachte nur ungern über ihren verrückten Entführer nach, überlegte jedoch, dass sie in dieser Grube vielleicht sicher vor ihm war. Er hatte die Frau hier abgeladen, damit sie verwundet und nackt hier unten starb. Irgendwann würde er zurückkommen, um sie mit Erde zu bedecken und einen weiteren Grabhügel aufzuwerfen. Wenn er ihre Flucht aus dem Schuppen bemerkte, würde er wahrscheinlich nach ihr suchen, aber nicht unbedingt hier unten.

Was nicht bedeutete, dass sie bleiben wollte. Sie hasste das Gefühl, gefangen zu sein. Und diese Grube erinnerte sie zu sehr an den dunklen Sturmkeller, den Onkel und Tante genutzt hatten, um sie zu strafen. Für ein Kind war es schrecklich genug, eine Stunde unter der Erde begraben zu sein, ein oder zwei Tage waren barbarisch. Nicht mal als Erwachsene wusste sie, womit sie diese Strafen verdient hatte. Sie hatte ihrer Tante einfach geglaubt, wenn die sie als böses Kind beschimpft und in die feuchte Folterkammer geschleift hatte. Und jedes Mal hatte sie geschrien, wie Leid es ihr täte, und um Vergebung gefleht.

„Entschuldigungen werden nicht angenommen", hatte ihr Onkel immer lachend erwidert.

Im Dunkeln hatte sie dann gebetet, ihre Mutter möge kommen und sie retten und sich an deren letzte Worte erinnert: „Ich bin gleich zurück, Tess." Aber sie kam nie zu ihrer Rettung. Sie kam überhaupt nicht mehr. Wie hatte ihre Mutter sie bei so bösen Menschen zurücklassen können?

Als sie älter und stärker wurde, war die Tante ihr nicht mehr gewachsen gewesen. Da übernahm der Onkel die Bestrafung. Doch seine Bestrafung fand nachts in ihrem Zimmer statt. Als sie versucht hatte, ihn auszusperren, entfernte er kurzerhand die Tür. Zuerst schrie sie, auf Hilfe hoffend, da sie wusste, dass ihre Tante es nun, ohne die Dämpfung durch die Tür, hören musste. Doch bald schon war ihr klar, dass die Tante es immer gehört und gewusst hatte. Es kümmerte sie nur nicht.

Als Teenager lief sie weg. Sie lernte schnell, Geld mit dem zu verdienen, was ihr Onkel gratis von ihr verlangt hatte. Mit fünfzehn ging sie mit Kongressabgeordneten und Vier-Sterne-Generälen ins Bett. Das war fast zwanzig Jahre her, doch hatte sie erst kürzlich den Absprung aus diesem Leben geschafft und sich ein neues aufgebaut, das nur ihr gehörte. Und sie wollte es verdammt noch mal nicht hier beenden, in diesem entlegenen Grab, wo niemand sie fand!

Sie stand auf, ging zu der Frau, hockte sich neben sie und berührte sie sacht an der Schulter.

„Ich weiß nicht, ob Sie mich hören können? Ich heiße Tess. Sie sollen wissen, dass ich uns beide hier herausholen werde. Ich werde Sie nicht zum Sterben hier zurücklassen."

Tess zog sich den Ast heran, damit sie nah bei der Frau im Sonnenschein sitzen konnte. Sie musste ihren Knöchel schonen und vergrub die Zehen im Schlamm, der trotz der schleimigen Würmer die Schnitte und Risse an den Füßen beruhigte.

Sie musterte die kleinen Vorsprünge und Baumwurzeln ringsum und versuchte, einen Fluchtweg für sie beide auszumachen. Als sie zu resignieren begann, bewegte sich die Frau neben ihr ein wenig. Ohne die Augen zu öffnen, sagte sie: „Ich heiße Rachel."

51. KAPITEL

Maggie war nicht sicher, was sie erwartet hatte. Sie bezweifelte, das Albert Stucky oder Walker Harding so dumm gewesen waren, sich von der Polizei in Newburgh Heights schnappen zu lassen. Als Detective Manx sie in den Verhörraum führte, war sie dennoch enttäuscht. Der gut aussehende junge Mann wirkte eher wie ein Collegestudent und nicht wie ein abgebrühter Krimineller, als den Manx ihn beschrieben hatte.

Er stand sogar auf, als sie den Raum betrat, trotz der Umstände unfähig, seine guten Manieren zu unterdrücken.

„Es hat da einen Riesenirrtum gegeben", sagte er, als sei sie die neue Stimme der Vernunft.

Er trug Khakihosen und einen hochgeschlossenen Pullover. Vielleicht unterstellte Manx, das sei die Uniform der Einbrecher von Newburgh Heights.

„Setzen Sie sich, verdammt noch mal!" schnauzte Manx ihn an, als sei er aufgesprungen, um sie anzugreifen.

Maggie ging um Manx herum und setzte sich an den Tisch, dem jungen Mann gegenüber. Der lehnte sich in seinem Stuhl zurück, rang die Hände vor sich auf dem Tisch und ließ den Blick zwischen Manx und den beiden Uniformierten, die bereits im Raum waren, hin und her wandern.

„Ich bin Spezialagentin Margaret O'Dell vom FBI." Sie wartete, dass er sie ansah.

„FBI?"

Er rückte sich besorgt auf seinem Stuhl zurecht. „Tess ist etwas zugestoßen, nicht wahr?"

„Ich weiß, Sie haben das vermutlich schon alles erklärt, aber woher kennen Sie Miss McGowan, Mr. ..."

„Finley. Ich heiße Will Finley. Ich habe Tess letztes Wochenende kennen gelernt."

„Letztes Wochenende. Dann kennen Sie sich noch gar nicht lange. Hat sie Ihnen eine Immobilie gezeigt?"

„Wie bitte?"

„Miss McGowan ist Immobilienmaklerin. Hat sie Ihnen letztes Wochenende ein Haus gezeigt?"

„Nein. Wir sind uns in einer Bar begegnet. Wir ... wir haben die Nacht zusammen verbracht."

Maggie fragte sich, ob das stimmen konnte. Tess McGowan machte nicht den Eindruck einer Barnutte. Außerdem schien Tess eher in ihrem Alter zu sein. Sie konnte sich kaum vorstellen, dass sie diesem Collegejungen einen zweiten Blick gönnte. Es sei denn, sie wollte ihrem aufgeblasenen Countryclub-Freund eins auswischen. Doch genauso wenig konnte sie sich Tess McGowan mit dem Typen vorstellen, den Agent Tully als arrogantes Arschloch tituliert hatte. Allerdings hatte sie sich nicht wirklich die Zeit genommen, Tess McGowan kennen zu lernen. Sie war jedoch überzeugt, dass Will Finley nichts mit ihrem Verschwinden zu tun hatte, und war froh, Tully nicht vom Essen mit seiner Tochter fortgerissen zu haben.

„Was ist mit Tess passiert?" wollte Will Finley wissen. Er sah aufrichtig besorgt aus.

„Vielleicht sollten Sie uns das erzählen", sagte Manx hinter Maggie stehend.

„Wie oft muss ich Ihnen das noch sagen? Ich habe ihr nichts getan. Ich habe sie seit Montagmorgen nicht gesehen. Sie hat auf keinen meiner Anrufe reagiert. Ich habe mir Sorgen um sie gemacht." Er wischte sich mit zittriger Hand über das Gesicht.

Maggie fragte sich, wie lange die ihn schon hier festhielten. Er wirkte erschöpft und nervlich angegriffen. Sie wusste, dass auch der Unschuldigste zusammenbrach, wenn er nur genügend lange im selben Verhörraum mit denselben Fragen bombardiert wurde und in derselben Position verharren musste.

„Will." Wieder wartete sie, dass er sie ansah. „Wir sind uns nicht sicher, was mit Tess passiert ist, aber sie wird vermisst. Ich hoffe, Sie können uns behilflich sein, sie zu finden."

Er wirkte verunsichert, als könne er nicht entscheiden, ob er ihr glauben sollte, oder ob das ein Trick war, ihn hereinzulegen.

„Können Sie sich an etwas Besonderes erinnern", fuhr sie fort und sprach im Gegensatz zu Manx mit ruhiger, gelassener Stimme. „Etwas, das uns helfen könnte, sie zu finden?"

„Ich weiß nicht. Ich meine, ich kenne sie nicht besonders gut."

„Aber gut genug, sie zu vögeln, was?" schlug Manx in die Kerbe und spielte weiterhin den bösen Polizisten.

Maggie ignorierte ihn, doch Will Finley warf ihm einen schuldbewussten Blick zu. Manx hatte Recht, der Junge wollte etwas verbergen, jedoch kein Verbrechen, sondern seine Affäre mit Tess.

„Wo haben Sie die Nacht zusammen verbracht?"

„Hören Sie, ich kenne meine Rechte, und ich weiß, dass ich diese Frage nicht beantworten muss." Er klang jetzt defensiv. Maggie verübelte es ihm nicht, zumal Manx ihn behandelte wie einen Verbrecher.

„Nein, Sie müssen keine meiner Fragen beantworten. Ich dachte nur, Sie würden uns vielleicht gerne helfen, sie zu finden", versuchte sie ihn sanft zu überreden.

„Ich vermag nicht einzusehen, wie es Ihnen bei der Suche helfen soll, wenn ich Ihnen sage, wo und wann wir was in jener Nacht gemacht haben."

„He, Kleiner, du hast 'ne ältere Frau gebumst, du solltest die Chance nutzen, über Details zu reden."

Maggie stand auf und wandte sich Manx zu. Sie versuchte ruhig zu bleiben und ihre Ungeduld zu zügeln.

„Detective Manx, hätten Sie etwas dagegen, wenn ich kurz allein mit Mr. Finley rede?"

„Ich halte das für keine gute Idee."

„Und warum nicht?"

„Nun." Manx zögerte, während er sich einen Grund ausdachte. Sie konnte seine rostigen Gehirnzellen praktisch knirschen hören. „Es könnte nicht sicher genug für Sie sein, wenn ich Sie beide allein lasse."

„Ich bin eine erfahrene FBI-Agentin, Detective Manx."

„Sie kleiden sich nicht wie eine", erwiderte er und ließ den Blick bewusst an ihr hinabwandern.

„Wissen Sie was? Ich riskiere mein Glück mit Mr. Finley." Sie sah sich zu den Beamten um. „Gentlemen, Sie können bestätigen, dass ich das gesagt habe."

Manx zögerte, winkte dann aber die beiden Uniformierten aus dem Raum. Er folgte ihnen, nicht jedoch ohne Finley einen warnenden Blick zuzuwerfen.

„Ich würde mich für Detective Manx entschuldigen, aber das hieße ja, dass sein Verhalten entschuldbar ist, und das ist es ehrlich gesagt nicht."

Sie setzte sich seufzend und rieb sich abwesend die Augen. Als sie Will Finley ansah, lächelte der.

„Mir ist gerade klar geworden, wer Sie sind."

„Wie bitte?"

„Wir haben einen gemeinsamen Freund."

Die Tür öffnete sich wieder. Maggie sprang auf und wollte Manx anfahren. Es kam jedoch einer der beiden Uniformierten, und seine Miene war bedauernd.

„Verzeihen Sie, aber der Anwalt des Verdächtigen ist gerade gekommen. Er besteht darauf, ihn zu sprechen, ehe weitere Fragen ..."

„Sie sollten ihn überhaupt nicht befragen", unterbrach ihn eine Stimme aus dem Flur. „Zumindest nicht ohne die Gegenwart seines Anwalts." Nick Morrelli drängte sich an dem Beamten vorbei in den Raum. Sein Blick fiel sofort auf Maggie, und seine zornige Miene wich einem Lächeln. „Bei Gott, Maggie, wir müssen aufhören, uns so zu treffen."

52. KAPITEL

Harvey begrüßte Nick an der Tür zähnebleckend und mit einem beeindruckenden Knurren. Maggie lächelte über Nicks Verblüffung, immerhin hatte sie ihn gewarnt.

„Ich habe dir gesagt, dass ich meinen eigenen privaten Leibwächter habe. Platz, Harvey. Genau genommen sind wir Lebensgefährten." Sie tätschelte dem Hund den Kopf, der sofort freudig mit dem Schwanz wedelte. „Harvey, das ist Nick. Er gehört zu den Guten."

Nick hielt ihm eine Hand zum Beschnüffeln hin. Innerhalb von Sekunden hatte Harvey beschlossen, dass Nick eine königliche Behandlung verdiente und bohrte ihm die Schnauze in den Schritt. Maggie zog ihn lachend am Halsband zurück, und auch Nick war eher amüsiert als verlegen.

„Wie ich sehe, lässt du auch andere Dinge von ihm überprüfen."

Die zweideutige Bemerkung traf sie unvorbereitet und brachte sie ein wenig in Verlegenheit. Um es vor Nick zu verbergen, führte sie Harvey in den Wohnraum.

„Ich bin erst letzte Woche eingezogen und habe noch nicht viele Möbel. Wenigstens habe ich gestern Abend spät noch ein paar Vorhänge aufgehängt."

„Maggie, das Haus ist ja unglaublich", schwärmte Nick, wanderte in den Wintergarten und schaute ins Grüne. „Ziemlich abgeschieden. Wie sicher ist das für dich?"

Sie blickte vom Einstellen der Alarmanlage auf. „So sicher wie überall. Cunningham lässt mich vierundzwanzig Stunden überwachen. Hast du nicht den Van vom Kabel-TV unten an der Straße gesehen? Cunningham tut so, als wäre das eine Falle für Stucky. Mir ist aber klar, dass er in erster Linie versucht, mich zu beschützen."

„Das klingt, als wärst du skeptisch."

Sie öffnete die Jacke und zeigte ihm den Revolver im Schulterholster. „Im Moment verlasse ich mich nur auf das da."

Er lächelte. „Mein Gott, wie mich das antörnt, wenn du mir deine Waffe zeigst."

Sein freches Flirten ließ ihr die Wangen warm werden, und sie wandte den Blick ab. Ihre Befangenheit in Nicks Gegenwart begann sie zu ärgern. War es ein Fehler gewesen, ihn hierher einzuladen? Vielleicht hätte sie ihn besser mit Will nach Boston zurückgeschickt.

„Ich sehe mal nach, ob ich genug für ein Dinner im Haus habe. Gewöhnlich habe ich nur die Grundnahrungsmittel da." Sie zog sich in die Küche zurück, nicht sicher, was sie tun sollte, falls er es nicht beim Flirten beließ. Würde sie vernünftig bleiben können? „Würde es dir etwas ausmachen, Harvey in den Garten auszuführen?"

„Nein, überhaupt nicht."

„Seine Leine hängt an der Hintertür. Drück den grünen Leuchtknopf an der Alarmanlage."

„Das hier gleicht ein bisschen dem Leben in einem Fort." Er deutete auf die Sensoren der Alarmanlage. „Fühlst du dich wohl damit?"

„Mir bleibt wohl keine Wahl, oder?"

Er zuckte die Achseln und sah ihr in die Augen. Sie bemerkte seine Hilflosigkeit und zugleich den Wunsch, etwas für sie tun zu können.

„Das gehört zu meinem Job, Nick. Viele Profiler leben in umzäunten Wohnvierteln oder in Häusern mit aufwändigen Alarmanlagen. Nach einer Weile gewöhnt man sich daran, eine geheime Telefonnummer zu haben und in keinem Adressbuch aufgelistet zu sein. So ist mein Leben, und genau damit wollte Greg sich nicht abfinden. Vielleicht war das auch zu viel verlangt."

„Nun ja, Greg ist ein Narr", erwiderte er und befestigte die Leine an Harveys Halsband. Der Hund leckte ihm in freudiger Erwartung die Hand. „Andererseits betrachte ich Gregs Verlust als meinen Gewinn." Er lächelte sie an, drückte den grünen Knopf und ließ sich von Harvey in den Garten ziehen.

Maggie sah ihm nach und fragte sich, wieso dieser schlanke, athletische Mann mit den charmanten Grübchen in den Wangen Gefühle in ihr wecken konnte, die sie seit Jahren nicht gehabt hatte. War das nur körperliche Anziehung, regte er lediglich ihren Hormonhaushalt an?

Als sie Nick letzten Herbst in Platte City kennen gelernt hatte, war er ein Sheriff mit Playboyimage gewesen. Zuerst hatte sie sich nur geärgert, dass sie sich von seinem Charme und dem guten Aussehen so angezogen fühlte. Im Verlauf einer beängstigenden, strapaziösen Woche hatte sie dann allerdings einen mitfühlenden, verantwortungsvollen Mann kennen gelernt, dem es wirklich darauf ankam, das Richtige zu tun.

Ehe sie Nebraska seinerzeit verließ, hatte er ihr seine Liebe gestanden. Sie hatte das abgetan wie die eigenen verwirrenden Gefühle, die man nun mal entwickelt, wenn man gemeinsam eine Krise durchmacht. In Kansas City hatte er wiederholt, dass sie ihm immer noch viel bedeutete. Da er jetzt wusste, dass sie in Scheidung von Greg lebte, fragte sie sich, was er vorhatte. Bedeutete sie ihm wirklich etwas, oder war sie nur eine weitere Eroberung für ihn?

Im Grunde war das gleichgültig. Ihr fehlte im Moment die Energie, sich ernsthaft mit einer möglichen Beziehung zu befassen. Sie musste sich auf ihren Fall konzentrieren, bei dem nur Verstand und Instinkt gefragt waren, nicht ihr Herz. Noch wichtiger war für sie die Überlegung, dass sie sich nicht zu sehr an einen Menschen hängen sollte, den Stucky ihr im Bruchteil einer Sekunde nehmen konnte.

Die Befürchtung, dass Stucky auch Gwen ins Visier nehmen könnte, war belastend genug. Allerdings glaubte sie nicht, dass sie sich um Gwen bereits ernsthaft Sorgen machen musste. Im Kollegenkreis herrschte Einigkeit, dass Stucky sich vorerst an Frauen hielt, mit denen sie nur flüchtig Kontakt hatte, damit er unberechenbar blieb. Außerdem gestattete sie nur wenigen Menschen, ihr wirklich nahe zu kommen. Nach Gwens Meinung war das eine Folge des nicht verarbeiteten Verlustes ihres Vaters. Was für ein Haufen Psychogequatsche. Gwen behauptete weiter, sie gebe sich gegenüber Freunden und Mitarbeitern emotional unantastbar, und deutete das als Angst vor Intimität, dabei hielt sie lediglich professionelle Distanz.

„Wenn du niemand an dich heranlässt, kann er dir auch nicht wehtun", hatte Gwen sie in ihrem mütterlichen Ton belehrt. „Aber wenn du Menschen nicht an dich heranlässt, können sie dich auch nicht lieben."

Nick und Harvey kehrten zurück. Harvey trug den Knochen, den sie ihm gekauft hatte. Sie hatte geglaubt, er habe ihn im Garten verbuddelt, weil er ihn nicht haben wollte. Doch das frische Loch unter dem Hartriegel war offenbar nur ein sicherer Lagerplatz gewesen. Sie musste noch viel über ihren neuen Mitbewohner lernen.

Sobald Nick ihn von der Leine löste, sprang Harvey die Treppe hinauf.

Nick sah ihm nach. „Sieht aus, als hätte er eine wichtige Aufgabe zu erfüllen."

„Der lässt sich jetzt in meinem Schlafzimmer in die Ecke fallen und kaut stundenlang an dem Ding herum."

„Ihr zwei scheint schon richtig aneinander zu hängen."

„Keine Chance. Sobald wir seine Besitzerin finden, kehrt der stinkende Bursche nach Hause zurück." Zumindest redete sie sich das ein. In Wahrheit würde sie sich schrecklich verraten fühlen, falls Rachel Endicott auftauchte und Harvey liefe gleich zu ihr, ohne sie eines weiteren Blickes zu würdigen. Die Vorstellung allein war wie ein Stich ins Herz. Okay, vielleicht nicht gleich ein Stich, aber ein kleines Piecksen.

Der Punkt war, Gwen erzählte einen Haufen Mist. Jemand nah an sich heranzulassen, und wenn auch nur einen Hund, endete gewöhnlich damit, dass einem wirklich schrecklich wehgetan wurde. Solche Schmerzen gehörten zu den Dingen in ihrem komplizierten Leben, vor denen sie sich schützen konnte, also tat sie es.

Maggie bemerkte, dass Nick sie an den Küchentresen gelehnt beobachtete. Der Blick aus den kristallklaren blauen Augen war voller Sorge.

„Maggie, alles okay mit dir?"

„Ja, alles klar." Sein Lächeln verriet ihr, dass sie viel zu lange gezögert hatte, um überzeugend zu sein.

„Weißt du was?" Er kam langsam auf sie zu, blieb vor ihr stehen und sah ihr in die Augen. „Warum lässt du dich heute Abend nicht von mir verwöhnen?"

Er strich ihr mit den Fingerspitzen über die Wange. Das vertraute Prickeln durchströmte sie, und sie wusste genau, was er mit verwöhnen meinte.

„Nick, ich kann nicht."

Sein Atem strich über ihr Haar. Nick schien sie nicht zu hören und ließ die Lippen über ihre Wange gleiten. Maggie atmete heftiger, als seine Lippen über ihre strichen. Doch anstatt sie zu küssen, glitten sie weiter zur anderen Wange und über Augenlider, Nase und Stirn zurück ins Haar.

„Nick", versuchte sie es wieder und bezweifelte, dass er sie verstand. Ihr Herz schlug so laut, dass es sie am Denken hinderte. Nicht dass ihr Hirn einen vernünftigen Gedanken produziert hätte. Anstatt Nicks Zärtlichkeit zu genießen, konzentrierte sie sich auf den Druck des Küchentresens im Rücken, um nicht von Gefühlen mitgerissen zu werden.

Schließlich hielt Nick inne und sah sie an, das Gesicht nah vor ihrem. Oh Gott, in diesen warmen Augen konnte man sich verlieren. Er streichelte und massierte ihr die Schultern. Seine Finger glitten ihr in den Kragen und streichelten Hals und Nacken.

„Ich möchte nur, dass du dich gut fühlst, Maggie."

„Nick, es geht wirklich nicht", hörte sie sich sagen, während eine innere Stimme sie drängte, das sofort zurückzunehmen.

Lächelnd streichelte er ihr wieder die Wange. „Ich weiß." Er atmete tief durch, weder enttäuscht noch gekränkt oder resigniert, eher so, als hätte er nichts anderes erwartet. „Ich weiß, du bist noch nicht so weit. Das kommt zu schnell nach Greg."

Großartig, dass er das verstand, denn sie tat es eigentlich nicht. Trotzdem versuchte sie ihm eine Erklärung zu geben.

„Mit Greg war alles so ... bequem." Das waren genau die falschen Worte, sie sah es an seinem gekränkten Blick.

„Und mit mir ist es das nicht?"

„Mit dir ist es ..." Sein Streicheln lenkte sie weiter ab und beschleunigte ihre Atmung. Versuchte er sie umzustimmen, weil er merkte, wie leicht das war? „Mit dir", fuhr sie fort, „ist es so intensiv, dass es mir Angst macht." Jetzt war es heraus.

„Es macht dir Angst, dass du die Kontrolle verlieren könntest." Er sah ihr tief in die Augen.

„Mein Gott, du kennst mich gut, Morrelli."

„Ich sag dir was. Wenn du so weit bist, und ich betone wenn, nicht falls", er ließ sie nicht aus den Augen und streichelte sie weiter, „darfst du so viel Kontrolle haben, wie du möchtest. Aber heute Abend, Maggie, möchte ich nur, dass du dich gut fühlst."

Die Schmetterlinge im Bauch wurden wieder lebhafter.

„Nick ..."

„Ich habe nichts weiter vor, als dir das Dinner zu kochen."

Sie entspannte die Schultern und seufzte lächelnd. „Ich wusste gar nicht, dass du kochen kannst."

„Ich kann eine Menge Dinge, von denen du nichts weißt ... noch nicht." Diesmal lächelte er.

53. KAPITEL

Maggie konnte gar nicht glauben, welch delikate Düfte der Küche entströmten. Sogar Harvey kam herunter, um mal nachzusehen und alles aus der Nähe zu beschnüffeln.

„Wo hast du gelernt, so zu kochen?"

„He, ich bin Italiener." Nick versuchte sich in einem Akzent, der kein bisschen italienisch klang, während er die Tomatensauce rührte. „Aber sag's nicht Christine, okay?"

„Angst um deinen Ruf?"

„Nein, ich möchte nicht, dass sie die Einladungen zum Dinner einstellt."

„Ist das genug Knoblauch?" Sie hörte auf zu hacken und zu pressen, damit er einen Blick auf ihr Werk warf.

„Noch eine Zehe."

„Wie geht es Christine und Timmy?" In der kurzen Zeit in Nebraska hatte sie seine Schwester und seinen Neffen ins Herz geschlossen.

„Gut, richtig gut. Bruce hat sich ein Apartment in Platte City genommen. Christine gestattet ihm, sich zu bewähren, ehe er wieder in die Familie aufgenommen wird. Vermutlich will sie sichergehen, dass seine Tage als Schürzenjäger endgültig vorüber sind.

Hier, probier mal." Er hielt ihr den Holzlöffel hin und hielt eine Hand darunter, um eventuelle Tropfen aufzufangen.

Sie leckte vorsichtig. „Noch ein bisschen Salz und entschieden mehr Knoblauch."

„Also, kannst du mir irgendwas über diese Tess erzählen, nach der Will so verrückt ist? Habt ihr eine Ahnung, was mit ihr passiert ist?"

Maggie wusste nicht, wo sie anfangen oder wie viel sie ihm mitteilen sollte. Alles war noch Spekulation. Sie sah, wie er Salz in die Handfläche nahm und es in die köchelnde Sauce rieseln ließ. Es gefiel ihr, wie er sich in ihrer Küche bewegte, als bereite er ihr schon seit Jahren das Dinner zu. Harvey folgte ihm willig und sah in Nick bereits den neuen Hausherrn.

„Tess war meine Immobilienmaklerin. Sie hat mir dieses Haus verkauft, und kaum eine Woche später verschwindet sie."

Sie wartete und fragte sich, ob er verstand und von selbst die Verbindung herstellte. Oder war sie die Einzige, die diese Verbindung so deutlich sah? Er kam zu der Kochinsel, wo sie auf einem Barhocker saß und Knoblauch schnitt. Er schenkte ihnen Wein nach, trank einen Schluck und sah sie an.

„Du glaubst, Stucky hat sie ermordet?" fragte er ruhig, ohne Umschweife.

„Ja. Falls sie noch nicht tot ist, wünscht sie sich vermutlich, sie wäre es."

Sie wich seinem Blick aus und konzentrierte sich auf den Knoblauch. Sie durfte sich nicht vorstellen, wie Stucky Tess McGowan aufschnitt oder seine kleinen physischen und psychischen Folterspiele mit ihr trieb. Plötzlich merkte sie, dass sie heftig auf den Knoblauch einhieb, hielt inne und wartete, bis ihr aufbrodelnder Zorn abebbte, dann reichte sie Nick das Schneidebrett.

Er nahm es, ohne auf das leichte Zittern ihrer Hand einzugehen, gab den Knoblauch in die dampfende Sauce, und sofort erfüllte das Aroma die Küche.

„Will erzählte mir, dass am Morgen, als er von Tess wegfuhr, ein Wagen vor ihrem Haus parkte."

„Manx hat das Kennzeichen durch die Datenbank laufen lassen." Das gehörte zu den wenigen Dingen, die Manx ihr zähneknirschend mitgeteilt hatte. „Die Autonummer gehört Daniel Kassenbaum, ihrem Freund."

Nick sah über die Schulter. „Dem Freund? Hat man ihn befragt?"

„Mein Partner. Ganz kurz nur. Manx versprach, ihn noch genauer zu verhören."

„Wenn er gesehen hat, dass Will aus ihrem Haus kam, war er bestimmt stinksauer. Vielleicht hat Stucky gar nichts mit ihrem Verschwinden zu tun?"

„Ich glaube nicht, dass es so einfach ist, Nick. Dem Freund ist es offenbar ziemlich egal, ob Tess verschwindet oder ihn betrügt. Mein Gefühl sagt mir, Stucky hat damit zu tun."

Maggies Handy meldete sich und erschreckte beide. Sie schnappte sich ihre Jacke und suchte, bis sie das Gerät in der Brusttasche entdeckte.

„Maggie O'Dell."

„Agentin O'Dell, hier ist Tully."

Verdammt, den hatte sie total vergessen. Sie hatte ihn weder angerufen noch ihm eine Nachricht hinterlassen.

„Agent Tully." Sie musste sich entschuldigen und ihm eine Erklärung geben. Doch ehe sie dazu kam, sagte er:

„Wir haben eine weitere Leiche."

54. KAPITEL

Zuerst war Tully erleichtert gewesen, dass man die Leiche nicht in Newburgh Heights gefunden hatte. Der Anruf war von der Virginia State Patrol gekommen. Der Beamte hatte ihm erzählt, dass ein LKW-Fahrer vom Tresen eines kleinen Cafés einen Speisebehälter mitgenommen hatte. Mit quäkender Stimme hatte er weiter berichtet, dass der Fahrer auf dem Weg zu seinem Wagen bemerkte, dass der Container leckte. Aus dem, was er für den eingepackten Rest seines Geflügelsteaks gehalten hatte, tropfte Blut.

Tully erinnerte sich an den Truckstopp nördlich von Stafford, nahe der Interstate 95. Doch erst als er auf den Parkplatz des kleinen Cafés einbog, wurde ihm klar, dass es an Agentin O'Dells Heimweg von Quantico lag. Sofort schrillten seine Alarmglocken. Falls die Tote nicht Tess McGowan war, bestand eine große Chance, dass Agentin O'Dell sie dennoch kannte.

Tully fluchte, als er die Übertragungswagen und die aufgestellten Scheinwerfer für die TV-Kameras bemerkte. Bisher hatten sie Glück gehabt. Nur die örtlichen Medien hatten sich für ihre Fälle interessiert. Hier waren allerdings die landesweiten Sender vertreten. Eine Menschentraube hatte sich um einen großen bärtigen Mann versammelt – vermutlich der LKW-Fahrer.

Zum Glück hatte die State Patrol den Speisenbehälter sofort konfisziert und das Gebiet hinter dem Café abgeriegelt. Dort stand an einer Absperrkette ein verbeulter grauer Abfallcontainer, einer von den extra großen für gewerblichen Bedarf. Tully schätzte ihn auf etwa zwei Meter Höhe. Wie zum Henker konnte Stucky den Leichnam dort hineinwerfen? Und vor allem, wie hatte er das unbemerkt tun können, wo Tankstelle und Café doch vierundzwanzig Stunden geöffnet waren, und das sieben Tage die Woche?

Er zeigte einigen Uniformierten, die die Medien hinter den

Absperrungen hielten, seinen Ausweis und stieg mühelos mit seinen langen Beinen über die gelben Bänder. Ein Detective der Polizei von Stafford County, den er kürzlich hinter dem Geschäft des Pizzadienstes getroffen hatte, war bereits am Tatort und dirigierte den Einsatz. Tully konnte sich nicht an seinen Namen erinnern, doch sobald der Detective ihn erkannte, winkte er ihn heran.

„Sie ist noch im Container", sagte er, sobald Tully bei ihm war, und verschwendete keine Zeit. „Wir versuchen uns gerade klar zu werden, wie wir sie am besten da rauskriegen."

„Wie wurde sie gefunden?"

Der Detective holte ein Päckchen Kaugummi heraus, wickelte ein Stück aus und schob es sich in den Mund. Das Päckchen war schon wieder in seiner Tasche, als ihm einfiel, Tully auch eines anzubieten. Er wollte es wieder herausziehen, doch Tully schüttelte den Kopf. Er hatte jetzt keinen Appetit, nicht mal auf Kaugummi.

„Wahrscheinlich hätten wir sie nie entdeckt, wenn der Täter nicht dieses kleine Imbisspäckchen hinterlassen hätte."

Tully verzog leicht das Gesicht und fragte sich, wie viele Jahre es wohl dauerte, bis er so lässig über Leichenteile reden konnte.

Dem Detective entging das, und er fuhr fort: „Jedenfalls nicht eher, bis die Müllabfuhr gekommen wäre. Aber wissen Sie, in diese Riesendinger passt 'ne Menge rein. Wir hätten sie vielleicht nie gefunden. Und über den Gestank hätte sich wohl auch keiner beschwert. Diese Dinger stinken immer. Sieht so aus, als ob unser Freund wieder in Fahrt kommt."

„Scheint so."

„Beim letzten Mal habe ich noch in Boston gearbeitet."

Tully hatte den Bostoner Akzent bereits erkannt. Der Detective behielt die Reporter hinter der Absperrung im Auge, indem er Tully ständig über die Schulter sah. Ihm schien nicht viel zu entgehen. Ohne Näheres über ihn zu wissen, fand Tully ihn sympathisch. Ob er auf Sympathie stieß oder nicht, schien dem Detective jedoch höchst gleichgültig zu sein. Auch das gefiel Tully.

„Ich erinnere mich noch genau an das letzte Mal. Die Leiche der Stadträtin wurde im Wald gefunden. Bisse, abgerissene Haut und Schnitte an Stellen, wo man sie nicht vermutet."

„Stucky ist ein kranker Bastard, so viel steht fest." Tully musste an die Fotos von Stuckys „Sammlung" denken, die O'Dell auf dem Tisch im Konferenzraum ausgelegt hatte. Es hatte ausgesehen, als hätte sich ein rasendes Wolfsrudel über Leichen hergemacht und die Reste für die Geier zurückgelassen.

„Hat er sich damals nicht irgendwelche Spielchen mit einer Ihrer Agentinnen geleistet? Ich habe da irgendwas gelesen. Er hat ihr psychisch zugesetzt, ihr Mitteilungen geschickt und so'n Zeugs."

„Ja, das stimmt."

„Was ist aus der Agentin geworden?"

„Wenn ich mich nicht irre, biegt ihr Auto gerade auf den Parkplatz ein."

„Scheiße. Im Ernst? Die arbeitet immer noch an dem Fall?"

„Sie hat keine andere Wahl."

„Die hat Nerven."

„So nennt man das wohl", erwiderte Tully abgelenkt. „Wahrscheinlich kann Agentin O'Dell die Leiche für uns identifizieren."

Er beobachtete O'Dell. Mit ihrem Abzeichen kam sie durch sämtliche Barrieren, aber nicht ohne interessierte Blicke auf sich zu ziehen. Er hatte mit vielen attraktiven Frauen in der Justiz und beim FBI gearbeitet, aber mit keiner wie O'Dell. Das Aufsehen, das sie erregte, war ihr weder unbehaglich, noch kokettierte sie damit, vielmehr beachtete sie es gar nicht, als wüsste sie nicht, dass sie es verursachte.

Im Näherkommen bemerkte Tully, dass sie eine kleine schwarze Tasche dabeihatte, keine Handtasche, mehr ein Köfferchen. Sie durften die Leiche nicht anrühren, ehe der Gerichtsmediziner da war. Hoffentlich hatte O'Dell nicht vor, diese Regel zu brechen.

Zur Begrüßung sah sie ihm nur in die Augen. Er erkannte ihre Erschöpfung und die innere Anspannung.

„Detective ..." Tully zögerte, da er den Namen nicht kannte, „das ist Spezialagentin Maggie O'Dell."

Sie gab ihm die Hand, und der Detective mit der rauen Schale wurde augenblicklich um einiges sanfter.

„Sam Rosen", sagte er und half Tully bereitwillig mit dem Namen aus.

„Detective Rosen." O'Dell grüßte ihn höflich und professionell.

„Nennen Sie mich Sam."

Tully widerstand der Versuchung, die Augen zu verdrehen.

„Sam hier ...", er versuchte seinen Sarkasmus auf ein Minimum zu begrenzen, „ist vom Sheriff Department des Stafford County. Er war auch am ersten Fundort der Pizzalief... von Jessica Beckwith."

„Ist das Opfer noch im Müllbehälter?" O'Dell war voller Eifer und unfähig oder nicht bereit, es zu verbergen.

„Wir warten auf Doc Holmes", sagte Sam ihr.

„Gibt es irgendeine Möglichkeit, einen Blick auf die Leiche zu werfen, ohne dass ich den Tatort verändere?" Sie zog bereits ein Paar Latexhandschuhe aus dem schwarzen Köfferchen.

„Das ist wahrscheinlich keine gute Idee", erwiderte Tully. Er wusste, dass sie sehen wollte, ob sie die Leiche erkannte. Ihr Blick war bereits auf den Container gerichtet, der einen guten Fuß höher war als sie. Sie schob sich an ihnen vorbei, um ihn sich genauer anzusehen.

„Wie konnten Ihre Männer hineinschauen, Sam?"

„Wir haben einen Wagen daneben gefahren. Davis ist auf das

Dach gestiegen. Von dort hat er einige Polaroidfotos gemacht. Soll ich Sie Ihnen holen?" Sam sah aus, als würde er alles tun, worum sie ihn bat. Tully konnte nur staunen. Und noch erstaunlicher war, dass O'Dell diese Hingabe nicht mal bemerkte.

„Sam, könnten Sie den Wagen vielleicht noch einmal herfahren lassen?"

Vielleicht war sie doch nicht so ahnungslos, wie es schien. Umgehend zitierte Detective Rosen einen der Uniformierten von der Absperrung herbei, ging ihm entgegen und erklärte gestenreich, was er von ihm wollte.

„Vielleicht ist sie es nicht", sagte Tully, während Detective Rosen noch eifrig Anweisungen gab. Ihm war klar, dass O'Dell vermutete, die Tote sei Tess McGowan.

„Ich möchte bei der Autopsie assistieren. Glauben Sie, dass wir Dr. Holmes überreden können, sie noch heute Abend zu machen?" Sie vermied es, ihn anzusehen, und beobachtete Rosen.

Es war das erste Mal, dass sie ihn um etwas bat, und Tully merkte, wie schwer ihr das gefallen war.

„Wir werden darauf bestehen, dass er es heute Abend macht", versprach er.

Ruhig nebeneinander stehend, sahen sie zu, wie der Polizeiwagen neben den Metallbehälter fuhr. Tully hörte O'Dell tief durchatmen, als sie das schwarze Köfferchen abstellte und die Latexhandschuhe darauf legte. Detective Rosen erwartete sie an der Stoßstange des Wagens und wollte ihr hilfreich eine Hand geben, doch sie lehnte ab, schüttelte ihre Schuhe ab und kletterte barfuß und mühelos über den Kofferraum.

Sie hielt kurz inne, als bereite sie sich innerlich vor, trat vorsichtig auf das Dach des Wagens, reckte sich und blickte in den Abfallbehälter.

„Hat jemand eine Taschenlampe?" rief sie.

Einer der herbeigeeilten Beamten, die zusahen, reichte ihr eine lange Stablampe. O'Dell leuchtete in den Container, und Tully verfolgte ihr Mienenspiel. Sie ließ sich Zeit, schwenkte den Lichtstrahl hin und her und versuchte sich den Fundort genau einzuprägen, da sie nichts anrühren durfte. Ihre Miene blieb beherrscht, unbeteiligt, und er konnte nicht sagen, ob sie die Tote als Tess McGowan erkannte.

Schließlich stieg sie herunter, gab die Stablampe zurück, klopfte an das Fenster des Wagens, um sich beim Fahrer zu bedanken, und zog ihre Schuhe an.

„Nun?" fragte Tully und beobachtete sie genau.

„Es ist nicht Tess McGowan."

„Welche Erleichterung!" seufzte er.

„Nein, wohl kaum."

Unter der Straßenlaterne erkannte er jetzt, wie aufgewühlt sie war, das Gesicht von Erschöpfung und Anspannung gezeichnet.

„Es ist nicht Tess, aber ich kenne sie trotzdem."

Tully spürte, wie sich sein Magen zusammenzog. Er konnte sich nicht mal ansatzweise vorstellen, was in O'Dell vor sich ging.

„Wer ist sie?"

„Sie heißt Hannah. Sie ist Verkäuferin in Sheps Spirituosenladen. Sie hat mir gestern Abend geholfen, eine Flasche Wein auszusuchen."

Sie rieb sich mit einer Hand übers Gesicht, und Tully bemerkte ein leichtes Zittern ihrer Finger.

„Wir müssen diesen gottverdammten Hurensohn aufhalten!"

Tully hörte, wie das Zittern auch ihre sonst ruhige Stimme erfasste.

55. KAPITEL

Tess geriet zunehmend in Panik, als das letzte Tageslicht alle Umrisse in Schatten verwandelte. Sie versuchte die innere Stimme zu ignorieren, die sie drängte, aus diesem Grab herauszuklettern und so weit zu laufen, wie sie es mit ihrem verletzten Knöchel schaffte. Gleichgültig, welche Richtung sie einschlug oder wohin sie gelangte, Hauptsache, sie war aus diesem Höllenloch mit seinen Knochen und verlorenen Seelen heraus.

Sie saß neben der Frau namens Rachel und hörte ihre stockende Atmung. Bald würde sie nichts mehr sehen können, aber sie hatte die Decke über Rachel gebreitet, damit sie keine weitere Nacht schutzlos den Elementen ausgesetzt war.

Tess konnte nicht sagen, warum sie zurückgekehrt und nicht längst abgehauen war. Natürlich würde sie Rachel am besten helfen, wenn sie Hilfe holte. Doch nachdem sie den Nachmittag die Wälder durchstreift hatte, wusste sie, dass es in der Nähe keine Hilfe gab. Sie hatte kaum den Rückweg gefunden, obwohl sie ihn mit Pinienzapfen markiert hatte. Inzwischen bezweifelte sie, ob es klug gewesen war zurückzukommen. Vielleicht hatte sie damit den eigenen Tod besiegelt? Doch sie brachte es nicht fertig, diese Frau allein zu lassen. Ob aus Verantwortungsgefühl oder purem Eigennutz konnte sie nicht mal entscheiden. Eine weitere Nacht allein hier draußen würde sie jedoch nicht ertragen.

Sie hatte in dem Lederpumps mit dem abgebrochenen Absatz sogar etwas Wasser mitgebracht. Rachel musste unglaublich durstig sein, doch sie trank nur wenig. Das meiste floss ihr aus den zerschnittenen, geschwollenen Lippen über das blutunterlaufene Kinn.

Seit sie ihren Namen gesagt hatte, sprach sie kaum noch. Manchmal beantwortete sie eine Frage mit einem schlichten Ja oder Nein. Die meiste Zeit schwieg sie, als erfordere das Atmen ihre ganze Kraft. Tess fiel auf, dass Rachels Atmung tatsächlich rauer und angestrengter geworden war. Sie hatte Fieber, und ihre Muskeln zuckten und verkrampften anfallsweise den ganzen Körper, gleichgültig, wie sehr sie ihr zu helfen versuchte.

Nach stundenlanger Erkundung der Grube, bei der sie jeden Erdvorsprung und jede kräftige Wurzel überprüft hatte, stellte sie resigniert fest, dass sie Rachel unmöglich hier herausziehen konnte.

Tess lehnte den Kopf gegen die Erdwand, ungeachtet der Bröckchen, die ihr in den Kragen und den Rücken hinabfielen. Sie schloss die Augen und versuchte, an etwas Schönes zu denken. Ein schwieriges Unterfangen, angesichts ihres Mangels an schönen Erfahrungen. Doch ohne große Mühe tauchte Will Finley vor ihrem inneren Auge auf. Gesicht, Körper, Hände, Stimme, alles hatte sich deutlich ihrem Gedächtnis eingeprägt. Er war trotz seines Verlangens und seiner unersättlichen Leidenschaft sanft und liebevoll zu ihr gewesen. Er schien mehr empfunden zu haben als nur körperliches Vergnügen, und ihre Gefühle schienen ihm ebenso wichtig gewesen zu sein wie die eigenen.

Bei ihren vielen Erlebnissen mit Männern und Sex wäre sie nie auf die Idee gekommen, Sex mit Liebe in Verbindung zu bringen. Natürlich wusste sie, dass beides zusammengehören sollte, doch das deckte sich nicht mit ihren Erfahrungen. Sogar mit Daniel empfand sie nichts, was sie auch nur entfernt als Liebe bezeichnet hätte. Aber das hatte sie auch nicht erwartet.

Wie war es dann möglich, dass sie für Will Finley, den sie gar nicht kannte, zärtliche Gefühle entwickelte? Er war ein Fremder gewesen, das typische flüchtige Abenteuer. Wieso war es bei ihm anders als bei den vielen Freiern, die sie bedient hatte? Sie konnte sich nichts vormachen, die gemeinsame Nacht mit Will Finley war etwas Besonderes gewesen. Sie wollte das nicht zu etwas Billigem herabwürdigen. Zumal ihre Gefühle für ihn Liebe so nahe kamen, wie sie das vielleicht nie mehr erlebte. Gerade jetzt brauchte sie diese Erinnerung. Also klammerte sie sich daran und dachte an sanfte Lippen, zart streichelnde Hände, an einen harten Körper, an Geflüster, an Intensität, an Wärme.

Es funktionierte eine Weile und ließ sie Gestank, Verwesung und Schlamm vergessen. Sie glaubte sogar, etwas schlafen zu können. Dann wurde ihr plötzlich bewusst, wie ruhig es war. Sie hielt den Atem an und lauschte. Die Erkenntnis war wie eine Injektion mit Eiswasser. Entsetzen drückte ihr das Herz ab. Sie atmete in kurzen, heftigen Stößen und begann unkontrolliert zu zittern. Die Arme um sich geschlungen, wiegte sie sich vor und zurück.

„Oh Lieber Gott, nein!" flüsterte sie immer wieder wie eine Verrückte. Als sie sich zwingen konnte, einen Moment ruhig zu bleiben, lauschte sie erneut, um mehr als ihr lautes Herzklopfen zu hören. Sie strengte sich an und wollte nicht wahrhaben, was nicht mehr zu leugnen war. Es hatte keinen Sinn, die Stille war eindeutig. Rachel war tot.

Tess rollte sich in der Ecke zusammen und tat, was sie seit der Kindheit nicht getan hatte. Sie weinte herzzerreißend und ließ den jahrelang aufgestauten Kummer heraus, dass sich ihr Körper in hysterischen, unkontrollierbaren Zuckungen schüttelte. Die Schluchzer durchdrangen die dunkle Stille, und sie erkannte sie kaum als eigene Laute. Da sie nicht zu unterdrücken waren, überließ sie sich ganz ihrem Schmerz.

56. KAPITEL

Maggie sah vom anderen Ende des Tisches zu, als Dr. Holmes die Leiche der Frau in einem präzisen, unter den Brüsten beginnenden Y-Schnitt, öffnete. Obwohl sie in Kittel und Handschuhen bereitstand, hielt sie sich zurück. Sie wartete auf seine Erlaubnis, sich zu beteiligen, und tat dies, sobald er darum bat. Ansonsten bezähmte sie ihre Ungeduld, wenn ihr etwas zu lange dauerte. Sie sagte sich, dass sie dankbar sein musste für sein Entgegenkommen, die Autopsie noch an einem Samstagabend zu machen und nicht bis Montag damit zu warten.

Er hatte ihr gestattet, bei den Routinearbeiten zu helfen, Temperatur messen, Nägel freikratzen, Körpermaße und Proben von Haaren, Speichel und Körperflüssigkeiten nehmen. Maggie wurde den Gedanken nicht los, dass Hannah erbittert gekämpft hatte. Ihr Körper war mit Blutergüssen übersät. Die an Hüfte und Schenkel deuteten an, dass sie eine Treppe hinuntergestürzt war.

Während sie Dr. Holmes zusah, rekonstruierte sie anhand der verräterischen Spuren den brutalen Mord Stück für Stück. Hannah hatte gekratzt und gekrallt genau wie Jessica. Nur war es ihr gelungen, ihm Hautstückchen abzureißen. Warum war ihre Tötung nicht rasch und problemlos gewesen? Warum hatte er sie nicht fesseln, vergewaltigen und mit einem Kehlenschnitt töten können wie Jessica und Rita? War er auf so heftige Gegenwehr nicht vorbereitet gewesen?

Maggie wollte sich die Ärmel hochschieben. Unter der Plastikschürze begann sie zu schwitzen. Herrgott, war das heiß hier! Warum gab es keine bessere Ventilation?

Die Leichenhalle des County war größer als erwartet, mit schmutzigen grauen Wänden und einem überwältigenden Lysolgeruch in der Luft. Die Tresen bestanden aus mattgelbem Kunststoff, nicht aus Edelstahl. Die Neonröhren hingen so tief über ihren Köpfen, dass sie sie fast berührten, wenn sie gerade standen. Dr. Holmes, nicht viel größer als sie, war offenbar daran gewöhnt, denn er duckte sich in der Nähe der Lampen automatisch.

Ihre Ausbildung in forensischer Medizin hatte ihr erlaubt, viele Autopsien selbstständig zu machen und bei anderen zu assistieren. Vielleicht lag es an ihrer Erschöpfung oder an dem Stress, den dieser besondere Fall mit sich brachte, jedenfalls hatte sie Schwierigkeiten, sich innerlich von dem Leichnam auf dem Tisch zu distanzieren. In dem fensterlosen Raum drohte sie zu ersticken, obwohl ein verborgener Ventilator die abgestandene Luft verwirbelte. Sie widerstand der Versuchung, sich eine feuchte Haarsträhne wegzuwischen, die ihr an der Stirn klebte. Die Verspannung im Genick hatte sich inzwischen über Schultern und Rücken ausgebreitet.

Seit sie die Frau erkannt hatte, wurde sie das bedrückende Gefühl nicht los, für ihren Tod verantwortlich zu sein. Hätte sie bei der Wahl ihres Weines nicht um Hilfe gebeten, würde die Frau noch leben. Sie wusste, dass sie mit dieser Reaktion in Stuckys Falle tappte, doch sie konnte es nicht verhindern. Ihre zunehmende Hysterie und der aufbrausende Zorn, der Rachegedanken mit sich brachte, ließen sich kaum noch unterdrücken. Der Wunsch, Albert Stucky eine Kugel zwischen die Augen zu schießen, wurde übermächtig. Ihr Zorn und ihre Rachegelüste begannen sie zu ängstigen.

„Sie ist noch nicht lange tot", sagte Dr. Holmes und lenkte ihre Gedanken wieder dorthin, wo sie sein sollten. „Laut innerer Temperatur weniger als vierundzwanzig Stunden."

Dr. Holmes sagte das für den Kassettenrekorder, der neben ihm stand, und nicht, um sie zu informieren.

„Keine Anzeichen von Totenstarre. Demnach wurde sie nicht am Fundort umgebracht und im Zeitraum von zwei bis drei Stunden bewegt." Wieder sagte er das in beiläufigem Tonfall in den Rekorder.

Maggie war dankbar für seine gelassene Art und den Konversationston. Sie hatte mit anderen Gerichtsmedizinern gearbeitet, deren ehrfürchtig leise Sprechweise oder klinisch kalte Methoden sie ständig an die brutale Gewalt erinnert hatten, die ihre Arbeit nötig machte. Sie zog es vor, eine Autopsie als schlichte Form der Datensammlung zu betrachten, da Seele und Geist des Leichnams auf dem Metalltisch längst entschwunden waren. Der größte Dienst, den man Opfern in diesem Stadium erweisen konnte, war die Sammlung von Fakten, um den Täter zu überführen. Doch Hannah würde ihnen vermutlich nichts verraten können, das sie einer Entdeckung Stuckys näher brachte.

„Wie ich hörte, hat man Ihnen den Hund aufgehalst."

Maggie brauchte einen Moment, um zu merken, dass Dr. Holmes mit ihr sprach und nicht zum Rekorder.

Da sie nicht sofort antwortete, blickte er lächelnd auf und fügte hinzu: „Scheint ein guter Hund zu sein. Und zäh wie sonst was, dass er diese Stichwunden überlebt hat."

„Ja, das ist er." Wie hatte sie Harvey nur vergessen können? Sie war wirklich keine gute Hundemutter. Greg hatte Recht mit seinen Vorwürfen, dass in ihrem Leben für nichts und niemand Platz sei. „Da fällt mir ein, darf ich Ihr Telefon benutzen?"

„Drüben in der Ecke, an der Wand."

Sie zögerte einen Moment, da sie sich ihre neue Telefonnummer ins Gedächtnis rufen musste. Ehe sie wählte, zog sie die Latexhandschuhe aus und wischte sich mit dem Ärmel ihres geborgten Kittels die Stirn. Sogar der Telefonhörer roch nach Lysol. Schuldbewusst drückte sie die Nummern ein und hörte es klingeln. Sie würde es Nick nicht verübeln, wenn er zornig gegangen war. Sie sah auf die Armbanduhr. Viertel nach zehn.

„Hallo?"

„Nick? Hier ist Maggie."

„He, alles okay mit dir?"

Er klang nur besorgt, nicht eine Spur ärgerlich. Vielleicht sollte sie wirklich nicht davon ausgehen, dass alle Männer reagierten wie Greg.

„Ich bin okay. Es war nicht Tess."

„Gut. Ich war schon ein bisschen besorgt. Will wäre andernfalls ausgeflippt."

„Ich bin in der Leichenhalle des County und assistiere bei der Autopsie." Sie machte eine Pause und wartete auf einen gereizten Kommentar. „Nick, es tut mir wirklich Leid."

„Ist schon okay, Maggie."

„Es dauert vielleicht noch ein paar Stunden." Sie machte wieder eine Pause. „Ich weiß, ich habe dir den Abend verdorben ... und das Dinner."

„Maggie, das ist nicht deine Schuld. So was bringt dein Beruf mit sich. Harvey und ich haben schon gegessen. Wir haben dir etwas aufgehoben, das du jederzeit in die Mikrowelle stellen kannst."

Wieso war er so verständnisvoll? Sie wusste nicht, wie sie darauf reagieren sollte.

„Maggie, ist bestimmt alles in Ordnung mit dir?"

„Ich bin nur sehr müde. Und es tut mir wirklich Leid, dass ich nicht mir dir zu Abend essen konnte."

„Mir auch. Möchtest du, dass ich bei Harvey bleibe, bis du kommst?"

„Das kann ich nicht von dir verlangen. Ich weiß nicht mal, wann ich komme."

„Ich habe immer einen alten Schlafsack im Kofferraum meines Wagens. Hättest du was dagegen, wenn ich mich heute Nacht hier aufs Ohr haue?"

Die Vorstellung, dass Nick Morrelli in ihrem großen leeren Haus schlief, hatte etwas ungemein Tröstliches.

„Vielleicht ist das doch keine so gute Idee", fügte er rasch hinzu, da er ihr Zögern missdeutete.

„Es ist sogar eine sehr gute Idee. Harvey wird es gefallen." Sie hatte es wieder getan und ihre wahren Gefühle aus purer Gewohnheit versteckt. „Und mir würde es auch gefallen", fügte sie hinzu und überraschte sich selbst damit.

„Sei vorsichtig auf der Rückfahrt."

„Bin ich. Und Nick?"

„Ja?"

„Vergiss bitte nicht, die Alarmanlage immer wieder einzuschalten, wenn du Harvey rausgelassen hast. Und es liegt eine 9mm Sig in der unteren Kommodenschublade. Und zieh die Vorhänge zu. Falls du ..."

„Maggie, ich komme schon klar. Pass du nur auf dich auf, okay?"

„Okay."

„Wir sehen uns, wenn du zurückkommst."

Sie hängte den Hörer ein, lehnte sich erschöpft mit geschlossenen Augen an die Wand und fröstelte leicht.

Sie wäre gern sofort nach Hause gefahren, um sich mit Nick vor einem knisternden Kaminfeuer zusammenzurollen. Sie erinnerte sich noch gut, wie es war, in seinen Armen einzuschlafen, obwohl das nur ein Mal passiert war, vor über fünf Monaten. Er hatte sie getröstet und vor ihren Albträumen zu schützen versucht. Für ein paar Stunden hatte das sogar funktioniert. Letztlich konnte aber auch Nick ihr nicht helfen, Albert Stucky zu entfliehen, der scheinbar mit allem zu tun hatte, was sie anrührte.

Sie blickte zum Metalltisch mit dem geöffneten Leichnam. Dr. Holmes entfernte jetzt nacheinander die Organe und wog und maß sie wie ein Metzger, der unterschiedliches Fleisch sortiert. Sie strich sich das Haar hinter die Ohren, zog ein frisches Paar Latexhandschuhe an und gesellte sich wieder zu dem Pathologen.

„Nicht einfach, in diesem Geschäft ein Privatleben zu haben, was?" Er blickte beim Schneiden nicht auf.

„Und es ist ganz sicher kein Leben für einen Hund. Ich bin nie zu Hause. Armer Harvey."

„Trotzdem hat er es bei Ihnen bestimmt besser. Nach allem, was ich höre, ist Sidney Endicott ein Idiot. Es würde mich nicht wundern, wenn er seine Frau umgebracht und die Leiche irgendwo versteckt hätte, wo wir sie nicht finden."

„Ermittelt Manx in diese Richtung?"

„Keine Ahnung. Schauen Sie sich das Muskelgewebe hier und da an." Er deutete auf die Lagen, die er durchtrennt hatte.

Sie warf nur einen kurzen Blick darauf und fragte sich, ob ihm bewusst war, dass alles, was er über Mr. Endicott sagte, auf Band aufgezeichnet wurde. Und wenn Dr. Holmes nun Recht hatte? Vielleicht hatte Stucky Rachel Endicott nicht entführt. Vielleicht war doch ihr Mann für ihr Verschwinden verantwortlich, auch wenn ihr diese simple Theorie missfiel. Plötzlich merkte sie, dass Dr. Holmes sie über den Rand der auf der Nasenspitze sitzenden Brille hinweg beobachtete.

„Verzeihung, was soll ich mir ansehen?"

Er deutete darauf, und sie erkannte sofort den Bluterguss im Gewebe. Sie lehnte sich gegen die Arbeitsfläche hinter ihr und spürte wieder, wie der Zorn in ihr hochkochte.

„Wenn da so viel Blut im Muskel ist, bedeutet das ..."

„Ja, ich weiß", unterbrach sie ihn. „Es bedeutet, dass sie noch gelebt hat, als er sie aufzuschneiden begann."

Er nickte und kehrte an seine Arbeit zurück. Vorsichtig hob er mit beiden Händen das Herz heraus und legte es auf eine Waage. „Herz scheint in gutem Zustand zu sein", sprach er in den Rekorder. „Gewicht 235 Gramm."

Während er das Organ in einen Behälter mit Formaldehyd gab, sah Maggie sich den Einschnitt, den Stucky gemacht hatte, genauer an. Bei offener Körperhöhle konnte sie den Verlauf des Schnittes genau verfolgen. Er hatte ihr Eierstöcke und Uterus entfernt wie bei einem chirurgischen Eingriff. Auf dem Tresen am anderen Ende des Raumes lagen die Organe, immer noch in dem Plastikbehälter, den der LKW-Fahrer ungücklicherweise mitgenommen hatte.

Dr. Holmes sah ebenfalls dorthin. Auf dem Rückweg vom Spülbecken brachte er den Container mit und stellte ihn auf den Tisch. Er klappte den Deckel auf und begann den Inhalt zu prüfen.

Die Sprechanlage an der Wand summte, und Maggie zuckte zusammen.

„Das ist wahrscheinlich Detective Rosen. Er wollte vorbeikommen, falls sie etwas finden." Er zog die Handschuhe aus und ging zur Tür.

„Warten Sie! Sind Sie sicher?" Sie konnte nicht glauben, dass er die Tür öffnen wollte, ohne vorher zu prüfen, wer dahinter stand. „Es ist schon ziemlich spät, oder?"

„Ja, allerdings." Er blieb stehen und sah sie über die Schulter hinweg an. „Aber falls Sie es vorhin nicht bemerkt haben, ich glaube, Rosen ist ein bisschen in Sie verknallt."

„Wie bitte?"

„Nein, Sie haben es wohl wirklich nicht bemerkt." Er lächelte, ohne weitere Erklärungen abzugeben, und löste einfach den Sicherheitsriegel.

„N'Abend, Sam."

„Hallo, Doc." Detective Rosen sah Maggie an, ohne die Leiche auch nur eines Blickes zu würdigen. Er hielt ein paar Beweisbeutel hoch, in denen Erde zu sein schien. „Agentin, O'Dell, ich glaube, wir haben etwas Interessantes gefunden."

Nach der Bemerkung des Doktors fragte sie sich, ob Sam Rosen wirklich etwas entdeckt hatte, oder ob er die Erdproben nur als Beweismittel ausgab, um seinen Besuch zu rechtfertigen. Lächerlich. Vielleicht hatte Greg auch damit Recht: Sie traute niemand.

Er reichte ihr ein versiegeltes Beutelchen über den Tisch und blickte auf die Leiche. Sie schien ihn nicht zu beunruhigen. Offenbar hatte Detective Rosen sein Maß an Autopsien mitgemacht, was bedeutete, dass er nicht immer zur Abteilung des Sheriffs von Stafford County gehört hatte.

Sie nahm den Beutel, besah ihn und erkannte den Inhalt. Sie hielt ihn gegen das Licht. Ja, unter dem hellen Licht glänzten silberne und gelbe Partikel.

„Wo haben Sie die gefunden?"

„Seitlich am Abfallbehälter, nah an der Absperrkette. Dort befinden sich Metallgeländer, eine Art Stufen. Wir fanden Lehmabdrücke von Schuhen oder Stiefeln. Er ist vermutlich über die Stufen hinaufgestiegen und hat dann die Leiche über den Rand geworfen. Die Seite liegt dem Parkplatz abgewandt. Da wird man nicht gesehen."

Rosen war ganz aufgeregt über seinen Fund, und Maggie fragte sich, warum. „Haben Sie das schon Agent Tully gezeigt?"

„Nein, noch nicht. Ich glaube, das ist ein wirklicher Durchbruch. Wir könnten feststellen, wo sich unser Mann versteckt hält."

Maggie wartete, dass er seine Erklärung beendete. Er schien jetzt abgelenkt durch Dr. Holmes oder vielmehr durch dessen Untersuchung des blutigen Klumpens im Speisebehälter.

„Detective Rosen", sie wartete, dass er ihr seine Aufmerksamkeit schenkte, „warum bringt uns das Ihrer Meinung nach weiter?"

„Zum einen weil es Schlamm ist." Er stellte das Offensichtliche fest, als hätte er ein Geheimnis gelüftet. Als er merkte, dass sie die Bedeutung nicht erkannte, fuhr er fort: „Na ja, es hat hier eine ganze Zeit nicht geregnet. Es sah zwar einige Male danach aus, aber dann kam nichts. Jedenfalls nicht hier in der Gegend, nur draußen vor der Küste."

Sie trommelte mit den Fingern auf den Tresen und erwartete mehr als den Wetterbericht. Er bemerkte ihre Ungeduld, nahm etwas Lehm aus dem Beutel, zerrieb ihn zwischen den Fingern und zeigte ihn ihr.

„Es ist ein dicker, klebriger Ton. Riecht sogar ein bisschen muffig. So was gibt es hier nicht."

Sie hätte dem Ganzen ein Ende bereiten können, wenn sie erklärt hätte, dass sie so etwas schon einmal gefunden und sogar analysiert hatten. Doch sie ließ ihn fortfahren.

„Ich habe die Jungs hier aus der Gegend befragt. Alle sagen, dass sie so eine Erde hier nicht kennen. Schauen Sie genau hin. Die Probe ist ungewöhnlich mit rötlichen Steinen und diesem komischen silbernen und gelben Zeugs ... vielleicht ist das künstlich hergestellt."

Schließlich sagte sie: „Wir haben ähnliche Proben an zwei weiteren Tatorten gefunden, Detective Rosen, aber ..."

„Sam."

„Wie bitte?"

„Nennen Sie mich Sam."

Maggie wischte sich ungeduldig eine Haarsträhne zurück.

Hatte Dr. Holmes Recht gehabt mit Detective Rosen ... Sam? War er nur gekommen, um zu flirten und sie zu beeindrucken?

„Sam, wir haben dieses Zeug analysiert. Es könnte aus einer alten Industrieanlage stammen. Einige Leute versuchen bereits, eine passende ausfindig zu machen."

„Nun, ich denke, ich kann Ihnen Zeit ersparen."

Sie sah ihn nur an und reagierte zunehmend gereizt auf sein keckes Lächeln. Er vergeudete mit seiner Aufschneiderei nur ihre Zeit.

„Ich glaube, ich weiß, woher das stammt", sagte er voller Zufriedenheit, trotz ihrer Skepsis. „Ich war vor einigen Wochen zum Angeln. In einem kleinen Ort, fünfzig Meilen von hier, auf der anderen Seite der Mautbrücke. Ich wollte mich dort mit einem Freund treffen, aber ich kenne die Gegend immer noch nicht gut und verirrte mich in einem entlegenen Waldstück. Als ich heimkam, bemerkte ich genau diesen klebrigen Schlamm an meinen Stiefeln. Ich brauchte fast zwei Stunden, um sie zu putzen. Der Schlamm sah genauso aus wie der hier."

Jetzt hatte er Maggies Interesse geweckt. Das klang genau nach der Gegend, in der ein Stucky sich verstecken würde. Detective Rosen hatte Recht. Das konnte der Durchbruch sein.

„Ich hoffe von Herzen, der Hinweis zahlt sich aus", unterbrach Dr. Holmes sie und sah vom Inhalt des Behälters auf. „Dieser Täter ist ein kranker Bastard. Vermutlich hat die Frau ihn angefleht und gehofft, dass er einen Funken menschlichen Anstand im Leibe hat."

„Wovon reden Sie." Maggie sah, wie der Gerichtsmediziner sich die feuchte Stirn wischte, ungeachtet des Blutes, das er vom Handschuh auf seiner Haut verteilte. Der ruhige, erfahrene Profi war durch seine Entdeckung sichtlich erschüttert.

„Was ist?" fragte sie erneut.

„Es war vielleicht kein Zufall, dass er ihr ausgerechnet den Uterus entfernt hat." Er trat kopfschüttelnd vom Tisch zurück. „Diese Frau war schwanger."

57. KAPITEL

Detective Rosen hatte die Polizei von Newburgh Heights informiert, da es so aussah, als sei Hannah Messinger aus dem Spirituosenladen der Stadt verschleppt worden. Maggie hatte Dr. Holmes begleitet, Rosen war an dem LKW-Treff geblieben, um weiter Beweise zu sammeln, also beschloss Tully, Manx und seine Leute zum Laden zu begleiten. Nachdem er Anfang der Woche mit Manx telefoniert und sich über dessen Verschleppungstaktik im Fall Tess McGowan geärgert hatte, hielt er es für angebracht, am Ort zu sein, falls sich Beweise ergaben.

Während er wartete, dass einer von Manx' Leuten das Schloss der hinteren Ladentür aufbrach, fragte er sich, ob man Detective Manx vielleicht aus einem Nachtclub geholt hatte. Er trug zur Baumwollhose ein grell orangefarbenes Jackett und eine blaue Krawatte. Okay, das Jackett ging vielleicht als braun durch. Unter der Straßenlaterne war das nicht leicht zu unterscheiden, aber die Krawatte hatte zweifellos ein Muster aus kleinen Delfinen. Er streifte Manx mit einem Seitenblick. Der schien etwa in seinem Alter zu sein. Sein Stoppelschnitt betonte das kantige Gesicht. Frauen fanden ihn vermutlich wegen einer leicht brutalen Ausstrahlung anziehend. Aber woher sollte er wissen, was Frauen anziehend fanden?

Von diesem Punkt in der Gasse erkannte er den Hintereingang von Mama Mias Pizzadienst an der Ecke. Ein glänzender neuer Abfallbehälter ersetzte den, in dem sie Jessica Beckwith entdeckt hatten. Vielleicht ein Versuch der Besitzerin, die Erinnerungen zu tilgen. Wie würde ihr zu Mute sein, wenn sie erfuhr, dass nur wenige Läden weiter eine zweite Frau umgebracht worden war?

Tully schlug den Kragen hoch gegen die plötzliche Kühle der Nacht. Vielleicht fröstelte er auch angesichts der Erinnerung an eine schöne junge Frau, die einfach in einem Berg Abfall entsorgt worden war. Jessica Beckwith hatte ihn entsetzlich an seine Tochter erinnert. Wie konnte er Emma nur klar machen, dass er sie zu schützen versuchte und nicht einfach nur gemein war? Nicht dass sie eine Erklärung verlangt hätte. Seit er ihr untersagt hatte, mit Josh Reynolds auf den Schulball zu gehen, redete sie nicht mehr mit ihm.

„Wir haben versucht, den Besitzer aufzutreiben", unterbrach Manx seine Gedanken. „Er ist nicht in der Stadt und kann frühestens morgen Nacht zurück sein. Seine Frau sagte, diese Messinger kümmerte sich um den Laden."

Tully griff sich an die Brille und bemerkte, dass der Beamte das Türschloss zerstörte. Schließlich klickte etwas, der Türgriff brach ab und fiel herunter, doch die Tür war offen.

Manx fand den Lichtschalter. Nicht nur der hintere Lagerraum erhellte sich, sondern der gesamte Laden, Gang für Gang. Es erforderte nicht viel Zeit, bei der Überprüfung des kleinen Geschäftes festzustellen, dass es keine ungewöhnlichen Spuren gab. Die Kasse war verschlossen. Sogar das „Geschlossen"-Schild war aufgestellt. Es gab keinen Hinweis auf gewaltsames Eindringen.

„Er hat sie vielleicht auf dem Weg zu ihrem Auto geschnappt", sagte Manx, kratzte sich am Kopf und wirkte etwas halbgescheit.

Ein Beamter ging zurück in die Gasse, um dort nachzuschauen, während die anderen damit begannen, den Lagerraum zu durchsuchen.

„Rosen hat mir von O'Dell erzählt."

Tully unterbrach seine Tätigkeit und blickte hinter dem Tresen zu Manx auf. Dessen Bulldoggengesicht bekam weichere Züge. Er wirkte fast mitfühlend, falls das möglich war. Tully sah jetzt im hellen Licht des Ladens, das Jackett war eindeutig orange.

„Vielleicht verstehen Sie jetzt, warum ihr sehr an Ihren Ermittlungen über das Verschwinden dieser McGowan lag", erwiderte er nur.

„Vielleicht sollte man den Fall Endicott auch wieder aufnehmen." Manx zögerte, als mache er gerade eine Riesenkonzession. „Ich habe Kopien der Akten für Sie in meinem Wagen."

„Detective!" rief ein Beamter aus dem Lager und erschien mit blassem Gesicht und großen Augen in der Tür. „Da ist ein Weinkeller unter dem Lager, den sollten Sie sich besser ansehen."

Tully folgte Manx. Im Licht einer einzelnen Glühlampe stiegen sie die schmalen Stufen hinunter. Tully musste nicht viel sehen, um zu erkennen, dass sie den Tatort entdeckt hatten. Nach drei oder vier Stufen konnte er das Blut bereits riechen. Und er wusste, sein Magen war nicht auf das vorbereitet, was ihn da erwartete.

58. KAPITEL

Er konnte nicht glauben, dass sie geflüchtet war. Wie hatte sie die Tür so leicht aufgekriegt? Er hätte enttäuscht sein müssen, anstatt erheitert, doch selbst seine Müdigkeit raubte ihm nicht die Vorfreude auf eine gute herausfordernde Jagd.

Die Nachtsichtbrille brachte kaum etwas. Natürlich half sie ihm, besser zu sehen, doch es gab nichts zu sehen. Wohin konnte diese kleine Schnalle gewandert sein? Er hätte sie nicht so lange unbeaufsichtigt lassen sollen. Aber er war durch diese niedliche Brünette abgelenkt gewesen. Sie hatte ihn genau so zuvorkommend bedient wie zuvor Agentin Maggie, hatte sich Zeit genommen und ihm beim Aussuchen einer guten Flasche Wein geholfen, obwohl schon fast Ladenschluss war. Ja, sie war sehr hilfreich gewesen und hatte ihm empfohlen, zu diesem speziellen Anlass den frischen weißen Italienischen zu probieren, nicht ahnend, dass sie selbst der spezielle Anlass war.

Aber der kleine Umweg hatte seinen Tribut gefordert. Er hätte seine Trophäe nehmen und die Leiche im Keller des Ladens liegen lassen sollen. Dann würden ihm die Muskeln jetzt nicht so wehtun. Er konnte kaum noch deutlich sehen. Die roten Linien erschienen immer häufiger vor den Augen, oder funktionierte die Nachtbrille nicht richtig? Er mochte nicht glauben, dass sich seine Sehschärfe in einer Woche derart verschlechtert hatte. Die Vorstellung, abhängig von anderen zu werden, war ihm zuwider. Aber er würde alles Notwendige tun, sein Ziel zu erreichen und dieses Spiel zu beenden.

Er wanderte durch die finsteren Wälder und ärgerte sich, dass er ständig über Baumwurzeln stolperte und im Schlamm ausrutschte. Einmal war er bereits gestürzt. Er hätte wetten mögen, dass sie nicht weit von der Hütte entfernt war. Die liefen nie weit. Manchmal kehrten sie sogar zurück, aus Angst vor der Dunkelheit oder um sich vor Kälte und Regen zu schützen. Die dummen Schlampen, so leichtgläubig, so naiv. Gewöhnlich folgten sie demselben Weg in der Hoffnung auf Freiheit und ahnten nicht, dass er in eine zweite Falle führte.

Eines musste er Tess McGowan lassen, sie versteckte sich gut. Aber ihr Glück war nicht von Dauer. Er kannte diese Wälder wie seine Westentasche. Es gab keinen Fluchtweg für sie, außer sie schwamm. Komisch, dachte er und richtete die Nachtbrille auf ein anderes Gebiet, eine probiert es immer. Die meisten bekamen gar nicht die Gelegenheit dazu. Tess hatte Glück gehabt, weil er aufgehalten worden war. Er hätte sich ärgern sollen, doch ihre Gerissenheit regte ihn an. Er liebte Herausforderungen. Sie machten den Triumph umso süßer, wenn er sie zur Strecke brachte und besaß ... mit Körper, Geist und Seele.

Als er den Steilhang erklomm, hoffte er, sie nicht mit gebrochenem Genick am Fuß das Abhangs zu entdecken. Das wäre eine Riesenpleite. Sie sollte ihn doch für die enttäuschende Rachel entschädigen. Die hatte überhaupt nicht seinen Erwartungen entsprochen. Solange sie ihn für einen einfachen Techniker hielt, den sie necken und manipulieren konnte, hatte sie heftig geflirtet. Sie schien so viel Energie und Ausstrahlung zu haben. Dabei hatte sie gewimmert wie ein hilfloses Kind, als er sie sich vorgenommen hatte. Ihr Kampfgeist war so schnell erloschen, dass es Mitleid erregend war. Und als er sie dann in die Wälder entließ, hatte die Jagd keine halbe Stunde gedauert. Was für eine Schande.

Er griff in die Ranken und zog sich zur Abrisskante hoch. Von hier hatte er einen ziemlich guten Überblick. Doch da war nichts. Kein Bereich erhöhter Wärme, die sein Gerät hätte aufleuchten lassen. Wo zum Teufel steckte sie?

Er griff unter den Aufsatz und rieb sich die Augen. Vielleicht wäre es besser, wenn er jetzt schlafen ginge, anstatt Tess McGowan mit einem harten Fick zu strafen. Zu der ärgerlichen Lethargie, die seinen Körper bereits wieder erfasste, würde ihm die Enttäuschung, sie zu finden und nicht vögeln zu können, gerade noch fehlen. Daran mochte er nicht mal denken. Nein, er würde am Morgen weitersuchen, wenn er wieder Energie hatte und eine gute Jagd genießen konnte. Ja, er würde ganz früh anfangen. Er schlang sich das Seil über die Schulter, hob die Armbrust auf und machte sich auf den Rückweg. Vielleicht würde er die Flasche Weißwein öffnen, die Hannah so angepriesen hatte.

59. KAPITEL

Maggie war wie betäubt vor Müdigkeit und konnte kaum die Augen offen halten. Sie konnte sich nicht erinnern, von der Interstate abgebogen zu sein oder den Highway 6 mit seinen scharfen Kurven genommen zu haben. Es grenzte an ein Wunder, dass sie in der Dunkelheit und bei ihrem benebelten Hirn heimgefunden hatte.

Nick hatte das Verandalicht für sie brennen lassen. Sein Jeep stand noch dort, wo er ihn am Abend abgestellt hatte. Sie parkte daneben. Der Anblick des staubigen Gefährts mit den großen Reifen vermittelte ihr ein Gefühl von Behaglichkeit. Sie war jetzt froh, dass Detective Rosen sie überredet hatte, erst am Morgen weiterzumachen.

Wie hatte sie überhaupt daran denken können, mitten in der Nacht in unbekannten Wäldern nach Stucky zu suchen? Vor einer Stunde war ihr das noch sehr sinnvoll erschienen. Sie hatte sich anschleichen und ihn überrumpeln wollen und dabei ganz vergessen, dass sie beim letzten Angriff dieser Art den Kürzeren gezogen hatte. Wenn es um Stucky ging, setzte gelegentlich ihr Verstand aus.

Dr. Holmes hatte Recht, die Verkäuferin in dem Spirituosenladen hatte ihn angefleht. Sie hörte es und konnte es nicht abschalten.

Hannah hatte gefleht, und als sie merkte, dass sie Stucky nicht umstimmen konnte, bettelte sie wenigstens um das Leben ihres ungeborenen Babys. Er hatte sie ausgelacht. Für ihn war ihre Schwangerschaft belanglos. Hannah hatte wahrscheinlich weitergebettelt und geweint. Hatte er zu schneiden begonnen, als sie noch lebte, weil er ihr den Fötus zeigen wollte? Das war eine weitere Steigerung seines Repertoires an Perversionen, eigentlich unvorstellbar, doch für Stucky leider nicht.

Maggie versuchte die Bilder zu unterdrücken und schloss so

leise wie möglich die Tür auf. Es war lange her, seit sie bei der Rückkehr nicht nur ein leeres dunkles Haus vorgefunden hatte. Noch ehe sie und Greg sich aus dem Weg gegangen waren, hatten sie sich auf Grund ihrer unterschiedlichen Terminpläne kaum gesehen. In den letzten Jahren waren sie nicht mehr als zwei Menschen gewesen, die sich eine Eigentumswohnung teilten und sich gegenseitig Mitteilungen hinterließen. Mit der Zeit waren dann die einzigen Hinweise auf einen zweiten Bewohner leere Milchkartons im Kühlschrank und Wäsche im Waschraum gewesen.

Die Alarmanlage piepste nur einmal, ehe Maggie den richtigen Code eingab. Harvey stupste sie mit seiner kalten Schnauze an, sie streckte ihm im Dunkeln eine Hand hin, und er leckte sie.

Obwohl das Foyer im Dunkeln lag, wurde der Wohnraum von Mondlicht erhellt. Nick hatte die Vorhänge nicht zugezogen, was jetzt angenehm war. Das bläuliche Licht verlieh dem Raum etwas Magisches. Sie sah Nick auf dem Boden ausgestreckt, nur halb vom Schlafsack bedeckt. Sein muskulöser Oberkörper war nackt, und bei dem Anblick regte sich leises Verlangen in ihr. Und das, obwohl sie viel zu müde war für Gefühle.

Sie stellte ihre forensische Ausrüstung ab, zog das Jackett aus und war dabei, das Schulterholster abzulegen, als sie den Schlafsack rascheln hörte. Harvey war an Nicks Seite zurückgekehrt und hatte den Kopf auf seine Beine gelegt.

„Mach es dir da nicht zu bequem", raunte sie Harvey zu.

„Zu spät", erwiderte Nick, rieb sich mit einer Hand das Gesicht und stemmte sich auf einem Ellbogen hoch.

„Ich meinte Harvey." Sie lächelte.

„Na gut."

Er fuhr sich mit der Hand durch das kurze Haar, so dass es vom Kopf abstand. Sie hätte es gern glatt gestrichen und die Finger über seine Haare und das kräftige Kinn gleiten lassen.

„Wie hältst du dich?" Sogar im Mondlicht erkannte sie seine besorgte Miene.

„Ich kann es dir ehrlich nicht beantworten. Vielleicht gar nicht so gut." Sie lehnte sich gegen die Wand und rieb sich die Augen. Sie wollte nicht an die Tote denken oder an den geschrumpften Fötus an der Wand des mütterlichen Uterus.

„He, warum kommst du nicht zu Harvey und mir?" fragte Nick, schlug einladend das Oberteil des Schlafsacks zurück und entblößte enge Jockeyshorts und muskulöse Schenkel.

Der Anflug sexueller Erregung bei diesem Anblick brachte sie so in Verlegenheit, dass ihr die Wangen warm wurden. Nick hatte es nur als Einladung zum Ankuscheln gemeint. Inzwischen schien er jedoch zu erraten, was in ihr vorging.

„Ich verspreche, nichts zu tun, was du nicht möchtest", beruhigte er sie ernsthaft, und es wurmte sie, dass sie so leicht zu durchschauen war.

Sie sehnte sich danach, mal etwas anderes zu spüren als Erschöpfung und die Gereiztheit überstrapazierter Nerven. Sie wusste schon nicht mehr, wie es war, sich sicher und geborgen zu fühlen. Vorhin bei den Essensvorbereitungen in der Küche mit Nick war ihr bewusst geworden, wie selten sie in den letzten Jahren etwas wie Verlangen oder Leidenschaft empfunden hatte. Die einzigen Male waren seinerzeit mit Nick in Nebraska gewesen.

Schweigend zog sie die Schuhe aus und begann sich aus der Jeans zu schälen. Nick betrachtete sie mit einer Mischung aus Erstaunen und Vorfreude, schien aber nicht genau zu wissen, was ihn erwartete. Sie wusste es auch nicht.

Sie ließ das Karohemd an und spürte, dass ihr Slip feucht wurde, als sie neben Nick glitt. Harvey stand auf, drehte sich dreimal um die eigene Achse und ließ sich mit dem Rücken zu Nick hinplumpsen. Sie mussten lachen, dankbar, dass der Hund die Atmosphäre lockerte.

Sie lagen voreinander, jeder auf einen Ellbogen gestemmt, und sahen sich an, ohne sich zu berühren. Offenbar war es Nick ernst damit, ihr die Initiative zu überlassen. Er wartete, während sie ihm mit den Fingerspitzen über Gesicht, Wange und Kinn strich und an den Lippen verweilte. Er küsste ihr die Fingerspitzen, der Mund warm, weich und einladend.

Sie streichelte seine Narbe, eine kleine weiße Erhebung auf dem Kinn, fuhr weiter zur Kehle und sah ihn schlucken, als müsste er sich beherrschen. Sie sah ihm in die Augen, während ihre Hand über die Muskeln seiner Brust glitt und weiter hinab über den harten festen Bauch. Nick atmete heftiger, als sie die Wölbung seiner Jockeyshorts erreichte. Als sie sie berührte, sog er, um Beherrschung bemüht, scharf die Luft ein.

„Mein Gott, Maggie", begann er atemlos, „wenn ich gewusst hätte, wie das ist, wenn du die Initiative ..."

Sie ließ ihn nicht ausreden, küsste ihn sacht auf den Mund, und ihre Hand glitt in den Taillenbund. Ein Schauer durchrann seinen Körper, und sein Kuss wurde leidenschaftlicher. Jeder Nerv in ihr schien auf seine Erregung zu reagieren, auch wenn sie sich nicht einmal umarmten. Sie spürte, dass Nick sich zurückhielt, obwohl er kurz davor war zu kommen. Sie schmiegte sich mit dem ganzen Körper an. Der Kuss war wild und leidenschaftlich geworden, doch sie wich leicht zurück und ließ die Lippen zu seinem Ohr streichen. Sie umfuhr mit der Zunge die Ohrmuschel, schob die Spitze ins Ohr und wurde mit einem leisen Aufstöhnen belohnt. „Halt dich nicht zurück, Nick", flüsterte sie.

Nicht lange, und sein Atem kam keuchend. Augenblicke später spürte sie seinen Höhepunkt. Nick rollte sich auf den Rücken. Die Augen geschlossen, wartete er, dass die Ekstase abebbte. Seine

Hingabe hatte ihr Verlangen angefacht. Wie war das möglich, sich so sinnlich zu fühlen, wo Nick sie kaum berührt hatte? Sie beobachtete ihn und fühlte sich voller Leben.

Er legte sich eine Hand ins Genick, und Schweiß glänzte auf seiner Stirn. Seine Atmung wurde allmählich wieder normal. Er sah zu ihr auf, als versuche er ihre Gedanken zu lesen. Vielleicht fragte er sich auch nur, was als Nächstes kam. Dann sah er kurz zu Harvey hinüber, der sich in den Wintergarten verzogen hatte.

„Gönnt er uns Privatsphäre, oder hat er es einfach satt, ständig geweckt zu werden?"

Sie lächelte nur, ohne zu antworten. Auf einen Ellbogen gestemmt, lag sie auf der Seite und betrachtete ihn. Von Müdigkeit keine Spur mehr.

Nick strich ihr eine Haarsträhne zurück und ließ die Finger über ihre Wange gleiten. Sie genoss die Liebkosung und schloss die Augen. Als sie sie wieder öffnete, lag Nick ebenfalls auf der Seite, ihr zugewandt, und war so nah, dass sie seinen Atem spürte. Ohne dass sich ihre Körper berührten, ließ er die Hand ihren Hals hinab in den Kragen streichen. Er begann das Hemd zu öffnen und zögerte bei jedem Knopf, damit sie protestieren konnte. Doch sie legte sich zurück und genoss es. Er ließ sich Zeit, um ihr das Gefühl zu geben, sie könne stets einschreiten. Das dämpfte nicht gerade die Intensität ihrer Gefühle, im Gegenteil.

Da er ihr Verlangen spürte, setzte er das Streicheln mit den Lippen fort. Er machte die restlichen Knöpfe auf und ließ den Mund langsam über ihren Körper wandern. Plötzlich hielt er inne. Sie atmete zu heftig, um es gleich zu bemerken. Dann spürte sie seine Finger leicht über die Narbe gleiten, die quer über ihren Bauch verlief. Stuckys hässliches Abzeichen. Wie hatte sie das nur vergessen können?

Sie richtete sich auf, wickelte sich aus dem Schlafsack und floh, ehe Nick reagierte. In ihrer Eile stolperte sie fast über den armen Harvey, blieb stehen, blickte in den Garten hinaus und hielt die Enden ihres Hemdes mit einer Faust zusammen. Sie hörte, wie Nick hinter sie trat, und fröstelte, obwohl ihr nicht kalt war. Nick umschlang sie, und sie lehnte sich an seinen warmen Körper, den Hinterkopf an seiner Brust.

„Maggie, du solltest inzwischen wissen", flüsterte er ihr ins Haar, „dass ich nichts an dir abstoßend finden kann, gleichgültig, was es ist."

„Bist du dir da ganz sicher?"

„Absolut."

„Er scheint ständig da zu sein, Nick." Ihre Stimme war gedämpft und zitterte ein wenig. „Ich komme irgendwie nicht von ihm los. Ich hätte wissen müssen, dass er mir auch unseren Abend noch verdirbt."

Er umarmte sie fester und drückte ihr schweigend die Lippen auf den Nacken. Er versuchte nicht, sie zu überzeugen, dass sie sich irrte, er versuchte nicht zu widersprechen, um sie zu beruhigen. Er hielt sie einfach nur fest.

60. KAPITEL

Maggie stand vor dem Morgengrauen auf. Sie hinterließ Nick eine hingekritzelte Mitteilung, entschuldigte sich für die letzte Nacht und gab Anweisungen, wie er den Alarm einstellen sollte. Er hatte gesagt, dass er nach Boston zurückmüsse, um sich auf einen Prozess vorzubereiten, doch sie hatte gewusst, dass er nach einem Vorwand suchte, um sie zu verlassen. Sie hatte erwidert, dass er seinen neuen Job nicht gefährden dürfe. Dass sie ihn nicht in der Nähe haben wollte, damit Albert Stucky ihm nichts antun konnte, behielt sie für sich.

Auf dem Weg holte sie Agent Tully ab, doch als er ihr die Tür öffnete, sah er nicht so aus, als hätte er sie erwartet. Er war in Jeans, weißem T-Shirt und barfuß. Außerdem war er unrasiert, und sein kurzes Haar stand in alle Richtungen ab. Grußlos ließ er sie ein, sammelte unterwegs eine verstreute Ausgabe der *Washington Post* auf und nahm einen Kaffeebecher vom Fernsehgerät.

„Ich mache Kaffee. Möchten Sie eine Tasse?"

„Nein danke." Sie hätte gern betont, dass sie keine Zeit für Kaffee hatten. Warum hatte er es nicht so eilig wie sie?

Er verschwand in einem Nebenraum, vermutlich der Küche. Anstatt ihm zu folgen, setzte sie sich auf das steife Sofa, das neu aussah und roch. Das Haus war klein mit wenig Mobiliar, und das sah zumeist gebraucht aus. Es erinnerte sie an das Apartment, das sie mit Greg in der Nähe ihres College bewohnt hatte mit Milchkisten als Fernsehständer und Bücherregalen aus Betonsteinen und Brettern. Fehlte nur noch ein zitronengrüner Knautschsessel. Das Sofa und die schwarze Halogenbodenlampe waren die einzigen neuen Teile.

Ein Mädchen kam im Gang eines Schlafwandlers ins Zimmer, ohne Notiz von ihr zu nehmen, und rieb sich die Augen. Es trug nur ein kurzes Nachthemd, und das lange blonde Haar war wirr. Maggie erkannte es als das Mädchen von dem Foto auf Tullys Schreibtisch. Es ließ sich in einen großen Sessel vor dem Fernseher fallen, fand die Fernbedienung zwischen den Kissen, schaltete das Gerät ein und zappte durch die Kanäle, ohne dem Programm viel Beachtung zu schenken. Maggie hatte das unangenehme Gefühl, den gesamten Haushalt aufgeweckt zu haben, als sei es mitten in der Nacht und nicht bereits Morgen.

Die Suche endete bei den Nachrichten des Lokalsenders. Der

Ton war ausgeschaltet, doch Maggie erkannte hinter der hübschen jungen Reporterin den LKW-Treff, und die junge Frau deutete auf den grauen Abfallbehälter, der mit gelbem Band abgesperrt war.

„Emma, schalte bitte den Fernseher aus!" wies Tully sie nach einem Blick auf das Gerät an. Sein Becher war randvoll, und er brachte Kaffeeduft mit ins Zimmer. Er reichte Maggie eine gekühlte Dose Diät-Cola.

„Was ist das?" fragte sie überrascht.

„Mir fiel ein, dass Diät-Cola so etwas wie Ihre Version von Morgenkaffee ist."

Sie sah ihn erstaunt an, weil ihm das aufgefallen war. Mit Ausnahme von Anita hatte das nie jemand beachtet.

„Habe ich das falsch in Erinnerung? Trinken Sie normale Cola und nicht Diät?"

„Nein, Diät ist richtig." Sie nahm ihm die Dose ab.

„Agentin O'Dell, das ist meine ungezogene Tochter Emma."

„Hallo, Emma."

Das Mädchen blickte auf und fabrizierte ein Lächeln, das weder echt noch freundlich wirkte.

„Emma, zieh dir doch bitte etwas Ordentliches an."

„Ja sicher, ganz wie du willst." Sie zog sich aus dem Sessel hoch und schlenderte hinaus.

„Tut mir Leid", sagte er und drehte den Sessel herum, den Emma verlassen hatte, damit er Maggie und dem Sofa gegenüber stand und nicht dem Fernsehgerät. „Manchmal habe ich den Eindruck, Außerirdische haben meine richtige Tochter entführt und durch dieses merkwürdige Double ersetzt."

Maggie öffnete lächelnd die Cola.

„Haben Sie Kinder, Agentin O'Dell?"

„Nein." Die Antwort schien ihr erschöpfend genug, doch Tully sah sie an, als erwarte er eine Erklärung. „Eine Familie zu gründen ist für eine Frau beim FBI um einiges schwieriger als für einen Mann."

Er nickte, als sei das eine neue Erkenntnis, über die er noch nie nachgedacht hatte.

„Hoffentlich habe ich Ihre Frau nicht geweckt."

„Dann müssten Sie schon ziemlich laut sein."

„Wieso?"

„Meine Frau lebt in Cleveland ... das heißt, meine Exfrau."

Das war ein heikles Thema für ihn. Sie merkte es daran, wie er dem Blickkontakt auswich. Beide Hände um den Becher gelegt, trank er langsam seinen Kaffee. Dann, als erinnere er sich plötzlich, warum sie an einem Sonntagmorgen hier zusammen waren, stand er auf, stellte den Becher auf den überladenen Tisch und begann in den Aktenstapeln zu suchen. Maggie fragte sich unwillkürlich, ob es einen Bereich in Agent Tullys Leben gab, in dem Ordnung herrschte.

Er zog eine Landkarte hervor, faltete sie auf und legte sie über die unebene Unterlage.

„Nach dem, was Sie mir am Telefon sagten, reden wir wohl über dieses Gebiet hier."

Sie sah auf den Bereich der Karte, den er mit gelber Leuchtfarbe markiert hatte. Schau an, dabei hatte sie unterstellt, er hätte ihr nicht mal zugehört, als sie ihn mit ihrem Anruf geweckt hatte.

Er fuhr fort: „Da Rosen sich verirrt hatte, ist es schwer zu sagen, wo er sich befand. Aber wenn man den Potomac an der Mautbrücke überquert, gibt es da dieses Landstück etwa fünf Meilen breit und fünfzehn Meilen lang, das wie eine Halbinsel in den Fluss ragt. Die Brücke führt über die obere Hälfte. Die Karte verzeichnet dort keine Straßen, nicht mal Wege. Sieht aus, als gäbe es da nur Wälder, Felsen und wahrscheinlich Schluchten. Ziemlich raues Gelände. Mit anderen Worten, ein großartiges Versteck."

„Und ein Ort, von dem man kaum fliehen kann." Maggie beugte sich vor, kaum fähig, ihren Eifer zu verbergen. Das musste es sein! Das war der Ort, an dem Stucky sich und seine „Sammlung" versteckte. „Also, wann starten wir?"

„Langsam." Tully setzte sich und langte nach seinem Kaffeebecher. „Wir machen das genau nach Vorschrift."

„Stucky schlägt hart und schnell zu und verschwindet wieder!" Sie ließ Ärger und Ungeduld in der Stimme anklingen. „Er hat in einer Woche bereits drei Frauen umgebracht und wahrscheinlich zwei weitere entführt. Und das sind nur die, von denen wir wissen!"

„Ich weiß", sagte er viel zu ruhig.

Verstand sie als Einzige diesen verrückten Killer? „Er könnte sich jede Minute, jeden Tag absetzen. Wir können nicht auf Gerichtsbeschlüsse oder die Unterstützung der örtlichen Polizei oder was auch immer warten!"

Er trank Kaffee und betrachtete sie über den Becherrand hinweg. „Sind Sie fertig?"

Die Arme vor der Brust verschränkt, lehnte sie sich zurück. Sie wusste, sie konnte Rosen überreden, einen Suchtrupp zusammenzustellen, obwohl das fragliche Gebiet jenseits des Flusses nicht nur in einem neuen Gerichtsbezirk, sondern auch in einem anderen Bundesstaat lag.

„Zunächst einmal setzt sich Cunningham mit den Behörden in Maryland in Verbindung."

„Cunningham? Sie haben Cunningham angerufen? Na, wunderbar!"

„Ich habe versucht herauszufinden, wem das Land gehört." Er ignorierte ihren Einwurf und fügte hinzu: „Es war mal Regierungseigentum, was vielleicht die eigenartige chemische Zusammensetzung des Lehms erklärt. Wahrscheinlich haben die da irgendwas getestet. Der Besitz wurde vor etwa vier Jahren von einer Firma gekauft, von WH Enterprises. Allerdings kann ich keine Angaben über die Firma finden, keinen Geschäftsführer, keine Treuhänder, nichts."

„Seit wann braucht das FBI eine Erlaubnis, einen Serienmörder zu schnappen?"

„Wir agieren auf bloße Vermutungen hin, Agentin O'Dell. Wir können da kein Einsatzkommando hinschicken, wenn wir nicht wissen, was uns erwartet. Sogar der Lehm bedeutet nur, dass Stucky mal in der Gegend war. Es heißt nicht, dass er noch dort ist."

„Verdammt, Tully!" Sie sprang auf und ging hin und her. „Das ist unsere einzige Spur zu seinem möglichen Versteck. Und Sie analysieren sie zu Tode, wo wir doch einfach hinfahren und uns vergewissern könnten!"

„Wollen Sie denn nicht wissen, in was Sie diesmal hineinstolpern, Agentin O'Dell?" Er betonte diesmal und bezog sich auf ihr letztes Fiasko, als sie Stucky fangen wollte. Damals war sie allein einer Ahnung gefolgt und Stucky in die Falle gegangen. Wartete er vielleicht schon wieder auf sie?

„Also, was schlagen Sie vor?"

„Wir warten", sagte er, als sei das keine große Sache. „Wir finden heraus, was da los ist. Die Behörden von Maryland und ihre Ermittler können uns aufklären. Wir wollen bestimmt keinen Privatbesitz betreten, auf dem uns eine Gruppe Verrückter mit einem Waffenarsenal erwartet, das uns vom Planeten pusten könnte."

„Von wie viel Zeit reden wir hier?"

„Es ist schwer, am Sonntag mit allen, die wir brauchen, in Verbindung zu treten."

„Wie lange, Agent Tully?"

„Einen Tag, höchstens zwei."

Sie starrte ihn an, als müsste sie vor Zorn platzen.

„Inzwischen sollten Sie wissen, was Albert Stucky in einem oder zwei Tagen anrichten kann!" Sie marschierte hinaus und ließ den Knall der zuschlagenden Tür betonen, was sie vom Warten hielt.

61. KAPITEL

Tully sank in den Sessel und ließ den Kopf gegen die Kissen fallen. Er lauschte, wie O'Dell die Autotür zuschlug, mit durchgetretenem Gaspedal und quietschenden Reifen davonpreschte und ihre Wut am Pflaster seiner Zufahrt ausließ. Er verstand ihre Frustration. Zum Teufel, er war auch frustriert.

Er wollte diesen Stucky genauso dringend schnappen wie sie, aber er wusste auch, dass es ihr ein persönliches Anliegen war. Er konnte sich vorstellen, was in ihr vorging. Drei Frauen brutal ermordet, nur weil sie sie flüchtig gekannt hatte.

Als er aufblickte, stand Emma in der Tür zum Flur, lehnte sich an den Rahmen und beobachtete ihn. Sie hatte sich weder angezogen noch die Haare gekämmt. Plötzlich fühlte er sich zu müde, um sie zu ermahnen. Da sie ihn weiterhin nur ansah, erinnerte er sich, dass sie ja immer noch nicht mit ihm redete. Na gut, dann redete er auch nicht mit ihr. Er ließ den Kopf zurücksinken.

„War das deine neue Kollegin?"

Er warf ihr einen Blick zu, ohne seine bequeme Haltung aufzugeben, und behielt sein Erstaunen über ihr plötzliches Einlenken für sich.

„Ja."

„Sie schien ganz schön sauer auf dich zu sein."

„Ja, das ist sie wohl. Ich hab wirklich 'nen Schlag bei Frauen, was?"

Überraschenderweise lächelte Emma. Er lächelte zurück, und plötzlich lachte sie. In zwei Schritten war sie bei ihm und kletterte ihm auf den Schoß, wie sie es als kleines Mädchen getan hatte. Er schlang die Arme um sie und drückte sie, ehe sie sich wieder entziehen konnte. Den Kopf unter sein Kinn geschoben, machte sie es sich bequem.

„Magst du sie?"

„Wen?" Er hatte ganz vergessen, worüber sie gesprochen hatten. Es war ein zu schönes Gefühl, das kleine Mädchen wieder in den Armen zu haben.

„O'Dell, deine neue Partnerin."

„Ja, ich glaube, ich mag sie. Sie ist eine kluge, zähe Lady."

„Sie ist richtig hübsch."

Er fragte sich, ob sie Sorge hatte, dass er sich, dem Beispiel ihrer Mutter folgend, mit Kollegen einließ – einer Kollegin in diesem Fall – und mit ihr durchbrannte.

„Maggie O'Dell und ich sind nur beruflich Partner, Emma. Weiter ist da nichts zwischen uns."

Sie saß ruhig da, und er wünschte, sie würde ihm ihre Ängste anvertrauen.

„Sie war richtig sauer auf dich", wiederholte sie kichernd.

„Sie kommt darüber hinweg. Ich mache mir mehr Gedanken um dich."

„Um mich?" Sie drehte sich etwas, um ihn anzusehen.

„Du schienst auch richtig sauer auf mich zu sein."

„Ach das", erwiderte sie und machte es sich wieder bequem. „Das habe ich überwunden."

„Wirklich?"

„Ich dachte mir, wenn wir all das Geld sparen, das ich für den Ball ausgeben müsste, könnte ich mir dafür vielleicht einen echt coolen CD-Walkman kaufen."

„Ach wirklich?" Tully lächelte und war überzeugt, Frauen nie zu verstehen.

„Stell dich nicht an. Ich habe genug eigenes Geld gespart." Sie rutschte von seinem Schoß, baute sich mit verschränkten Armen vor ihm auf und sah ihn an. Jetzt wirkte sie wieder mehr wie der Teenager, den er kannte. „Können wir losziehen und einen besorgen?"

Mein Gott, was waren das nur für Erziehungsprinzipien, einer Heranwachsenden zu vermitteln, dass sie sich durch gutes Benehmen materielle Vorteile verschaffen konnte? Anstatt das weiter zu analysieren, erwiderte er schlicht: „Sicher, wir gehen heute Nachmittag."

„Okay."

Er sah, dass sie fast zu ihrem Zimmer hüpfte, während er zum Couchtisch hinüberging. Er zog einen Aktenordner aus dem Dokumentenberg, schlug ihn auf und ging die Unterlagen durch: ein Polizeibericht, eine Kopie vom DNS-Labor, ein Plastikbeutel mit metallisch gesprenkelter Erde an ein Beweisdokument geklippst, ein medizinischer Entlassungsbericht von Rileys Tierklinik.

Detective Manx hatte ihm gestern Abend die Akte Rachel Endicott gegeben. Nach Durchsicht der Beweise und dem Bericht des DNS-Labors hatte sich sogar der arrogante Dickschädel Manx vorstellen können, dass Mrs. Endicott in der Tat entführt worden war. Nachdem Tully miterlebt hatte, dass O'Dell kurz vorm Explodieren war, fragte er sich, ob er ihr die Akte zeigen durfte. Denn laut DNS-Test war Albert Stucky nicht nur in Rachel Endicotts Haus gewesen, er hatte sich auch ein Sandwich und mehrere Schokoriegel genehmigt. Für Tully stand fest, er hatte sich auch Rachel Endicott genehmigt.

62. KAPITEL

Maggie fuhr ziellos umher, um ihren Ärger abzureagieren. Nach einer Stunde parkte sie auf dem belebten Parkplatz eines Pfannkuchenhauses, um Nerven und Magen durch Essen zu beruhigen. Sie war schon an der Tür des Restaurants, Klinke in der Hand, als sie herumfuhr, fast mit zwei Gästen zusammenstieß und zum Wagen zurückeilte. Sie konnte es nicht wagen, hier zu frühstücken, wenn sie nicht das Leben einer weiteren Kellnerin aufs Spiel setzen wollte.

Wieder auf der Straße, beobachtete sie wachsam jedes Auto im Rückspiegel oder neben sich. Sie bog von der Interstate ab, fuhr mehrere Meilen auf einem einsamen zweispurigen Highway und kehrte auf die Interstate zurück. Etliche Meilen weiter hielt sie an einer Raststelle, fuhr herum, wartete, parkte und fuhr wieder auf die Interstate.

„Komm schon, Stucky", sagte sie in den Rückspiegel. „Wo zum Teufel steckst du? Bist du da draußen? Folgst du mir?"

Sie versuchte Nick über Handy zu erreichen, doch er musste schon nach Boston abgereist sein. Auf der Suche nach Ablenkung wählte sie die Nummer ihrer Mutter. Vielleicht konnte sie nach Richmond fahren? Das würde sie bestimmt von Stucky ablenken. Nach dem vierten Klingeln meldete sich der Anrufbeantworter ihrer Mutter.

„Ich kann jetzt nicht an den Apparat kommen", verkündete eine fröhliche Stimme, und Maggie glaubte, sich verwählt zu haben. „Bitte versuchen Sie es ein andermal wieder, und nicht vergessen: Gott schützt alle, die sich nicht selbst schützen können."

Maggie klappte ihr Handy zu. Sie konnte nur hoffen, dass das nicht die Stimme ihrer Mutter gewesen war, und sie sich wirklich verwählt hatte. Trotz der aufgesetzten Fröhlichkeit hatte sie jedoch die vom Rauchen raue Stimme erkannt. Dann erinnerte sie sich, dass Greg ihr gesagt hatte, ihre Mutter sei nicht in der Stadt. Natürlich, sie war bei diesem Reverend Everett – wer immer das sein mochte – in Las Vegas.

Wo sonst konnte eine manisch-depressive Alkoholikerin auch schon zu Gott finden?

Da der Tank leer wurde, verließ sie die Interstate und fand eine Amoco-Station. Sie hatte den Tankdeckel bereits abgeschraubt, als sie merkte, dass die Säulen nicht zum Bezahlen mit Kreditkarte eingerichtet waren. Sie blickte zum Tankstellenshop und entdeckte eine weibliche Angestellte mit blonden Locken. Sofort schraubte sie den Tankdeckel wieder auf und fuhr weiter.

Nach weiteren zwanzig Meilen und zwei neuen Versuchen fand sie eine Tankstelle, an der sie mit Kreditkarte an der Säule bezahlen konnte. Inzwischen lagen ihre Nerven blank. Sie hatte Kopfschmerzen, und das hohle Gefühl im Magen verursachte ihr Übelkeit. Sie konnte nirgendwo hingehen. Weglaufen löste ihr Problem nicht. Sie konnte Stucky auch nirgendwo hinlocken. Es sei denn, er wartete bereits auf sie. Sie beschloss, das Risiko einzugehen, und kehrte heim.

63. KAPITEL

Tess rannte mit schmerzhaft pochendem Knöchel. Ihre Füße taten weh und bluteten bereits, obwohl sie sie mit den abgerissenen Ärmeln ihrer Bluse umwickelt hatte. Sie hatte keine Ahnung, wohin sie lief. Der Himmel hatte sich wieder grau bezogen und würde jeden Moment die Schleusen öffnen. Zweimal war sie bereits zu einem Steilhang gekommen, unter dem Wasser glitzerte. Wenn sie doch nur schwimmen gelernt hätte. Sie würde es durchs Wasser versuchen, gleichgültig, wie weit das andere Ufer entfernt war. Warum konnte sie diesem Gefängnis aus Bäumen, Rankpflanzen und steilen Schluchten nicht entkommen?

Den Morgen über hatte sie wilde Erdbeeren gesucht und gegessen. Zumindest hielt sie die Früchte für Erdbeeren. An einem Flussufer hatte sie trübes Wasser getrunken, ungeachtet der darin schwimmenden Algen. Ihr Spiegelbild im Wasser hatte sie erschreckt. Das wirre Haar, die zerrissene Kleidung, die Kratzer und Schnitte ließen sie wie eine Verrückte aussehen. Aber war sie das nicht schon? Die Erinnerung an Rachel machte sie wahnsinnig und schien sie innerlich zu zerreißen. Sie wusste nicht, wie lange sie in der Ecke der Grube gekauert hatte, weinend, sich vor und zurück wiegend, die Stirn an die Erdwand gepresst. Gelegentlich hatte sie sich in eine andere Dimension schlüpfen spüren und ihre Tante von oben herunterrufen hören. Sie hätte geschworen, das hagere, finstere Gesicht der Frau dort oben zu sehen, die ihr mit einem knochigen Finger drohte und sie verfluchte. Sie wusste nicht, wie viele Nächte sie in der Grube verbracht hatte, eine, zwei oder drei. Die Zeit hatte jede Bedeutung verloren.

Sie wusste allerdings noch, was sie aus ihrer Lethargie gerissen hatte. Ein Lebewesen. Etwas oder jemand hatte am Rande des Erdlochs geraschelt. Sie hatte erwartet, beim Aufblicken ihren Entführer zu entdecken, wie er sich raubtierartig auf sie zu stürzen versuchte. Es wäre ihr gleichgültig gewesen, dann hätte das Elend ein Ende gehabt. Doch weder der Verrückte noch ein Raubtier sahen auf sie hinab, sondern ein junges Reh. Sie hatte sich gefragt, wie etwas so Schönes und Unschuldiges auf dieser Teufelsinsel existieren konnte.

Dann hatte sie sich zusammengerissen und beschlossen, nicht zu sterben, nicht hier, nicht in diesem Höllenloch. Sie hatte ihre zeitweilige Gefährtin so gut es ging mit Pinienzweigen abgedeckt, und die weichen Nadeln hatten wie eine Decke auf der geschundenen grauen Haut gelegen. Danach war sie ins Freie gekrochen, ohne dabei Erleichterung zu empfinden. Ironischerweise war die Grube auch eine sichere Zuflucht gewesen. Jetzt, nachdem sie Meilen gegangen und gelaufen war, fühlte sie sich unsicherer als zuvor.

Plötzlich sah sie vor sich zwischen den Bäumen auf einem Kamm etwas Weißes schimmern. Sie kletterte mit neuer Energie und zog sich an Baumwurzeln hoch, obwohl sie die Schnitte in ihren Händen deutlich merkte. Keuchend erreichte sie ebenen Boden und hatte einen besseren Überblick. Hinter hohen Pinien lag da ein großes weißes Farmhaus aus Fachwerk.

Ihr Herz schlug freudig. Sie blinzelte und hoffte, das schöne Bild verschwand nicht. Erleichtert sah sie eine kleine Rauchfahne aus dem Schornstein aufsteigen und roch sogar das Holz im Kamin. Sie hörte ein Windspiel und sah es auf der Veranda hängen. Ringsum standen Tulpen und Narzissen in voller Blüte. Sie kam sich vor wie Rotkäppchen nach dem Weg durch den finsteren Wald vor dem großen einladenden Haus der Großmutter. Mit einem Mal wurde ihr bewusst, dass die Analogie größer sein konnte, als ihr lieb war. Alarmiert fuhr sie herum, um wieder wegzurennen, und prallte mit ihm zusammen. Er packte ihre Handgelenke und lächelte, indem er die Zähne bleckte wie ein Wolf.

„Ich habe dich gesucht, Tess", sagte er ruhig, während sie sich ihm zu entwinden versuchte. „Ich bin so froh, dass ich dich gefunden habe."

64. KAPITEL

Washington, D.C.,
Montag, 6. April

Maggie konnte nicht glauben, dass Cunningham darauf bestanden hatte, sie sollte ihren Termin bei Dr. Kernan am Montagmorgen einhalten. Schlimm genug, dass sie auf eine Art inoffizielle Erlaubnis von den Behörden in Maryland warteten. Wie konnten die sicher sein, dass Stucky nichts merkte? Falls irgendwo durchsickerte, dass sie Informationen sammelten, brauchten sie sich wegen einer Falle für Stucky keine Gedanken mehr zu machen. Er wäre sofort weg, und es würde weitere fünf bis sechs Monate dauern, ehe sie wieder von ihm hörten.

Ärgerlich und gereizt, hatte sie im morgendlichen Berufsverkehr die einstündige Fahrt nach Washington hinter sich gebracht. Und jetzt musste sie auch noch warten. Kernan kam mal wieder zu spät.

Schließlich schlurfte er herein, roch nach Zigarrenrauch und sah aus, wie gerade aus dem Bett gestiegen. Sein billiger brauner Anzug war zerknittert, die Schnürsenkel hatte er vergessen zuzubinden, und ein Schuhband schleifte hinterher. Das dünne weiße Haar hatte er mit einem übel riechenden Gel an den Kopf geklatscht. Vielleicht war es auch das süßliche Cologne, das ihre Nase attackierte. Der Mann sah aus wie der Prototyp des obdachlosen Geisteskranken.

Wieder nahm er sie nicht zur Kenntnis, bis er in seinem Sessel saß und es sich knarrend und knackend, vor- und zurückrutschend bequem gemacht hatte. Diesmal war sie zu unruhig und zornig für seine Einschüchterungsspielchen. Ihr war gleich, welch seltsame Einblicke er sich in ihre Psyche versprach. Nichts, was Dr. Kernan sagte oder tat, konnte ihre aufgestaute Wut dämpfen, die jeden Moment zu explodieren drohte.

Sie wippte mit der Fußspitze und trommelte mit den Fingern auf die Armlehnen ihres Sessels. Unterdessen wühlte er in seiner Unordnung herum. Herrgott, wie sie diese Chaoten leid war! Zuerst Tully und jetzt Dr. Kernan. Wie funktionierten diese Typen?

Sie seufzte, und er sah sie finster über seine dicken Brillengläser hinweg an. Dann schürzte er die Lippen und machte „Ts, ts, ts," als wolle er sie schelten. Sie ließ ihn durch ihren Blick Verachtung, Ungeduld und Zorn spüren. Ihr war gleich, was er davon hielt.

„Sind wir in Eile, Spezialagentin Margaret O'Dell?" fragte er und blätterte ein Magazin durch.

Sie entdeckte zwischen seinen Fingern das Cover und las *Vogue*. Um Himmels willen!

„Ja, ich bin in Eile, Dr. Kernan. Ich würde gern zu einer wichtigen Ermittlung zurückkehren."

„Sie glauben also, Sie haben ihn gefunden."

Sie betrachtete ihn prüfend, ob er wirklich etwas wusste. Doch er schien in die Seiten der Zeitschrift vertieft zu sein. Hatte Cunningham ihm vielleicht etwas gesteckt? Woher kamen seine Informationen?

„Es könnte sein." Sie wollte nicht zu viel verraten.

„Aber die anderen halten Sie auf, nicht wahr? Ihr Partner, Ihr Vorgesetzter, ich. Und wir wissen alle, wie sehr Margaret O'Dell das Warten hasst."

Sie hatte keine Zeit für diese Dummheiten.

„Könnten wir bitte weitermachen?"

Er sah sie erstaunt wieder über den Rand der Brille an. „Mit was möchten Sie gerne weitermachen? Erwarten Sie eine Art Absolution von mir, eine Erlaubnis, ihn jagen zu dürfen?"

Er legte das Magazin beiseite, lehnte sich zurück und wartete mit über der Brust gefalteten Händen, dass sie ihm eine Antwort gab. Sie tat ihm den Gefallen nicht und erwiderte nur seinen Blick.

„Sie möchten, dass wir Ihnen alle aus dem Weg gehen", fügte er hinzu. „Ist das so, Spezialagentin Margaret O'Dell?" Er machte eine Pause. Sie verzog die Lippen, ohne zu antworten, und so fuhr er fort: „Sie wollen ihn sich wieder allein schnappen, weil Sie die Einzige sind, die ihn fangen kann. Oh nein, verzeihen Sie. Sie sind die Einzige, die ihn stoppen kann. Glauben Sie, wenn Sie ihn stoppen, erlöst *Sie* das von seinen Verbrechen?"

„Falls ich Absolution suchte, Dr. Kernan, wäre ich zweifellos in einer Kirche und nicht hier in Ihrem Büro."

Er lächelte dünn. Maggie wurde sich bewusst, dass sie den Mann zum ersten Mal lächeln sah.

„Werden Sie Absolution suchen, nachdem Sie Albert Stucky zwischen die Augen geschossen haben?"

Entsetzt dachte sie an ihre letzte Sitzung und ihre mangelnde Selbstbeherrschung. Leider hatte sie sich immer noch nicht in der Gewalt. Ihr Zorn übertünchte, wie nah am Abgrund sie wirklich stand. Wenn sie so weitermachte, übersah sie den Abgrund vielleicht, und der Absturz kam urplötzlich.

„Vielleicht war ich zu lange mit dem Bösen befasst, um noch Skrupel bei der Wahl meiner Mittel zu haben, es zu zerstören." Sie ließ jetzt alle Vorsicht außer Acht. Er konnte ihr nichts tun, niemand konnte ihr mehr antun, als Stucky schon getan hatte. „Vielleicht", fuhr sie von Ärger getrieben fort, „vielleicht muss ich so brutal werden wie Stucky, um ihn zu stoppen."

Er sah sie an, doch diesmal mit anderen Augen. Er bedachte, was sie gesagt hatte. Kam jetzt irgendeine oberschlaue Bemerkung, versuchte er seine verdrehte Psychologie an ihr auszuprobieren? Sie war keine naive Studentin mehr. Sie konnte in seinem Spiel mithalten. Schließlich hatte sie schon Gegner gehabt, die zehn Mal verdrehter waren als er. Wenn sie sich gegen Albert Stucky behaupten konnte, erledigte sie Dr. James Kernan mit links.

Sie sah ihn ruhig unverwandt an. Hatte sie den alten Mann etwa sprachlos gemacht?

Schließlich beugte er sich vor, die Ellbogen auf den überladenen Schreibtisch gestützt.

„Das bereitet Ihnen also Sorgen, Margaret O'Dell."

Sie hatte keine Ahnung, wovon er sprach, zeigte es jedoch nicht.

„Sie sind besorgt", sagte er langsam, als nähere er sich einem delikaten Thema. Eine ungewohnte Geste, die Maggie sofort argwöhnisch machte. War das wieder einer seiner berühmten Tricks, oder war er wirklich mitfühlend. Sie hoffte auf einen Trick. Damit wurde sie fertig. Mitgefühl ertrug sie nicht so gut.

„Sie sind besorgt", begann er wieder, „dass Sie genauso zu Untaten fähig sein könnten wie Albert Stucky."

„Sind wir das nicht alle, Dr. Kernan?" Sie wartete auf seine Reaktion. „Hat Jung nicht genau das gemeint, als er sagte, wir hätten alle eine Schattenseite?" Sie beobachtete ihn genau, um zu sehen, wie es ihm gefiel, dass eine seiner Studentinnen ihn mit den eigenen Lehren schlug. „Die Bösen tun das, wovon die Guten nur träumen. Ist es nicht so, Dr. Kernan?"

Er rückte sich in seinem Sessel zurecht. Sie hätte die Anzahl seiner Lidbewegungen zählen sollen. Sie wollte lächeln, weil sie ihn sozusagen in der Ecke hatte. Doch es lag kein Triumph in dieser Erkenntnis.

„Ich glaube ...", begann er und räusperte sich, „ich glaube, Jung sagte, das Böse sei ein genauso wichtiger Bestandteil des menschlichen Wesens wie das Gute. Dass wir lernen müssen zu erkennen und zu akzeptieren, dass es in jedem von uns steckt. Das bedeutet jedoch nicht, dass wir alle zu denselben Verbrechen fähig wären wie Albert Stucky. Es besteht ein Unterschied, meine liebe Agentin O'Dell, zwischen dem Begehen einer verwerflichen Tat und dem Eintauchen und Sich-Suhlen im Bösen."

„Aber wie verhindert man, dass man sich zu etwas Verwerflichem hinreißen lässt?" Sie hörte ein ärgerliches Beben in der Stimme, da ihr innerer Aufruhr sich nicht mehr ganz unterdrücken ließ.

„Ich sage Ihnen was, Maggie O'Dell, und hören Sie gut zu." Er beugte sich vor, das Gesicht ernst, und die hinter den dicken Brillengläsern vergrößerten Augen ungewöhnlich besorgt. „Jung oder Freud interessieren mich einen feuchten Kehricht, wenn es um derart brutale Verbrechen geht. Denken Sie immer daran, die Entscheidungen, die wir im Bruchteil einer Sekunde treffen, zeigen unser wahres Naturell, unser wahres Ich. Ob uns das gefällt oder nicht. Wenn es so weit ist, denken Sie nicht nach, analysieren nicht, fühlen nicht und grübeln nicht ... Sie reagieren einfach. Vertrauen auf sich. Und ich möchte wetten, Ihr Handeln wird nicht verwerflicher sein, als die Situation es erfordert."

65. KAPITEL

Tully hieb in die Tasten des Computers. Der andere unten in seinem Büro arbeitete schneller, doch er konnte den Konferenzraum nicht verlassen. Nicht jetzt, da er jeden Anruf auf den Weg gebracht und alle Akten des Falles auf dem Tisch hatte. Agentin O'Dell würde sich über die Unordnung aufregen. Seit sie gestern aus seinem Haus gestürmt war, hatte er sie allerdings weder gesehen noch gesprochen.

Cunningham hatte ihm mitgeteilt, dass sie am Morgen in Washington sein würde, bei einem schon länger festgelegten Termin. Weiter hatte er das nicht ausgeführt, doch Tully wusste, dass sie bei dem FBI-Psychologen war. Vielleicht halfen ihr die Sitzungen, ein bisschen ruhiger zu werden. Sie musste die Dinge in der richtigen Perspektive sehen und erkennen, dass alles, was getan werden konnte, auch getan wurde, und das so schnell wie möglich. Sie müsste ihre Angst überwinden, damit sie nicht an jeder Ecke den vermeintlichen Täter ausmachte und schussbereit hinter ihm herrannte.

Das Warten fiel auch ihm schwer, das musste er zugeben. Die Behörden von Maryland zögerten, ohne triftigen Anlass Privatbesitz zu stürmen. Und keine Regierungsstelle schien bereit oder gewillt zuzugeben, dass der metallische Schlamm von einem kürzlich geschlossenen Regierungsgrundstück stammen könnte. Sie hatten nichts weiter als Detective Rosens Angelgeschichte. Und nachdem er sie mehrfach hohen Regierungsbeamten vorgetragen hatte, kam sie ihm vor wie Anglerlatein.

Wenn das fragliche Gebiet nicht ausgerechnet aus vielen Quadratmeilen Wald und Felsen bestehen würde, könnten sie einfach hinfahren und die Sache überprüfen. Doch soweit er wusste, gab es in dem Gelände keine Straße. Jedenfalls keine öffentliche. Die einzige Lehmpiste war durch ein elektrisches Tor abgesperrt, das noch aus der Zeit stammte, als die Regierung es genutzt und Unbefugten den Zutritt verweigert hatte. Also forschte er jetzt nach den neuen Eigentümern des Besitzes und hoffte etwas über WH Enterprises herauszufinden.

Er entschied sich für eine neue Suchmaschine und gab WH Enterprises ein. Die Ellbogen aufgestützt, Kinn in der Hand, sah er die Linie am unteren Bildschirmrand entlangkriechen. 3% der Dokumente übertragen ... 4 % ... 5%. Das dauerte ewig.

Das Läuten des Telefons unterbrach ihn. Er rollte mit seinem Stuhl herum und nahm den Hörer auf.

„Tully."

„Agent Tully, hier ist Keith Ganza – drüben in der Forensik. Man sagte mir, Agentin O'Dell wäre heute Morgen nicht da."

„Das ist richtig."

„Kann ich sie irgendwie erreichen? Vielleicht über ihr Handy? Haben Sie eventuell die Nummer?"

„Klingt wichtig."

„Ich bin mir nicht sicher, das soll Maggie entscheiden."

Tully saß aufrecht. Ganza sprach mit monotoner Stimme, doch die Tatsache, dass er ihn nicht einweihen wollte, alarmierte ihn. Waren O'Dell und Ganza wieder auf einer geheimen Spur?

„Hat das etwas mit den Luminoltests zu tun, die Sie gemacht haben? Sie wissen, Agentin O'Dell und ich arbeiten gemeinsam an dem Stucky-Fall."

Die Pause am anderen Ende bestätigte seine Vermutung, Ganza hatte etwas entdeckt.

„Genau genommen sind es mehrere Dinge", gab er schließlich zu. „Ich habe sehr viel Zeit mit der Analyse des Lehms verbracht und mit den Fingerabdrücken. Ich bin erst jetzt zu dem Abfallbeutel gekommen, den Sie gefunden haben."

„Der wirkte nicht ungewöhnlich, abgesehen vom Einwickelpapier für Schokoriegel."

„Für die könnte ich eine Erklärung haben."

„Für das Einwickelpapier?" Er konnte nicht glauben, dass Ganza dafür seine Zeit verschwendete.

„Ich habe am Boden des Abfallbeutels eine kleine Ampulle und eine Spritze gefunden. Darin war Insulin. Es könnte natürlich sein, dass einer der früheren Hausbesitzer Diabetes hatte, aber dann hätten wir mehr davon finden müssen. Außerdem sind die meisten Diabetiker, die ich kenne, sehr gewissenhaft mit der Entsorgung ihrer gebrauchten Spritzen."

„Und was genau hat das zu bedeuten, Keith?"

„Ich sage Ihnen nur, was ich gefunden habe. Das meinte ich damit, Maggie muss entscheiden, ob es wichtig ist."

„Sie sagten, es gebe mehrere Dinge."

„Ja." Ganza zögerte kurz. „Maggie bat mich, nach Fingerabdrücken eines Walker Harding zu suchen. Das dauerte eine Weile. Der Typ hat keinen kriminellen Hintergrund, und es wurde auch keine Waffe auf seinen Namen beantragt."

Tully wunderte sich, dass Maggie Ganza nicht zurückgepfiffen hatte, nachdem sie aus dem Artikel wussten, dass Harding erblindete. Er konnte kein Verdächtiger sein. „Sparen Sie sich die Zeit", sagte er zu Ganza. „Sieht so aus, als müssten wir den nicht überprüfen."

„Ich habe aber etwas gefunden. Die Suche dauerte nur ein bisschen länger. Der Typ hatte vor zehn Jahren einen Verwaltungsjob. Also sind seine Fingerabdrücke in den Akten."

„Keith, tut mir Leid, dass Sie sich die ganze Mühe gemacht haben." Tully hörte Ganza nur mit einem Ohr zu, während er den Computermonitor im Auge behielt. Die Suchmaschine musste etwas über WH Enterprises entdeckt haben, wenn es so lange dauerte. Er begann mit den Fingern zu trommeln.

„Es war die Mühe wert", fuhr Ganza fort. „Die Abdrücke, die ich vom Whirlpool abgenommen habe, passen genau."

Tully hörte auf zu trommeln und packte den Hörer fester.

„Was sagen Sie da, zum Kuckuck?"

„Die Fingerabdrücke, die ich im Haus am Archer Drive im Bad abgenommen habe ... sie gehören diesem Walker Harding. Sie passen genau, da gibt es keinen Zweifel."

Die Stücke des Puzzles fügten sich zusammen, doch Tully gefiel nicht, welches Bild sie ergaben. Auf einer obskuren Webseite fand er Videospiele im Angebot, alle zum Schleuderpreis. Die Spiele wurden von einer Firma WH Enterprises angeboten. Die meisten versprachen garantiert grafische Gewalt, andere Pornografie. Das waren keine Spiele, die Kinder im Spielzugladen fanden.

Der Ausschnitt, den man sich mit einem Mausklick ansehen konnte, zeigte eine Frau, die von einer ganzen Gang vergewaltigt wurde, wobei der Spieler alle Angreifer niederschießen konnte, um dann selbst die Frau zu vergewaltigen. Tully wurde es übel. Er fragte sich unwillkürlich, ob Emmas Freunde sich solchen Schund ansahen?

Eines der Themen auf der Webseite war die „Top-Ten-Liste des ‚Lil' Generals mit einer persönlichen Widmung des Chefs von WH Enterprises". Tully ahnte, was er finden würde, als er das Bild weiterrollte und das Ende der Botschaft las. „Erfolgreiche Jagd, General Walker Harding."

Tully ging im Konferenzraum von Fenster zu Fenster. Walker Harding war vielleicht am Erblinden, doch gegenwärtig konnte er noch sehen. Sonst könnte er kein Computergeschäft wie das da aufbauen und nicht an jedem Tatort sein und seinem alten Freund Albert Stucky helfen.

„Verdammter Scheißkerl!" schimpfte Tully laut. O'Dell hatte Recht. Die beiden Männer arbeiteten zusammen. Vielleicht konkurrierten sie in einem neuen Horrorspiel miteinander. Wie auch immer, an den Beweisen gab es nichts zu deuten. Walker Hardings Fingerabdrücke passten zu denen an dem Abfallcontainer mit Jessica Beckwiths Leiche. Sie passten zum Schirm in Kansas City und zum Whirlpool im Haus am Archer Drive.

Die Behörden von Maryland hatten soeben bestätigt, dass es auf dem fraglichen Gelände ein großes zweistöckiges Farmhaus und mehrere Holzschuppen gab. Alle Regierungsgebäude waren vor dem Verkauf mit Bulldozern eingeebnet worden. Der Rest des Besitzes war auf drei Seiten von Wasser umgeben. Es gab keine Straßen außer einer Lehmpiste zum Haus. Weder Elektroleitungen noch Telefonkabel waren dorthin verlegt worden. Der neue Besitzer benutzte ein großes Generatorsystem, das die Regierung hinterlassen hatte. Das klang alles nach dem wahr gewordenen Traum eines Einsiedlers oder dem Paradies eines Verrückten. Warum hatte er nicht eher erkannt, dass WH Enterprises natürlich für Walker Harding stand?

Tully sah auf seine Armbanduhr. Er musste einige Telefonate erledigen. Um sich zu konzentrieren, atmete er ein paar Mal tief durch, rieb sich unter der Brille die müden Augen und griff nach dem Hörer. Das Warten war vorüber, doch ihm graute davor, es Agentin O'Dell zu sagen. Hoffentlich rastete sie bei ihren strapazierten Nerven nicht endgültig aus.

66. KAPITEL

Tess erwachte langsam und mit Schmerzen. Ihr tat alles weh. Der Kopf pochte, und etwas hielt sie nieder, so dass sie sich nicht bewegen konnte. Sie bekam auch die Augen nicht auf, die Lider waren zu schwer. Ihr Mund war trocken, und der Hals fühlte sich außen wie innen völlig wund an. Durstig fuhr sie sich mit der Zunge über die Lippen, alarmiert, als sie Blut schmeckte.

Sie zwang sich, die Augen zu öffnen, und zerrte an den Fesseln, die sie an Händen und Füßen an die kleine Pritsche banden. Sie erkannte das Innere des muffigen Schuppens wieder und spürte die Feuchtigkeit. Sie wand sich, um freizukommen, fühlte eine kratzende Decke unter sich und bemerkte in dem Moment, dass sie nackt war. Voller Panik hätte sie fast losgeschrien, doch es kam kein Laut heraus, nur ein Japsen. Das reichte allerdings, um Schmerzen ihre Kehle hinabzujagen, als hätte sie Rasierklingen geschluckt.

Sie entspannte sich und versuchte ruhig nachzudenken, ehe das Entsetzen ihr den Verstand raubte. Okay, ihr Entführer konnte sie körperlich beherrschen, aber nicht ihren Verstand. Diese Lektion hatte sie bei Onkel und Tante gelernt. Gleichgültig, was sie ihr körperlich antaten, gleichgültig, wie oft die Tante sie in den dunklen Keller verbannte oder der Onkel sich an ihr verging, sie hatte die Kontrolle über ihren Verstand behalten. Das war ihre letzte und einzige Verteidigungstaktik.

Doch als sie die Türschlösser klicken hörte, drohten die inneren Barrieren vor Entsetzen zu brechen.

67. KAPITEL

Maggie umfuhr im Slalom langsamere Fahrzeuge und beherrschte sich, das Gaspedal nicht bis zum Boden durchzutreten. Seit Tullys Anruf lief sie auf Hochtouren. Der Ärger, den sie in Kernans Büro noch unterdrückt hatte, war einer Panik gewichen, die nicht nur wie eine Zeitbombe in ihr tickte, sondern wie ein Gewicht auf ihr lastete, das sie zu erdrücken drohte.

Sie hatte geahnt, dass Walker Harding mit den Morden zu tun hatte. Wenn Stucky jemand einbezog, dann seinen alten Freund. Obwohl es ihr immer noch schwer fiel zu glauben, dass er überhaupt jemand gestattete zu helfen, es sei denn, die beiden konkurrierten in einem bizarren Spiel. Und nach allem, was Tully über Hardings neues unternehmerisches Abenteuer berichtet hatte, war er vermutlich ebenso pervers wie Stucky.

Sie strich sich die Haare hinter die Ohren und rollte das Fenster herab. Fahrtwind fegte ins Wageninnere und brachte Abgase und Pinienduft mit.

Dr. Kernan hatte gesagt, sie sollte nicht so viel nachdenken, sondern auf sich vertrauen. Ein Leben lang war sie davon ausgegangen, nur sich selbst wirklich trauen zu können. Hatte er begriffen, wie unglaublich frustrierend, ja beängstigend der Verdacht war, den eigenen Reaktionen nicht mehr trauen zu können?

Sie hatte einen Abschluss in Kriminal- und Verhaltenspsychologie. Sie wusste alles über die Schattenseiten im Menschen. Es gab einen umfangreichen Expertenstreit über die feine Trennlinie zwischen Gut und Böse. Viele versuchten zu erklären, warum sich einer für das Gute entschied und ein anderer für das Böse, und was der entscheidende Faktor war.

„Vertrauen Sie auf sich", hatte Kernan geraten und hinzugefügt, dass die Entscheidung, die sie im Bruchteil einer Sekunde traf, ihr wahres Ich zeigen würde.

Na bravo, das brachte sie nun wirklich weiter! Und wenn nun die Schattenseite ihr wahres Ich war? Was, wenn ihr wahres Ich zur selben Brutalität fähig war wie Stucky? Vermutlich brauchte sie nur den Bruchteil einer Sekunde, um ihm eine Kugel zwischen die schwarzen Augen zu feuern. Sie wollte ihn schon längst nicht mehr fangen oder aufhalten. Sie wollte es ihm heimzahlen. Sie wollte – nein, sie musste – die Angst in diesen gefährlichen Augen sehen. Dieselbe Angst, die sie in dem Lagerhaus in Miami durchlebt hatte, als er ihr den Bauch aufschnitt. Dieselbe Angst, die sie jede Nacht durchlebte, wenn die Dunkelheit hereinbrach und Schlaf unmöglich wurde.

Stucky hatte das zu einem Privatkrieg zwischen ihr und ihm ausarten lassen. Indem er sie zur Komplizin seiner Morde machte, gab er ihr das Gefühl, sie habe seine Opfer handverlesen. Falls er irgendwie Walker Harding in sein Spiel einbezogen hatte, gab es eben zwei, die sie vernichten musste.

Sie sah auf die Landkarte, die auf dem Beifahrersitz ausgebreitet lag. Die Mautbrücke war etwa fünfzig Meilen von Quantico entfernt. Tully traf immer noch Vorbereitungen. Bis er bei seiner vorsichtigen, strikt nach Vorschrift laufenden Arbeitsweise so weit war, vergingen weitere Stunden. Das bedeutete warten, warten. Sie konnten von Glück sagen, wenn sie es vor Einbruch der Dunkelheit zu Hardings Besitz schafften. Tully erwartete sie in den nächsten zehn, fünfzehn Minuten in Quantico. Ein Hinweisschild machte sie aufmerksam, dass ihre Abfahrt etwa zehn Meilen weit entfernt war.

Sie holte ihr Handy heraus und ging vom Gas, um das Tempolimit einzuhalten und leichter mit einer Hand steuern zu können. Sie drückte die Nummer ein und wartete.

„Dr. Gwen Patterson."

„Gwen, hier ist Maggie."

„Klingt, als wärst du auf der Straße."

„Ja, bin ich. Ich bin auf der Rückfahrt von D.C. Kannst du mich gut hören?"

„Ein bisschen statisches Knacken, aber ich höre dich. Du warst in D.C.? Du hättest zum Essen vorbeikommen können."

„Tut mir Leid, keine Zeit. Gwen, du beklagst dich doch immer, dass ich meine Freunde nie um etwas bitte. Also jetzt brauche ich einen Gefallen von dir."

„Moment mal. Mit wem spreche ich?"

„Sehr witzig." Maggie lächelte und staunte, dass sie das bei ihrer Anspannung noch konnte. „Ich weiß, es liegt nicht auf deinem Weg, aber könntest du dich heute Abend um Harvey kümmern, ihn füttern, rauslassen, all die Dinge, die ein guter Hundebesitzer normalerweise tut?"

„Du bist weg, um Serienkiller zu bekämpfen, und machst dir Gedanken um Harvey? Ich würde sagen, das klingt nach einer echten Hundebesitzerin. Ja, ich fahre vorbei und widme mich eine Weile deinem Harvey. In puncto abendlichem Zeitvertreib mit einem männlichen Wesen ist das überhaupt das beste Angebot, das ich seit langem hatte."

„Danke, ich bin dir wirklich verbunden."

„Bedeutet das, du arbeitest nur lange, oder habt ihr ihn gefunden?"

Maggie fragte sich, seit wann ihre Freunde und Mitarbeiter automatisch Albert Stucky meinten, wenn sie von *ihm* sprachen.

„Ich weiß nicht, aber die Spur ist die heißeste, die wir bisher hatten. Du könntest Recht gehabt haben mit deiner These vom Einwickelpapier der Schokoriegel."

„Na wunderbar, aber ich erinnere mich nicht mehr, was ich gesagt habe."

„Wir hatten Stuckys alten Geschäftspartner als möglichen Komplizen ausgeschlossen, weil er auf Grund eines Gesundheitsproblems am Erblinden war. Nach unserer Beweislage sieht es so aus, dass sein medizinisches Problem Diabetes ist. Was bedeutet, dass die Erblindung nicht plötzlich kommt oder vollkommen ist. Er könnte sie mit der richtigen Insulineinstellung kontrollieren."

„Warum sollte Stucky mit einem Komplizen arbeiten, Maggie? Bist du sicher, dass das Sinn ergibt?"

„Nein absolut nicht. Aber wir haben immer wieder Fingerabdrücke an den Fundorten entdeckt, die nicht Stucky gehörten. Heute Morgen stellten wir fest, dass diese Fingerabdrücke Stuckys altem Geschäftspartner Walker Harding gehören. Die beiden haben vor etwa vier Jahren ihre Firma verkauft und sind angeblich getrennte Wege gegangen. Aber sie arbeiten vielleicht wieder zusammen. Außerdem haben wir ein entlegenes Stück Land entdeckt, das auf Walker Harding eingetragen ist. Und es klingt nach dem perfekten Versteck."

Maggie blickte wieder auf die Karte. Die Abfahrt nach Quantico kam näher. Sie musste bald eine Entscheidung treffen. Sie kannte eine Abkürzung zur Mautbrücke und konnte in weniger als einer Stunde dort sein. Plötzlich fiel ihr auf, dass Gwen lange schwieg. War der Anruf unterbrochen?

„Gwen, bist du noch da?"

„Sagtest du, der Name seines Partners ist Walker Harding?"

„Ja, das ist richtig."

„Maggie, seit letzter Woche habe ich einen neuen blinden Patienten. Er heißt Walker Harding."

68. KAPITEL

Tully riss das Fax ab und fügte die vier Teile zusammen. Die „Maryland Parks Commission" hatte eine Luftaufnahme von Hardings Besitz geschickt. In Schwarzweiß konnte man durch die dichten Baumwipfel nicht viel erkennen. Von oben sah das Gebiet fast wie eine Insel aus. Nur durch einen schmalen Landsteg mit dem Festland verbunden, ragte es ins Wasser hinein, an zwei Seiten vom Potomac und auf der dritten von einem Nebenfluss begrenzt.

„Das Einsatzkommando ist versammelt und starklar", sagte Cunningham, als er den Konferenzraum betrat. „Die Polizei von Maryland nimmt Sie auf der anderen Seite der Mautbrücke in Empfang. Sind die hilfreich?" Er kam um den Tisch und blickte auf die Karten, die Tully gerade zusammengeklebt hatte.

„Ich kann keine Gebäude erkennen. Zu viele Bäume."

Cunningham schob seine Brille den Nasenrücken hinauf und beugte sich hinunter, um die Karte zu studieren. „Soweit ich das verstanden habe, befindet sich das Gebäude mit dem Generator in der oberen nordwestlichen Ecke." Er fuhr mit dem Zeigefinger über eine schwarzgraue Masse. „Ich denke, das Haus ist ganz in der Nähe. Haben Sie eine Ahnung, wie lange Harding schon dort lebt?"

„Mindestens vier Jahre. Was bedeutet, dass er die Gegend bestens kennt. Es würde mich nicht wundern, wenn er irgendwo auf dem Grundstück einen Bunker hätte."

„Scheint mir ein bisschen paranoid, oder?" Cunningham zog die Brauen hoch.

„Der Typ war schon Einsiedler, lange bevor er und Stucky ihre Firma gründeten. Ein paar von den Computerspielen, die er vertreibt, sind seine eigene Entwicklung. Der Typ ist vielleicht ein Computergenie, aber mindestens so abgedreht wie der Teufel. Viele der Spiele richten sich gegen die Regierung mit reichlich faschistoidem Gequatsche. Eines heißt ‚Rache für Waco'. Jede Menge Weltuntergangsszenarien. Wahrscheinlich hat er 1999 Wagenladungen davon verkauft. Deshalb würde es mich nicht wundern, wenn er bestens vorbereitet ist."

„Was sagen Sie da, Agent Tully? Soll das heißen, wir haben vielleicht eine Menge mehr Probleme als nur zwei Serienkiller? Glauben Sie, Harding hat ein Waffenarsenal gehortet oder schlimmer noch, das Anwesen vermint?"

„Ich habe keine Beweise, Sir. Ich denke nur, wir sollten auf alles vorbereitet sein."

„Auf was? Eine Belagerung etwa?"

„Auf alles. Ich sage nur, wenn Harding so extrem ist, wie seine Spiele vermuten lassen, könnte er beim Anblick des FBI schlichtweg durchknallen."

„Na wunderbar."

Cunningham streckte den Rücken und ging zur Pinnwand, an der Tully die Ausdrucke von Hardings Website neben die Bilder der Tatorte gepinnt hatte.

„Wann soll Agentin O'Dell hier sein?"

Tully sah auf seine Armbanduhr. O'Dell kam bereits eine halbe Stunde zu spät. Er wusste, was Cunningham dachte.

„Sie muss jede Minute kommen, Sir", sagte er ohne Andeutung von Zweifeln. „Ich denke, wir haben alles, was wir brauchen. Habe ich noch etwas vergessen?"

„Ich möchte die Leute des Einsatzkommandos noch informieren. Wir sollten sie über unseren Verdacht unterrichten", erwiderte Cunningham und sah auf seine Armbanduhr. „Wann hat O'Dell D.C. verlassen?"

„Ich weiß nicht genau. Braucht die Truppe eine besondere Vorbereitung?" Er vermied es, seinen Boss anzusehen, damit der nicht merkte, dass er bewusst ablenkte, um seinen Verdacht, O'Dell würde gar nicht auftauchen, nicht doch noch zu verraten.

„Nein, keine besondere. Aber es ist wichtig, dass sie wissen, auf was sie sich einlassen."

Als Tully aufblickte, sah Cunningham ihn mit gerunzelter Stirn an. „Sind Sie sicher, Agentin O'Dell ist auf dem Weg hierher?"

„Natürlich, Sir. Wohin soll sie denn sonst fahren?"

„Tut mir Leid, ich habe mich verspätet", kam Maggie O'Dell wie aufs Stichwort herein.

Tully unterdrückte einen tiefen Seufzer der Erleichterung.

„Sie kommen gerade recht", sagte er ihr.

„Ich brauche ein paar Minuten für das Einsatzkommando, und dann ab mit Ihnen", sagte Cunningham im Hinausgehen.

Sobald er draußen war, fragte Tully: „Wie nah waren Sie an der Mautbrücke, bevor Sie umgekehrt sind?"

„Woher wissen Sie?"

„Geraten."

„Weiß Cunningham das?" Sie wirkte eher verärgert als besorgt.

„Warum sollte ich es ihm sagen?" Er tat gekränkt. „Einige Geheimnisse sollten nur Partner miteinander teilen." Er nahm ein Bündel aus der Ecke, reichte ihr die kugelsichere Weste und wartete an der Tür auf sie. „Kommen Sie?"

69. KAPITEL

„Wir müssen zurückbleiben und ihnen die Chance geben, den Durchsuchungsbeschluss an der Tür abzugeben", gab Tully Anweisung, war jedoch nicht sicher, ob O'Dell ihn hörte. Er hörte ihren Herzschlag, oder war das sein eigener? Das Pochen war kaum vom fernen Donnergrollen zu unterscheiden.

Sie hatten ihre Autos weit hinten zurückgelassen, jenseits des elektronischen Tores, das die Straße blockierte. Eine Straße war es eigentlich nicht. Tully hatte schon Kuhpfade gesehen, die leichter zugänglich waren. Während er nun mit O'Dell im Schlamm im Gebüsch kauerte, bedauerte er, seine guten Schuhe angezogen zu haben. Was für verrückte Gedanken, wo sie kurz davor waren, Stucky und Harding zu fangen.

Die Polizei von Maryland hatte ihnen ein halbes Dutzend Beamte zur Verfügung gestellt. Offiziell nur, um dem Besitzer oder Bewohner des Hauses den Durchsuchungsbeschluss zu überbringen. Falls niemand antwortete, würde das FBI-Einsatzkommando das Terrain sichern und Tully und O'Dell begleiten, wenn sie Haus und Grundstück durchsuchten.

Tully hatte sofort bemerkt, dass alle Mitglieder des Einsatzkommandos robuste Stiefel trugen. Zumindest hatte O'Dell daran gedacht, die Windjacke des FBI überzuziehen. Er schwitzte zwar unter der kugelsicheren Weste, aber die schützte ihn nicht vor dem Wind. Hier draußen fegte eine kalte Brise um die Bäume. Und wenn man sich auf das Donnern verlassen konnte, dann würden sie auch noch nass werden, ehe die Nacht um war. In diesen dichten Wäldern brach die Dunkelheit bald herein, und bei den schwarzen Wolken am Himmel war es dann pechschwarz. Das Zwielicht bildete bereits unheimliche Schatten, die jede Minute dunkler wurden.

„Da kommt Rauch aus dem Schornstein", flüsterte O'Dell. „Es muss jemand da sein."

Ein Fenster wurde schwach von einem Licht erhellt, doch das konnte auch von einer Zeitschaltuhr angeknipst worden sein. Rauch allerdings konnte man nicht so gut vortäuschen, da musste schon jemand im Kamin stochern.

Zwei Polizeibeamte näherten sich der Tür, während sich die Mitglieder des Einsatzkommandos im Gebüsch längs des Pflasterweges zum Haus verbargen. Tully sah zu und hoffte, dass er sich mit Hardings Paranoia täuschte, und die Polizisten nicht zu leichten Zielscheiben wurden. Mit gezogenem Revolver beobachtete er die Fenster, um eventuell einen Gewehrlauf zu entdecken. Das Haus im Wald lag da wie aus einem Märchenbuch. Auf der Veranda stand eine Schaukel, und Tully hörte ein Windspiel klimpern. Für einen Blinden war es ein Haus mit auffallend vielen Fenstern.

Auf das Klopfen der Polizei öffnete niemand. Sie versuchten es erneut, und alle warteten gespannt. Tully wischte sich die Stirn und merkte plötzlich, dass Vogelgezwitscher und andere Tierlaute verstummt waren. Vielleicht wussten die mehr als sie. Sogar der Wind hatte sich gelegt. Das Donnern kam näher, und am Horizont über der Wand aus Bäumen zuckten Blitze.

„Na toll", murmelte Tully vor sich hin. „Reicht es nicht, dass ich mir vorkomme wie in der Kulisse von *Dark Shadows*?"

„*Dark Shadows*?" flüsterte O'Dell zurück.

„Ja, die alte Fernsehserie." Er warf ihr einen Seitenblick zu, doch sie schien ihn nicht zu verstehen. „Sie wissen schon, mit Barnabus Collins und *der Hand*." Sie schien immer noch nicht zu begreifen. „Vergessen Sie's. Sie sind zu jung."

„Klingt aber nicht so, als hätte ich viel verpasst."

„He, Vorsicht! *Dark Shadows* war ein Klassiker."

Die beiden Polizisten an der Tür blickten über die Schultern zurück zu den Büschen. Nicht sehr diskret. Einer zuckte die Achseln, der andere legte horchend ein Ohr an die Tür. Dann klopfte er ein letztes Mal, probierte den Türknauf und gestikulierte zu den Büschen, dass die Tür unverschlossen war. Natürlich, dachte Tully. Warum sollte hier draußen auch jemand die Tür abschließen?

Agent Alvando, der das Einsatzkommando leitete, kam zu Tully und O'Dell.

„Wir sind so weit, reinzugehen. Lassen Sie uns fünf Minuten. Wenn alles in Ordnung ist, komme ich zurück und gebe Ihnen ein Zeichen."

„Okay", sagte Tully, doch O'Dell stand auf und wollte offenbar gleich mit hineingehen.

„Kommen Sie schon, Agent Alvando", begann sie zu argumentieren, und Tully hätte sie am liebsten wieder ins Gebüsch gezogen, „wir sind ausgebildete Agenten. Sie sind doch nicht hier, um uns zu beschützen."

Sie sah Unterstützung suchend zu Tully. Der hätte gern widersprochen, doch sie hatte Recht. Das Einsatzkommando war zu ihrer Unterstützung bei der Suche und Verhaftung hier, nicht um sie zu schützen.

„Wir gehen mit Ihnen, Victor", sagte er zögernd zu Agent Alvando.

Im Haus war es so schummerig, dass man kaum etwas sehen konnte. Hinter dem Eingang lag zentral eine große Halle, von der links ein großer Raum abging und rechts eine offene Treppe. Der obere Treppenabsatz war sichtbar und von einem Geländer gesäumt. Das Team trennte sich. Eine Hälfte ging in die erste Etage, die andere durchsuchte das Erdgeschoss. Tully folgte Agentin O'Dell hinauf. Kurz vor dem oberen Treppenabsatz bemerkten sie, dass die Männer vom Einsatzkommando am Ende des Flures stehen geblieben waren. Tully hörte eine Stimme hinter der Tür, vor der drei Männer warteten. Die verständigten sich mit Zeichen, wo sie Position beziehen sollten. Tully folgte O'Dells Beispiel und presste sich an die Wand. Einer der Männer trat die Tür ein und stürmte ohne ein weiteres Wort ins Zimmer.

O'Dell wirkte enttäuscht, als sie an der Tür feststellten, dass die Stimme aus einem der sechs Computer an der Wand kam.

„Klicken Sie zur Bestätigung zwei Mal", sagte die Stimme. „Sprechen Sie ins Mikrofon, wenn Sie bereit sind."

Die elektronische Stimme an einem weiteren Computer gab andere Anweisungen. „Der Auftrag wurde versandt. Bitte überprüfen Sie den Status nach vierundzwanzig Stunden."

„Was ist das für ein Scheiß?" fragte einer aus dem Einsatzkommando.

O'Dell sah es sich genauer an, während der Rest des Teams das Ganze von der Tür beobachtete.

„Das ist ein durch Stimmen zu aktivierendes Computersystem." Sie ging von einem Gerät zum anderen und besah sich die Monitore, ohne etwas anzurühren. „Sieht so aus, als würden sie den jeweiligen Stand dieses Videospielgeschäftes aufzeichnen."

„Warum beschafft sich jemand ein stimmenaktiviertes Computersystem?" fragte Agent Alvando von der Tür.

O'Dell sah Tully an, und der wusste, was sie dachte. Ja, warum wohl? Der Betreiber war blind, nicht nur teilweise, sondern völlig.

70. KAPITEL

Tess presste die Augen zusammen. Sie schaffte es, das zu überstehen. Sie konnte so tun, als wäre sie woanders. Das hatte sie viele Male gemacht. Sie musste sich einreden, dass es kein großer Unterschied war, ob sie es mit einem zahlenden Freier machte oder einem Verrückten.

Sie musste sich entspannen, sonst tat es noch mehr weh. Sie musste sich ausblenden, seine Stöße und die Berührungen ihrer Brüste nicht wahrnehmen und sein Stöhnen überhören. Sie schaffte das, um zu überleben.

„Mach die Augen auf!" presste er hervor.

Sie kniff sie fester zusammen.

„Mach deine gottverdammten Augen auf! Ich will, dass du zusiehst!"

Sie weigerte sich. Er schlug sie, dass ihr Kopf zur Seite flog und sie es im Hals knacken spürte. Sofort schmeckte sie Blut, doch sie hielt die Augen geschlossen.

„Verdammt, du Schlampe, mach deine verdammten Augen auf!"

Er keuchte und bewegte sich so heftig, dass sie fürchtete, innerlich zu zerreißen. Sie spürte seinen heißen Atem an ihrem Hals, dann sanken seine Zähne in ihre Haut. Ihre Brüste quetschend, hielt er sich fest, ritt sie, kratzend, reibend, stoßend wie ein tollwütiger Hund.

Sie biss sich auf die Unterlippe und zwang sich, die Augen geschlossen zu halten. Nicht mehr lange. Sie konnte das aushalten. Er kam gleich, dann war es vorbei. Es konnte nicht mehr lange dauern. Sie drehte den Kopf so weit weg wie möglich und kniff die Augen zusammen.

Schließlich zuckte sein Körper, die Zähne gaben nach, die

Hände quetschten ein letztes Mal, und er entspannte sich. Er kroch herunter, stemmte ihr das Knie in den Bauch und rammte ihr den Ellbogen gegen den Kopf. Es war endlich vorbei. Sie lag still, schluckte Blut, ignorierte das klebrige Gefühl zwischen den Beinen und machte sich klar, dass sie überlebt hatte.

Er war so still, dass sie sich fragte, ob er fort war. Sie öffnete die Augen und sah ihn neben sich stehen. Der gelbe Schein der Laterne, die er mitgebracht hatte, schuf eine Art Heiligenschein hinter ihm. Als sie ihm in die Augen sah, verzog er den Mund zu einem Lächeln. Er wirkte so ruhig und gefasst wie beim Eintreten in den Schuppen. Wie war das möglich? Sie hatte gehofft, dass er erschöpft und ausgelaugt gehen würde. Doch er zeigte keine Spur von Müdigkeit.

„Diesmal wirst du zusehen", versprach er. „Und wenn ich dir die verdammten Augenlider abschneiden muss." Er hielt ein glänzendes Skalpell hoch.

Ein schwacher, gedämpfter Schrei entrang sich ihrer schmerzenden Kehle.

„Schrei, so viel du willst." Er lachte. „Hier hört dich keiner. Und ehrlich gesagt, ich mag das."

Großer Gott! Panik erfasste sie und schien ihren Kopf sprengen zu wollen. Sie zerrte an ihren Fesseln. Dann sah sie ihn plötzlich zurückweichen und mit schräg gehaltenem Kopf auf etwas lauschen.

Tess lauschte ebenfalls angestrengt, um mehr zu hören, als das Pochen in Kopf und Brust. Sie lag still, beobachtete ihn, und dann hörte sie es. Wenn sie nicht gerade verrückt geworden war, hörte sie Stimmen.

71. KAPITEL

Maggie fragte sich, ob sie zu spät gekommen waren. Hatten sich Stucky und Harding in die Wälder abgesetzt? Sie sah durch das Fenster Agent Alvando mit seinen Männern die Gegend durchkämmen und in den Wäldern verschwinden. Bald würden sie ohne Lampen nichts mehr sehen können. Und die benutzten sie nur ungern, weil sie dadurch leicht zu Zielscheiben wurden. So gern sie auch draußen gewesen wäre und mitgesucht hätte, Agent Alvando hatte Recht gehabt. Sie und Tully waren für eine Suche des Einsatzkommandos nicht ausreichend trainiert.

Der Regen hatte als leises Tröpfeln auf dem Metalldach begonnen. Ein fast tröstliches Geräusch, hätte nicht der lauter werdende Donner ein Gewitter angekündigt. Maggie war froh, dass das Haus durch einen Generator mit Strom versorgt wurde und nicht von einem öffentlichen Versorger abhing, da Elektrizität leicht mal ausfiel.

„Haben wir uns mit diesem Haus geirrt?" fragte Agent Tully von der Seite des Raumes. Er hatte einige Kartons unter den Computertischen hervorgeholt und nahm mit Latexhandschuhen den Inhalt heraus, Hauptbücher, Postaufträge und andere Geschäftsunterlagen.

„All das hier könnten Vorbereitungen sein für den Fall, dass er sein Augenlicht ganz verliert. Ich weiß nicht, wie ich das einordnen soll." Vielleicht lag es am aufziehenden Gewitter und der geladenen Luft, aber sie wurde ein Gefühl drohenden Unheils nicht los. „Vielleicht sollten wir hinuntergehen und nachsehen, ob sie diesen Raum im Keller inzwischen geöffnet haben?"

„Alvando hat gesagt, wir sollen hier bleiben." Er warf ihr einen warnenden Blick zu.

„Es könnte eine Folterkammer sein und nicht bloß ein Bunker."

„Ich vermute ja nur, dass es ein Bunker ist. Genau wissen wir es erst, wenn Alvandos Männer ihn geöffnet haben."

Sie sah sich um. Der Raum war mit Ausnahme der sprechenden Computer das typische „Home Office". Was für eine Enttäuschung, was für eine Pleite. Sie hatte sich innerlich auf eine Abrechnung mit Stucky vorbereitet, und er war nirgends zu finden.

„O'Dell?" Tully beugte sich über einen weiteren Karton. „Sehen Sie sich das mal an."

Sie blickte ihm über die Schulter und erwartete, weitere unappetitliche Computersoftware und Videos zu sehen. Stattdessen entdeckte sie die Zeitungsausschnitte über den Tod ihres Vaters. Das war der Karton, der ihr beim Umzug abhanden gekommen war. Sie hatte gar nicht mehr daran gedacht. Also hatte Greg die Wahrheit gesagt. Der Karton war nicht mehr in ihrer Wohnung. Stucky hatte offenbar ihren Umzug beobachtet und den Karton an sich gebracht. Bei der Vorstellung, dass er ihre persönlichen Unterlagen durchgegangen war, fröstelte sie.

„Maggie", Tully sah besorgt zu ihr auf, „glauben Sie, er ist unbemerkt in Ihr Haus eingebrochen?"

„Nein, den Karton habe ich seit dem Tag des Umzugs vermisst. Er muss ihn gestohlen haben, als er noch auf der Straße stand."

Sie spürte den vertrauten Zorn in sich aufsteigen und überließ es Tully, die anderen Kartons durchzusehen, während sie unruhig von Fenster zu Fenster ging.

„Das heißt, Stucky war hier", sagte Tully, ohne aufzublicken.

Maggie schaute hinaus. Die Blitze kamen näher, erhellten den Himmel und ließen die Bäume aussehen wie skelettierte Soldaten, die Wache standen.

Plötzlich reflektierte sich in der Scheibe jemand, der im Flur an der Tür vorbeiging. Sie fuhr herum, den Revolver vor sich ausgestreckt. Tully sprang auf und hatte in Sekundenschnelle seine Waffe gezogen.

„Was ist los, O'Dell?" Er sah nach vorn zur Tür. Sie ging langsam mit entsicherter Waffe darauf zu.

„Ich habe jemand vorbeigehen sehen", erklärte sie.

„Sind noch Leute vom Einsatzkommando im Haus?"

„Hier oben sind sie fertig", flüsterte sie. Ihr Herz hämmerte. Sie merkte, dass sie bereits zu schnell atmete. „Die würden doch nicht wieder heraufkommen, ohne sich anzukündigen, oder?"

„Riechen Sie was?" Tully schnupperte.

Sie roch es auch, und ihre Beklommenheit mutierte zur Panik.

„Riecht nach Benzin", stellte er fest.

Nach Benzin und Rauch. Es roch nach Feuer! Sobald der Gedanke Besitz von ihr ergriff, schienen Atmung und Denkfähigkeit auszusetzen. Sie konnte sich nicht mehr bewegen, unfähig, die letzten Schritte bis zur Tür zu gehen. Ihre Knie waren wie starr, die Kehle wie zugeschnürt. Sie drohte zu ersticken.

Tully lief zur Tür und sah mit gezogener Waffe vorsichtig in den Flur.

„Heilige Scheiße!" schrie er und blickte zu beiden Seiten den Flur entlang, ohne hinauszugehen. „Flammen auf beiden Seiten. Da kommen wir nicht mehr raus!"

Er steckte die Waffe ins Holster, lief zum Fenster und versuchte es zu öffnen, während Maggie wie gelähmt mitten im Raum stand.

Die Hände zitterten ihr so heftig, dass sie kaum die Waffe halten konnte. Sie starrte ihre Hände an, als gehörten sie jemand anders. Ihre Atmung war jetzt außer Kontrolle geraten, und sie fürchtete zu hyperventilieren.

Der Geruch allein rief die Albträume ihrer Kindheit wach: Flammen umschlossen ihren Vater und verbrannten ihr die Finger, sobald sie nach ihm greifen wollte. Sie konnte ihn nie retten, weil ihre Angst sie paralysierte.

„Verdammt!" hörte sie Tully schimpfen, während er sich hinter ihr abmühte.

Sie drehte sich zu ihm um, doch ihre Füße wollten sich nicht bewegen. Er schien zu weit weg zu sein. Sie merkte, dass ihre visuelle Wahrnehmung gestört war. Der Raum begann sich zu neigen. Sie spürte die Bewegung, obwohl sie wusste, dass es nicht sein konnte. Dann sah sie den Mann wieder als Reflexion in der Fensterscheibe. Sie fuhr herum, hatte jedoch das Gefühl, sich in Zeitlupe zu bewegen. Albert Stucky stand groß und dunkel in der Tür. Mit einer schwarzen Lederjacke bekleidet, zielte er mit der Waffe direkt auf sie.

Sie versuchte, die eigene Waffe zu heben, doch sie war zu schwer. Ihre Hand gehorchte dem Befehl nicht. Der Raum hatte sich jetzt zur anderen Seite geneigt, und sie spürte sich rutschen. Stucky lächelte sie an, ungeachtet der Flammen, die hinter ihm auflodern. War er echt? Oder riefen Panik und Entsetzen eine Halluzination hervor?

„Das verdammte Ding klemmt!" hörte sie Tully wie aus weiter Ferne schreien.

Sie öffnete den Mund, um Tully zu warnen, doch es kam kein Laut heraus. Sie erwartete, dass die Kugel sie direkt ins Herz traf. Dorthin zielte Stucky. Alles geschah in Zeitlupe. Träumte sie? Ein Albtraum? Stucky entsicherte seine Waffe. Sie hörte Balken vor dem Raum berstend nachgeben. Noch einmal versuchte sie den Arm zu heben und sah, dass Stucky den Abzug betätigte.

„Tully!" konnte sie noch schreien, und in dem Moment schwenkte Stucky den Arm nach rechts und feuerte. Die Explosion schüttelte sie wie ein elektrischer Schock. Doch sie war nicht getroffen. Er hatte sie nicht angeschossen. Sie sah an sich hinab.

Kein Blut. Es machte Mühe, den Arm zu heben, doch sie tat es, um auf die nun leere Türöffnung zu schießen. Stucky war fort. Hatte sie sich das alles nur eingebildet? Da war ein Stöhnen hinter ihr, und ehe sie sich umdrehte, fiel ihr Tully ein.

Er packte mit beiden Händen seinen Schenkel und starrte darauf, als könne er nicht glauben, was er sah. Rauch drang jetzt in den Raum und brannte ihnen in den Augen. Maggie riss sich die Windjacke herunter. Du schaffst das, sagte sie sich, du musst! Sie rannte zur Tür und zwang sich, nicht an Hitze und Flammen zu denken. Sie schlug die Tür zu und stopfte ihre zusammengerollte Jacke vor den unteren Schlitz.

Dann eilte sie zu Tully zurück und kniete sich neben ihn. Seine Augen waren weit und wurden glasig. Er verfiel in einen Schockzustand.

„Es wird alles wieder gut, Tully. Atmen Sie ruhig, aber nicht zu tief." Der Rauch quoll bereits durch die Ritzen.

Sie löste den Knoten seiner Krawatte und entfernte sie. Vorsichtig zog sie ihm die Hände von der Wunde und band ihm die Krawatte oberhalb des Einschusses um das Bein. Als sie die Schlinge zuzog, zuckte er zusammen und schrie auf vor Schmerz.

Der Raum füllte sich allmählich mit Qualm. Das Einbrechen der Balken kam näher. Sie hörte Stimmen von draußen. Tully hatte keines der Fenster aufbekommen. Sie rappelte jetzt daran, ausschließlich auf Tully und ihre Fluchtmöglichkeiten konzentriert. Sie durfte nicht an die Flammen jenseits der Tür oder an die höllische Hitze unter den Dielenbrettern denken.

Sie schnappte sich einen Computermonitor und riss das Kabel aus der Wand.

„Tully, schützen Sie Ihr Gesicht."

Er starrte sie nur an.

„Verdammt, Tully, bedecken Sie Gesicht und Kopf! Sofort!"

Er drehte sich zur Wand. Maggie spürte ihre Arme unter dem Gewicht des Monitors nachgeben. Die Augen brannten ihr, und die Lunge protestierte bereits. Sie schleuderte den Monitor gegen das Fenster und entfernte schnell die übrig gebliebenen Splitter aus dem Rahmen. Dann packte sie Tully unter den Armen.

„Kommen Sie, Tully, Sie müssen mir helfen."

Irgendwie schaffte sie es, ihn aus dem Fenster, auf das Dach der Veranda zu hieven. Agent Alvando stand mit zwei Männern unten. Es war keine große Entfernung bis zum Boden, aber mit der Kugel im Bein konnte sie nicht von Tully erwarten, dass er sprang. Sie hielt ihn an den Armen fest, während er sich über die Dachkante wand und wartete, dass ihn die Männer von unten abnahmen. Die ganze Zeit sah er ihr in die Augen. Sein Blick verriet weder Schock noch Angst, sondern zu ihrer Überraschung Vertrauen.

72. KAPITEL

Tully hatte höllische Schmerzen im Bein. Die Flammen waren größtenteils gelöscht. Er saß in einiger Entfernung vom Brandherd, doch die Hitze tat ihm gut. Jemand hatte ihm eine Decke um die Schultern gelegt, aber er erinnerte sich nicht daran. Er merkte auch nicht, dass es regnete, bis seine Kleidung nass war und ihm die Haare am Kopf klebten. Agent Alvando war es irgendwie gelungen, das elektronische Tor zu öffnen, so dass die Ambulanz zum Haus fahren konnte.

„Ihr Taxi ist da." Agentin O'Dell tauchte hinter ihm auf.

„Die sollen zuerst Tess McGowan wegbringen. Ich kann warten."

Sie musterte ihn, als sei es ihre Aufgabe zu beurteilen, ob er wartete oder nicht. „Sind Sie sicher? Vielleicht passen Sie beide in den Wagen."

Er sah an ihr vorbei auf Tess McGowan in einem der Einsatzwagen. Soweit er es erkennen konnte, war sie in schlechter Verfassung. Ihr Haar stand wirr ab, wie die Schlangen vom Kopf der Medusa. Ihr Körper, jetzt unter einer Decke verborgen, war voller blutiger Schnitte und Prellungen. Sie konnte kaum stehen. Alvandos Männer hatten sie nicht weit vom Haus in einem Holzschuppen eingesperrt entdeckt. Sie war an eine Pritsche gefesselt gewesen, nackt und geknebelt. Sie hatte ihnen erzählt, dass der Verrückte nur Sekunden vor ihrem Eintreffen gegangen war.

„Ich blute nicht mehr", sagte Tully. „Sie hat Gott weiß was durchgemacht. Schaffen Sie sie schnell in ein schönes warmes Bett."

O'Dell drehte sich um und gab einem der Männer winkend ein Zeichen. Der schien genau zu verstehen, was sie meinte, und ging sofort zum Einsatzwagen, um Miss McGowan zur Ambulanz zu begleiten.

„Außerdem", fuhr Tully fort, „möchte ich hier sein, wenn sie die beiden herausbringen."

Die Brandbekämpfer hatten hinter dem Haus einen Hydranten entdeckt, vermutlich ein Relikt aus der Zeit, als es im Regierungsbesitz gewesen war. Sie besprühten das Haus mit dicken Wasserfontänen, die wirkungsvoller waren als der leichte Regen. Vor einer knappen Stunde waren Feuerwehrleute aus einer Nachbargemeinde hereingeschneit, nachdem ihr Wagen eine Meile vor der Einfahrt im Schlamm stecken geblieben war. Als der Brand gelöscht war, hatten sie die ausgebrannte Hülle des Hauses gestürmt, als hätten sie eine Mission zu erfüllen, und im Kellerbunker zwei verbrannte Leichen entdeckt.

Tully rieb sich den Ruß aus Gesicht und Augen. O'Dell setzte sich auf den Boden neben ihn. Sie schlang die Arme um die angezogenen Knie und legte das Kinn darauf.

„Wir wissen nicht mit Sicherheit, ob es die beiden sind", sagte sie, ohne ihn anzusehen.

„Nein, aber wer sollte es sonst sein?"

„Stucky scheint mir nicht der Typ für Selbstmord."

„Vielleicht dachte er, der Bunker sei feuerfest."

Sie warf ihm einen Blick zu, ohne ihre Position zu verändern. „Daran habe ich noch gar nicht gedacht." Sie wirkte fast überzeugt. Fast.

Die Feuerwehrleute kamen mit einer Leiche auf einer Trage aus den Ruinen, die mit einer schwarzen Plane bedeckt war. Zwei Männer folgten mit einer weiteren Trage. O'Dell richtete sich auf. Tully glaubte zu hören, wie sie scharf den Atem einsog und anhielt, während sie zusah. Die zweite Bahre näherte sich dem FBI-Einsatzwagen, als plötzlich der Arm des Toten unter dem schwarzen Tuch herausrutschte. Er glitt von der Trage, baumelte herab und war mit etwas bedeckt, das nach einer schwarzen Lederjacke aussah. O'Dell schien zu stutzen, dann hörte Tully einen Seufzer der Erleichterung von ihr.

73. KAPITEL

Maggie hätte Gwen gern zum Dinner ausgeführt. Doch sie war zu lange im Krankenhaus geblieben, um sich zu vergewissern, dass es Tess McGowan gut ging und Tully keine bleibenden Schäden davontrug.

Obwohl völlig erschöpft, war ihr zum ersten Mal seit langer Zeit nach feiern zu Mute. Sie suchte und entdeckte an der Nordseite von Newburgh Heights ein chinesisches Lokal, das noch geöffnet hatte. Endlich konnte sie wieder ein Restaurant aufsuchen, ohne fürchten zu müssen, dass die Kellnerin irgendwo als Leiche in einem Abfallcontainer landete. Sie wählte Kung-pao-Hühnchen, Schweinefleisch süß-sauer und gebratenen Reis. Dann bat sie um zusätzliche Glückskekse.

Als Maggie heimkam, fand sie Gwen und Harvey in ihrem Liegesessel zusammengerollt vor dem tragbaren Fernseher, in dem die Talkshow von Jay Leno lief. Die Umzugskartons erinnerten sie wieder an den von Stucky gestohlenen, der in den Flammen nun endgültig verloren war. Darin befand sich das Fotoalbum mit den einzigen Bildern ihres Vaters. Aber darüber wollte sie jetzt nicht nachdenken, wo sie sich gerade wie befreit fühlte.

Gwen entdeckte die Tüten mit dem chinesischen Essen und lächelte. „Dem Himmel sei Dank, ich bin am Verhungern."

Maggie hatte sie von unterwegs angerufen und ihr das Wichtigste bereits mitgeteilt. Gwen hatte sehr erleichtert geklungen, weil für sie beide keine Gefahr mehr bestand. Jedenfalls musste sie sich um Walker Harding keine Gedanken mehr machen.

„Warum bleibst du heute Nacht nicht hier?" fragte Maggie, nachdem sie die Speisen ausgepackt hatte.

„Ich habe morgen früh einen Termin. Ich fahre lieber heute Nacht noch zurück. Sonst bin ich am Morgen nicht zu gebrauchen." Sie sah Maggie prüfend an und löffelte mehr Reis aus dem Behälter. „Wie geht es dir? Ehrlich."

„Ehrlich? Mir geht es gut."

Gwen runzelte die Stirn, als sei das eine zu billige Antwort.

„Tully und ich, wir wären beinah umgekommen", berichtete sie ernsthaft. „Ich war in Panik wegen des Feuers. Ich konnte mich nicht bewegen, ich bekam keine Luft. Aber weißt du was?" fügte sie lächelnd hinzu, „ich habe es überwunden und uns beide da rausgeholt."

„Sehr gut. Klingt, als hättest du einen großen persönlichen Sieg errungen, Maggie."

Harvey schob die Nase unter Maggies Arm und bestand auf einem Bissen Hühnerfleisch. Sie erfüllte seinen Wunsch und tätschelte ihm den Kopf.

„Ich glaube kaum, dass man Hunde mit chinesischem Essen füttern sollte, Maggie. Zu stark gewürzt."

„Und woher soll ich das wissen? Gibt es ein Buch mit all diesen Regeln?"

„Mehrere. Ich besorge dir eines."

„Wäre vielleicht keine schlechte Idee, da es so aussieht, als würden Harvey und ich einen Bund fürs Leben eingehen."

„Soll das heißen, du hattest mit deinen Befürchtungen über seine Besitzerin Recht?"

„Tess erzählte uns, dass da noch eine andere Frau war. Sie hieß Rachel und starb in einer Grube irgendwo auf dem Gelände. Natürlich wissen wir es noch nicht genau, aber ich bin fast sicher, dass es Rachel Endicott war." Sie bemerkte, wie Gwen das Gesicht verzog. „Sie werden morgen weiter nach ihr suchen. Tess sagte, da sind noch mehr Leichen, Knochen und Schädel. Stucky und Harding benutzten dieses Grundstück vielleicht seit Jahren."

„Was glaubst du, hatte Harding mit mir vor?"

„Lass das, Gwen!" Maggie reagierte heftig und entschuldigte sich sofort. „Tut mir Leid. Ich will nur einfach nicht daran denken, okay?"

„Ich glaube, es ergibt Sinn, dass die beiden Männer sich schließlich Frauen vornehmen wollten, die sich näher standen. Freundinnen, Verwandte ... da wir von näher stehen sprechen ... du hattest einen Anruf von diesem gut aussehenden Exsheriff aus Nebraska."

„Nick?"

„Wie? Kennst du mehr als einen gut aussehenden Exsheriff?" Gwen schien das Erröten zu genießen, das Maggie ärgerte.

„Soll ich ihn heute Abend anrufen?"

„Er sagte, er sei auf dem Weg zum Flughafen. Ich habe eine Nachricht aufgeschrieben." Gwen stemmte sich vom Boden hoch. „Du brauchst einen Tisch, Maggie. Ich bin zu alt, um auf dem Fußboden zu essen." Sie fand die Notiz, die sie auf den Schreibtisch gelegt hatte, und las sie mit leicht zusammengekniffenen Augen, als müsste sie eine fremde Schrift entziffern. „Er sagte, sein Dad hätte einen Herzanfall gehabt."

„Großer Gott!" Maggie bedauerte, nicht mit Nick gesprochen zu haben. Nick und sein Vater hatten eine komplizierte Beziehung, aus der Nick sich erst kürzlich gelöst hatte. „Wird er wieder gesund? Er ist doch nicht tot, oder?"

„Nein, aber ich glaube, Nick sagte, sie würden über eine Operation nachdenken, die möglichst bald stattfinden sollte." Gwen verzog das Gesicht in dem Bemühen, ihre unleserliche Schrift zu entziffern. „Da ist etwas, das ich nicht verstanden habe. Er sagte, sein Dad hätte einen Brief erhalten, der wohl die Herzattacke auslöste. Wenn ich mich nicht sehr irre, hat Nick gesagt, der Brief stamme aus Südamerika."

Die Mitteilung schlug Maggie auf den Magen. Sollte Pater Keller Antonio Morrelli eine Art Geständnis geschickt haben? Sie war damals wohl als Einzige davon überzeugt gewesen, dass der charismatische junge Priester in Platte City, Nebraska, vier Jungen getötet hatte. Ehe sie es ihm beweisen konnte, hatte er jedoch das Land verlassen. Soweit sie wusste, hielt er sich immer noch in Südamerika auf.

„Das war's", sagte Gwen. „Ergibt das irgendwie Sinn für dich?"

Das Klingeln des Telefons schreckte beide auf.

„Vielleicht ist das Nick." Maggie griff nach dem Hörer. „Maggie O'Dell."

„Agentin O'Dell. Hier ist Cunningham."

Sie sah auf ihre Armbanduhr. Es war spät, und sie hatte ihn gerade vor wenigen Stunden im Krankenhaus gesehen.

„Ist mit Tully alles in Ordnung?" fragte sie sofort.

„Ja, ihm geht es gut. Ich bin bei Dr. Holmes. Er war so freundlich, die Autopsien noch heute Nacht zu machen."

„Dr. Holmes hat in den letzten zwei Wochen zweifellos sein Maß an Autopsien abbekommen."

„Da gibt es ein Problem, Agentin O'Dell." Cunningham verlor keine Zeit.

„Welcher Art?" Maggie wappnete sich gegen den Schreibtisch gelehnt und umklammerte den Hörer fester. Gwen beobachtete sie aufmerksam aus dem Liegesessel.

„Walker Harding starb durch einen Schuss in den Hinterkopf. Er wurde mit einer 22er erschossen, im Stil einer Exekution. Nicht nur das, seine Organe sind in einem starken Verwesungszustand. Dr. Holmes vermutet, dass er schon einige Wochen tot ist."

„Einige Wochen? Das ist unmöglich, Sir. Wir haben an drei Tatorten seine Fingerabdrücke gefunden."

„Ich glaube, dafür haben wir eine Erklärung. Ihm fehlen einige Finger, einschließlich des Daumens. Sie wurden abgeschnitten. Ich vermute, das war Stuckys Werk. Er hat die Finger mitgenommen, konserviert und sie an den Tatorten benutzt, um uns in die Irre zu führen."

„Aber Gwen hatte zwei Sitzungen mit Harding." Sie sah zu ihrer Freundin hinüber, deren Miene Besorgnis verriet. Sogar Harvey ging im Wintergarten hin und her und lauschte mit schief gehaltenem Kopf.

„Dr. Patterson hat Albert Stucky nie persönlich kennen gelernt", erklärte Cunningham ruhig und sachlich und überhörte Maggies hysterischen Unterton. „Wenn wir sie bitten, den Mann zu beschreiben, mit dem sie die Sitzungen hatte, beschreibt sie wahrscheinlich Stucky. Ich habe nur ein oder zwei Fotos der beiden Männer gesehen, aber wenn ich mich recht entsinne, sahen sie sich geradezu unheimlich ähnlich. Stucky muss seit einiger Zeit Hardings Identität benutzt haben. Das erklärt wohl auch das Flugticket auf Hardings Namen."

„Allmächtiger!" Maggie konnte es nicht glauben. Allerdings ergab alles Sinn. Sie hatte immer bezweifelt, dass Stucky jemand gestattete, an seinem Spiel teilzunehmen, nicht mal Harding. „Somit hatte er die ideale Tarnung und das perfekte Versteck."

„Da ist noch mehr, Agentin O'Dell. Der zweite Mann ist ebenfalls schon einige Wochen tot, und es ist nicht Albert Stucky."

Maggie setzte sich, ehe die Knie ihr den Dienst versagten. „Nein, das kann nicht wahr sein. Er kann nicht wieder entkommen sein!"

„Wir wissen noch nicht, wer der zweite Tote ist. Vielleicht ein Freund oder ein Betreuer von Harding. Harding war definitiv blind. Dr. Holmes sagt, die Retina war an beiden Augen abgelöst, und es gab keine Anzeichen für Diabetes."

Maggie hörte kaum noch zu. Sie konnte seine Worte nicht mehr verstehen, so laut hämmerte ihr Herz, als sie sich hektisch im Raum umsah. Sie merkte, dass Harvey aufgeregt an der Hintertür schnupperte. Wo hatte sie ihre Smith & Wesson? Sie öffnete die Kommodenschublade, die Sig war weg.

„Ich habe einige Agenten zu Ihrem Haus geschickt", sagte Cunningham, als reiche das aus. „Ich schlage vor, dass Sie das Haus heute Nacht nicht verlassen. Bleiben Sie, wo Sie sind. Wenn er es auf Sie abgesehen hat, sind wir bereit."

Wenn er es auf mich abgesehen hat, sitze ich wie ein Karnickel in der Falle. Doch diesen Gedanken behielt sie für sich. Sie begegnete Gwens fragendem Blick und spürte, wie Angst sie zu lähmen begann. Trotzdem hielt sie sich aufrecht und stemmte sich vom soliden, Sicherheit vermittelnden Schreibtisch ihres Vaters ab.

„Stucky wird nicht wagen, mich noch einmal zu verfolgen."

74. KAPITEL

Er kroch durchs Gebüsch, nah an den Boden geduckt. Die verdammten Büsche hatten Dornen, die immer wieder an seinem Sweatshirt zerrten. Mit seiner Lederjacke wäre ihm das nicht passiert. Sie fehlte ihm. Allerdings hatte es sich gelohnt, sie zu opfern, da er Agentin Maggie O'Dells Erleichterung gesehen hatte und sich freute, weil sie unbegründet war. Er hatte sie alle zum Narren gehalten, seine Verstecke immer wieder gewechselt und sich auf diese Gelegenheit vorbereitet.

Er rieb sich die Augen. Verdammt, es war dunkel. Er wünschte, die roten Linien würden sich verziehen. Plop, plop. Nein, er wollte nicht an die verdammten Adern denken, die sein Auge zerstörten. Insulin stabilisierte den Körper, doch es schien nichts zu geben, um das Ausdehnen der Blutgefäße in seinen Augen zu stoppen.

Er konnte immer noch Walkers blecherne Stimme hören, als er lachend sagte: „Du wirst genau so'n blinder Scheißkerl wie ich, Al." Walker lachte immer noch, als er ihm die 22er an den Kopf hielt und abdrückte – peng, peng.

Die Lampen waren jetzt aus. Er hatte sie in ihrem Schlafzimmer hin und her gehen sehen. Er würde gern ihr Gesicht betrachten, entspannt und arglos, doch die Gardinen waren vorgezogen.

Er hatte die Alarmanlage bereits mit dem kleinen Handsender

außer Funktion gesetzt, den Walker vor einigen Monaten für ihn entwickelt hatte. Blind wie eine Fledermaus, aber der Mann war ein Elektronikgenie. Er wusste nicht mal, wie das Ding arbeitete, aber er hatte es am Haus am Archer Drive ausprobiert, und es funktionierte.

Er begann das Rankgerüst hinaufzusteigen, das hinter Kletterpflanzen und Büschen verborgen war. Hoffentlich war es stabiler, als es aussah. Eigentlich schien die Sache zu leicht und keine Herausforderung. Die Herausforderung bildete sie. Er wusste, sie würde ihn nicht enttäuschen.

Er dachte an das Skalpell, das in dem schmalen Etui sicher in seinem Stiefel steckte. Er würde sich Zeit lassen mit ihr. Die Vorfreude erregte ihn so sehr, dass er sich beherrschen musste, nicht zu keuchen. Ja, die Sache war die Anstrengung wert.

75. KAPITEL

Maggie saß in der dunklen Ecke des Schlafzimmers, den Rücken gegen die Wand gelehnt, die ausgestreckten Arme auf den Knien. Sie hielt die Smith & Wesson mit beiden Händen, Finger am Abzug. Diesmal war sie vorbereitet. Sie wusste, dass er sie beobachtet hatte, und dass er kommen würde. Trotzdem begann ihr Puls zu rasen, als sie ihn am Fuß des Rankgerüstes hörte. Das Herz trommelte gegen das Brustbein, und Schweiß rann ihr den Rücken hinab.

In wenigen Augenblicken war er am Fenster. Sie sah den Schatten verharren wie einen schwarzen Geier. Dann war sein Gesicht am Glas, erschreckte sie und ließ sie beinah hochfahren. Nicht bewegen. Nicht zurückweichen. Bleib ruhig und besonnen. Doch das Entsetzen hatte sie fest im Griff und ließ die Befehle der Vernunft nicht durchdringen. Ein leichtes Zittern behinderte ihre Zielgenauigkeit. Sie wusste, dass sie in ihrer dunklen Ecke sicher war. Außerdem würde er sich auf die zusammengerollten Kissen unter der Bettdecke stürzen, die er für sein schlafendes Opfer hielt.

Ob es ihn überraschte, wie gut sie in seinem Spiel mithielt? Würde es ihn enttäuschen, dass sie seine Schritte vorhersagen konnte? Vielleicht rechnete er nicht mit der schnellen Entdeckung, dass die zweite Leiche nicht seine gewesen war. Jedoch musste ihm klar sein, dass man es bemerken würde, und zwar bald. Deshalb verlor er keine Zeit mit der Jagd nach seinem ultimativen Opfer, dem ultimativen Schlag gegen seine Nemesis. Das hier sollte sein großes Finale werden, die tödlichste Wunde, die er ihr beibringen konnte, ehe die Diabetes ihn erblinden ließ.

Sie umklammerte die Waffe. Um ihr Entsetzen zu bekämpfen, konzentrierte sie sich auf die Gesichter seiner Opfer, auf die Liste der Namen, zu der nun auch Jessica, Rita und Rachel gehörten. Wie konnte er es wagen, sie zur Komplizin seiner Untaten zu machen! Sie wollte Zorn in sich wecken, um den Druck des Grauens loszuwerden.

Vorsichtig schob er leise das Fenster hoch, und ehe er den Raum betrat, roch sie bereits den Gestank nach Rauch und Schweiß. Sie wartete, bis er zur Bettkante kam und das Skalpell aus dem Stiefel zog.

„Das werden Sie nicht brauchen", sagte sie ruhig und zuckte mit keinem Muskel.

Er fuhr herum, Skalpell in der Hand. Mit der freien Hand schlug er die Bettdecke zurück und schnappte sich die Lampe vom Nachttisch. Der gelbe Schein erfüllte den Raum, und als Stucky sich zu ihr umdrehte, glaubte Maggie für einen kurzen Moment etwas wie Überraschung im Ausdruck der undurchdringlichen Augen zu lesen. Doch er fing sich schnell, stand aufrecht da und ersetzte die überraschte Miene durch ein verzerrtes Lächeln.

„Nanu, Maggie O'Dell. Dich habe ich nicht erwartet."

„Gwen ist nicht da. Sie ist in meinem Haus. Ich hoffe, Sie haben nichts dagegen, dass wir die Plätze getauscht haben." Stucky hatte nicht gewagt, sie direkt anzugehen. Das wäre zu einfach gewesen. Er verhielt sich genau wie in jenem Lagerhaus in Miami vor acht Monaten. Auch da wäre es einfacher gewesen, sie zu töten. Stattdessen hatte er ihr als ständige Erinnerung physische und psychische Narben beigebracht. Auch diesmal wollte er sie nicht töten, er wollte sie vernichten. Es wäre der endgültige Schlag gegen sie, wenn er sich an ihrer Freundin vergriff, die ihr nahe stand, die sie liebte und respektierte.

„Du bist gut geworden in unserem kleinen Spiel." Er wirkte erfreut.

Ohne Vorwarnung drückte sie ab, seine Hand flog zurück, und das Skalpell landete auf dem Boden. Er starrte auf seine blutige Hand. Dann sah er ihr in die Augen. Diesmal las sie mehr als Sorge in seinem Blick. War das beginnende Angst?

„Wie fühlt sich das an?" fragte sie und versuchte das Beben in der Stimme zu unterdrücken.

Da war wieder dieses Lächeln, dieses herablassende Grinsen, das sie ihm gern vom Gesicht gewischt hätte.

„Das sollte ich dich fragen, Maggie. Wie fühlt es sich an, in meinem Spiel mitzumischen?"

Sie spürte, wie sich ihre Nackenhaare sträubten. Ruhig. Du schaffst das. Er wird nicht gewinnen. Diesmal nicht.

„Es ist vorbei", brachte sie heraus. Ob er ihre Hand zittern sah?

„Es gefällt dir, mich bluten zu sehen. Gib es zu." Er hob die Hand, um ihr zu zeigen, wie das Blut seinen Ärmel hinabtropfte. „Was für ein Machtgefühl, nicht wahr, Maggie?"

„Ist es auch ein Machtgefühl, seinen besten Freund zu töten, Stucky? Haben Sie es deshalb getan?"

Sie glaubte zu erkennen, dass er leicht das Gesicht verzog. Vielleicht hatte sie endlich seine Achillesferse gefunden.

„Warum haben Sie es getan? Warum haben Sie die einzige Person umgebracht, die es ertragen konnte, Ihr Freund zu sein?"

„Er besaß etwas, das ich brauchte und das ich nirgendwo sonst bekommen konnte." Er reckte das Kinn leicht trotzig vor und sah vom Licht weg.

„Was konnte ein blinder Walker Harding besitzen, für das es sich lohnte, ihn umzubringen?"

„Du bist eine kluge Lady. Du kennst die Antwort bereits. Seine Identität. Ich musste er werden." Er lachte und blinzelte dabei.

Maggie beobachtete seine Augen. Das Licht störte ihn. Ja, sie hatte Recht. Ob es der Diabetes war oder etwas anderes, Stucky verlor das Augenlicht.

„Nicht dass Walker viel aus seiner Identität gemacht hätte", fuhr er fort. „Der saß da draußen in seinem Haus in der Walachei und lebte im Cyberspace. Er holte sich bei Pornovideos einen runter, anstatt das Echte zu genießen." Dabei verzog er verächtlich die Lippen. „Bemitleidenswert. So will ich nie werden, wenn ich es verhindern kann."

Er griff wieder nach der Lampe, um sie auszuschalten. Maggie drückte den Abzug. Diesmal traf die Kugel sein Handgelenk. Er packte es, das Gesicht von Zorn und Schmerz verzerrt, und versuchte Haltung zu bewahren.

„Bereiten die Augen Ihnen ein wenig Schwierigkeiten?" forderte sie ihn heraus, obwohl ihre Panik den gesamten Körper erfasste und die Beine paralysierte. Sie konnte nicht weglaufen, sie musste bleiben, wo sie war. Und sie durfte ihre Angst nicht zeigen.

Es gelang ihm zu lächeln, und seine Miene verriet nichts von dem Schmerz, der ihm den Arm hinaufschießen musste. Stucky kam auf sie zu. Sie drückte wieder ab. Die Kugel traf sein linkes Knie, und er sackte zu Boden. Ungläubig starrte er sein Knie an, ohne zu jammern.

„Es gefällt dir, was? Hast du je ein solches Machtgefühl erlebt, Maggie?"

Seine Stimme ging ihr auf die Nerven. Was tat er überhaupt? Wenn sie sich nicht irrte, dann forderte er sie heraus. Er wollte, dass sie weitermachte.

„Es ist vorbei, Stucky. Hiermit ist es zu Ende." Doch sie hörte das unsichere Beben der eigenen Stimme. Neue Angst erfasste sie, als sie merkte, dass auch er es gehört hatte. Verdammt! Es funktionierte nicht.

Er rappelte sich wieder hoch. Ihr Plan erschien ihr plötzlich lächerlich. Wie sollte sie ihn so kampfunfähig machen, dass er sich gefangen nehmen ließ? War Stucky, das personifizierte Böse, überhaupt zu bändigen? Als er wieder auf sie zukam, bezweifelte sie sogar, dass er zu vernichten war. Er hinkte kaum, trotz verletzter Kniescheibe. Jetzt erkannte sie auch, dass er das Skalpell herausgeholt hatte, während er am Boden gewesen war. Wie viele Kugeln hatte sie noch in der Kammer? Hatte sie zwei oder drei Mal geschossen? Warum, zum Teufel, konnte sie sich plötzlich nicht erinnern?

Er hielt das Skalpell hoch, damit sie es in seiner unverletzten Hand sehen konnte.

„Ich hatte mich darauf gefreut, das Herz deiner guten Freundin Gwen auf deinen Stufen zu hinterlassen. Erschien mir irgendwie poetisch, findest du nicht? Jetzt werde ich mich wohl damit begnügen müssen, deines zu nehmen."

„Legen Sie das hin, Stucky! Es ist vorbei!" Aber nicht mal sie war davon überzeugt. Wie könnte sie auch, da ihre Hände so zitterten.

„Das Spiel ist zu Ende, wenn ich es sage!" zischte er sie an.

Sie zielte, versuchte ihre Hände zu stabilisieren und konzentrierte sich auf den Punkt zwischen seinen Augen. Ihr Finger zuckte am Abzug. Diesmal würde Stucky nicht davonkommen. Sie zwang sich, in die schwarzen Augen zu sehen und den Blick des Bösen auszuhalten, ohne sich davon überwältigen zu lassen. Als er langsam auf sie zukam, war sie wie blockiert vor Angst. Reine Hysterie schien sie zu ersticken, und ihr Blick verschwamm. Ehe sie den Abzug drücken konnte, flog die Zimmertür auf.

„Agentin O'Dell!" schrie Cunningham und stürzte mit gezogenem Revolver herein.

Er blieb stehen, als er die beiden sah, überrascht zögernd. Maggie war verblüfft und wandte einen Moment den Blick ab. Lange genug, dass Stucky sich auf sie stürzte. Schüsse explodierten in dem kleinen Raum, und ihr Echo hallte in schneller Folge von den Wänden.

Das Geräusch endete so abrupt, wie es entstanden war.

Albert Stucky lag zusammengesackt über Maggies Knien. Sein Körper zuckte, Blut bespritzte sie, und sie wusste nicht, ob es ihr oder ihm gehörte. Das Skalpell steckte in der Wand, so nah, dass sie es in der Seite spürte. Es hatte ihr Hemd geschlitzt. Sie konnte sich nicht bewegen. War er tot? Herz und Lunge schienen gegeneinander zu arbeiten und machten ihr das Atmen unmöglich. Ihre Hand zitterte unkontrollierbar, während sie immer noch den warmen Revolver festhielt. Sie wusste, ohne nachzusehen, dass die Trommel leer war.

Cunningham schob den leblosen Körper von ihr herunter. Sie packte Stucky an der Schulter und rollte ihn herum, um sein Gesicht zu sehen. Mehrere Kugeln hatten seinen Körper durchschlagen. Seine leblosen Augen starrten sie an. Sie hätte weinen mögen vor Erleichterung, denn bei allen Einschusslöchern gab es keines zwischen seinen Augen.

76. KAPITEL

Tess lehnte sich gegen die Fensterscheibe. Jetzt merkte sie, dass sie den Rollstuhl hätte nehmen sollen, wie von der Schwester empfohlen. Ihre Füße brannten, und die Stiche zwickten und zerrten bei der kleinsten Bewegung. Ihre Brust schmerzte, und es war immer noch schwierig zu atmen. Mit den Rippen hatte sie sich geirrt, zwei waren gebrochen, zwei geprellt. Die übrigen Schnitte und Prellungen würden heilen. Mit der Zeit würde sie den Verrückten namens Albert Stucky vergessen. Sie würde nicht mehr an den Blick aus kalten schwarzen Augen denken, der sie regelrecht festgenagelt hatte, und nicht mehr an die Lederfesseln an Händen und Füßen. Sie würde seinen heißen Atem in ihrem Gesicht nicht mehr spüren und vergessen, wie er sich an ihr vergangen hatte.

Sie fasste die Enden des dünnen Morgenmantels mit einer Faust, um sich gegen das Frösteln zu schützen, das sie bei der Erinnerung befiel. Wieder hatte sie das Gefühl, von eisigen Händen gewürgt zu werden. Warum machte sie sich etwas vor? Sie würde niemals vergessen, was sie durchgemacht hatte. Noch ein Kapitel ihres Lebens, das sie versuchen musste zu überwinden. Sie war es müde, ihre Vergangenheit zu bewältigen, um zu überleben. Sie hatte Mühe, einen Grund zu finden, warum sie das überhaupt tun sollte. Vielleicht war es diese Niedergeschlagenheit, die sie hergeführt hatte.

Sie sah an der Spiegelung ihres ramponierten Gesichtes vorbei auf die faltigen roten Gesichter in der Säuglingsstation. Kleine runde Fäuste stießen in die Luft. Lächelnd lauschte sie dem Weinen und den Babylauten der Neugeborenen. Was für ein Klischee, hierher zu kommen, um Mut zu tanken.

„Was treiben Sie hier außerhalb Ihres Bettes?"

Tess blickte über die Schulter und sah Delores Heston im hellroten Hosenanzug über den sterilen weißen Flur auf sie zukommen. Sie umarmte Tess und drückte sie vorsichtig. Als sie zurückwich, hatte die hartgesottene Geschäftsfrau Tränen in den Augen.

„Du liebe Güte, ich hatte mir geschworen, das nicht zu tun." Sie wischte sich Tränen und Mascara-Spuren fort. „Wie fühlen Sie sich, Tess?"

„Danke, gut", log sie und versuchte zu lächeln. Ihr Kiefer schmerzte von dem Schlag. Sie ertappte sich dabei, mit der Zungenspitze wieder über ihre Zähne zu fahren, erstaunt, dass keiner angeschlagen oder abgebrochen war.

Delores musterte sie prüfend, um selbst zu entscheiden, ob es Tess gut ging oder nicht. Mit einer Hand hob sie sacht ihr Kinn an und besah sich die Bisswunden am Hals. Tess wandte den Blick ab, um den Ausdruck des Entsetzens in Delores' Gesicht nicht sehen zu müssen. Wortlos nahm Delores sie wieder in die Arme, hielt sie, streichelte ihr das Haar und rieb ihr den Rücken.

„Ich mache es mir zur Aufgabe, mich um dich zu kümmern", versprach sie nachdrücklich und wechselte zur vertraulichen Anrede. „Und ich will keine Widerrede hören, hast du mich verstanden?" fügte sie hinzu und ließ Tess los.

Die wusste nicht, wie sie darauf reagieren sollte. So ein Angebot hatte ihr noch niemand gemacht. Von allen möglichen Reaktionen war weinen vielleicht die unangebrachteste, doch sie konnte nicht anders. Delores nahm ein Papiertaschentuch heraus, tupfte ihr die Tränen von den Wangen und lächelte sie an wie eine Mutter, die ihr Kind auf den Weg zur Schule schickt.

„In deinem Zimmer wartet ein attraktiver Besucher auf dich."

Oh Gott, wie entsetzlich! Sie konnte Daniel unmöglich gegenübertreten. Nicht in diesem Zustand.

„Würdest du ihm sagen, dass ich ihn später anrufe und mich für die Rosen bedanke?"

„Rosen?" Delores schien verwirrt. „Das sah mir mehr nach einem Strauß blauer Veilchen aus in seiner Hand. Er drückt die Blümchen so fest, dass sie inzwischen wahrscheinlich Mus sind."

„Veilchen?"

Sie sah Delores über die Schulter und entdeckte Will Finley am Ende des Korridors, der sie unsicher beobachtete. Er sah unglaublich gut aus in dunkler Hose und blauem Hemd, und wenn ihr verschwommener Blick sie nicht trog, mit einem Veilchenstrauß in der linken Hand.

Vielleicht gab es endlich doch ein paar neue Kapitel in ihrem Leben zu schreiben.

EPILOG

Eine Woche später

Maggie wusste nicht genau, warum sie gekommen war. Vielleicht musste sie mit eigenen Augen sehen, dass er in die Erde hinabgelassen wurde. Vielleicht wollte sie sich vergewissern, dass Albert Stucky diesmal nicht entwischte.

Sie trat zurück in den Schatten der Bäume und betrachtete die wenigen Trauergäste, die meisten davon Reporter. Einige Priester und ebenso viele Ministranten trugen Weihrauch und Kerzen. War es zu rechtfertigen, jemand wie Stucky mit denselben Zeremonien auszusegnen wie jeden gewöhnlichen Sterblichen? Das ergab keinen Sinn, und es erschien ihr nicht fair.

Doch darauf kam es jetzt nicht mehr an. Sie war endlich frei. Und das in mehr als einer Hinsicht. Stucky hatte ebenso wenig gewonnen wie ihre eigene Schattenseite. Im Bruchteil einer Sekunde hatte sie sich entschieden, sich zu verteidigen, ohne Rachegelüsten nachzugeben.

Harvey stupste sie ungeduldig an der Hand. Wahrscheinlich fragte er sich, was es für einen Sinn hatte, draußen zu sein, wenn man nicht losrannte und es genoss. Sie sah die Prozession vom Grab den Hang herabkommen.

Albert Stucky war endlich sechs Fuß tief begraben – wie seine Opfer.

Maggie tätschelte erleichtert Harveys weiches Fell. Sie konnten heimgehen und sich sicher fühlen. Und das Erste, was sie wollte, war schlafen.

– ENDE –

Band-Nr. 25025
7,95 €
ISBN 3-89941-033-5

Sharon Sala

Blutroter Schnee

Hinter der Fassade des eleganten Penthouses in Manhattan wohnt die Angst. Denn die schöne Bestsellerautorin Caitlin Doyle Bennett, von vielen bewundert und um ihren Reichtum beneidet, erhält seit einiger Zeit unheimliche Briefe: Blutverschmiert künden sie an, was ein Wahnsinniger ihr antun will, wenn er sie in seine Gewalt bringt. Dennoch schenkt die New Yorker Polizei, die mit einer Serie grauenhafter Frauenmorde beschäftigt ist, Caitlin keinen Glauben, und so bleibt ihr keine Wahl: Sie muss zulassen, dass der smarte Sicherheitsexperte Connor McKee sie bewacht. Doch selbst Connor, der Tag und Nacht in ihrer Nähe ist, kann nicht verhindern, dass Caitlin in tödliche Gefahr gerät ...

Band-Nr. 25026
7,95 €
ISBN 3-89941-034-3

Jennifer Blake

Der Benedict Clan
„Auf immer und ewig"

Dunkelheit. Enge. Angst. Und nun: ein leidenschaftlicher Kuss, den Regina trotz der Panik, die in ihr aufsteigt, erwidert. Doch dann kehrt die Helligkeit zurück, und Regina erkennt, was geschehen ist: Offensichtlich hat Kane Benedict, der Enkel des Bestattungsunternehmers, den sie hier in Louisiana ausspionieren soll, ihr eine Falle gestellt. Hat Kane ihr doppeltes Spiel etwa durchschaut? Er kann nicht wissen, wie verzweifelt Regina ist. Denn sie hat keine Wahl – entweder sie betrügt Kane, in den sie sich verliebt hat, oder sie verliert ihren Sohn ...

Band-Nr. 25027
7,95 €
ISBN 3-89941-035-1

Dinah McCall

Das Experiment

Sechs junge Frauen: hochbegabt, schön – und tot. Nur die Journalistin Virginia Shapiro lebt noch, und deshalb muss FBI-Agent Sullivan Dean sie unbedingt finden. Denn er glaubt nicht, dass die sechs Frauen freiwillig aus dem Leben gegangen sind. Sullivans Instinkt sagt ihm, dass ein besonders raffinierter Mörder am Werk ist, dass sie sterben mussten, weil vor Jahren in ihrer Begabtenklasse etwas passierte, das niemand jemals erfahren darf. Doch als er Virginia endlich in ihrem Versteck entdeckt, in das sie sich in ihrer Todesangst geflüchtet hat, kann sie sich an nichts erinnern, was damals geschehen ist ...

Alex Kava
Das Böse
Band-Nr. 25001 · 7,95 €
ISBN 3-89941-001-7

Ginna Gray
Zeugin am Abgrund
Band-Nr. 25002 · 7,95 €
ISBN 3-89941-002-5

Diana Palmer
Wolken über der Wüste
Band-Nr. 25015 · 7,95 €
ISBN 3-89941-015-7

Elizabeth Lowell
Das Auge des Drachen
Band-Nr. 25016 · 7,95 €
ISBN 3-89941-016-5